光文社古典新訳文庫

アンクル・トムの小屋（上）

ハリエット・ビーチャー・ストウ

土屋京子訳

光文社

Title : UNCLE TOM'S CABIN
1852
Author : Harriet Beecher Stowe

アンクル・トムの小屋◎上巻目次

アンクル・トムの小屋——蔑まれた人々の暮らし

はじめに[1]

この物語に描かれているのは、タイトルが示すとおり、上品で洗練された社会に生きる人々からはこれまで顧みられることのなかった黒人奴隷たちが織りなす人間模様である。彼らは外来の人種であり、その祖先は熱帯の太陽のもとに生まれ、彼らの本来有する性質、子孫たちに伝えられたその性質が、酷薄で支配的なアングロ・サクソン民族とは本質的に異なるものであったがゆえに、長年にわたって誤解と侮蔑の対象に甘んじてきた。

しかし、これまでとは異なる希望の夜明けが訪れようとしている。われわれの時代の文学や詩歌や芸術の及ぼす力が、ことごとく、キリスト教信仰の大原則たる〈人への善意〉を具現しつつあるからだ。

詩人も、画家も、舞台芸術家も、今日では人類共通のより大きな慈悲に満ちた人間愛を模索し謳いあげるようになり、フィクションの形を借りて、キリスト教の友愛の精神を広めようと人間味あふれる圧倒的影響力を発揮しはじめている。あらゆるところで慈善の手が差し伸べられ、虐待をあばき、不正をただし、苦悩をやわらげ、虐げられ抑圧され忘れられてきた人々に世界の注目と同情を向けようとしている。

この世界的潮流によって、ようやく不幸なアフリカが人々の心に留められることになった。人類の黎明期から文明を誕生させ進化を担ってきたにもかかわらず、文化的に先んじたキリスト教徒の足もとで拘束され血を流してきたこの人種は、何世紀にもわたって憐憫の情を願うもむなしく、今日に至った。

しかし、アフリカ人種にとって征服者であり苛酷な主人であった支配的人種の心情も、ついにアフリカ人種に対して憐憫の情を抱くよう変容しつつある。国家として弱者を抑圧するよりも保護するほうがどれほどはるかに気高い行為であるか、少しずつ理解されるようになってきた。ありがたいことに、世界はようやく奴隷貿易を乗り越

1　一八五一年から五二年にかけて『アンクル・トムの小屋』が*National Era*紙（奴隷制廃止運動の機関紙）に連載されたあと、一八五二年三月に単行本として刊行される際に加筆された序文。

えたのである。

本書の目的は、わたしたちの社会で現に生きているアフリカ人種に対する共感や思いやりを呼びさますこと、そして、アフリカ人種のために善を為そうとする良き友人たちの努力をことごとく踏みにじる残酷で不正きわまりない奴隷制度のもとでアフリカ人種が被ってきた不当な扱いや悲しみを読者の眼前に示すこと、である。

著者としては、奴隷制度に関わる訴訟や醜聞に心ならずも巻きこまれてしまった個々人に対して恨みがましいことを書くつもりは毛頭ない。

これまでの経験から、こういう問題に巻きこまれてしまった人々の中にはたいへん気高い心の持ち主もおられることを、著者は承知している。そういう人たちこそ、本書に描かれたさまざまな場面から想像しうる奴隷制度の邪悪な側面が、本書でもなお描ききれぬ苛酷な真実の半ばにも及ばぬことを、よくご存じのはずだ。

北部諸州では、本書の内容は、もしかしたら度が過ぎた風刺と解釈されるかもしれない。しかし、南部諸州では、本書の内容の迫真性を理解してくださる方々もおられよう。本書に書いた内容の裏付けとして著者個人が把握している真実については、おいおい明らかにするつもりである。[2]

世界じゅうで、時代が下るにつれ、多くの悲しみや不正が埋め合わされていき、本書に書いたようなエピソードが単なる過去の貴重な記録にすぎなくなる日がいつか訪れるであろうことを思うと、少しは心が慰められる。アフリカ沿岸にキリスト教精神にもとづいて開化された地域が生まれ[3]、われわれにならって法律や言語や文学が整ったならば、そのときには、奴隷であった境遇は彼らにとってユダヤ人がエジプト捕囚の時代を回顧するのと同様の記憶となるだろう[4]。そして、彼らを贖(あがな)ってくださった主への感謝を捧げる動機となるにちがいない！政治家は論争を続け、人々は相反する利害や激情に流されて右に揺れ左に振れるであろうが、人間の自由という大義を握っておられるのは、次のように謳われる方であることを忘れてはならない。

2 本書の出版に続いて一八五三年に出版された *A Key to Uncle Tom's Cabin* には、本書を執筆する際に根拠となった諸事実が提示されている。
3 奴隷から解放された黒人のためにアフリカ沿岸に植民地（のちのリベリア）を作るという考えには、当時から賛否両論があった。
4 旧約聖書「出エジプト記」第一章〜第一四章参照。

「彼は衰えず、押し潰されず
ついには、地に公正を確立する。」[5]
「王が、叫び声を上げる貧しい人を
助ける者もない苦しむ人を救い出しますように。」[6]
「虐げと暴力からその命を贖い
王の目にその人たちの血が
貴いものでありますように。」[7]

5 旧約聖書「イザヤ書」第四二章第四節。以下、聖書からの引用は、特記なき限り『聖書 聖書協会共同訳』（日本聖書協会）を使用した。

6 旧約聖書「詩編」第七二編第一二節。

7 旧約聖書「詩編」第七二編第一四節。

第1章　人道を誣う奴隷商人

二月の寒々とした日の夕刻も近いころ、ケンタッキー州P町にある屋敷の贅沢(ぜいたく)な調度をほどこした応接間兼ダイニング・ルームで、二人の紳士がワインを前にすわっていた。紳士二人のほかには使用人の姿もなく、二人は椅子を寄せあって何やら真剣に話しこんでいるようすである。

便宜上、二人の「紳士」と書いたが、そのうちの一人は、つぶさに観察してみると、「紳士」とは形容しがたい人物だった。背が低く、ずんぐりとしたからだつきで、容貌は粗野にして平凡、その風采からは世の中をがむしゃらにのしあがっていこうという卑しい人間の虚勢が透けて見える。身なりもひどく飾りたてた格好で、けばけばしい色合いのベスト、青地に派手な黄色の水玉が散ったネッカチーフをこれ見よがしの変わり結びにして、いかにもこの男の品性を物語る形(なり)である。大きくて荒れた両手には、ごてごてとたくさんの指輪をはめている。懐中時計につけた太い金鎖には大振りでちぐはぐな色の印形をこれでもかというくらいたくさんぶら下げ、会話に熱がはいってくると、さも自慢そうに金鎖を見せびらかしてじゃらじゃらと音を鳴らす。男の会話はマレー[1]の英文法などどこ吹く風といった下品なまちがいだらけで、気の向くままに冒瀆的な表現がちりばめられ、この男をできるだけ生き生きと描写したいとは思うものの、その口から出る言葉を文字にすることが憚られるような話しぶりだった。

話し相手のシェルビー氏はいかにも紳士らしい風貌で、屋敷のたたずまいからも、邸内の雰囲気からも、何不自由ない裕福な暮らし向きがうかがえた。前述のように、二人は真剣な会話の最中である。

「そういう線でお願いしたいのですがね」シェルビー氏が言った。

「それでは商売になりませんなあ。そりゃ、ちいっと無理ですわ、シェルビーさん」もう一方の男がグラスのワインを持ち上げて光に透かして眺めながら言った。

「しかしだよ、ヘイリー、トムのような男はめったにいやしない。どこへ出しても、

1　リンドリー・マレー（一七四五年～一八二六年）。アメリカの文法学者。英米の学校で広く採用された文法書 *English Grammar*（一七九五年初版）の著者。

それくらいの値はつくはずだ。まじめで、正直で、有能で、うちの農場をきちんきちんと切り回してくれている」

「正直ったって、たかが黒んぼの正直でしょうが」ヘイリーは自分のグラスに勝手にブランデーを注ぎ、口に運んだ。

「いや、ほんとうの話、トムはいい男だ。まじめで、分別があって、信心深い。四年前に伝道集会[2]で入信したんだがね。本物の信仰だと思う。それ以来、わたしはトムを何ごとにつけても信頼してきた。お金のことも、屋敷のことも、馬たちのことも。用事であちこちに使いに出してもいるが、いつも何をやらせても忠実でごまかしがない」

「信心深い黒んぼなんぞおるもんか、って人もたくさんおりますよ、シェルビーさん」ヘイリーが大げさな手ぶりをつけて言った。「ま、あっしは信じますけどね。こないだオーリンズ[3]で売った連中のなかに、そういうやつが一人おりましてね。まるで伝道集会か、ってな感じでしたよ、そいつが祈るのを聞いとるとね。なかなか扱いやすいおとなしいやつで。いい儲けでしたよ、せっぱ詰まって売り払うしかなくなった御仁(ごじん)から安く買いたたいたんでね。六〇〇ドルの儲けでさぁ。そうさね、黒んぼには信心が何よりですわ、ま、モノがまともなら、ってことですがね」

「トムは本物だよ、あそこまでのモノはなかなかいない」シェルビー氏が口を開いた。

「去年の秋だったが、トムを一人でシンシナチ[4]まで使いに出したことがあった。わたしの仕事の使いで、五〇〇ドルを受け取って帰ってくるように、と。わたしは言ってやった、『トム、おまえを信用しているからな。おまえはクリスチャンだから。クリスチャンなら、ごまかしたりはしないだろうから』って。はたして、トムはちゃんと戻ってきた。期待どおりに。誰か悪い連中が、『おいトム、なんでカナダ[5]に逃げねえんだ?』と吹きこんだそうだよ。そしたらトムは、『旦那様がわしを信用してくだ

2　屋外にテントなどを設営して開かれるキリスト教福音派の集会で、数日間にわたることもある。

3　ニューオーリンズ。アメリカ南部、ルイジアナ州。ミシシッピ川がメキシコ湾に注ぐ河口に位置する大きな港湾都市。奴隷市場があった。

4　オハイオ州（自由州）南西部の都市。オハイオ川をはさんでケンタッキー州（奴隷州）に面している。

5　カナダを含むイギリス領全域では一八三四年に奴隷制度が廃止されていた。アメリカ合衆国の奴隷たちにとって、カナダは最も近い逃亡先だった。

すっとるで、逃げるなんてできん』と言ったそうだ。まったく、トムを手放すなんて、無念としか言いようがない。トム一人で借金を全額帳消しにしていただきたいものですな。ヘイリーさん、おたくに良心というものがあれば、それが筋でしょうよ」

「いえね、あっしにもこの商売で人並みの良心はあるつもりですが……ま、そりゃお粗末なもんですけどね」奴隷商人はおどけてみせた。「あっしだって頼まれりゃできるだけのことをしてさしあげるにやぶさかではないですが、旦那、こりゃちっときついですわ。ちいーっと、きついですわ」奴隷商人は思い悩むようにため息をつき、ブランデーの杯を重ねた。

「ならば、ヘイリー、どういう条件ならいいんだ?」気まずい沈黙のあと、シェルビー氏が口を開いた。

「そうですなあ、トムにくっつけてもらえる男か女のガキはおりませんかね?」

「ふん！ 手放せる者など一人もない。正直言って、そもそも奴隷を売るなんて、ほかにどうしようもなくてすることだ。わたしはうちの者たちを誰ひとり売りたくなんかないね、実際」

　このときドアが開いて、四、五歳の小さなクヮドルーン[6]の男の子が部屋にはいってきた。きわだって美しい子で、愛嬌のある顔つきをしている。黒い髪は絹綿（きぬわた）のように細く、つやつやとカールして、えくぼのできる丸い顔に落ちかかっている。きらきら輝く黒くて大きな瞳は優しげで、びっしり生えた長いまつ毛に縁取られている。男の子は物珍しそうな目つきで部屋のようすをうかがった。真紅と黄色の格子もようの派手な服はからだにぴったり合うようていねいに仕立てられ、黒い瞳と黒い髪の魅力的な容姿をいっそう際立たせていた。自信とはにかみが入り混じったどこかおどけた雰囲気を見ると、どうやらこの子はふだんから屋敷の主人に可愛がられ目をかけられているようだった。

「よお、ジム・クロウ！[7]」シェルビー氏は口笛を吹き鳴らし、レーズンを一つかみ子供に向けて投げてやった。「ほら、拾ってごらん！」

子供は褒美を拾おうと走りまわり、シェルビー氏はそれを眺めて笑った。

「おいで、ジム・クロウ」シェルビー氏はそばへ来た子供の黒い巻き毛を軽くたたき、あごの下をくすぐった。

「さあ、ジム・クロウ。こちらの旦那さんにおまえの自慢の歌とダンスを見せておや

6　黒人の血を四分の一引く白人と黒人の混血。
7　黒人に対する蔑称。

り」

男の子は黒人たちのあいだで歌われている粗野でグロテスクな歌を伸びのある澄んだ声で歌い、歌にタイミングをぴったり合わせて両手両足や全身をおどけた振り付けでぐるぐる回して踊ってみせた。

「ブラボー！」ヘイリーが子供に四つ割りにしたオレンジを一切れ投げてやった。

「ほら、ジム、こんどはカジョーじいさんがリウマチで痛がってるときの歩き方をやってごらん」シェルビー氏が言った。

とたんに男の子はしなやかな手足を醜くねじまがった格好にして、背中を丸め、主人から借りたステッキを杖がわりにして、足を引きずりながら部屋の中を歩きはじめた。幼い顔を陰気くさくしかめ、右や左につばを吐きちらす老人の真似をしてみせる。

シェルビー氏もヘイリーも、これを見て笑いころげた。

「ジム、それじゃ、こんどはエルダー・ロビンズのじいさんが讃美歌を歌うところをやってみせてごらん」シェルビー氏が言った。男の子はぷくぷくに太った顔を思いっきり長く引き伸ばして、おごそかな鼻声で讃美歌を重々しくうなりはじめた。

「いいぞ！　ブラボー！　こりゃ、たいしたもんだ！」ヘイリーが言った。「ただもんじゃねえや。そうだ、こうしよう」ヘイリーはいきなりシェルビー氏の肩をたたいて言った。「このガキを一緒にもらいますよ、それで話をつけましょう。それがいい。そうしましょうや、これ以上の落としどころはないでしょうが！」

ちょうどそのとき、ドアがそっと開いて、二五歳前後と見えるクヮドルーンの女が部屋にはいってきた。

一目見ただけで、その女が男の子の母親であることは明らかだった。女は男の子と同じように長いまつ毛でびっしり縁取られた黒くて大きな潤んだ瞳を持ち、男の子と同じように波打つ絹のような黒髪をしていた。褐色の肌をした女の頬にさっと赤みがさし、見知らぬ男の大胆で無遠慮な賞賛の視線を受けて、その赤みがいっそう深くなった。女のドレスはからだにぴったりフィットするよう仕立てられ、みごとな肉体のラインを際立たせている。華奢（きゃしゃ）な手の形、ほっそりした足から足首にかけての美しさは、女奴隷の品定めに長（た）けている奴隷商人ならば見逃すはずもなかった。

「何だね、イライザ？」足を止めて遠慮がちに主人を見ている女奴隷に、シェルビー氏が声をかけた。

「すみません、ハリーを探しにまいりました」男の子は跳ねるように女のもとへ駆けていき、服の裾に拾い集めた褒美を見せた。

「そうか、じゃ連れていきなさい」シェルビー氏が声をかけると、女は子供を抱き上げて急いで部屋から出ていった。

「ほう！」奴隷商人は感嘆の面持ちでシェルビー氏をふりかえった。「ありゃ上モノですな！　オーリンズへ連れてきゃ、まちがいなく、ひと財産になりますよ。あすこまでの上モノでなくたって、一〇〇〇ドルを超す売値がつくような女を、これまでいくらも見てきましたからね」

「あれを売ってひと財産作りたいとは思わないのでね」シェルビー氏はそっけない口調で返した。そして、話題を変えようとして新しいワインのボトルを開け、商談の相手にテイスティングさせた。

「うまいねえ、一級品だ！」奴隷商人はシェルビー氏のほうへ向きなおり、なれなれしく肩をポンとたたいて、言った。「それで、あの女はどうなんです？　いくら付ければいいですかね？　いくらなら売ってもらえます？」

「ヘイリーさん、あれは売りません」シェルビー氏が言った。「あれと同じだけの目方の金を積んだって、妻はあれを手放しゃしませんよ」

「まあ、そう言わず！　女なんてのは、たいていそういうことを言うもんですが、それはカネ勘定がきかないからですよ。目方ぶんの金で腕時計だとか晴れ着だとかアクセサリーなんかがどんだけ買えるかわかれば、考えが変わりますよ。あっしはそう思いますがね」

「いいか、ヘイリー、この話はなしだ。ノーと言ったらノーだ」シェルビー氏がきっぱりと言った。

「じゃあ、ガキのほうはもらえるんでしょうな」奴隷商人が言った。「かなりいい値をつけたことは、認めてもらわんと」

「あんな子供をいったいどうしようというのかね？」シェルビー氏が聞いた。

「友だちに、こういう方面の商売を始めようとしとるのがおるもんで。見栄えのするガキを買って、大きくして売ろうってんです。そりゃ、いい品物（しなもん）になりますよ。ウエイターなんかにして売るんです、見場のいい奴隷を買える金持ちにね。お屋敷の格が一段と上がりますよ、とびっきりハンサムな男奴隷がドアを開けたり、給仕をしたり、側仕え（そばづか）えをしたりしたら。いい値がつきます。それに、さっきのチビは道化や音楽の才もあるし。ありゃ上モノですわ」

「あの子は売りたくないな」シェルビー氏は考えこみながら言った。「ほんとうのところ、わたしは人道的なほうでね。あの子を母親から引き離すなんてことはしたくない」

「おや、そうでしたか。ほう！　まあね、それも人情ですわな。よくわかりますよ。

女ってのは、こじらせると面倒なもんですからな。キーキーわめいたり、泣き叫んだり、手を焼かせる。まったくもって不愉快なもんです。だけど、商売柄、あっしはそういう下手は打たんようにしておりますよ。どうです、あの女を一日とか一週間とかよそへやってみたら？　そうすりゃ、大騒ぎせずに事が運びますよ。戻ってきたときにゃ何もかも終わってる、って寸法で。奥様から女奴隷にイヤリングだとか新しいドレスだとか、そんなようなもんを買ってやれば、機嫌もなおるでしょうよ」

「そうはいかないと思うね」

「そんなことありませんよ！　連中は白人とはちがうんです。すぐに忘れますよ。うまくやりさえすりゃ。そりゃ、たしかに」――と、ヘイリーはざっくばらんな打ち明け話の口調になった――「こういう取引は心を鬼にせにゃならんのかもしれませんが、あっしはそういう心持ちになったことは、いっぺんもありません。てか、あっしはほかの連中のようなやり方ができませんでね。実際に見たことがあるんですが、女の手から抱いとる子供を引っぺがして、そいつを売りに出す、なんて場面はざらですよ。女が狂ったみたいに泣きわめいとる目の前で。こりゃ、まずいやり方ですよ。品物がダメになる。それっきり使い物（もん）にならんくなるのもおりますからね。前にいっぺん、オーリンズでこりゃ上玉（じょうだま）だって女を見ましたけど、乱暴な売り方をしてつぶしちまった例がありましてね。女を買おうとした客が女の連れとる赤ん坊はいらんと言ったんですよ。それがまた癇（かん）の強い女で、頭に血がのぼると手に負えん、ってやつで。その女は赤ん坊を両手でギュッと抱きしめたまま、わめきちらして、そりゃ大騒ぎでした。思い出すだけで、ゾッとしますわ。そんで、子供を引き離して女を部屋に閉じこめたら、もう錯乱しちまって、一週間で死んじまったんです。一〇〇〇ドルまるまるフイになった、ってわけです。やり方がまずかったせいで。つまり、ここが肝腎なとこなんですよ。人道的にやるのが結局はいちばん得だってこってす。あっしの経験から言わしてもらうならね」奴隷商人は椅子にふんぞりかえり、腕を組んで、ウィルバーフォース[8]にでもなったような善人顔をしてみせた。

ヘイリーはすっかり悦に入ったようすで、シェルビー氏が考えこんだままオレンジの皮をむいているところへ、また口を開いて、自分の分（ぶん）をわきまえたようなふりをしながらそのじつ真理の力に突き動かされて言葉を継がずにはいられない、という風情で話を続けた。

8　ウィリアム・ウィルバーフォース（一七五九年～一八三三年）。英国の政治家、強硬な奴隷制廃止論者。

「いやね、自慢話みたいに聞こえるのは気が引けますがね、これが真実だから申し上げるんです。あっしはピカイチの黒んぼを扱うって評判を頂戴しておりましてね。少なくとも、自分ではそういう評判を耳にしとるんで。それも一ぺんや二へんじゃありません。どれもけっこうな取引で。丸々と肥えて見栄えのする黒んぼどもです。同業のほかの誰よりも商品を無駄にしたことはありません。それもこれも、ひとえにやり方がいいからですよ。人道的ってやつが、あっしの商売の肝腎かなめってとこですかな」

シェルビー氏は何と言えばいいのか困って、「なるほど！」と相槌を打った。

「こんな考えは甘いなんて、人様からは笑われとりますよ。説教もされるし。こういう考えは歓迎されんし、一般的でもないです。けど、あっしはずっとこれでやってきたんです。そうですよ、このやり方でそこそこ儲けも出してきました。儲けは出すが足は出さん、ってやつで」奴隷商人は自分のジョークに笑ってみせた。

ヘイリーの御高説には独特の毒気があって、シェルビー氏はついつられて笑ってしまった。親愛なる読者諸氏よ、あなたがたも笑ってしまうかもしれない。しかし、ご存じのように、当節、人道主義はいろいろと妙な形をとって現れることが多い。人道主義を謳う人たちの言動にも、怪しげなものが後を絶たない。

シェルビー氏が笑ったので、奴隷商人は調子に乗って話を続けた。

「不思議なんですがね、どう説得してみても、こういう考え方は人に納得してもらえんのですよ。あっしの昔っからの仕事仲間でトム・ローカーって男がおったんですがね、ナチェズ⁹のほうで。頭の切れる男なんですが、どうも黒んぼのことになるとまるで情け容赦のないやつで。そういう頭で凝り固まっとるんですわ。あんないい奴はおらんのですがね。まあ、それが流儀ってやつでしょうよ。あっしもよくトムに言ってやったもんですよ。『なあ、トム、女奴隷が泣いて騒いだからって、そいつをぶちのめしたり痛めつけたりして何の得になるんだ？　馬鹿馬鹿しいだけで、何の得にもなりゃせん。泣くなら泣かしときゃいいじゃないか』って、あたしゃ言ってやったもんですよ。『そんなのは当たり前のことさ。どっかでガス抜きさしてやるしかないんだから。それによ、トム、乱暴な扱いをすると商品の値打ちが下がるぜ。病気になったりしょげたりする。見た目が悪くなることもあるしな、とくに白人の血が混じった黄色い女どもは。力ずくで言うこときかせるのは、手が焼ける。だからさ、なだめすかしてやりゃ、いいじゃないか。言い聞かしてやりゃ。悪いことは言わんから、トム、

9　ミシシッピ州南西部の町。ミシシッピ川ぞいの港町で、ニューオーリンズの上流にあたる。

ちっとだけ人道的にやってみなよ、罵ったり鞭で打ったりするよりずっと楽だし、儲けも出るぜ。悪いことは言わんからさ』ってね。だけどトムはどうしてもそれが飲みこめなくて、あっしの商品をずいぶんダメにしちまったもんで、とうとう奴とは手を切ったんです。根はいい奴だったんですがね、仕事仲間としてもね」

「で、実際、おたくの言うやり方だと、そのトムって男よりうまくいっているのかね？」シェルビー氏がたずねた。

「そりゃそうですよ。できるだけ不愉快なことにならんように、ちいっとばかし気を遣っとりますからね、たとえば子供の奴隷を売るときとか。そういうときは、母親をよそへやっちまうんです。目にはいらなけりゃ、いつか忘れる――去るもの日々に疎し、なんて言うじゃないですか。そんで、ぜんぶ済んじまったあとで、もうどうしようもないってなったら、それはそれで連中も諦めるもんですよ。白人とはちがいますからね。白人は自分の子供や妻とは一緒に暮らせるもんだと思って育ちますけど、黒んぼは、ちゃんと育てられた黒んぼなら、そんなことは期待しませんです。だから、こうすりゃ簡単なんですよ」

「ふむ、どうやらうちの奴隷たちは、ちゃんと育てられていない、ということになりそうだな」シェルビー氏が言った。

「そうでしょうね。おたくらケンタッキーの人たちは、黒んぼを甘やかしますからね。黒んぼたちのために良かれと思っとられるんでしょうけど、結局、そりゃほんとの親切じゃないですよ。だってね、いいですか、黒んぼはひどい扱いをされたりあっちゃこっちゃへ売り飛ばされたりするもんなんですよ。どこぞのトムに売られるか、どこぞのディックに買われるか、どこへどう売られるか、わかったもんじゃない。あれこれ期待を抱かせたりして上等な育て方をするのは、親切じゃありませんよ。そのぶん、あとで苦労することになったらいっそうつらい思いをするだけですから。差し出がましいことを言わしてもらうんなら、おたくの黒んぼたちは、よそのプランテーションの黒んぼなら舞い上がって喜ぶような境遇に放りこまれても、すっかりしょげて落ちこんじまうんじゃないかと思いますよ。ね、シェルビーさん、ふつう、誰でも自分のやり方がいいと思うもんでしょう？　あっしだって、黒んぼをこれ以上ないくらいちゃんと扱ってやっとるつもりですよ」

「ご満足なら、けっこうなことだ」シェルビー氏はそう言って小さく肩をすくめたが、内心では嫌悪感を抑えきれなかった。

「さて、と」しばらくのあいだ二人とも黙ってナッツをつまんでいたが、そのうちにヘイリーが口を開いた。「どうします？」

「少し考えさせてくれないか。妻とも話をしなくては」シェルビー氏が言った。「ヘイリー、あんたが言うようにことを穏便に済ませたいのなら、ここへ何をしにきたのか黙っておいたほうが賢明だよ。うちの使用人たちに知れたら、誰を連れていくにしても、騒ぎにならずにはすまないだろうからね、まちがいなく」

「ええ、もちろんです。絶対に黙っときますよ！　ですけどね、こっちも時間に追われとりましてね、一刻も早くお返事をいただきたいんで」ヘイリー氏は立ち上がり、外套に袖を通しながら言った。

「今夜、また来てくれ。六時から七時のあいだに。返事をするから」シェルビー氏がそう言うと、奴隷商人は一礼して部屋から出ていった。

「あいつめ、階段から蹴落としてやりたいくらいだ」ドアが閉まるが早いか、シェルビー氏はつぶやいた。「下品で厚かましくて……。しかし、弱みを握られていてはしかたがない。もし誰かの口から、トムを下劣な奴隷商人に売り渡して南部へやってしまうことになるだろう、なんて言われたら、わたしはこう言ったにちがいない、『あなたの僕(しもべ)、この犬(いぬ)に、どうしてそのような大(だい)それたことができましょうか』[10]と。なのに、どうやらそんなことになってしまいそうじゃないか。しかも、イライザの子供まで！　それについては妻と一悶着あるだろうな。一悶着と言えば、トムだって同じことだ。わたしが借金なんぞ作ったから、こんなことになる。やれやれ。やつめ、相手の足元を見て強気に出おって」

おそらく、奴隷制度のもっとも寛容な形は、ケンタッキー州で見られる奴隷制度であろう。この地方で広くおこなわれている農業はのんびりとした緩やかな作業が中心で、もっと南の地方でおこなわれているような繁忙期にきつい作業の続く農業とはちがい、そのおかげで黒人たちに課される労働はより健全で穏当である。[11]また、ケンタッキーでは、奴隷の所有者たちも事業の拡大に関しておっとり構えている。したがって、プランテーションの急速な拡大を目論む南部の所有者たちが、経営の拡大と奴隷の福利を天秤にかけることになった場合、弱き人間の本性に流されて、いきおい無力で無防備な奴隷たちを無慈悲に扱ってしまうのとは事情が異なるのである。

ケンタッキーの農園を訪れたことのある人ならば、農園の所有者夫妻が気さくに奴

10　旧約聖書「列王記 下」第八章第一三節。

11　こうした地域差は、ケンタッキー州やヴァージニア州ではタバコが主な農産物であったのに対して、サウスカロライナ州、アラバマ州、ルイジアナ州、ジョージア州、テキサス州など南部では棉花、コメ、砂糖などが主な農産物であったことに起因する。

隷たちを甘やかし、奴隷たちのほうでも愛情をこめて主人たちに尽くすようすを目にしたことがあるだろう。そんなときには、巷間よく耳にする頼もしい家父長の存在に守られたおとぎ話的な奴隷制度を思い描きたくなるかもしれない。しかし、こうしたのどかな風景が由々しき影に覆われていることを忘れてはならない。すなわち、法という名の暗い影である。脈々と打つ心臓を持ち、生身の感情を持っている黒人を、法が所有者に属するモノと規定するかぎり、また、どれほど情け深い所有者であろうと、事業に失敗したり、不幸に見舞われたり、軽挙妄動に走ったり、あるいは死亡したりする可能性があるかぎり、黒人奴隷たちはいつなんどき慈悲深い庇護のもとでの安寧な暮らしから放り出されて惨めで苦労だらけの絶望的な日々に放りこまれるか知れない。そういう可能性があるかぎり、どれほどうまく運用されている奴隷制度であろうと、そこに美点も賞賛も見出すことはできないのである。

シェルビー氏はごくふつうの温厚で情のある人間で、奴隷たちには甘い主人だった。シェルビー農園では、黒人奴隷たちに何ひとつ物理的不自由のない暮らしをさせていた。しかしながら、シェルビー氏はあまり慎重に考えもせず多額の投機に手を出してしまうところがあった。そして、深入りしすぎた結果、高額の手形がヘイリーの手に渡ることになった。このことが、先ほどの会話の背景にあったのである。

さて、たまたまドアのそばまで来ていたイライザは、奴隷商人が主人に奴隷の誰かを買い取りたいと交渉しているところを小耳にはさんだ。

部屋から退出したあと、そのままドアの外で足を止めて話の続きを聞きたい気持ちはやまやまだったが、ちょうどそのとき女主人から呼ばれたので、イライザは急いでその場を離れなければならなかった。

それでも、イライザは、奴隷商人が自分の息子を欲しがっているのを聞いたと思った――聞きまちがいだっただろうか？　イライザは心臓がどきどきして、思わず息子をきつく抱きしめたので、子供はびっくりして母親の顔を見上げた。

「イライザったら、きょうはどうしたの？」イライザが水差しをひっくり返し、裁縫台を倒し、しまいに衣装部屋から取ってくるよう言われたシルクのドレスのかわりに丈の長いナイトガウンをうわの空で差し出したのを見て、女主人が声をかけた。

イライザはハッとし、顔を上げて「ああ、奥様！」と言いかけたところで涙声になり、椅子に腰をかけて泣きだしてしまった。

「まあ、イライザ、あなた、いったいどうしたの？」

「ああ、奥様！　奥様！　応接間に奴隷商人が来ていて、ご主人様と話していたんです！　わたし、聞いてしまったんです！」

「まあ、馬鹿な子ね、それがどうしたというの」

「ああ、奥様、ご主人様はわたしのハリーを売ってしまうのでしょうか？」哀れなイライザは、椅子の上に突っ伏して激しく泣きじゃくった。

「売る、ですって⁉ そんなはずないじゃないの、馬鹿な子ね！ ご主人様が南部の奴隷商人などとはいっさい取引しないことを、あなたも知っているでしょう。お利口にしていれば使用人を売ろうなんて考えもしないことも。もう、馬鹿な子ねえ、いったいどこの誰がハリーなんか買いたいと思うものですか。世界じゅうの人たちがあなたみたいにハリーに夢中だと思っているの、お馬鹿さんね。さ、元気を出して、ドレスのホックを留めてちょうだいな。そう。それから、髪を結ってね。このあいだおぼえたすてきな編み込みにして、後ろでアップにしてちょうだい。もうドアの外で立ち聞きなんかしちゃ、だめよ」

「でも奥様、奥様は絶対にそんなこと許し……そんなこと許したり……」

「つまらないことを言わないの！ もちろん、そんなこと許しませんよ。なぜ、そんなことを言うの？ ハリーを売るくらいなら、わたしの子供たちを売りますよ。それにしても、いいこと、イライザ、あなた、あの子を買いかぶりすぎているわ。相手がまだ戸口に鼻先さえ突っこまないうちから、坊やを買いに来てるなんて言いだして。

心配のしすぎですよ」

女主人の自信に満ちた口調を聞いて安心したイライザは、手際よく器用に奥様の身じたくを整えていきながら、自分の考えすぎを笑いとばした。

シェルビー夫人は、知性においても倫理面においても上流の名にふさわしい女性だった。ケンタッキーの女性によく見られる生まれながらの度量の大きさや気前のよさに加えて、シェルビー夫人は高い倫理観や信仰心や思想信条を持ち合わせ、それを精力的かつ有能に実行する女性だった。夫のほうはとくに信仰に篤い人物ではなかったが、妻の揺るぎない信仰心には畏敬の念を抱いており、妻の意見には一目置いているようだった。シェルビー氏は、自分から手を出して関わることはしなかったものの、妻が使用人たちの安寧や教育やしつけのために慈悲の心にもとづいて力を尽くすことに全面的に賛同しているのは明らかだった。実際、キリスト教の聖人が積んだ功徳(くどく)の分け前に自分もあずかれるという教義を信奉しているわけではなかったにせよ、なんとなく、シェルビー氏は妻の大いなる信仰と慈愛が自分たち二人をまとめて救ってくれるような気になっていた。すなわち、妻の有り余るほどの美徳のおかげで自分も天国へ行けるだろうという怪しげな期待をのんきに抱いていたのだった。

奴隷商人と話したあと、シェルビー氏の心に何より重くのしかかっていたのは、このたびの商談の心づもりを妻に打ち明けなければならないという避けがたい見通し、自らが招いたこととはいえ妻からの懇願や反対に直面せざるを得ないだろうという見通しだった。

そんな夫の苦衷（くちゅう）などまったく知る由もないシェルビー夫人は、シェルビー氏のことを気立ての優しい夫だとしか思っていなかったから、イライザが抱いた疑念を頭から否定したのは偽りのない本心だった。事実、シェルビー夫人はそんな話はすっかり忘れて、ふたたび思い出すこともなく、夜のお出かけの準備に気を取られて、イライザの話はきれいさっぱり頭の中から消えてしまったのだった。

第2章　母親

イライザは、子供のころから女主人にかわいがられ、大切に育てられた。

南部へ旅をしたことのある人ならば、クヮドルーンやムラート[1]の女奴隷にしばしば特徴的にみられる独特な上品さ、しとやかな声や物腰を、目にしたことがあるだろう。こうした上品さを漂わせるクヮドルーンには目を瞠(みは)るほどの美貌に恵まれた者も多く、そういう女性にはたいてい人を惹きつけてやまない魅力がある。ここに登場するイライザの美しさも作り話ではなく、何年も前に実際にケンタッキー州で目にした記憶をもとに書いている。女主人のもとで、イライザは年ごろになるまで安全に守られて成長し、美貌の奴隷に生まれたがゆえに男の魔手にかかって人生を破滅させられてしま

1　黒人の血と白人の血が半分ずつ混じった人間。つまり、両親のどちらかが白人で、どちらかが黒人。

うような目には遭わずにすんだ。イライザは利発で有能な若いムラートの男と結婚させてもらった。その男は近隣の農園で所有されている男奴隷で、名をジョージ・ハリスといった。[2]

ジョージ・ハリスは所有者の意向でジュート[3]の製造工場に貸し出されていたが、手先が器用で発明や工夫の才もあったので、工場一の職工と認められるようになった。ジョージはヘンプ麻を洗浄する機械を考案したが、これはジョージの受けた教育や環境を考えるとたいへんな発明で、綿繰り機を発明したホイットニー[4]の功績にも匹敵するものと言えた。[5]

ジョージ・ハリスは容姿に恵まれ、礼儀正しく、工場の誰からも好かれていた。しかしながら、法律上はジョージは人間ではなくモノにすぎなかったので、これらの優れた資質を生かすも殺すも、すべて粗野で狭量で暴虐な所有者の意向ひとつにかかっていた。ジョージの所有者である紳士は、ジョージの発明が評判なのを聞きおよび、この頭の切れる動産が何をやっているのか、馬に乗って工場へ視察にやってきた。工場主は紳士を大歓迎し、このような値打ちのある奴隷を所有しておられるとはすばらしい、と激賞した。

紳士は工場に案内され、ジョージが発明した機械を見せられた。ジョージは大得意で、発明について滔々と語り、胸を張った。その姿は堂々として男らしかったが、それが所有者の心にけちな劣等感を芽生えさせた。奴隷の分際であちこち勝手に歩きまわり、機械なんぞを発明して、紳士のあいだに交じって大きな顔をするとは、何ごとか。こんなことは、すぐにやめさせてやる。農園に戻して土をほじくり返す作業をやらせ、それでもまだこういう得意顔でいられるものかどうか見てやろう、と所有者は考えた。そして、唐突にジョージの給金の精算を要求し、農園に連れて帰ると言いだしたので、工場主もジョージの仕事仲間たちもびっくり仰天した。

「それにしても、ハリスさん、ずいぶん急なお話ではありませんか？」工場主は抗議した。

「だから何だと言うんです？　こいつはわたしの所有物じゃありませんか」

2　黒人の血を二分の一引くジョージと四分の一引くイライザの子ハリーは、一八ページで「クヮドルーン」と紹介されているが、正確にはオクトルーン（黒人の血を八分の一引く混血児）である。

3　ジュートは黄麻や大麻で織った目の粗い布。袋や梱包材に使われる。

4　イーライ・ホイットニー（一七六五年〜一八二五年）。米国の発明家。

5　［原注］この綿繰り機は、実際にはケンタッキー州の若い黒人が発明したものである。

「ハリスさん、給金を上げろとおっしゃるなら、そうさせてもらいますが」

「そういう問題ではない。こっちにその気がなけりゃ奴隷を貸し出す必要はない、というだけのことです」

「しかしですね、ハリスさん、ジョージはこの仕事にとても向いていると思うんですがね」

「それはお言葉ですね。うちでは何をやらせてもたいして向いているようには見えなかったが」

「でも、この機械を発明したってだけでも、すっごいことですよ」職工の一人が口をはさんだが、それがまずかった。

「おう、そうだろうよ！　手間を省くための機械だと？　こいつの考えそうなことだ。黒んぼってのは、放っときゃいつもそんなことばかり考えつく。黒んぼ自体が仕事の手間を省きたがる機械みたいなもんだからな、どいつもこいつも。だめだ、こいつは連れて帰る！」

ジョージはその場に呆然と立ちすくんでいた。抗しがたい力によって突然宣告された運命を耳にして、固まってしまっていた。両腕を組み、唇をきつく嚙みしめていたが、胸の中には熱い溶岩のような激情が渦巻いていて、全身の血管を燃えるような怒りが駆けめぐっていた。ジョージの息づかいは荒くなり、黒い大きな瞳は燃えさかる石炭のようにぎらぎら光って、もう少しで怒りが噴出しそうになっていたが、そのとき、親切な工場主がジョージの腕にそっと触れて、低い声で言った。

「言われたようにしておきなさい、ジョージ。きょうのところはハリスさんについて帰ったほうがいい。あとで何とか助けてやるから」

横暴な主人は、工場主がジョージに声をかける場面を見た。言葉は聞き取れなかったものの、内容はだいたい察しがついた。そして、心の中で、この奴隷に自分の力を思い知らせてやるぞ、という意固地な決意を強くした。

ジョージは農園に連れ戻され、みじめな力仕事をあてがわれた。無礼な言葉はけっして口に出さないよう自制してはいたが、ぎらぎらした反抗的な目つきや憂鬱で不満そうな表情が顔に出てしまうのは、どうしてもこらえることができなかった。それは人間がモノにはなりえないことをはっきりと物語っていた。

ジョージがイライザと引き合わされ結婚したのは、まだ工場で働いていた幸せな時期のことだった。当時は、雇い主からたいへん信頼され気に入られていたので、ジョージはどこへでも自由に出かけることができた。結婚には、シェルビー夫人がおおいに乗り気だった。縁談をまとめてやりたいという女性にありがちな世話焼きの心も手伝って、自分のお気に入りの小間使いを同じ奴隷どうしでどこから見てもふさわしい相手と娶せることができて、夫人は大満足であった。二人はシェルビー夫人専用の大広間で結婚式を挙げた。夫人は手ずから花嫁の美しい黒髪にオレンジの花を飾り、花嫁の頭にベールをかぶせ、これ以上ないほど美しい花嫁姿を演出してやった。花嫁は白い手袋を身につけ、ケーキやワインも用意された。招待客たちは口々に花嫁の美しさをたたえ、奴隷にここまでしてやる女主人の気前の良さを賞賛した。一年か二年くらいは、イライザは夫となったジョージと頻繁に会うことができた。生まれた子供二人を乳飲み子のうちに亡くした不幸を別にすれば、二人の幸せに影を差すできごとは何もなかった。イライザは生まれた子供たちを溺愛したので、その子たちを失ったときの悲しみようは尋常でなく、シェルビー夫人はイライザのあまりの落ちこみようを優しくたしなめなくてはならなかった。シェルビー夫人は、まるで母親が娘を気づかうように心を痛め、情の深すぎるイライザを理性と信仰の方向へ導こうと心を砕いた。

しかし、ハリーが生まれたあとは、イライザも徐々に落ち着いてきた。赤子を失った痛みに苦しみもだえた心も、新しい小さな生命と結ばれて健やかさを取り戻したように見え、イライザはふたたび幸せを実感できるようになった。そこへ、夫が親切な工場主から乱暴に引き離され、法律上の所有者のもとで厳しく抑圧される事態が起こったのである。

工場主は、約束どおり、ジョージが農園に連れ戻されてから一、二週間後に、あのときの憤激がおさまった頃合いを見はからってハリス氏のもとを訪れた。そして、ジョージがもとどおり工場での仕事に復帰できるよう、できるだけの交渉をしてくれた。

「これ以上は話しても無駄ですよ」ハリス氏は頑として譲らなかった。「使用人の使い方は自分でわかっておりますから」

「べつにお仕事に口出ししようと思っているわけではありません。ただ、この条件なら、わたしどもにあの男を貸し出してくださっても損はないと申し上げたかっただけで」

「ああ、そんなことくらい、わかってます。わたしがやつを工場から連れ戻した日、おたくが片目をつぶってやつに何か耳打ちしたのを見ましたよ。そんなことでわたしを出し抜けると思ったら大まちがいだ。ここは自由の国ですよ。でもって、あの男はわたしの所有物だ。どうしようと、わたしの勝手です！　以上！」

というわけで、ジョージの最後の望みは絶たれた。この先に待ち受けるのは、苛酷で単調な苦役でしかない。しかも、暴虐な主人はあれこれと意地の悪いことを考えついてジョージを苛立たせ、侮辱した。

ある名高い人権派の裁判官が、言ったことがある。「人間に対する最悪の仕打ちは、その人間を縛り首にすることである」と。否、そうではない！　縛り首を上回る、もっとひどい仕打ちが現実にはあるのだ！

第3章　夫として、父として

シェルビー夫人は出かけていき、イライザはベランダに立って、なんとなく沈んだ気分で遠ざかっていく馬車を眺めていた。そのとき、誰かの手が肩に置かれた。ふりかえったイライザの美しい瞳に晴れやかな笑みが浮かんだ。

「ジョージ、あなただったの！　びっくりしたわ！　来てくれて、とってもうれしいわ！　奥様は夜までお帰りにならないの。だから、わたしの部屋へいらして。二人きりで過ごせるわ」

そう言いながら、イライザはジョージの手を引いて、ベランダに面した小さいながらもきちんと整えられた部屋へ案内した。ここはいつもイライザが縫い物をする部屋で、女主人から呼ばれたらすぐに聞こえる場所にある。

「ああ、うれしいわ！　あなた、なぜ笑わないの？　ねえ、ハリーを見て。大きくなったでしょう？」男の子ははにかんだ表情で母親のドレスのスカートを握りしめて立ったまま、巻き毛のあいだから父親を見つめている。「かわいいと思わない？」と言いながら、イライザは子供のカールした長い髪をかきあげて、キスしてやった。

「こんな子供、生まれてこなけりゃよかったんだ！」ジョージが苦々しい顔で言った。「おれも、生まれてこなけりゃよかった！」

驚いたイライザはおびえてすわりこみ、夫の肩に頭を押しつけて泣きだした。

「泣かないで、イライザ。おれが悪かった。こんな気持ちにさせて、ごめんよ、かわいそうに！」ジョージが愛情をこめて話しかけた。「ほんとうに、ごめん。おまえもおれなんかと出会わなけりゃよかったよ、そしたらおまえも幸せでいられただろうに！」

「ジョージ！　ジョージったら！　どうしてそんなことを言うの？　どんな恐ろしいことが起こったの？　それとも、これから何か起こるの？　わたしたち、これまで、とっても幸せだったじゃないの」

「そうだな」ジョージは子供を膝に抱きあげ、美しい黒い瞳をじっとのぞきこんで、長い巻き毛を両手の指ですいてやった。

「この子はおまえにそっくりだね、イライザ。おまえはおれがこれまで出会った中で最高の女だし、これからだっておまえ以上の女はいないだろう。だけど、ああ、おまえに出会わなけりゃよかった。おまえだって、おれなんかに出会わなけりゃよかったんだ！」

「ああ、ジョージ、なんてことを言うの！」

「イライザ、おれはみじめだ。みじめで、みじめで、どうしようもない！　おれの人生なんて、ニガヨモギと同じで苦いことばっかりさ。もう生きているのもいやになった。おれはくだらん苦役ばかりさせられてる。哀れで、みじめで、希望もない。おまえも、おれといたら巻き添えになるだけだ。何かしようと頑張ったって、知識を身につけようと努力したって、ひとかどの人間になろうと志したって、それが何になる？　生きてたって、何になる？　死んだほうがましだ！」

「まあ、ジョージ、そんなこと言ってはだめよ！　工場で働けなくなってがっかりしているのはよくわかるけど、それに、あなたのご主人はひどい人だけど、でも、お願いだから辛抱して、きっと何か――」

「辛抱？」ジョージがイライザの言葉をさえぎった。「これまでさんざん辛抱してきたじゃないか。あいつが連れに来て、いっさい何の理由もなしに、みんながよくしてくれてる工場からおれを引きはがしたときだって、おれが何か言ったか？　工場で払ってもらった給金は一セントもごまかさずにあいつに渡したし、みんなだって、おれはよく働いてるって言ってくれてたのに」

「そうね、あれはたしかにひどい話だわ」イライザが言った。「だけど、結局のところ、あの方はあなたのご主人様なのだし」

「ご主人様？　誰があいつをおれのご主人様と決めたんだ？　そこだよ。あいつがおれに対して何の権利を持ってるって言うんだ？　あいつが人間なら、おれだって同じ人間だ。あいつよりましな人間だ。仕事のことだって、あいつよりおれのほうがよくわかってる。経営だって、おれのほうが目先がきく。字を読むのもおれのほうがうまいし、書くのもおれのほうがうまい。しかも、おれのはぜんぶ独学だ。あいつの世話にはなってない。むしろ、あいつの妨害にもかかわらず、身につけた実力だ。なのに、何の権利があって、あいつはおれを馬車馬のようにこき使う？　おれの向いてる仕事から引きはがして、あいつよりましにできる仕事から引きはがして、馬でもできるような仕事をあてがいやがって。それがあいつの狙いなんだ。おれを引きずり下ろして卑しめてやると言って、わざといちばんきつくてくだらない汚れ仕事をやらせるんだ！」

「ああ、ジョージ！　ジョージ！　わたし、こわいわ。あなたがそんなふうに話すのを聞いたことがないんですもの。あなたが何か恐ろしいことをするのではないかと思うと心配だわ。あなたの気持ちはよくわかるけれど、でも、ああ、お願いだから気をつけて。お願いよ、お願いだから……わたしのために……ハリーのために」

「これまでずっと気をつけてきたよ。辛抱もしてきた。だけど、どんどん悪くなるばかりなんだ。血の通った人間なら、もうこれ以上は耐えられない。あいつは何かにつけておれを侮辱して、痛めつける。おれだって、おとなしく仕事に励んで、空いた時間を本を読んだり勉強したりすることに使おうと思ってたのに、あいつときたら、おれに余力があると見たら仕事の量をどんどん増やすんだ。おれが口じゃ何も言わなくても腹の中に悪魔を飼ってる、って言いやがる。そうして、その悪魔を引き出そうとするんだ。そうなってから後悔しやがれ、ってんだ！」

「まあ！　どうすればいいの？」イライザが悲痛な声をあげた。

「きのうのことだけど」と、ジョージが言葉を続けた。「おれはせっせと石を荷馬車に積みこむ仕事をしてた。そしたら若旦那のトムがそばに立って、馬の鼻先で鞭を振りまわしやがったんで、馬が怖がって暴れた。おれはなるたけ角の立たない口調で、やめてもらえませんか、って言ったのに、若旦那のやつ、鞭を振りまわすのをやめないんだ。おれがもういっぺん、やめてもらえませんか、って言ったら、若旦那のやつめ、こんどはおれに鞭で殴りかかってきた。おれが若旦那の手をつかんで止めたら、若旦那のやつめ、金切り声をあげておれを蹴りつけて、父親のところへ走っていって、おれが刃向かった、って言いつけたんだ。旦那はカンカンに怒って、誰がきさまの主人なのかわからせてやるって言って、おれを木に縛りつけて、鞭に使う若枝を木から切り取って若旦那に持たせて、へとへとに疲れるまでこの黒んぼを鞭打っていいぞ、って言った。そんで、若旦那は言われたとおりにしやがった！　この恨みは、きっといつか晴らしてやる！」ジョージは険しい顔つきになり、瞳には若い妻が震えあがるような憤怒が燃えあがった。「誰がこんな男をおれの主人にしたんだ？　それを知りたいもんだ！」

「でも」と、イライザは悲痛な声で言った。「わたしはいつもご主人様と奥様には服従しなくてはいけないと思ってきたわ。そうでなければ、クリスチャンではなくなってしまうもの」

「おまえの場合は、それでいいかもしれない。おまえのご主人様たちはおまえを実の子供のように育てて、食べさせて、服を着せて、かわいがって、読み書きも教えて、おかげでおまえはしっかりした教養が身についている。だから、あの人たちがおまえの所有者だというのも、一理ないことはない。だけど、おれは蹴りとばされ、ぶん殴られ、罵られて育った。せいぜい良くて、放っておかれるのが関の山だ。いったい、あいつらに何の恩があるっていうんだ？　与えられた衣食住の百倍もの働きをして返してきた。もうこれ以上はがまんできない。もうがまんしないぞ！」ジョージは拳（こぶし）を握りしめて、すさまじい形相（ぎょうそう）を見せた。

　イライザは言葉を失い、震えるばかりだった。こんなに怒り狂う夫の姿を見るのは初めてだった。イライザの穏便な倫理観は、このような激情の嵐を前にしては、水辺の葦（あし）のようになびいて屈するばかりだった。

「きみがプレゼントしてくれた子犬のカーロをおぼえているか？」ジョージが話を続けた。「あいつだけがおれの慰めだった。毎晩おれと一緒に寝て、昼間はどこへでもおれが行くところへついてきた。まるでおれの気持ちがわかってるみたいな目でおれを見た。それが、このあいだ、調理場のドアの外に捨ててあった残飯を犬に食わせてやってたら、旦那が通りかかって、主人の金で犬を食わせるとは何ごとだ、黒んぼの犬なんぞに食わせる金はない、って言って、犬の首に石を縛りつけて池に沈めろ、って言ったんだ」

「まあ、ジョージ、そんなことしなかったでしょう？」

「するものか！　かわりに旦那がしやがった。旦那と若旦那のトムが、溺れて沈んでいく哀れなカーロに石を投げつけやがった。かわいそうに！　カーロのやつ、何とも悲しそうな顔でおれのことを見てたよ、なんで助けてくれないのか、って目で。おれは自分で犬を池に沈めなかったからって、鞭打ちの罰をくらった。かまうもんか。おれが鞭打ちなんかに屈する男じゃないことを、旦那にわからせてやるんだ。この仕返しはいつかしてやる。せいぜい用心するがいい」

「何をする気なの？　ああ、ジョージ、悪いことはしないでね。神様を信じてさえいれば、そして正しい道を歩もうとすれば、神様は救ってくださるわ」

「おれは、おまえみたいなクリスチャンじゃないんだよ、イライザ。おれの心は恨みつらみでいっぱいだ。神様なんか信じる気にはなれない。神様がいるんなら、なんでこんなことを許しとくんだ？」

「ああ、ジョージ、神様を信じなくては。奥様はおっしゃるわ、どんな逆境に落ちたとしても、神様は最善のことをなさっているのだと信じなくてはいけません、って」

「そんなこと、ソファにすわったり馬車に乗ったりしてる連中が言うんなら簡単だろうよ。だけど、おれの立場になってみろ、そんなこと言えるかな。おれだって、善人でいられたらと思うよ。だけど、心が怒りに燃えて、どうにもならないんだ。おまえだって、おれの立場になってみたら、同じだろうよ。いまだって、おれの話をぜんぶ聞いたら、きれいごとなんか言っていられなくなるさ。まだ、おまえに話してないことがあるんだ」

「いったい何？」

「このごろ旦那が言いだしたんだけどさ、おれをよその農園の女と結婚させるなんてバカだった、って。旦那はシェルビー一族が大っ嫌いなんだ。お高くとまって偉そうな顔してるからだとさ。おれが偉そうな態度を取るのも、おまえに感化されたせいだ、って言うんだ。だから、今後はシェルビー農園へ行くことは許さん、うちの農園の女と所帯を持たせる、って。それでも最初のうちはブツブツ文句を言うだけだったんだけど、きのうになって、ミーナと結婚して一緒の小屋で暮らせ、いやだと言うなら南のほうへ売り飛ばす[1]、って言いだしたんだ」

「なぜ？　あなたはこのわたしと結婚したのに。牧師さんに式をしていただいて。白人と同じように！」イライザが、わかりきった話だという口調で言った。

「知らないのか？　奴隷は結婚なんかできないんだよ。この国には、奴隷の結婚を認める法律なんかないんだ[2]。あいつが別れさせようと思えば、おれはおまえを妻だと主

1　南部諸州では奴隷が酷使されていたので、南部へ売り飛ばすという脅しは奴隷たちがもっとも恐れることだった。

張することはできない。だから、おまえといっそ出会わなけりゃよかった、って言ったんだ。だから、おれなんか生まれなけりゃよかった、って言ったんだ。そのほうが、おまえにもおれにも良かったんだ。この子だって、生まれないほうがよかったのさ。この子も将来おれと同じ思いをすることになるかもしれないと思うと！」

「ああ、でも、うちのご主人様はとっても優しいわ！」

「そうかもしれないけど、先のことはわからないさ。旦那様が死ぬかもしれないだろう？ そうしたら、この子だってどこの誰に売り飛ばされるか、知れたもんじゃない。この子の器量が良くたって、頭が良くたって、それが何の得になるものか。いいか、イライザ、子供が優秀ないい子であればあるほど、おまえの心が深い傷を負うことになるんだ。いい子であればあるほど、売らずに手もとに置いとくんじゃもったいないと思われるからさ！」

ジョージの言葉は、イライザの胸にずしんと響いた。昼間に見た奴隷商人の姿が目に浮かんで、イライザは強烈な一撃をくらったように青ざめ、息づかいを乱した。そして、不安な眼差しをベランダに向けた。視線の先には、大人の深刻な会話に飽きてしまった息子がシェルビー氏のステッキにまたがってお馬さんごっこに興じている。イライザは胸にわだかまる恐ろしい思いを夫に打ち明けようかと迷ったが、思いとどまった。

「いけないわ、彼はそれでなくてもつらいことがいっぱいあるのに！」イライザは考えた。「あの話はしないでおこう。それに、あんなこと、思い過ごしなんだし。奥様は人をだますようなことはぜったいになさらないもの」

「いいかい、イライザ」夫が悲痛な表情で話しかけた。「いまは耐えてくれ。さよならだ。おれは行くから」

「ジョージ、ジョージったら！　どこへ行くの？」

「カナダへ」ジョージは背をすっくと伸ばして立ちあがった。「むこうに着いたら、おまえたちを買い取るよ。こうなったら、それしか希望はない。おまえのご主人様は優しい人だから、おまえを売ってくれないとは言わないだろう。おれがおまえと子供を買い取る。神の思し召し（おぼしめし）があれば、かならず！」

「ああ、怖いわ！　もし捕まったら、どうなるの？」

「イライザ、おれは捕まらない。捕まるくらいなら、死ぬよ！　自由か、死か、どちらかだ！」

2　奴隷は法律上は「動産」扱いなので、結婚という法的契約を結ぶ当事者にはなれない。

「自殺なんてしないで！」

「自殺する必要なんかないさ。あいつらがあっという間に殺してくれるだろうよ。おめおめと生きて南へ送られたりなんかするものか！」

「ああ、ジョージ、お願いだから気をつけてね！　悪いことはしないでね。自分を傷つけないで。ほかの人も傷つけないで。あなたは危険を恐れなさすぎるわ。大胆すぎる……。行かないで……いいえ、気をつけて行ってちょうだい。慎重にね。神様の助けをお祈りして」

「いいかい、イライザ、おれの計画を話しておくよ。旦那はおれに手紙を持たせてここから一キロ半のシムズさんのとこへ使いに出した。おれが途中でここに寄っていまみたいな話をするのを見こんでのことだ。旦那の言う『シェルビーの連中』がこの話を聞いて気を悪くすればいい気味だ、ってわけさ。おれは何もかも諦めたような顔をして農園に帰っていく——わかるね？　もう必要なものは準備してあるし、助けてくれる伝手もある。一週間かそこらのうちに、おれは姿を消す。おれのために祈っててくれ、イライザ。たぶん、おまえの祈りなら、神様も聞いてくださるだろうさ」

「ああ、ジョージ、あなたも祈ってね。神様を信じて。そうすれば、悪いことはしなくてすむわ」

「それじゃ、お別れだ」ジョージはイライザの両手を握りしめ、じっと立ったまま、イライザの目を見つめた。二人はしばらくそのまま立ちつくし、やがて最後の言葉をかわし、むせび泣き、つらい別れの涙に暮れた。二度と会えるかどうか、蜘蛛の糸ほどの心もとない希望にすがるしかない者どうしの別れであった。そうして夫と妻は別れた。

第4章　アンクル・トムの小屋の夕べ

アンクル・トムの小屋は小さな丸太小屋で、「お屋敷」――奴隷頭のトムは主人の住まいをそう呼んでいた――のすぐそばに建っていた。小屋の前は手入れの行き届いた菜園になっていて、毎年夏になると手塩にかけたイチゴやラズベリーをはじめさまざまな果物や野菜が実をつける。小屋の正面の壁は、鮮やかな赤い色をした大きな花をつけるノウゼンカズラやこのあたりでよく育つ多花種の野バラに全体が覆われていて、それらがくねくねと絡みあって、粗末な丸太の表面はほとんど見えないくらいになっている。ほかにも、夏になるとマリーゴールドやペチュニアやオシロイバナなどいろいろな一年草が庭の隅でたくさんの鮮やかな花をつけ、それがアント・クロウィ[1]の喜びであり自慢なのだった。

丸太小屋の中をのぞいてみよう。「お屋敷」の夕食が終わり、料理長として夕食の調理をとりしきったアント・クロウィは、食卓の片付けや皿洗いを下の者たちに任せて、「うちの人の夕めし」を作るためにこぢんまりとした自宅に下がってきたところだ。というわけで、火のそばに立っているのはほかならぬ料理長のアント・クロウィであり、柄の長い鍋の中で何やらジュージューと音をたてている料理を注意深く見守りながら、もう一方では真剣な面持ちでダッチ・オーブン[2]の蓋を開けて中をのぞいている。ダッチ・オーブンから湯気が上がり、いかにも「おいしそうなごちそう」のにおいが漂う。アント・クロウィの丸い顔は黒光りしていて、卵の白身でパックしたのではないかと思うくらいつやつやに輝いている。アント・クロウィが作るお茶菓子のラスクにそっくりだ。バリッと糊のきいたチェックのターバンの下の丸々とした肉付きのよい顔はいかにも満ち足りた輝きを放ち、しいて言うならば、この近隣一帯でもっとも腕のいい料理人としての自意識がちらりとのぞいていると見えなくもない。たしかに、アント・クロウィはこのあたりでは最高の料理人という評判を取っていた。

1 この作品中の「アンクル」（おじさん）や「アント」（おばさん）は、年配の黒人男女に対する呼称として日常的に使われるもので、親族を意味する言葉ではない。
2 蓋と三本脚のついた鉄鍋で、暖炉などの火にかけて煮物をしたり、パンやパイやケーキを焼くのに使う。

アント・クロウィは根っからの料理人で、納屋の前庭で飼われているニワトリやシチメンチョウやアヒルは、アント・クロウィが近づいてくるのを見ると、おのれの行く末をあれこれ思いめぐらすのか、心穏やかではいられないようだった。事実そのとおりで、アント・クロウィの頭の中にはいつもトリの足を糸でくくったり、内臓をくり抜いて詰め物をしたり、丸ごとこんがりローストしたりする場面が浮かんでおり、多少なりとも気のきいた家禽(かきん)であれば、アント・クロウィの姿を見たとたん生きた心地もしないはずである。アント・クロウィが作るコーン・ブレッドは、ホウケーキ[3]であろうと、コーン・ドジャー[4]であろうと、マフィンであろうと、それ以外のここに書ききれないほどの多種多様なコーン・ブレッドであろうと、並の料理人から見れば、まさに神業としか思えない出来であった。自分のような料理のレベルをめざして挑戦した料理人たちがあえなく敗退した話を語るとき、アント・クロウィは抑えきれないプライドと陽気な笑いをこめて太った脇腹を震わせるのだった。

「お屋敷」に多くの客が訪れ、「本式の」昼食や夕食を準備するとなると、アント・クロウィの魂は奮い立った。ベランダに山と積まれた旅行用トランクほどアント・クロウィを喜ばせるものはない。それはつまり、自慢の腕をふるって賞賛を浴びる機会がまた巡ってきたことを意味するからである。

いま、アント・クロウィはなにやらパンの焼き型をのぞきこんでいる。ここはしばらくアント・クロウィに料理を任せておいて、丸太小屋の中を見まわしてみることにしよう。

部屋の片隅に、ベッドがある。雪のように真っ白なベッドカバーがきちんとかけられ、ベッド脇にはけっこうな大きさのカーペットが敷いてある。このカーペットの上に立ちはだかるアント・クロウィの姿には、自分は断固として上流に属する人間だと言いそうな気迫があふれていた。そして、そのカーペットとベッド、というよりその一角全体が、この丸太小屋の中では特別扱いされ、子供たちの侵入や冒瀆(ぼうとく)からなんとしても守らなくてはならぬスペースであった。実際、この一角は、この丸太小屋の応接間なのである。別の一角にはもっと粗末なベッドがあり、こちらは明らかに寝るためのベッドと見受けられた。暖炉の上の壁には華やかな聖画の印刷物が飾りつけられ、それらと並んでワシントン将軍[5]の肖像画も飾ってあったが、こちらは英雄ご本人が目にしたらさぞ仰天するであろうと思われるようなデッサンと彩色であった。

3　hoe-cake。もともと hoe＝鍬(くわ)の上で焼いた南部のトウモロコシパン。パンケーキのような形。

4　トウモロコシの粉で作った堅焼きパン。細長い小さなフットボール形が多い。

部屋の隅に置かれた粗末な長椅子に、縮れ毛の黒人の男の子が二人すわっている。いきいきとした黒い瞳と丸々とした肉づきの頬を輝かせて、二人の男の子たちは歩きはじめたばかりの赤ん坊の世話を焼いている。ご想像どおり、赤ん坊は両足で立ち上がっては、一瞬ゆらりとバランスを取り、またころんと転げてしまう。そのたびに、二人の男の子たちがやんやの喝采ではやしたてる。

少しばかり脚のがたつくテーブルが暖炉の前に引き出され、テーブルクロスがかけられて、派手な絵柄のカップや皿が並べられ、食事の用意が整いつつあることを示している。テーブルに着いているのは、シェルビー氏がいちばん頼りにしている奴隷頭のアンクル・トムである。この物語の主人公であるアンクル・トムを、ここで少し描写してみよう。アンクル・トムは大柄で、胸板が厚く、力自慢の男で、肌はつややかな漆黒、アフリカ民族の特徴を強く残す容貌には、まじめで分別のある表情に加えて、優しく情け深い表情も見て取れる。この男のたたずまいには自尊心と威厳が感じられ、その一方で、飾らない純朴さもにじみ出ていた。

いま、トムは自分の前に置かれた石盤に全神経を集中し、ていねいにゆっくりと文字を書き写そうとしている。それを傍らで監督しているのは、シェルビー家のジョージ坊っちゃまだ。ジョージ坊っちゃまは一三歳になる利発な少年で、すっかりその気になって教師の役割を果たしている。

「そうじゃないよ、アンクル・トム。そうじゃなくて」トムが苦労して書いている「g」の字のしっぽを反対向きにはねたのを見て、ジョージ坊っちゃまが即座に訂正した。「それじゃ、qの字になっちゃうよ」

「おや、そうですか?」若きジョージ先生が「q」と「g」をすらすらといくつも書いてみせるのを、アンクル・トムは尊敬と賞賛をこめた眼差しで見つめる。そして、大きなふしくれだった手に石筆を持つと、また辛抱強く習字を続けた。

「白人さんがたは、何でもほんに易々（やすやす）となさるねぇ」アント・クロウィが、フォークに刺したベーコンの切れっ端でフライパンに脂（あぶら）を引く手を休め、若旦那様を誇らしげに見つめて言った。「この達者な字を見てごらんよ！　読むのも上手だし！　それに、夜ここへおいでなすって、あたしらにお聖書を教えてくだすって――ほんに、ありがたや！」

「それはそうとさ、アント・クロウィ、ぼく、とってもおなかすいちゃった」ジョー

5　ジョージ・ワシントン（一七三二年～一七九九年）。アメリカ合衆国の初代大統領。独立戦争（一七七五年～一七八三年）中は陸軍最高司令官だった。

ジが言った。「その鍋のケーキ、もうすぐできるんじゃない？」

「もうじきですよ、ジョージ坊っちゃま」アント・クロウィが蓋を上げてダッチ・オーブンをのぞきこんだ。「きれいな焼き色がついてきただよ。ああ、ええ色だ。そうさ、こういうのはあたしに任しといてもらいたいもんだ。こないだ、奥様がサリーにケーキを焼かせようとなすっただけどね。サリーにちょっと教えてあげるなんておっしゃって。『もう、よしてくだせえよ、奥様』って、あたしゃ言っただよ。『気じゃねえです、だいじな食べ物を台無しにしちまって。ケーキが片方ばっかし膨らんじまって、形なしだ。あたしの靴とどっこいどっこいだ。さ、もうよしてくだせえ！』ってね」

サリーの未熟な腕をけなしておいて、アント・クロウィはダッチ・オーブンの蓋をさっと取った。パウンドケーキがきれいに焼きあがっている。町のどの菓子屋の店先に出しても恥ずかしくないできばえだ。ジョージ坊っちゃまに自慢の腕を披露しておいてから、アント・クロウィは大わらわで夕食の調理に取りかかった。

「ほれ、モーズ、ピート、そこをどきな、この黒んぼども！　さ、ポリーも、どいた、どいた。あとで母ちゃんがなんかええもん食わしてやるからね。さ、ジョージ坊っちゃま、その本を片付けて、うちの人と一緒にテーブルに着いておくんなさいな。いまソーセージ[6]が焼きあがりますで。こっちのフライパンも、すぐにパンケーキがどっさり焼きあがりますで」

「お屋敷で夕ごはん食べなさいって言われたけど、どっちがおいしいか、ぼく、ちゃんと知ってるもん」

「そうかい、そうかい、坊っちゃま」アント・クロウィはそう言いながら、熱々のコーンミール・パンケーキをジョージ坊っちゃまの皿にどっさり積み上げた。「そのとおりさ、おばちゃんが坊っちゃまにとびっきりのごちそうを用意しとるだからね。しかし、坊っちゃまもなかなか言うね！　まったく！」そう言いながらアント・クロウィは思いっきりおどけた顔でジョージ坊っちゃまを指で突っつき、大急ぎでフライパンのほうへ向き直った。

「もうケーキ食べてもいい？」ソーセージやパンケーキの調理がひととおり落ち着いたのを見計らって、ジョージ坊っちゃまが大きなナイフでお待ちかねのケーキを切り

6　ホームメイドの「ソーセージ」は、豚などのひき肉や脂身にたっぷりの香辛料を混ぜてこねたものを、「腸詰め」のようにケーシングに詰めるのではなく、単純に小判形に成形したものも多い。

分けようとした。

「ありゃ、ジョージ坊っちゃま!」アント・クロウィがあわてて若主人の腕に手をかけた。「そんな分厚いナイフで切っちゃだめだ! ケーキがぺちゃんこになっちまう。せっかくきれいにふくらんだのが台無しだ。ほれ、こっちの薄いナイフをお使いなさい、これ用によく研いであるだから。そう、そう! ほら、羽みてえにふかふかのまま切れただよ! さ、たらふく召し上がっとくれ。とびっきりの味だよ」

「トム・リンカンが言ってたけどさ」ジョージが口の中いっぱいにケーキをほおばったまま、しゃべった。「あいつのとこのジニーのほうがもっと料理がうまい、ってよ」

「リンカンの連中なんぞ、話になんねえですよ!」アント・クロウィが見下した口調で言った。「このお屋敷の皆さん方に比べたら。そりゃ、むこうの人たちだって、いちおうそこそこご立派ですよ。けど、何かを本式にやってみせるとなったら、むこうの人たちなんぞ目じゃねえです。リンカンの旦那様をシェルビーの旦那様と並べてごらんなさいな! どうだね! それに、リンカンの奥様だって、うちの奥様が部屋にはいってきなさるときみたいに堂々としてますかい? うちの奥様は、そりゃもうご立派ですよ! よしてくだせえよ! リンカンの話なんか、聞いてもしょうがねえです!」そう言って、アント・クロウィはいかにも世間を心得ているといった顔つきで頭をつんとそらしてみせた。

「だけどさ、アント・クロウィも言ってたじゃない、ジニーはなかなかの腕前だ、って」ジョージ坊っちゃまが言った。

「そりゃ言いましたとも」アント・クロウィが言った。「たしかに、そこらで出されるようなふつうの料理なら、ジニーも作れますわ。丸めたコーン・ブレッドぐらいはね。ジャガイモを茹でるのも、まあ、できますわ。コーン・ブレッドは特別にうまいってわけじゃねえけども。ええですか、特別にうまいってわけじゃねえけどもね、ジニーのはね。でも、まあまあですわ。だけども、もっと上等な料理になったら、ジニーに何ができるかね？　そりゃ、パイだって焼くさ、焼くことは焼ける。けども、あのパイ皮はどうだね？　ジニーに薄い皮が何層も重なったパイ皮が作れるかね？　口ん中でとろけるみたいな、ふわふわに膨らんだパイ皮が？　メアリ嬢様の結婚式のときに、あたしゃむこうのお屋敷に行ったことがあります。そんとき、ジニーが焼いたウエディング・パイを見してもらいましたよ。ジニーとあたしゃ友だちどうしだから、何も言わずにおいたけども、けどね、ジョージ坊っちゃま！　あんなパイを焼いちまった日にゃ、あたしだったら恥ずかしくって一週間も寝らんねえと思いますよ。あんなもん、話になんねえです」

「ジニーはすごくうまくできたと思ってたみたいだけど?」ジョージ坊っちゃまが言った。

「そりゃ、そうでしょうよ! 得意になってパイを見せびらかしとりましたからね。ええですか、坊っちゃま、ここが肝腎なんですよ、ジニーにはわかっ、わ、わかっとらんのです。ったく、あちらのご一家は話になんねえです! ジニーにわかるはずがねえですよ! あの子が悪いんじゃねえ。ほんとに、ジョージ坊っちゃま、こちらのご一家に生まれた幸せも、ここで育つ幸せも、坊っちゃまは半分もわかっちゃいねえですよ!」そう言ってアント・クロウィは感極まったように目玉をぐるりと回して天を見上げた。

「ぼく、わかってるよ、アント・クロウィ。ぼくがどんだけパイやプディングで恵まれてるか、ってこと。トム・リンカンに聞いてみなよ、顔を合わせるたびに、ぼく、オンドリが時をつくるみたいに自慢しまくってるんだから」

アント・クロウィは坊っちゃまの痛快なひとことを聞いて椅子の上でそりかえり、げらげら大笑いした。笑いすぎてしまいには黒光りする頬に涙が流れ、ジョ、ジ、ジョージ坊っちゃまを平手でたたいたり指で突っついたりしながら「よしてくださいよ、もう!」と声をあげ、坊っちゃまはただ者じゃねえ、並の者じゃねえ、ああ笑い死にしそうだ、あたしゃそのうちきっと笑い死にさせられちまうだよ、などと言った。そして、穏やかでない予言の合間にますます盛大に笑いころげたので、しまいにはジョージ坊っちゃまも、もしかしたら自分はほんとうに危険なほどおもしろいやつなのかもしれないと思いはじめ、「話を目いっぱい盛り上げる」のもほどほどにしないといけないかな、などと考える始末だった。

「そんで、坊っちゃま、トム・リンカンに言うてやっただね？　まったく！　若い者のすることは！　トム・リンカンに向かってオンドリみてえに派手に自慢してやったってか？　まったく！」

「うん」ジョージが言った。「ぼく、トム・リンカンに言ってやったんだ。『トム、いっぺんアント・クロウィのパイを見るといいよ。あれがパイってものさ』ってね」

「そうかい、そのトムも気の毒だねえ」本物のパイを見たことのないトム・リンカンを憐れむ気持ちがアント・クロウィの情け深い心を強く揺さぶった。「ジョージ坊っちゃま、いつかそのトムって子をここのディナー[7]に誘ったらええですよ。坊っちゃま

7　「ディナー」は昼または夜の正餐をさすが、この作品に登場する南部では昼食をさしている場合がほとんどである。

も鼻高々だろうし。だけどね、ジョージ坊っちゃま、自分が恵まれとるからって、他人を見下しちゃだめですよ。恵まれとるのは神様のおかげなんですからね。そのことをいつも忘れちゃだめです」アント・クロウィは真顔に戻って、そう言った。

「うん。来週にでもトムを誘ってみようかな」ジョージが言った。「そしたら、アント・クロウィ、最高の腕をふるってよね。あいつの鼻を明かしてやるんだ。二週間は忘れらんないくらい、おいしいもの食べさせてやろうよ」

「ああ、ああ、もちろんですともさ」アント・クロウィがうれしそうに相槌を打った。「どんと任しておくれ。うちで出すディナーはすごいからね。ノックス将軍にディナーをお出ししたときのチキンパイ、おぼえとるかね？　あんときは、パイ皮のことで奥様とけんかになるとこだった。いったい奥様方が何を思いつきなさるか、あたしゃときどきわからんくなるね。ものすごくだいじなこと引き受けてシンケンに舞い上がっとるときにかぎって、他人(ひと)の仕事場に顔出してあれこれ口をはさむだよ！　奥様ときたら、こうしろああしろって言いなさるもんで、とうとうあたしゃムッときて、言っちまったことさ。『あのですね、奥様、その指が長くて白いきれいな手をごらんなせえな、指輪がいっぱいキラキラはまって、朝露のおりたうちの白ユリの花みてえにきれいだ。ほんでもって、あたしのこの真っ黒な節くれだった手をごらんなせえ。

これは神様があたしに、パイ皮をこさえろってこっちゃねえですか？　でもって、奥様は応接間でじっとしとられるように、ってこってす』なんてね。いやはや、ジョージ坊っちゃま、あたしゃすっかり生意気言っちまっただよ」

「で、お母様はなんて言ったの？」ジョージが聞いた。

「なんて言ったか、って？　そうさね、奥様はちっと目もとだけで笑いなすって。あの大きくてきれいな目でね。そんでもって、『そうね、アント・クロウィ、おまえの言うとおりみたいね』って言われただよ。そんで、応接間に戻っていきなすった。あんな生意気言って、頭ぶん殴られても当たり前だったけども。けど、要はそういうことさ。奥様方が台所に来られたんじゃ、仕事になんねえだよ」

「あのときのディナーはすごくよかったよね。みんながそう言ってたの、ぼくおぼえてるよ」ジョージが言った。

「だろう？　あたしゃ、あの日、ダイニング・ルームのドアのかげから見とっただよ。将軍さんは、ほかでもないあのチキンパイを三度もおかわりなすって、奥様に『シェルビーさん、おたくはたいそう腕のいい料理人をお抱えですな』っておっしゃっただ。まったく！　あたしゃもう、うれしくて張り裂けそうだったよ」

「それに、あの将軍さんは料理ってもんがわかっておいでだ」アント・クロウィが気取って胸をそらした。「そりゃあ、立派なお方だったよ、あの将軍さんは！　オールド・ヴァージニーの超一流の家の出だとさ！　何が肝腎か、ちゃーんとわかっとられたよ、あの将軍さんは。あたしと同じようにね。ええかね、ジョージ坊っちゃま、およそパイってもんには急所があるだよ。みんながみんな、急所をわきまえとるわけじゃないけども、将軍さんはわかっとられた。おっしゃることを聞きゃ、わかるさ。そうだ、将軍さんは急所ってもんをわかっとられたわ！」

　この時分には、ジョージ坊っちゃまも食べざかりの男の子とはいえさすがに満腹になっており（もう一口も食べられないほどの満腹は珍しいことだったが）、部屋の隅にかたまってひもじそうな顔で目を輝かせて話を聞いている縮れ毛の男の子たちに気づく余裕ができた。

「ほら、モーズ、ピート」と言いながら、ジョージは気前よくケーキを割って二人に投げてやった。「おまえたちも欲しいんだろ？　ねえ、アント・クロウィ、あの子たちにもパンケーキ焼いてやって」

　ジョージ坊っちゃまとアンクル・トムは炉端の居心地のいい席に移り、アント・クロウィはパンケーキを山のように焼いたあと、赤ん坊を自分の膝の上にすわらせて、赤ん坊の口と自分の口に交互に食べ物を運びはじめ、モーズとピートにもパンケーキを分け与えたが、この二人はテーブルの下で床に転がってじゃれあいながら夕ごはんを食べるほうが楽しいらしく、ついでにときどき赤ん坊のつま先を引っぱったりした。

「これっ！　やめなってば！」テーブルの下の騒ぎが手に負えなくなるたびに、母親はあちこち適当に蹴りつけながら叱りとばす。「白人さんがみえてるってのに、行儀よくできねえのかい？　早くやめな、これ、言うことをきかねえと、ジョージ坊っちゃまが帰ったあとでボタンホールひとつぶん余計に折檻（せっかん）するからね！」

この恐ろしい脅しにどういう意味があるのか、さだかではなかったが、はっきりしているのは、こんな意味不明の脅しではいたずら小僧たちにはほとんど何の効きめもないということだ。

「やれやれ！」アンクル・トムが口を開いた。「くすぐりっこがおもしろすぎて、行儀どころじゃなさそうだ」

このとき男の子二人がテーブルの下から出てきて、手や顔に糖蜜をベタベタつけたまま、赤ん坊にめったやたらにキスしはじめた。

「やめなってば！」母親が二人の縮れ毛の頭を押しやりながら言った。「そんなこと

8　ヴァージニア州。独立一三州のひとつ。

してると、おまえたち、みんなくっついて離れなくなっちまうよ。泉へ行って、手と顔を洗っておいで！」母親はそう言いながら子供たちに平手打ちをくれたが、派手な音がしたわりには子供たちはいっそうげらげら笑うばかりで、二人ともつれあって転げるようにドアの外へ出ていき、外でまた楽しそうに金切り声をはりあげていた。

「まったく手に負えんチビどもじゃないかね」アント・クロウィはむしろ満足そうな口ぶりでそう言いながら、こういう緊急事態のためにとってあったボロ布を取り出して、縁の欠けたティーポットから水を少量たらし、赤ん坊の顔や手についた糖蜜を拭き取りはじめた。そして、赤ん坊をピカピカに拭きあげると、その子をアンクル・トムの膝に預け、自分はせっせと夕食の片付けにかかった。赤ん坊はトムの鼻を引っぱったかと思うと、次は顔をひっかき、あげくにぷくぷくの両手をトムの縮れ毛に突っこんでかきむしり、それがいちばんお気に召したようだった。

「おうおう、元気な子だな」アンクル・トムは赤ん坊を自分から離して持ちあげ、全身を眺めて言った。それからトムは立ち上がり、赤ん坊をたくましい肩に乗っけて、ふざけて跳ねまわって踊りだした。ジョージ坊っちゃまが赤ん坊に向かってハンカチを勢いよく振りまわし、小屋に戻ってきたモーズとピートは赤ん坊を追い回してクマのような吼（ほ）え声をあげ、とうとうアント・クロウィがうるさくて「頭がちぎれそうだよ！」と声をあげた。アント・クロウィ自身の言葉によれば、頭がちぎれそうになるのはこの小屋では毎日のようにあることらしく、大声で注意したところで騒ぎはおさまるはずもなく、吼え声とドタバタとダンスは皆が疲れてひと息つくまで続いたのであった。

「さ、もう気が済んだかい？」アント・クロウィがベッドの下から浅い木箱のような引き出し式の簡易ベッドを引っぱり出しながら言った。「さあ、モーズとピートはベッドにはいりな。これから集会が始まるからね」

「なあ、母ちゃん、まだ寝たくないよぉ。起きてたい、集会見たいもん。集会って、おもしれえんだ。おらたち、集会大好きだもん」

「ねえ、アント・クロウィ、そんなベッド片付けちゃって、二人をもう少し夜更かしさせてやりなよ」ジョージ坊っちゃまが簡易ベッドをさっさとベッドの下に押し戻しながら、有無を言わせぬ口調で言った。

ジョージ坊っちゃまが言うのなら顔も立つので、アント・クロウィも喜んで簡易ベッドを片付け、「そうだね、集会はこの子らにもええかもしれんね」と言った。

一家は総出で集会の準備や手配にとりかかった。

「椅子はどうすりゃええだろうね。さてさて、どうしたもんだか」アント・クロウィが言った。集会は毎週、ずっと昔からアンクル・トムの小屋でおこなわれていて、これまでも集会用の椅子が余分にあったわけではなかったので、そろそろ何かひと工夫ほしいところだった。

「先週、アンクル・ピーターのじいさんが歌を歌ったときに、いちばん古い椅子の脚を二本とも壊しちまったんだよ」モーズが言った。

「よく言うよ！　おまえが引っこ抜いたんだろ、いたずらして」アント・クロウィが言った。

「壁にぎゅっと押しつけときゃ、倒れないよ！」モーズが言った。

「じゃ、アンクル・ピーターがすわるのは無理だ。だって、アンクル・ピーターは歌うときいっつも椅子をガタガタ揺らすんだもん。こないだの夜だって、椅子にすわったまま部屋のあっちからこっちまで動いてきたよ」ピートが言った。

「おもしれえや！　じゃあ、その椅子にすわらせちゃえ」モーズが言った。「そしたら歌いだすよ。『来たれ、聖者よ罪人よ。聞けやわが声を』って。そんで、ドスン、さ」モーズは老人の鼻にかかった歌声をそっくりに真似してみせ、床に転げて、想像される大惨事を演じてみせた。

「これ、おまえたち、ふざけすぎだよ。恥ずかしくないのかね！」アント・クロウィがたしなめた。

しかし、ジョージ坊っちゃまがモーズたちと一緒になって笑いころげ、「こりゃ最高だ」と断言したので、母親の小言はあまり効果がなかった。

「ねえあんた、外にある樽を運びこんでおくれよ」アント・クロウィがアンクル・トムに言った。

「母ちゃんの樽は未亡人の樽と同じだよ。ジョージ坊っちゃまがお聖書で読んでくれたもん。ぜったい大丈夫なんだ、って[10]」モーズがわきを向いて小声でピートに言った。

「けどさ、たしか先週、あの樽のどれだったか、へこんだよ」ピートが言った。「そんで、歌ってる最中に、みんな落っこちたんだ。それって、大丈夫じゃなかったってことじゃねえの？」

モーズとピートがひそひそ話をしているあいだに二つの空樽がごろごろ転がされて

9　メソジスト派の讃美歌"Heavenly Union"。

10　旧約聖書「列王記 上」第一七章第一六節あたりのことを言っているが、聖書の内容を誤解している。

小屋へ運ばれ、両側から石をかませて転がらないよう固定された上に板が渡された。ほかにも桶やバケツが逆さまにして並べられ、壊れかけの椅子を適宜配置して、ようやく準備が整った。

「ジョージ坊っちゃまは本読みがすごく達者だから、ここに残って、みんなにお聖書を読んで聞かしてくれるかね」アント・クロウィが言った。「そうしてくれたら、集会がずっとよくなるんだけどね」

ジョージは重要な役回りを演じるのが大好きな少年らしく、すぐにこの話を引き受けた。

まもなく、八〇歳になる白髪の長老から、一五歳の少年少女まで、種々雑多な会衆で部屋がいっぱいになった。サリー婆さんが頭にかぶっている新しい赤いスカーフはどこから手に入れたものだろうか、だとか、「奥様の新しいバレージュ[11]のドレスが縫いあがったら、水玉模様のモスリンのドレスをリジー[12]にくださるらしいよ」とか、シェルビーの旦那様は新しく栗毛の競走馬を買おうと考えておられるらしいから、この屋敷の自慢のタネが増えそうだ、などいろいろな話題をめぐって罪のない噂話がひとしきりにぎやかに交わされた。祈禱集会に集まった者たちのなかには隣接する農園から所有者の許可をもらってやってきた者たちもいて、よその屋敷や農園に関する貴重な情報が、もっと上流の階級において罪のない情報がやりとりされるのと同じように、人の口から口へと伝わった。

しばらくして聖歌が始まり、集まった者たちが嬉々として声を合わせた。ピーター老の鼻にかかった歌声さえも、黒人たちの持って生まれた美しい声を邪魔するものにはならず、野性的で生気あふれる歌声が小屋に響いた。この地方の教会で歌われるよく知られた讃美歌もあれば、野外の伝道集会でおぼえてきたもっと自由で作者不詳のものもあった。

黒人たちが声を張り上げ情熱をこめて歌ったのは、次のような歌詞の歌だった。

戦いの野にて死なん
戦いの野にて死なん
わが魂に栄光(さかえ)あれ[13]

11　ガーゼのような薄手の生地。
12　イライザの愛称。
13　サミュエル・ウエイクフィールドの讃美歌"Die in the Field"。

皆に人気のある別の霊歌には、次のような歌詞のリフレインがあった。

天に召されん、ともにや行かん
われをば招く天使を見ずや
金色(こんじき)の都、世々かぎりなし[14]

ほかにも「ヨルダンの岸」とか「カナンの地」[15]とか「新たなるエルサレム」[16]などの語句が何度となく繰り返される歌もあった。情熱的で想像力豊かな黒人の心は、生き生きと絵に描いたような讃美歌の語句に惹かれるようだった。そして聖歌を歌いながら、ある者は笑い声をあげ、ある者は涙を流し、手をたたく者もいれば、まるでもうヨルダン川の向こう岸にたどり着いたことを喜びあうように手を握りあったりする者もいた。

聖歌に続いて、信仰の勧めを説く者あり、自身の経験を語る者あり、そしてまた聖歌が歌われた。ずいぶん前に現役を退いたものの過去の語り部として崇敬されている白髪頭の老女が立ち上がり、杖によりかかってからだを支えながら、口を開いた。

「ええかね、皆の衆！　わしは、きょうまたあんたらの声が聞けて、顔が見れて、こんなにありがたいことはない。いつお迎えが来るか、わからん身じゃでな。だがな、皆の衆、わしはもう支度(したく)はできとる。荷物もすっかりまとめてあるし、ボンネットもかぶっとる。あとは馬車が連れに来てくれるのを待つだけじゃ。ときどき、夜中に、車輪の音がガタゴト聞こえる気がすることがあるぐらいじゃ。わしはいっつも外を見て待っておる。あんたらも、用意しとくがええ。のう、皆の衆」と、ここで老女は杖で床をドンと強く突いた。「天国は、すんばらしいもんじゃて！　ええか、皆の衆、天国っちゅうのは、すんばらしいもんじゃ。あんたらは何も知らんだろうが、そりゃすんばらしい、いいところじゃて」老女は腰を下ろし、ぼろぼろと涙を流し、抑えがたい感情に酔っている。そこへ、一同がいっせいに歌いだす。

14　黒人霊歌“Bound for the Promised Land”の変形と思われる。

15　カナンはヨルダン川と死海と地中海にはさまれた地域で、旧約聖書の「創世記」によれば、神がイスラエルの民に約束した土地。黒人奴隷にとっては、自由の地を象徴する。

16　「新たなるエルサレム」は、最後の審判のあとにキリスト教徒に約束された聖地。理想の地、天国のこと。

おお、カナンよ。光あふるるカナンよ。
われは行く、カナンの地をめざし。[17]

ジョージ坊っちゃまが黒人たちに乞われて「ヨハネの黙示録」[18]の最後のほうを何章か朗読したが、あちこちから「そうだ！」「聞いたか！」「そのとおり！」「ほんとにそうなるのか？」というような合いの手がはいって、朗読はしばしば中断した。

ジョージは頭のいい子だったし、母親からしっかりとした宗教教育も受けていたので、自分が一同の期待を一身に集めているのを自覚して、要所要所でなかなか堂に入った解釈を自分なりにつけ加え、それによって若い者たちからは賞賛を受け、年寄りからは祝福された。そして、一同は「牧師さんだってジョージ坊っちゃまみたいにうまくはしゃべれねえ」「いやはや、立派なもんだ！」ということで意見が一致した。

アンクル・トムは、奴隷たちのあいだで、宗教に関して家父長的な存在だった。生まれつき志の高い質であり、また、周囲の人間たちよりも寛大で心の修養に優れていた面もあって、トムは皆からおおいに尊敬され、牧師のような役割を果たしていた。トムの説教はわかりやすく、心がこもっていて、誠実さに裏打ちされた内容だったので、黒人よりもっと教養のある人々でさえ、ありがたく聞いたかもしれない。しかし、なんといっても、トムが本領を発揮したのは、お祈りだった。トムの祈りの心を打つ純朴さ、子供のようなひたむきさが、聖書の言葉に力を得ていっそう彩り豊かになり、それがトムという人間と不可分一体となって、唇から無意識にこぼれ出る――その祈りの言葉は、人々の心にどんな言葉よりも強く訴えた。ある信心ぶかい老奴隷の表現を借りるならば、トムは「まっすぐ天の神様に向かって祈る」のであった。トムの祈りを聞いているうちに、人々の中で神様への思いが極まり、トムの周囲から感動の声が湧きあがって、祈りの声がかき消されそうになることもしばしばだった。

アンクル・トムの小屋でこんな光景がくりひろげられているあいだ、これとはまったく異なる場面が主人の屋敷内で進行していた。奴隷商人とシェルビー氏がさきほどの応接間に腰を下ろしていた。テーブルの上に

17　ジョン・ウェズリーの讃美歌"Bound for the Land of Canaan"。
18　新約聖書の最後の巻。最後の審判、地獄へ堕ちる者への罰、救われる者への報いなどについて書かれている。

は書類や筆記具が散らばっている。

シェルビー氏がいくつもの札束をせっせと数え、数えおわった札束を奴隷商人のほうへ押しやる。すると、こんどは奴隷商人が同じように札束を数える。

「まちがいありませんな」奴隷商人が言った。「それじゃ、この書類にサインをお願いします」

シェルビー氏はそそくさと売渡証を引き寄せ、気の重い取引をさっさと済ませてしまいたがっているような態度で書類にサインして、それを札束と一緒に奴隷商人のほうへ押しやった。ヘイリーは使い古した旅行かばんの中から羊皮紙の手形を取り出し、ざっと見直したあと、それをシェルビー氏に手渡した。シェルビー氏は、はやる気持ちを押し殺して手形を受け取った。

「やれやれ、これで終わりましたな!」奴隷商人はそう言って、腰を上げた。

「終わったか!」シェルビー氏は考えこむような口ぶりで応じた。そして、長いため息をつき、もう一度「終わったか!」とくりかえした。

「あまりうれしそうなお顔じゃありませんな」奴隷商人が言った。

「ヘイリー」シェルビー氏が言った。「名誉にかけて約束したことを、忘れないでもらいたい。トムをどこの誰ともわからぬ先へは売り飛ばさない、と」

「おや、シェルビーさん、おたくもたったいま、そういうことをなさったじゃありませんか」奴隷商人が言った。

「わかっているだろう、事情があってやむなくしたことだ」シェルビー氏は横柄な口調で言った。

「ま、あっしのほうも、やむなくそういうことにならんともかぎりませんがね」奴隷商人が言った。「それでも、まあ、トムをいいとこへ売ってやれるよう力を尽くしますよ。悪いようにはしませんから、これっぽっちも心配には及びません。これでも、神に感謝することがあるとしたら、それはこの自分が残酷な人間とはほど遠いってことでしてね」

奴隷商人がおのれの人道主義について先刻滔々と述べた内容を思い出せば、こう言われても、シェルビー氏としては安心できようはずもなかった。しかし、事ここに至ってはこれ以上の言質は望めなかったので、シェルビー氏は黙って奴隷商人を送り出し、ひとり葉巻に火をつけた。

第5章　売られた奴隷の心情

夜になり、シェルビー夫妻は居室に引きあげた。シェルビー氏は大きな安楽椅子にゆったりと腰をおろし、午後の便で届いた郵便物に目を通していた。夫人のほうは鏡の前に立ち、イライザが手のこんだ編み込みやカールにして結った髪を自分でほどいてブラシをかけている。というのも、イライザの青ざめた顔と憔悴（しょうすい）した目の色を見て、シェルビー夫人はその夜は早く床に就くようイライザを下がらせたからである。もちろん、イライザのそんなようすは、けさの会話が原因だと思われた。シェルビー夫人は夫に向かって何気なく話しかけた。

「それはそうと、アーサー、きょうあなたがダイニング・ルームに引っぱりこんでいらしたあの柄（がら）の悪い男は、何者なの？」

「ヘイリーという男でね」シェルビー氏は手紙に目を落としたまま、安楽椅子の上で居心地悪そうに姿勢を変えた。

「ヘイリー？　何者なの？　いったい何の用で訪ねてきたの？」

「その……このあいだナチェズに行ったときに仕事で取引があった相手なんだよ」

シェルビー氏が答えた。

「それにつけこんで、のこのこと人の家に上がりこんで、食事までしていったというわけ？」

「いや、その、わたしが呼んだんだ。金の貸し借りの話があったんでね」シェルビー氏が言った。

「あの人、奴隷商人なの？」夫の態度から後ろめたそうな空気を感じ取って、シェルビー夫人がずばりと斬りこんだ。

「どうしてそんなふうに思うんだね？」シェルビー氏が顔を上げた。

「べつに。ただ、お昼のあとイライザがやってきて、ずいぶん取り乱したようすで半泣きになりながら、あなたが奴隷商人と話をしている、奴隷商人が自分の息子を買いたがっているのを聞いた、なんて言うものだから。まったく、気にしすぎだと思いますけれどね！」

「そうかい」シェルビー氏は読んでいた手紙に視線を戻した。文面に集中しているふりを装っていたが、手紙を上下さかさまに持っていることに気づいていなかった。

「いずれ言わなくちゃならんだろうな」と、シェルビー氏は心の中で考えた。「それなら、いっそいまのうちに……」

「わたくし、イライザに言ってやりましたの」シェルビー夫人が髪をとかしながら話を続けている。「そんなことを気に病むなんて、お馬鹿さんよ、って。旦那様が奴隷商人のような連中とかかわったことなんて、これまで一度もなかったでしょう、って。もちろん、あなたがうちの者たちを売ろうとお考えになるなんてありえないとわかっているし。それも、よりにもよって、あんな男に」

「エミリー」シェルビー氏が口を開いた。「わたしもずっとそのつもりだったし、そう言ってもきた。しかし、じつのところ、仕事の関係で、どうしてもそうせざるをえなくなってしまったんだ。うちの者を何人か売らなくてはならない」

「あんな男に？　ありえないわ！　あなた、本気でおっしゃっているの？」

「すまない、本気なんだ」シェルビー氏が言った。「トムを売ることにした」

「なんですって！　トムを⁉　あんなに善良で忠実なトムを？　子供のころからあなたにずっと忠実に仕えてきたのに！　あなた！　トムには自由の身にしてやる約束までしていらしたじゃありませんか。あなたもわたくしも、幾度となくその話をトムにしてきたじゃありませんか。そういうことなら、あのかわいいハリーを売る話もありえないことではないと思えてきましたわ。イライザのたった一人の子供なのに！」

シェルビー夫人は悲嘆と憤激のいりまじった口調で言った。

「そのとおりだよ、隠してもしかたがないから言うが。トムもハリーも売り渡すことで話がついた。だが、なぜわたしが血も涙もない人間のように責められなくてはならないんだい？　誰でもふつうにやっていることなのに」

「でも、なぜ、あの二人ですの？」シェルビー夫人が言った。「誰かを売らなくてはならないにしても、うちにたくさんいる使用人たちの中で、なぜ、よりにもよってあの二人ですの？」

「あの二人がいちばん高値で売れるからだよ。きみがそう言うなら話すけど、ほかの選択肢もなかったわけではない。ヘイリーはイライザを高値で売ってほしいと言った。そっちのほうがよかったと言うなら――」シェルビー氏が言った。

「なんて恥知らずな！」シェルビー夫人が激しい口調で吐き捨てた。

「そんな話には、一瞬だって耳を貸さなかったよ。きみの気持ちを考えたら、そんなことできるはずがない。だから、少しは認めてくれてもいいのじゃないか」

「あなた……」シェルビー夫人が我に返って言った。「ごめんなさい。わたくし、早まったことを申しました。驚いてしまって。あまりに突然の話だったので。でも、この哀れな二人の身の上については、わたくしにもひとこと言わせてくださいますわね？　トムは黒人だけれども、気高い心を持った誠実な人間です。ねえ、あなた、トムは、もしあなたのために命を差し出せと言われたら、そこまでする人間ですわ」

「ああ、それはよくわかっている。だが、それが何になる？　どうしようもないことなのだ」

「家計を切り詰めたら、どうかしら？　わたくし、そのために必要ならば、いくらでもがまんしますわ。ねえ、あなた、わたくし、これまで努力してきましたのよ。クリスチャンの女性として、できるかぎり心を尽くして、うちの哀れで無知でわたくしたちを頼るしかない奴隷たちのために。奴隷たちの世話を焼き、教え導き、見守り、ほんのささいな心配ごとにも、ほんの小さな喜びにも、心を寄せてまいりました。ずっと何年も。それなのに、わずかばかりのお金のために、あの哀れなトムのように忠実で有能で疑うことを知らない奴隷を売り払ったりしたら、わたくし、恥ずかしくてあの者たちと顔を合わせることもできませんわ。これまで愛するように大切にするようにと教えてきたすべてのものを、一瞬にして奪ってしまうことになるじゃありませんか。これまでずっと、家族を大切にするように、親子の絆や夫婦の絆を大切にするように、と教えてきましたのに。それなのに、人と人との絆も、義務も、人間関係も、どんなに神聖なものであろうとお金には勝てないとあからさまに認めることなど、わたくしにはとてもできません。ハリーのことでも、わたくし、これまでイライザに言い聞かせてまいりました。クリスチャンの母親として子供への義務を果たし、見守り、子供のために祈り、クリスチャンにふさわしい育て方をするように、と。それなのに、少しばかりのお金のために、あなたがあの子を母親から引き離して汚らわしい不道徳な男に魂も肉体も売り渡してしまうとなったら、わたくしはどう申し開きすればよいのです？　わたくしはイライザに、人ひとりの魂は世界じゅうのお金よりも尊いものだと教えてきました。それなのに、手のひらを返すように子供を売ってしまうのを見たら、イライザはわたくしの言葉など信じなくなるでしょう。あの子を売るなんて。肉体も魂も破滅に追いやってしまうなんて！」

「きみがそんなふうに感じるのなら申し訳なく思うよ、エミリー。ほんとうだ」シェルビー氏が言った。「きみの気持ちは尊重するよ、百パーセント同感だとは言えないにしても。だが、ここではっきりと言っておく。もうどうしようもないのだ。わたしにはどうすることもできない。エミリー、きみにこんなことを聞かせたくはなかったのだが、はっきり言おう。この二人を売るか、それとも何もかも売りに出すか、ふたつにひとつしか選択肢がないのだ。二人を手放すか、さもなければ、すべてをなくすか。抵当証書がヘイリーの手に渡ってしまった以上、直接ヘイリーに借金を返済するか、さもなければ何もかも取られることになってしまう。わたしは必死に金をかき集め、切りつめ、借り入れ、希(こいねが)わんばかりに努力した。それでも、帳尻を合わせるにはこの二人の値段がどうしても必要で、売り渡すしかなかったのだ。ヘイリーはあの子が気に入って、この条件なら呑むと言った。それ以外には借金を帳消しにする方法はないと言ってきた。わたしは対抗できる立場ではなかった。こうする以外になかったのだ。あの二人を売るのにそれほど反対するのならば、何もかもが売りに出されたほうがましだと言うのかね？」

シェルビー夫人はひどいショックを受けたように呆然と立ちすくんだ。そして、化粧台のほうを向き、両手で顔を覆って、うめくような声をもらした。

「奴隷制度に天罰が下ったんだわ！　最悪の、極悪の、呪われた制度に！　所有者にも、奴隷にも、天罰が下されたんだわ！　こんな救いがたい邪悪な制度をなんとかして少しでもましなものにできるかもしれないなんて、考えたわたくしが愚かでした。この国の法律のもとで奴隷の所有が認められていることが、罪悪なのです。ずっとそう思っていました。子供のころから、ずっと。教会へ行くようになってからは、ますますその思いが強くなりましたわ。でも、なんとか少しはましなやり方にできるのではないかと思ったのです――奴隷たちを優しく扱い、世話をしてやり、教え導いてやれば、自由な身分になるよりもここでの暮らしのほうがいいかもしれない、と。なんて愚かな！」

「おやおや、エミリー、きみは奴隷制廃止論者[1]になろうとしているように聞こえるね」

「奴隷制廃止論者ですって！　ご高説を宣（のたま）いたいのなら、わたくしのように奴隷制度の裏も表も知りつくしたうえでお願いしたいものですわ！　あの人たちにあれこれ言っていただく筋合いなど、ありません。あなたもご存じでしょうけれど、わたくし、一度だって奴隷制度が正しいと思ったことはありませんわ。奴隷を所有したいと思ったことも、ありません」

「その点では、きみは多くの賢人や敬虔（けいけん）なクリスチャンとは見解が異なるわけだね」シェルビー氏が言った。「このあいだの日曜日に聞いたB氏のお説教は、おぼえているだろう？」

1　Abolitionist。本書が書かれた時代には、abolitionist とは奴隷の即時・無条件・無償の解放を主張する急進的な人々であった。

「あのようなお説教は、聞きたくもありませんわ。B氏には、二度とうちの教会に来ていただきたくありません。おそらく、牧師さんも邪悪なものを正すことはできないのでしょう。わたくしたちと同じで、まちがいを正すことはできないのですわ。それどころか、擁護さえするのですから！　わたくし、そんなことは常識的にまちがっていると、ずっと思ってまいりました。あなただって、あのお説教にはあまり共感なさらなかったでしょうと思いますけれど」

「たしかに、牧師さんというのは、ときに、われら罪深き人間よりもっと極論に走る傾向があることは、認めざるをえないね。われわれ世俗の人間は、いろいろなことに目をつぶらなけりゃならない場面もあるし、妥協せざるをえないこともある。だが、女の人や牧師さんたちが正論をふりかざして身の慎みだとか道徳だとかの問題を言いたてるのは、ちょっと勘弁してほしいな。エミリー、きみにもこれでわかってもらえたと思う。わたしもこの状況下で可能なかぎりの手を尽くしたんだ」

「ああ、ええ、そう……」シェルビー夫人は心ここに在らずの態でせかせかと自分の金時計をいじっていたが、「わたくし、宝石類はろくに持っておりませんけれど」と口を開いて、考えこむように、「この時計ではなんとかならないかしら？」と言った。

「買ったときはかなりのお値段でしたのよ。せめてイライザの子だけでも救えるのなら、わたくし、どんな犠牲でも払いますわ」

「すまないな、エミリー。ほんとうにすまない、こんな思いをさせてしまって」シェルビー氏が言った。「だが、それでは何の役にも立たないんだ。はっきり言うとね、エミリー、もう取引は成立してしまったのだ。売渡証にサインをして、ヘイリーに渡してしまった。もっとひどいことにならなかっただけ、ありがたいと思わなくては。あの男は、その気になれば、われわれ全員を破滅させることさえできる立場にあったんだ。それをなんとか退けることができた。わたしのようにあの男の本性を知っていたら、ほんとうに危機一髪で難を逃れたとわかるだろう」

「ということは、そんなにひどい人なのですか？」

「まあ、残酷とまでは言わないが、生やさしい相手ではないな。商売と儲けのことしか頭にない。死神と同じで、冷酷だし、躊躇しないし、容赦もしない。儲けになるなら、自分の母親だって売り飛ばしかねない。それでいて、母親に対する悪意はないんだがね」

「それで、あの善良で忠実なトムとイライザの息子が、その恥知らずな男のものになったというわけですのね！」

「ああ。正直、わたしもつらい。考えたくもない。ヘイリーは話を早く進めたい、あすには二人を引き渡してもらいたい、と言っている。わたしは朝早くに馬を出して、どこかへ出かけてしまおうと思っている。とてもトムに合わせる顔がない。きみもどこかへ馬車で行ったらいいだろう、イライザを連れて。イライザの知らないうちに事を運んでしまったほうがいい」

「とんでもない」シェルビー夫人が言った。「こんな残酷な仕打ち、わたくしは共犯者になるつもりはありませんし、手を貸すつもりもありません。わたくし、かわいそうなトムに会いにいきます。神よ、このつらいときにあってトムをお助けください！　いずれにしても、わたくしが彼らのことを思いやり彼らとともにあることを、はっきりと伝えます。イライザのことについては、わたくし、考えたくもありませんわ。神よ、許したまえ！　わたくしたちが何をしたというのでしょう、こんな残酷なことが降りかかるなんて」

じつは、シェルビー夫妻が想像もしない人物が、この会話を聞いていた。

夫妻の居室にはドアひとつでつながった大きな衣装部屋があり、反対側の戸口から外の廊下に出られるようになっていた。シェルビー夫人が今夜はもういいからとイライザを下がらせたあと、心の波立ちがおさまらないイライザの頭にこの衣装部屋のことが思い浮かんだ。そこで、イライザは衣装部屋に身をひそめ、ドアの隙間に耳を押しつけて、シェルビー夫妻の会話を一言も漏らさず聞いてしまったのだった。

会話がやんで静かになったあと、イライザは立ち上がってそっと衣装部屋を出た。顔からは血の気が引き、全身はわなわなと震え、硬い表情に唇をきつく結んで、いつもの穏やかでしとやかなイライザとはまるで別人のようになっていた。イライザはそっと廊下を進み、女主人の部屋の前で一瞬立ち止まり、両手を差し上げて天に祈るようなしぐさを見せたあと、踵(きびす)を返してするりと自室に消えた。イライザの居室は静かな小ざっぱりとした部屋で、女主人の部屋と同じ階にあった。日当たりのよい快適な窓辺で、イライザはよく歌を口ずさみながら針仕事に勤(いそ)しんだものだった。壁ぎわには小さな本棚があり、クリスマスにもらったさまざまな小物が並んでいる。衣装だんすや引き出しには、さほど多くはない衣類がしまわれている。つまり、ここがイライザの「家」であり、これまでは総じて幸せな場所であった。しかし、ベッドに目をやると、すやすやと眠っている子供がいる。安らかな寝顔のまわりに長い巻き毛が無造作に散らばり、バラ色の口を半ば開けて、小さなふっくらとした両手を掛けぶとんの上に出し、顔全体に太陽の光のような笑みを浮かべている。

「かわいそうなハリー！」イライザはつぶやいた。「ハリーは売られちゃったのよ！でも、お母さんが助けてあげますからね！」

涙は一滴もこぼれなかった。このような窮地に追いこまれたとき、人の心が流すのは涙ではなく、血である。心が声もなく赤い血を流すのである。イライザは紙と鉛筆を取り、急いで言葉をしたためた。

「ああ、奥様！　大好きな奥様！　わたしを恩知らずと思わないでください、どうかわたしを悪く思わないでください。今夜、奥様と旦那様のお話をぜんぶ聞いてしまいました。わたしは息子を守るつもりです。どうか、わたしを責めないでください！　これまでのご親切に神様の祝福とお恵みがありますように！」

急いで紙を折りたたんで宛名を書きつけたあと、イライザは引き出しのところへ行って息子の衣類をそろえ、大判のスカーフにくるくると小さく包んで、自分の腰にしっかりと結わえつけた。母親らしい心づかいは、このような差し迫った状況にあっても小さな荷物の中に子供の好きなおもちゃを一つ二つ入れることを忘れなかった。ただ、陽気な色に塗られたオウムのおもちゃは、寝ている子供を起こすとき気を引くのに使おうと、手元に残しておいた。ハリーを起こすのには、少し手こずった。それでも、まもなくハリーはベッドの上に起き上がってオウムで遊びはじめ、そのあいだにイライザは自分のボンネットとショールを身につけた。

「母ちゃん、どこ行くの？」イライザが小さなコートと帽子を持ってベッドのところへ行くと、ハリーが声を出した。

イライザがベッドのそばに立って真剣な表情で息子の目を見つめたので、すぐにハリーは何かふつうでないことが起こっているのだと悟ったようだった。

「ハリー、静かにしてね」イライザは言った。「大きな声を出しちゃだめよ、聞こえてしまうから。悪い人がハリーをお母さんから取っていこうとしているの、どこか暗いところへ連れていこうとしているの。でも、お母さんがそんなことさせないわ。ハリーは帽子とコートを着て、これからお母さんと一緒に逃げるの。悪い人につかまらないようにね」

そんなふうに話しかけながら、イライザはハリーに質素な服を着せ、紐を結び、ボタンをかけた。そしてハリーを抱きあげ、静かにしているよう小声で言い聞かせながら、外のベランダへ出るドアを開け、物音を立てずにそっと部屋を出た。

ピリッと冷えこんだ星の明るい夜だった。イライザはハリーをショールでしっかりと包(くる)んだ。ぼんやりとした恐怖を感じて声もないまま、ハリーは母親の首にしがみついている。

ポーチの端に寝ていた大きなニューファンドランド種[2]の老犬ブルーノが、近づいてきたイライザを見て起きあがり、低いうなり声をたてた。イライザがやさしい声でブルーノの名を呼ぶと、小さいころからイライザの遊び相手だった老犬はすぐに尻尾を振り、イライザのあとについてきた。が、どうやら犬の単純な頭の中では、こんな夜中に散歩に行くなんてどういうことだろう、という疑問が渦巻いているようだった。ブルーノは犬なりにこのような軽率で不穏当な行動をいぶかしむ思いもあったようで、何度か足を止めるしぐさを見せたが、イライザが音もなく歩を進めるのを見て、イライザと屋敷のほうを物言いたげな表情で交互に見比べたあと、ようやく納得したらしく、ふたたびイライザのあとを追って歩きだした。数分で、一行はアンクル・トムの小屋の窓の下までやってきた。イライザは足を止め、窓ガラスをそっとたたいた。

アンクル・トムの小屋で開かれていた祈禱集会は、讃美歌の興が乗って、ずいぶん遅い時刻まで続いた。そのあともアンクル・トムがひとり長々と讃美歌を歌いつづけたので、一二時を過ぎて午前一時にもなろうかというこの時刻になっても、アンクル・トムとその連れ合いはまだ眠りこんではいなかった。

「おや！　何だろうね？」アント・クロウィが飛び起きて、さっと窓のカーテンを開けた。「驚いた！　リジーじゃないか！　ちょっとあんた、服を着て。急いで！　ブルーノまで一緒だよ、うろうろ歩きまわって。いったい何の騒ぎだい？　いまドアを開けるからね」

そして、言葉どおり、ドアがさっと開いた。アンクル・トムが急いで火をともした獣脂ろうそく[3]の光の中に、逃げてきたイライザの追いつめられた表情とおびえきった黒い瞳が浮かびあがった。

「まあ、何だいリジー、そんな怖い顔をして！　どっか具合でも悪いのかい？　いったいどうしたの？」

「アンクル・トム！　アント・クロウィ！　わたし、逃げるの。ハリーを連れて。旦那様がハリーを売ったの！」

「売った？」アンクル・トムとアント・クロウィは同時に声を上げ、ぎょっとしたように両手を上げた。

「そうなの、売ったのよ！」イライザがきっぱりと言った。「今夜、奥様の衣装部屋に忍びこんで、聞いたの。旦那様が奥様に話してたわ、わたしのハリーと、アンクル・トム、あなたと、二人を売った、って。奴隷商人に。で、けさ、旦那様は馬に乗って出かけちゃう、って。それで、奴隷商人はきょう二人を引き取りに来る、っ

2　超大型の作業犬、海難救助犬。気がやさしく、黒い毛色の個体が多い。
3　牛や豚の脂身から作った安物のろうそく。

て」

イライザが話すあいだ、アンクル・トムは両手を上げ、夢でも見ているように目を見開いたままその場に立ちつくしていたが、だんだんと言葉の意味が飲みこめてくるにつれて、すわるというよりくずおれるように古い椅子に腰をおろし、両膝に顔がつくほど深くうなだれた。

「神様、お助けください！」アント・クロウィが言った。「ああ、そんなこと信じられない！　この人が何をしたと言うの？　なんで旦那様は、よりによってこの人を売らなくちゃならないの？」

「何も悪いことはしてないわ。そういうことではないの。旦那様は売りたくないの。奥様だって、いつもと同じ、お優しいの。奥様はわたしたちを売らないように旦那様にさんざん頼んで下さったわ。でも、どうしようもないんだ、って旦那様はおっしゃるの。その奴隷商人に借金があって、言いなりになるしかないんだって。その男に借金を返さなければ、この農園も使用人たちもぜんぶ売って、ここから出ていくしかないんだって。わたし、たしかに聞いたの。この二人を売るか、さもなければぜんぶを売るしかない、奴隷商人は強気一辺倒だ、って。旦那様は、こんなことになってすまない、っておっしゃってたわ。奥様のほうは——ああ、奥様の言葉をみんなに聞かせてあげたかったわ！　あの方こそクリスチャンだし、天使と呼ぶにふさわしい方よ。こんなふうにして逃げ出すのは奥様に悪いけど、でも、どうしようもないの。奥様だってご自分でおっしゃったんだもの、人ひとりの魂は世界よりもっと大切だ、って。この子にも魂があるわ。この子を手放したら、この子の魂がどうなるか知れないでしょう？　これが正しいことだと、わたしは思うの。でも、もし正しいことでなかったら、神様、お許しくださいい、だってわたしはこうするしかないんだもの！」

「あんた！」アント・クロウィがアンクル・トムに向かって言った。「あんたも行きなよ。黙って川下へ連れていかれてええのかい？　黒んぼにろくすっぽ食わせもせずに死ぬまで働かせるようなとこへ。あたしゃ、そんなとこに連れていかれるくらいなら死んだほうがましだよ！　いまならまだ間に合うから、リジーと一緒に逃げな。あんたはどこでも自由に行ける通行証も持っとるんだし。さあ、急いで。あたしが荷物をまとめてあげるよ」

　トムはのろのろと顔を上げ、悲しそうな顔で黙ったまま周囲を見まわし、言った。

「いや、わしは行かんよ。イライザは行くとええ、それはイライザの権利だ！　行くなとは言えん。イライザが行かなきゃならんのは、あたりまえだ。だが、イライザの話を聞いただろう！　わしが売られるかこの農園の全員が売られるかなら、そんでもって何もかもが破滅になっちまうなら、そりゃあ、わしが売られたほうがええ。わしなら誰よりも耐えられると思う」そう言いながら、トムの口からすすり泣きとため息が漏れ、分厚い胸板がわなわなと震えた。「旦那様が困ったときには、いつもわしがついておった。こんども、同じだ。わしはいっぺんだって旦那様の信用を裏切ったことはないし、約束をたがえて通行証を悪用したこともない。これからだってそれは変わらん。わし一人が行けばすむなら、この農園をつぶして全員が売られるよりええ。旦那様が悪いんではないよ、クロウィ、旦那様はちゃんとおまえの面倒を見てくださるだろうし、この哀れな子たちの――」

　そこまで言って、トムは粗末な木箱の引き出し式ベッドに詰めこまれて寝ている縮れ毛の子供たちをふりかえり、泣き崩れた。椅子の背にからだを預け、大きな両手で顔を覆って、トムは泣いた。激しく、絞り出すような声をあげて、椅子を揺さぶって、指のあいだから大粒の涙をぽたぽたと床に落として、トムは泣いた。男性読者の皆さん、トムの涙は、あなたが初めて生まれた息子を棺に横たえたときに流したのと同じ涙だ。女性読者の皆さん、トムの涙は、死にかけているわが子の泣き声を耳にした母親が流す涙と変わらない。なぜなら、紳士方よ、アンクル・トムは人間であり、読者のあなたもまた同じ一個の人間だからだ。なぜなら、ご婦人方よ、シルクをまとい宝石を身につけてはいても、あなたもまたしがない一個の人間であり、人生の痛切な苦しみや悲しみに襲われたときに心に感じる思いは、なんら変わるところがないからである！

「きょうの午後、夫に会ったばかりなの」戸口に立ったまま、イライザが口を開いた。「そのときは、こんなことになるなんて考えてもいなかったわ。むこうではジョージが耐えきれないほどひどい目に遭わされていて、それで、もう逃亡するつもりだ、って、きょう、ジョージの口から聞いたばかりなの。もしできたら、どうか彼に伝えて。どんなふうにしてわたしが逃げたか、なぜ逃げたか。カナダへ逃げるつもりだ、って伝えて。愛しているって伝えて。もし二度と会えなかったら」——と言って、イライザは少しのあいだ一同に背を向け、それからかすれた声で続けた——「できるだけ善（ぜん）行（こう）を積んで天国で会いましょう、って伝えてちょうだい」

「ブルーノを呼び入れて、ここに閉じこめておいて。わたしについてきちゃ、だめだから！」

そのあと、涙ながらに最後のやりとりが二言三言あり、さようなら、神様がお守りくださいますように、と言葉がかわされ、不思議そうな顔でおびえている子供を両腕でしっかりと抱えて、イライザは音もなく去っていった。

第6章　逃亡発覚

前夜の話し合いが長引いたせいですぐには眠りにつけなかったシェルビー夫妻は、翌朝、いつもより少し遅く起きた。

「イライザは何をしているのかしら」シェルビー夫人が呼び鈴の紐を何度も引いているのだが、イライザは姿を見せない。

シェルビー氏は化粧鏡の前に立ち、カミソリを研いでいる。ちょうどそのとき、ドアが開いて、黒人の少年が髭剃り用の湯を持ってきた。

「アンディ」シェルビー夫人が声をかけた。「イライザの部屋へ行って、もう三度も呼び鈴を鳴らしているのよ、と伝えてちょうだい。どうしちゃったのかしら!」シェルビー夫人はため息をつきながらつぶやいた。

アンディはすぐに戻ってきた。目を大きく見開いて、驚いた顔をしている。

「たいへんだ、奥様! リジーの引き出しがぜんぶ開けっぱなしで、ものがあっちゃこっちゃに散らばっとるだよ。ずらかっただな！」

シェルビー氏も、夫人も、同時に事の真相を悟った。

「気がついたのか、それで逃げたのか！」シェルビー氏が大声で言った。

「神様、ありがとうございます！」シェルビー夫人が言った。「そうにちがいないわ」

「おまえ、なんてことを言うんだ！　逃げたとしたら、わたしの立場はどうなる。ヘイリーは、わたしがあの子を売るのを嫌がったのを知っている。子供をあの男から逃がすために、わたしが見て見ぬふりをしたと思うだろう。わたしの名誉にかかわるじゃないか！」シェルビー氏は足早に部屋から出ていった。

使用人たちがバタバタと走りまわり、あちこちで大声が響いた。ドアが開け閉めされ、さまざまな肌の色をした顔があちこちをのぞいて歩く騒ぎが一五分ほど続いた。この一人だけ、事情を知っていると思われる人物が、まったくの沈黙を保っていた。この屋敷の料理頭、アント・クロウィである。いつも陽気なアント・クロウィが、口をつぐんだまま重苦しく沈んだ表情で、周囲の騒ぎなどまるでよそ目に朝食のビスケット[1]作りにかかっている。

1　イギリスのスコーンに似た、サクッとした食感の小さなパン。ホットビスケット。

すぐに一ダースほどのカラスのような悪ガキどもが、今回の不運をヘイリーの旦那に知らせてやろうと、二階の広いベランダの手すりに集まってきた。

「きっとカンカンに怒るだろうな」アンディが言った。

「うん、毒づきまくるよ、きっと！」黒くてちびのジェイクが言った。

「そうともさ。あたい、あの男が悪態つくの聞いたもん」縮れ毛のマンディが言った。

「きのう、ディナーの席で。あたい、ぜーんぶ聞いたんだ。だって、あたい、奥様が大きい水差しをしまっとく戸棚に忍びこんで、ひとこと残らず聞いとっただもん」マンディは、生まれてこのかた聞いた言葉の意味など黒ネコほども考えたことがないくせに、いかにも物知り顔をして得意げに練り歩いてみせた。しかし、実際には、その問題の時刻、水差しのあいだに丸まって隠れていたことにはちがいないものの、マンディはすっかり眠りこけていたのだった。

そうこうするうちに、ヘイリーが乗馬ブーツに拍車をつけたいでたちで屋敷に現れたが、使用人たちの口から次々と聞かされるのは悪い知らせばかりだった。ベランダで待ちかまえていた悪ガキどもの期待にたがわず、ヘイリーは罵りまくった。ヘイリーの口から次々と飛び出す痛烈な悪態を、悪ガキどもは乗馬鞭で打たれないよう腰をかがめたり身をかわしたりしながら目を丸くして堪能した。そして、いっせいに歓声をあげ、げらげら笑いながら転がるようにベランダ下の枯れた芝生に飛びおり、心ゆくまではやしたてながら一目散に逃げていった。

「くそガキども、捕まえたらただではおかんぞ！」ヘイリーは歯ぎしりしながらつぶやいた。

「誰が捕まるもんかい！」アンディがヘイリーに聞こえないところまで逃げてから、運の悪い奴隷商人の背中に向かって舌を出したり唇をゆがめたり、思う存分あっかんべーを見舞った。

「おい、シェルビー、いったいどういうことなんだ！」ずかずかと応接用のダイニング・ルームに踏みこんできたヘイリーが、口を開いた。「あのアマめ、ガキを連れて逃げやがったそうじゃないか」

「ヘイリーさん、家内の前ですぞ」シェルビー氏がたしなめた。

「こりゃ失礼、奥さん」ヘイリーは軽く頭を下げたが、不機嫌な顔は変わらない。「しかしだよ、もういっぺん言わしてもらうが、こんな話は聞いたことがない。ほんとうなのか？」

「ヘイリーさん」シェルビー氏が言った。「わたしに話があるのなら、いちおうなりとも紳士の慎みをわきまえていただきたいですな。アンディ、ヘイリーさんの帽子と乗馬鞭をお預かりしなさい。さあ、おかけください。どうぞ。残念ながら、例の小間使いは、話を漏れ聞いて驚いたのか、それとも誰かから話を聞かされたのか、夜のうちに子供を連れて逃げてしまったようです」

「今回の件については、公明正大な取引をしていただけると思っておったんですがな」ヘイリーが言った。

「それはどういう意味ですか」シェルビー氏が気色（けしき）ばんだ。「わたしの名誉を疑うとおっしゃるならば、こちらにも覚悟があります」[2]

奴隷商人はシェルビー氏の勢いにたじたじとなり、声を一段低くして、「取引でかなり譲ってやったのに、こんな騙し討ちにあうとは、納得がいきませんな」と言った。

「ヘイリーさん」シェルビー氏が言った。「このような残念な事態でなかったならば、さきほどのような無礼かつ無作法な態度で応接間に踏みこむことは許しませんでしたよ。体面がありますから、これだけは言わせてもらいますが、わたしに対する当てこすりを黙って聞くつもりはありません。まるでわたしが今回のことに対して不正に関与したような物言いはご遠慮いただきたい。むしろ、あらゆる支援をさせていただくつもりです。あなたの所有にかかる動産を回収するために、うちの馬なり、使用人なり、ご自由にお使いください。要するに、です、ヘイリーさん」ここで、シェルビー氏はもったいぶった冷淡な物言いを改め、いつもの親しみやすい口調に戻った。「悪いことは言いませんから、ここはまずひとつ機嫌を直して、朝食にしましょう。そのあとで、どうするか考えることにしましょうや」

シェルビー夫人が席を立ち、けさは用事があるので朝食にお付き合いすることはできませんが、たいへんしっかりしたムラートの女奴隷にお二人のコーヒーのお世話をさせますので悪しからず、と言って部屋から出ていった。

「おかみさんは、どうやらこの卑しい僕がお気に召さんようですな」ヘイリーが妙に馴れ馴れしい口ぶりで取ってつけたように言った。

「妻についてそのようなあけすけな物言いは聞き捨てなりませんな」シェルビー氏がそっけない口調で返した。

「こりゃ失礼。いや、冗談ですよ、冗談」ヘイリーが無理に笑って言った。

「口にしていい冗談とそうでないものがあります」シェルビー氏が言い返した。

「ったく、いい気なもんだ。書類にサインが済んだからって。くそっ！」ヘイリーが小声でひとりごちた。「きのうに比べたら、ずいぶん態度がでかいじゃねえか！」

2　決闘をする、という意味。

　トムの運命の暗転は、どこぞの首相の失脚よりはるかに大きな波紋を使用人たちのあいだに巻きおこした。どこでもかしこでも、みんな口々にこの噂でもちきりだった。屋敷の中でも、畑でも、仕事はいっこうにはかどらず、この先どうなるのだろうかという話でもちきりだった。くわえて、イライザの逃亡——この農園ではついぞ起きたことのない事件——も、奴隷たちを興奮させる大きな刺激になった。

　シェルビー屋敷に、ブラック・サムという奴隷がいた。屋敷で働くほかの黒人たちより三層倍も肌の色が黒いのでみんなからそう呼ばれていたのだが、ブラック・サムは今回のできごとをあらゆる局面あらゆる関係性にかんがみて熟考し、首都ワシントンにおける白人の愛国主義者先生たちも顔負けの包括的視野をもってわが身にふりかかる影響を仔細に検討していた。

「誰かの損は誰かの得っちゅうもんだ——まさにな」サムはもったいぶった口ぶりでつぶやくと、だぶだぶのズボンをぐいと引き上げ、サスペンダーのボタンがなくなっているところに器用に長い釘を挿しこんでボタンがわりにとめ、おのれの才覚におおいに満足したようだった。

「そうさ、誰かの損は、誰かの得」ブラック・サムはくりかえした。「今回、トムが落っこちた。ってことは、空いた場所に誰か別の黒んぼが上がる、っちゅうわけだ。

ほんなら、このおらでねえか？　ありだわな。トムのやつめ、あっちゃこっちゃと馬乗り回して、ピッカピカに磨いた靴はいて、ポケットにゃ通行証持って、いい気なもんよ。けど、トムがどんだけのもんだ？　サムだってよかねえか？　そこんとこを知りてえもんだ」

「よお、サム！　おおい、サム兄ぃ！　旦那様が、ビルとジェリーを引いてこいとさ」サムのひとりごとをさえぎったのは、アンディだった。

「ハーイ！　よお、こんどは何だい？」

「知らねえのかい？　リジーが夜逃げしたんだ。子供を連れてずらかったんだよ」

「なんだ、そんなことか！」サムが思いっきり馬鹿にした調子で言った。「おまえよりよっぽど前から知ってら。この黒んぼ様はそれほどまぬけじゃねえぞ！」

「とにかくさ、旦那様がすぐにビルとジェリーに鞍をのせて引いてこい、って。あんたとおいらの二人がヘイリーの旦那様のお供をしてリジーを捕まえに行くんだとさ」

「待ってました！　やっとお声がかかったか」サムが言った。「こういうときは、サムにお呼びがかかるのさ。サムこそ黒んぼの中の黒んぼだからな。さあ待ってろ、捕まえてやるからな。このサムの腕前を旦那様に見してやる！」

「ちょい待てよ、サム兄ぃ！」アンディが言った。「よく考えたほうがいいよ。奥様はリジーが捕まってほしくねえんだ、ご機嫌をそこねることになるぜ」

「ハーイ！」サムが目を大きく見開いた。「なんでそんなことわかるんだ？」

「奥様がそう言うの聞いただもん、この耳で。けさもけさ、旦那様の髭剃りに使うお湯を持ってったときにさ。リジーがなんで着付けの手伝いに来ないのか見てきてちょうだい、っておいらに言われたんだ。そんでもって、おいらがリジーが逃げたって言ったら、奥様は立ち上がって、『神様、ありがとうございます！』って言われたのさ。旦那様はカンカンに怒って、『おまえ、なんて馬鹿なことを言うんだ！』とか言っとったけどさ！　そのうち旦那様にもわかるよ！　おいら、よく知っとるんだ。とにかく何だって奥様のほうに味方しときゃだいじょうぶ、ってことさ」

　ブラック・サムは、それを聞いて縮れ毛の頭を掻いた。その頭の中には、さほど高邁（こうまい）な叡智（えいち）が宿っているわけではなかったにせよ、あらゆる国のあらゆる肌の色をした政治家たちに不可欠な知恵、いわば「自分の利害を嗅ぎ分ける知恵」についてはいっぱしの蓄えがあった。そこで、サムは立ち止まって深刻な顔で考えこみ、こみいった問題を考えるときのいつもの癖で、またもやだぶだぶのズボンをぐいと引き上げた。

「この世の中ときたら、まったく、わかんねえもんだな」考えた末に、サムは言った。

　サムは「この世の中」のこのを強調して、哲学者のような物言いをした。まるで、ほかにもいろいろな世の中の経験が豊富で、熟慮の結果この結論にたどりついた、とでもいうような口ぶりである。

「もちろん、おらの言ったとおり、奥様はリジーを八方手を尽くして探しまわるだろうよ」いかにも思案ありげにサムがつけ加えた。

「そりゃそうだろうけどさ」アンディが言った。「兄ぃ、こんなわかりきったことが見えねえのかい、真っ黒けっけの黒んぼさんよ。奥様はこのヘイリーって旦那にリジーの子を渡したくねえんだよ。そこが肝腎さ！」

「ハーイ！」黒人のしゃべり方を聞いたことのある人にしか理解できない、なんとも形容しがたいイントネーションでサムが応じた。

「それからさ、兄ぃ、さっさと馬を連れに行ったがいいと思うよ。大急ぎで。だって、さっき奥様があんたのこと探す声がしとったもん。あんた、もうだいぶん長いことここで油売っとっただろ？」

これを聞いたサムは、とたんに本気で走りだし、まもなくビルとジェリーをキャンター[3]で駆けさせて意気揚々と屋敷に戻ってきた。そして、馬たちが止まろうと思いも

3　馬の軽い駆け足。

しないうちにひょいと馬の背から飛びおり、つむじ風のような勢いで馬をつなぐ杭のところへ二頭をつけた。ヘイリーが乗ってきて杭につないであった神経質な若い雄馬がこれを嫌がり、落ち着きを失って跳ね、端綱（はづな）をぐいと引っぱった。

「どう、どう！　びっくりしたか？」ヘイリーの馬に声をかけたサムの顔が妙案を思いついたようにパッと輝いた。「待ってろ、いま、いいことしてやっからな！」

　馬をつなぐ杭の上に覆いかぶさるようにブナの大木が枝を張り出していて、あたり一面に小さくとがった三角形のブナの実がたくさん落ちていた。サムは、その実を一粒指でつまむと、ヘイリーの若駒に近づき、いかにも馬を落ち着かせようとしているかのように馬を撫でたり軽くたたいたりした。そして、鞍の位置を直すふりをして、さっと鞍の下にとがったブナの実を滑りこませた。鞍に少しでも重みがかかれば神経質な馬が騒ぐだろう、しかも目に見える皮膚の引っかき痕や傷は残らない、という計略である。

「よぉし、うまくいった！」サムが満足そうに目玉をぐるりと回した。

　このときバルコニーにシェルビー夫人が姿を見せ、サムを手招きした。ブラック・サムはセント・ジェイムズ宮殿[4]か首都ワシントンで誰かの後釜でも狙っているのかと見えるほどあからさまな揉み手で奥様に近づいていった。

「サム、何をぐずぐずしているの？　アンディが急ぐようにと伝えたでしょう？」

「おや奥様、神様の祝福を！」サムが言った。「馬はそうすぐには捕まりませんで。みんな南の放牧場まで行っちまって、どこにおるかなんて神のみぞ知るです！」

「サム、何度言ったらわかるの、『神様の祝福を』とか『神のみぞ知る』とか、みだりに神様の名を口にしてはなりません。それは罰当(ばちぁ)たりなことなのですよ」

「おお、おらが魂に神様の祝福を！　ああ奥様、忘れとりました！　もう言いません」

「まあ、サム、たったいま、また言ったじゃないの」

「そうでしたか？　おお神様……じゃなくて、その、言うつもりはなかったです」

「よく気をつけなければいけませんよ、サム」

「一息つかせてくだせえまし、奥様、そしたらちゃんとしますから。よぉく気ぃつけますで」

「いいこと、サム、ヘイリーさんと一緒に行ってもらいたいの。道案内をして、お手伝いをしてあげてちょうだい。馬のことは、よく気をつけてね、サム。ジェリーは先

4　イギリス王室の宮殿。

週ちょっと足を引きずりぎみだったし。あまり速足をさせないように」

　シェルビー夫人は、最後のところを低い声で、とくに強調して伝えた。

「そいつはお任せください！」サムがいかにも意味ありげに目玉をぐるりと回してみせた。「神のみぞ知る！　ハーイ！　あ、しまった！」サムははっと息をのみ、いかにも悪びれた顔をしたので、シェルビー夫人も思わず笑ってしまった。「はい、奥様。馬のことは気ぃつけときます！」

「なあ、アンディよ」ブナの木の下の待機場所に戻ってきて、サムはアンディに話しかけた。「あの旦那が乗ろうとしたときに馬が暴れても、おらはこれっぽっちも驚かねえな。だってよぉ、アンディ、馬ってのはだいたいそういうもんだしな」そう言いながら、サムはいわくありげにアンディの脇腹を突っついた。

「ハーイ！」アンディは即座に了解したようだった。

「な、アンディ、奥様は時間を稼ぎたいんだ。どんなボンクラにだって、そのくらいはわからぁ。おらもちっとばかし協力さしてもらうかな、ってことで。な、この馬たちをみんな放して、そこいらじゅうさんざ走りまわらして、林のほうまで行かしちまったら、あの旦那だってそうすぐには出発できねえだろうよ」

　アンディがにやりと笑った。

「な、アンディ、いいか」と、サムが続けた。「たとえば、だ。ヘイリーの旦那の馬がヘソ曲げて暴れたとする。そしたら、おめえとおらは旦那を助けに行くってんで、うちの馬たちをおっぽり出す。そんでもって、ヘイリーの旦那を助けてやるのさ、な！」サムとアンディは天を仰ぎ、下品に笑いこけ、指を鳴らし、こんなに面白いことはないといった調子で足を踏み鳴らした。

ちょうどそのとき、ヘイリーがベランダに姿を現した。とびきりおいしいコーヒーを何杯も飲んだおかげでいささか怒りがやわらぎ、機嫌をなおして笑顔で会話しながら出てきたのだった。サムとアンディは、ばらけたシュロの葉の帽子に指を突っこんでいじっているところだった。いつも帽子がわりにシュロの葉を編んだものをかぶっているのだが、ヘイリーが出てきたのを見て、旦那様を助けるために二人は馬をつないである杭のところへ飛んでいった。

サムがかぶっていたシュロの帽子は、つばの部分がみごとにほぐれて細い一本一本が天をさして突っ立ち、フィジーの王様も顔負けなくらいの自由と不屈の空気を放っていた。アンディのほうは、つばの部分がそっくりはずれてしまい、脳天の部分だけ残った帽子をバサッと頭にのせて上から押さえつけ、「ほら、ちゃんと帽子かぶってますよ」と言わんばかりの得意顔である。

「いいか、おまえたち」ヘイリーが言った。「ぐずぐずするんじゃないぞ。無駄にする時間はないんだ」

「はい、無駄にしません、旦那様！」サムがヘイリーに手綱(たづな)を渡し、あぶみを動かないように押さえた。一方のアンディは、ほかの二頭をつないでいる手綱をほどきにかかった。

ヘイリーが鞍にまたがったとたん、癇(かん)の強い若馬がいきなり地面を蹴って跳ね上がり、乗り手は放り出されて一メートルばかり先の柔らかな乾いた芝生の上に落ちた。サムが大声で叫びながら手綱をつかもうと横っ飛びに飛んだが、その拍子にかえって帽子のつばから突き立ったシュロの葉が馬の目を突き、馬をますます興奮させてしまう始末だった。馬はすごい勢いでサムを仰向けにひっくり返し、人を馬鹿にしたような鼻息を二つ三つ吐いて後ろ足を高く蹴り上げ、芝生の下っているほうへ跳ねるように逃げていってしまった。そのすぐあとに続いたのはビルとジェリーで、こちらは打ち合わせどおりにアンディが手綱をほどいておき、おまけに背後からすさまじい叫び声で煽(あお)りたてたからたまらない。あとはもう大混乱である。サムとアンディが大声で叫びながら馬たちを追い回し、あちこちで犬たちが吠えたて、マイク、モーズ、マンディ、ファニーら黒人のチビどもが、男の子も女の子も入り交じって飽くなき野次馬根性と底なしの熱狂でもって走りまわり、手をたたき、歓声をあげ、騒ぎまくった。ヘイリーの馬は白馬で、足が速く、元気が有り余っていて、この騒ぎを恰好のチャンスと見たようだった。自由に走りまわれる芝生が八〇〇メートル近くも続いていて、それが屋敷を頂点にしてどちらの方向にも下り坂になっており、さらにその先はどこまでも続く森林地帯なので、馬はこのうえなく楽しそうに、わざと追っ手があと少しのところまで近づくのを待ってから手が届きそうになると意地悪くさっと足を速め、鼻息を荒くして身をかわすとふたたび疾走しはじめ、木立のあいだの小道に逃げこんだりした。サムは、絶好のタイミングが到来するまでどの馬も捕まえる気はさらさらないくせに、いかにも死に物狂いの奮闘を演じてみせた。つねに戦いの最前線に立って奮闘した獅子心王[5]の鋒(きっさき)よろしく、サムがかぶっているシュロの帽子は馬が捕まりそうにない場所を選んだように出没した。サムは大はりきりで叫びまくった。「そこだ！　行け！　とっ捕まえろ！　そら、とっ捕まえろ！」おかげで現場はむちゃくちゃな大混乱となった。

ヘイリーは天を呪い、悪態をつき、足を踏み鳴らし、右往左往していた。シェル

5　英国王リチャード一世（一一五七年〜一一九九年）の異名。

ビー氏はバルコニーから大声で指示を飛ばしていたが、いっこうに効果はなかった。シェルビー夫人は自室の窓から騒ぎを眺めて、笑ったり考えこんだりしていたが、この混乱の原因に思い当たる節がないでもなさそうだった。

ようやく一二時ごろになって、サムが得意顔でジェリーにまたがり、ヘイリーの馬を引いて戻ってきた。ヘイリーの馬は全身から湯気が立つほど汗をかいていたが、目はぎらぎら光り、鼻の穴を広げて、自由への渇望がいまだ完全にはおさまっていないことを示していた。

「捕まえました！」晴れ晴れとした顔のサムが大声で報告した。「おらのおかげがなかったら、使いもんにならんくなるとこだったです、三頭とも。けど、おらが捕まえましたから！」

「この野郎！」ヘイリーが敵意丸出しの顔つきですごんだ。「おまえのせいでなけりゃ、こんなことにはならんかったわ」

「いや、神様のお恵みを！」サムが困りはてたような顔で言った。「おら、さんざ走りまわって、追っかけまわしたです。こんなに汗だくで！」

「とにかく！」ヘイリーが言った。「おまえが馬鹿騒ぎしたせいで、三時間近くも無駄を食った。さ、出発するぞ、もう悪ふざけはたくさんだ」

「なんですと、旦那様」サムが意見した。「そんなことしたら、みんな死んじまいますよ、馬もおらたちも。いまだって、ぶっ倒れそうだってのに。馬たちはみんな汗だくで湯気立ってるし。旦那様、出発すんのは昼めしのあとにしてくだせえ。旦那様の馬は、よく拭いてブラシかけてやんなくちゃなんねえす。見てくださいよ、泥はねだらけでしょう。それにジェリーは足引きずっとるし。こんなまんまで出発したんじゃ、奥様に怒られちまいますよ、とんでもねえす。神様のお恵みを！　旦那様、ここで一休みしても、ちゃんと追いつけますよ。リジーは足が達者なほうじゃねえから」

　シェルビー夫人はしてやったりの心持ちでベランダからこの会話を聞いていたが、ここが自分の出番と心得てヘイリーに近づき、慇懃（いんぎん）に落馬事故の見舞いを述べ、ぜひ昼食を召し上がっていらしてください、すぐにテーブルに料理を運ばせますから、と勧めた。

　そんなわけで、いろいろ考えた結果、ヘイリーは不承不承に応接間へ案内され、一方のサムは口にできない意味深な表情を浮かべてヘイリーの背後で目玉をぐるりと回したあと、まじめくさった態度で馬たちを厩舎（きゅうしゃ）のほうへ引いていった。

「アンディ、見たか、あいつの顔？　見たか？」厩舎の裏手にすっかり回りこみ、馬たちを杭につないだところで、サムが口を開いた。「いやぁ、祈禱集会に負けねえくれえ面白かったなあ。あの旦那の野郎、跳ねまわって、地団駄踏んで、おらたちに悪態つきまくって。ああ、聞いたともさ。いいぞ、罵りまくれ、って、おら、こっそり言ってやった。馬、捕まえてきますか、それとも旦那が自分で捕まえますか、ってな。いやぁ、アンディ、あの野郎の姿が目に浮かぶな」サムとアンディは厩舎の壁にもたれて、心ゆくまで笑いころげた。

「見たか？　おらが馬引いてったとき、あの野郎、カンカンに怒っとった。てめえ殺すぞ、ってな顔してよ。一方のおらときたら、何も悪いことしとりません、って顔でしおらしくあいつの前に立っとったんだからな」

「おお、見た、見た」アンディが言った。「兄ぃもなかなかの役者だな」

「まあな」サムが応じた。「奥様が二階の窓のとこにおったの、見たか？　笑っとったぞ」

「だろうね。おいらは走りまわっとったから、何も見んかったけど」アンディが言った。

「そりゃ、アンディ、こういうことさ」と、ヘイリーの若駒を洗ってやりながら、サムが大まじめな顔で言った。「いいか、アンディ、おらにはいわゆるガンサツってもんが身についとるわけさ。こりゃ、ものすげえだいじな癖でな、おまえもこの癖を磨くといいぞ、アンディ、まだ若いんだから。おう、そっちの後ろ足を持ち上げてくれ。

いいか、アンディ、黒んぼにとっちゃ、ガンサツがあるかないかで天と地のちがいさ。けさ、風向きがどうなっとるか、おら、ちゃんと見分けただろ？　口に出しちゃおっしゃらねえけど奥様が何を望んどるか、おら、ちゃんと見とっただろ？　それがガンサツってやつよ、アンディ。いわば、まあ、才能だな。才能は人それぞれだが、才能を鍛えとくとおおいに役に立つ」

「けどさ、けさ、おいらが兄ぃのガンサツを助けなかったら、そんなにうまくは立ち回れなかったんじゃねえか？」アンディが言った。

「アンディよ、おめえは見どころのあるやつだ。まちがいねえ。おめえのことは頼りにしとるぞ、アンディ。おめえからいろいろ教えてもらうのも、ちっとも恥ずかしいこっちゃねえ。いいか、アンディ、人を軽く見ちゃいかん。だってよ、どんな利口なやつでも、ときどきは失敗をしでかすもんだからな。だからよ、アンディ、そろそろお屋敷に行こうじゃねえか。きっと、きょうは奥様がとびっきりうめえもんを食わしてくれるんじゃねえかな」

6　“observation”（観察）を“bobservation”と言っている。

第7章　母の苦闘

アンクル・トムの小屋をあとにしたときのイライザは、どうしようもなく心細くて絶望的な心境だった。

　夫が苦悩し、危険をおかそうとしていること。わが子に危機が迫っていること。それらすべてがイライザの心の中で渦を巻いていた。加えて、自分の知る唯一の家を捨てようとしていること、敬愛する女主人の庇護から逃れていこうとしていることを考えると、その危うさに心が混乱し慄然（りつぜん）とする思いであった。さらに、慣れ親しんだあらゆるものと別れなければならない苦しみもあった。自分が育った屋敷、遊び場所だった木蔭、若き夫とふたり幸せだったころに宵の散歩を楽しんだ果樹園。冴えわたる星空の下、そうしたものの一つひとつが自分を非難しているように感じられ、こんな形でわが家を捨てられるのかと責められているような気がしてならなかった。

　しかし、母の愛がすべてに勝（まさ）った。恐ろしい危機が迫っていることを察知して、母性愛があとさきを顧みない行動にイライザを駆りたてたのだった。ハリーは一緒に歩かせてもついてこられる年齢に達していた。ふだんならば、息子の手を引いて歩いたことだろう。しかしいまは、腕に抱いている息子を手から放すことを考えただけで身震いに襲われ、イライザは息子をわが胸にきつく掻き抱いて足早に先を急いだ。

霜の降りた地面が足の下でザクザクと音をたて、その音を聞くたびにイライザは震えた。風に揺れる木の葉や躍る物影を目にしただけで心臓に血が逆流し、足取りが早まった。自分に降りてきたこの強さは何なのだろう、とイライザは不思議に思った。抱いている子供の重みが羽根ほどにしか感じられず、恐怖に心がわななくたびに自分を駆りたてる超常的な力が増すように感じられるのだ。イライザの血の気の引いた唇からは、天にまします庇護者への祈りがくりかえし発せられた。「神様、お助けください！　神様、お救いください！」

もしも、あすの朝、血も涙もない奴隷商人の手によって母親から引き裂かれようとしている子供が、あなたのかわいいハリーだったとしたら、あなたの愛するウィリーだったとしたら――そして、奴隷商人の姿を目にし、書面にサインが済んで売渡証が取り交わされたと聞き、逃げるチャンスは今夜の一二時から翌朝までのあいだしかないと知ったら、読者諸氏、あなたならどれほどの速さで歩けるだろうか？　このわずかな時間で、愛する息子を腕に抱いて。眠そうに頭をあなたの肩に預け、信頼しきったようすで母親の首に細く柔らかな腕を巻きつけている息子を抱いて、何キロメートルを稼げるだろうか？

ハリーは眠ってしまった。初めのうちこそもの珍しさや警戒心から目をさましていたが、声を出してはだめ、音をたててはだめ、と母親から言い聞かされ、じっとしていればお母さんがきっと守ってあげると言われて、ハリーはおとなしく母親の首に抱きつき、眠りに落ちていこうとする直前にこう聞いただけだった。

「母ちゃん、ぼく、起きてなくてもいい？」

「いいのよ。眠かったら眠りなさい」

「でも、母ちゃん、ぼく眠っても連れてかれない？」

「いいえ、絶対に！　神様お助けください！」そう答える母親の頬からはますます血の気が引き、大きな黒い瞳にはいよいよ激しい炎が燃えた。

「ほんと、母ちゃん？」

「ええ、ほんとうよ！」そう言った声に、母親自身もどきっとした。声が自分の内なる魂、自分ではない何かから発せられたような気がしたのだ。ハリーは疲れた小さな頭を母親の肩に預け、すぐに眠りこんだ。息子の両腕のぬくもり、首すじをくすぐる柔らかな寝息が、どれほど母親の足取りを勢いづけたことだろう！　自分を頼りきって眠っている息子の肌触りや身動きの一つひとつが、電流のように自分の中へ強さを注ぎこんでくれる気がした。肉体を凌駕する精神の強さは崇高なものだ。しばらくのあいだ、イライザの肉体と神経は疲れることを知らず、筋肉は鋼（はがね）のごとくに張りつめ、か弱き者がかぎりない強さを発揮したのであった。

農園の境界を過ぎ、果樹園や林がぼやけた影のように後方へ去っていく。イライザは歩きつづけた。一つひとつ見慣れた景色に別れを告げながら、イライザはなおも進んでいった。足取りを緩めることなく、立ち止まることもせず、夜明けの光に空が赤く染まるころには、見慣れたすべてのものから遠く離れて、広い街道に出ていた。

奥様に連れられてオハイオ川からさほど遠くない小さなT村に知り合いを訪ねてたびたび来たことがあったので、道はよくわかっていた。そこからオハイオ川を渡って向こう岸に逃れるというのが、とりあえず最初にイライザの考えた逃亡計画だった。そこから先は、神を頼むしかない。

馬や乗り物が通る時刻になって街道が活気づいてきたころ、興奮状態に特有の鋭い直感と、ある種のインスピレーションによって、イライザはこんなふうに先を急いで取り乱したようすで歩いていては人目につきやすく不審に思われるかもしれない、と気がついた。そこで、息子を地面に下ろし、乱れたドレスとボンネットを直し、なるべく自然に見えるよう気をつけながら、できるだけ速足で歩くことにした。腰に結わえつけた小さな包みの中にケーキとリンゴを入れてあったので、それを使って子供の気を引いて先を急がせた。リンゴを数メートル先へ転がしてやると、ハリーはそれを追いかけて全力で走った。こんな工夫をくりかえして、二人は一キロ、また一キロ、と進んでいった。

しばらく歩くと、木々の生い茂った林地があり、木立ちの奥から小川の流れる水音が聞こえてきた。ハリーが空腹とのどの渇きを訴えたので、イライザはハリーを連れてフェンスを乗り越え、街道から見えない大きな岩の陰に腰をおろして、腰の包みから朝食を出してやった。イライザが食べないのを見てハリーは不思議がり、悲しそうな顔を見せた。ハリーが両腕を母親の首に回して抱きつき、自分の食べているケーキを母親の口に押しこもうとしたとき、イライザはこみあげる熱いもので息が詰まりそうになった。

「いいえ、ハリー! お母さんは、ハリーのことが安心できるまで、食べられないの。さあ、先へ進まなくては。先へ。川に出るまで!」イライザはふたたびあわただしく街道に戻り、ふつうの足取りで怪しまれず歩くよう気を遣いながら先を急いだ。

やがて、イライザが顔を知られている近隣の地域は、はるか何キロも後方に去った。万が一、自分のことを知っている人間と出くわしたとしても、シェルビー家の奴隷に対する扱いが優しいことは近隣ではよく知られているから、それが疑惑を打ち消してくれるだろうと思った。まさかシェルビー家の奴隷が逃亡するとは考えにくいからである。それに、イライザは肌が白く、詳しく調べないかぎり黒人の血を引いているようには見えないし、息子のハリーも肌が白く、そのぶん二人とも何も疑われずにすむだろうと思われた。

そうした計算にもとづいて、イライザは昼ごろ、こぎれいな農家に立ち寄ってみることにした。自分もひと休みしたかったし、子供と二人、お昼も食べたかった。シェルビー農園から離れて危険が次第に遠ざかるにつれて、異常な緊張状態がやや緩み、疲労や空腹が襲ってきたのである。

親切でおしゃべり好きな農家のおかみさんは話し相手が現れたのをむしろ喜んだようで、イライザの説明をそのまま信用してくれた。イライザは「週末を友人宅で過ごすために、この少し先まで行くところなのです」と説明し、心の中でそのとおりの結末になってくれることを祈った。

日没の一時間ほど前に、イライザはオハイオ川沿いのT村に着いた。疲れはて、靴ずれができていたが、心はまだくじけていなかった。イライザは、まず川のようすを見た。オハイオ川は、まるでヨルダン川のように、対岸に広がる自由の地カナンとのあいだを隔てている。

季節は早春で、川は水かさを増し、荒れていた。川面には、大きな氷の塊が水のよどみに付いたり離れたりしながら浮いている。この場所では、ケンタッキー側の岸辺が大きく川の中まで張り出している特異な地形のせいで、川の湾曲部を流れる狭い水路に大量の浮氷が折り重なるようにたまって川の水を一時的にせきとめる形になり、川幅全体をふさいでゆらゆらと揺れる大きな氷の筏のようなものができて、その端がケンタッキー側の岸にまで届きそうになっていた。

イライザは、このあいにくな状況を前にして、一瞬立ちつくした。これでは、いつもの渡し舟は出ないだろう。イライザは踵を返して川岸にある小さな宿屋に立ち寄り、ようすを聞いてみることにした。

宿屋のおかみは暖炉の前に立ち、夕方の客に出す食事の準備で忙しそうに炒め物や煮物をしていたが、イライザの哀れを誘う愛らしい声に気づいて、フォークを持ったまま料理の手を止めた。

「何だい？」

「この時間に、Ｂ町へ行く渡し舟はありませんか？」イライザは尋ねた。

「いや、ないね！」宿屋のおかみが答えた。「渡し舟は止まってるよ」

がっくりと肩を落としたイライザのようすを見て気の毒になったらしく、おかみが聞いた。

「むこうへ渡りたいのかい？　病人でも出たの？　えらく心配そうな顔してるけど」

「子供の容態がとても悪いんです」イライザは言った。「きのうの夜、知らせが来て。けさからずいぶん歩いてここまで来たんですけれど。渡し舟に乗ろうと思って」

「そりゃ気の毒だねえ」宿屋のおかみは、同じ母親として同情心を動かされたようだった。「そりゃ心配だよねえ。ちょいと、ソロモン！」おかみは窓ごしに裏手の小さな建物のほうへ声をかけた。革のエプロンをつけて両手をひどく汚した男が戸口に現れた。

「ねえ、ソル[1]」おかみが言った。「例のあの人だけどさ、今夜、樽を運んでいくだろうかね？」

1　Sol は Solomon の愛称。

「渡れそうなら舟を出してみると言うとったがな」男が答えた。「ここからちょいと下ったとこにある人がいてね、今晩できれば荷物を積んで川を渡ろうっていうのさ。夕飯を食べにここへ寄るから、そこにすわって待つといいよ。おや、かわいい坊やだね」そう言って、おかみはハリーにケーキをくれた。

しかし、子供は疲れはてていて、泣きだしてしまった。

「かわいそうに！　この子、歩き慣れていないんです。それなのに、わたしが急がせすぎたから」イライザが言った。

「こっちの部屋をお使いよ」宿屋のおかみは小さな寝室に母子を通してくれた。寝心地のよさそうなベッドがある。イライザは疲れた子供をベッドに寝かせ、すっかり寝入ってしまうまで子供の両手を握っていた。イライザ自身には、休息など考えられなかった。からだの奥で燃えさかる炎のように、追っ手のことが気がかりでならない。イライザは自分と自由の地とのあいだに意地悪く横たわる増水した川を切ない眼差しで見つめた。

ここでいったんイライザの話は休止として、追っ手のほうに目を転じてみよう。

シェルビー夫人が昼食はすぐに用意できると請けあったにもかかわらず、やはり世間の相場どおり、取引というものは一方の思惑だけでは成立しないものである。そういうわけで、ヘイリーが聞いている目の前で昼食の用意を急ぐよう指示がなされたにもかかわらず、そしてその指示が少なくとも半ダース以上の若い使用人たちを次々に送って台所へ伝えられたにもかかわらず、アント・クロウィ御大（おんたい）は例の調子でフン！と不機嫌に鼻を鳴らし、首をぐいと反らして、一つひとつの手順をふだん以上に悠々ともったいつけて進めた。

どういうわけか、使用人たちのあいだでは、昼食を出すのが遅れても奥様はさほど腹を立てないだろう、という見方が大勢（たいせい）を占めていた。そして、また不思議なことに、次から次へと間の悪いアクシデントが起こって、昼食の準備がどんどん遅れていくのだった。運悪く、まるでタイミングを計ったかのように、誰かがグレイビー・ソースをひっくり返してしまい、グレイビーが最初から作りなおしになった。アント・クロウィは細心の注意を払い、手順をきっちり踏んで、一から十まで決まりどおりにソースをかきまぜ、じっくりと煮つめた。急いでほしいと声がかかっても、「生煮えのグレイビー・ソースをお出しするわけにはいかんし、追っ手に協力するつもりもないね」と、ぶっきらぼうに答えるだけだった。そうかと思うと、水を運んでいるとちゅうでつまずいて転ぶ者もいて、また泉まで水を汲みにいかなくてはならなくなった。

さらにまた誰かが料理の最中にバターを床に落っことした。そして、そのあいだじゅう、使用人たちが調理場へやってきては、笑いながら、「ヘイリーの旦那は気が急いてしょうがないみたいだぜ、椅子にじっとすわっとれずに、歩きまわって、窓の前まで行ったかと思うとベランダに出たりして」などと知らせにきた。

「ええ気味だわさ！」アント・クロウィが怒りにまかせて言い放った。「おこないを改めんと、そのうちもっとひどい目に遭うだろうよ。空の上からお迎えが来たときにどんな顔するか、見てやりたいもんだ！」

「地獄の責め苦に投げこまれるんだよ、きっと」ちびのジェイクが言った。

「自業自得さ！」アント・クロウィが吐き捨てた。「さんざっぱら人に悲しい思いさせてんだから、あたりまえさ！」アント・クロウィは調理の手を止め、フォークを上向きに突き立てて言った。「ジョージ坊っちゃまが読んでくださる『黙示録』に書いてあるとおりだ——魂が祭壇の下で叫ぶんだ！　こんなやつらに復讐なさらねえんですか、って主に叫ぶんだ。[2]そんで、いつかは主がその声を聞いてくださるんだ。きっと聞いてくださるんだ！」

調理場では一目も二目もおかれているアント・クロウィの言葉を、みんなは口をぽかんと開けて聞いていた。ようやくディナーが食堂に運ばれたあとだったので、調理場にいる者たちはそろって噂話に興じ、アント・クロウィの言うことに耳を傾けた。

「そんなやつは、未来永劫(みらいえいごう)、地獄の火で焼かれるんだ。そうだろ?」アンディが言った。

「そうなるとこを見たいもんだね」ちびのジェイクが言った。

「みんな!」そこへ声が響いて、一同はぎくっとした。アンクル・トムだった。調理場へやってきて、戸口のところに立って話を聞いていたのだ。

「みんな! 自分が何を言っとるか、わかっとるのか。未来永劫ちゅうのは、恐ろしい言葉だぞ。考えるだけでも恐ろしい。そんなことは誰に対しても望んではいかん」

「誰にもってわけじゃないよ、人の魂を踏みつけにするやつだけだよ」アンディが言った。「誰だって、あいつらなんかそうなればいいと思うでしょ、むちゃくちゃ悪いやつだもの」

「ああいう連中を恨むのは、自然の情ってもんじゃないのかい?」アント・クロウィが言った。「母親の乳に吸いついとる赤ん坊をむりやり引きはがして売り飛ばすんだから。小さい子供がわんわん泣きながら母親の着物にしがみつくのを引きはがして売るんじゃないのかい? 夫婦の仲も引き裂くんだろう?」そう言いながら、アント・

2　新約聖書「ヨハネの黙示録」第六章第九節～第一〇節に言及している。

クロウィは泣きだした。「命を奪うも同然じゃないか。そんなことしといて、連中は何とも思わないんだ。平気で酒を飲んで、タバコ吹かして、顔色ひとつ変えやしない。そういうやつらを懲らしめるんでなけりゃ、悪魔なんて何の役に立つんだい？」アント・クロウィはチェック柄のエプロンで顔をおおって、おいおいと声をあげて泣きだした。

「侮辱する者のために祈りなさい、とお聖書に書いてある」トムが言った。

「そいつらのために祈れ、ってか！」アント・クロウィが言った。「そんなこと、無理だよ！　あたしにゃできないね」

「それは自然の情だ、クロウィ。自然の情は強い」トムが言った。「だが、主の思し召しはもっと強い。それに、クロウィ。そういうことをする哀れな人間の魂がどれほどひどいことになっとるか、考えてみなくてはいかんよ。自分がそんな人間と同じでないことを神様に感謝するべきなんだよ、クロウィ。わしは、ああいう哀れな人間みたいな重い罪を負うくらいなら、自分が売られるほうが一万倍もましだと思っとる」

「おいらも同感だな」ちびのジェイクが言った。「でないと、おらたちもきっとひでえ目に遭うよね、アンディ？」

アンディは肩をすくめて、そうさな、というように口笛を鳴らした。

「わしは、けさ旦那様が出かけようとしたのを思いとどまってくだすったのが、うれしい」トムが言った。「そっちのほうが、売られることよりつらいもんだ。おそらく旦那様にはあたりまえのことだったのかもしれんが、旦那様を赤ん坊のころからお世話してきたわしには、そんな仕打ちはつらい。けど、わしは旦那様と会って話をした。いまでは、これが神様の御心(みこころ)だと諦める気になってきた。旦那様は、どうしようもなかったんだ。旦那様は正しいことをしなすった。ただ、わしがおらんくなると、いろいろ荒れてくるんじゃないかと心配だ。旦那様には、わしがしとったようにあちこちに目を配って金の出入りをきちんとしとくことは、できんだろうと思う。使用人たちはみんなええ者(もん)ばっかりだが、なにしろ恐ろしく気が回らん。それがわしは心配だ」

このときベルが鳴り、トムは応接間に呼び出された。

「トム」シェルビー氏が優しい声で話しかけた。「おまえに知っておいてほしいのだが、わたしはこちらの紳士と、もし約束の時間におまえがいなかったら一〇〇〇ドルを違約金として支払うという取り決めをかわした。きょうのところは、こちらの紳士

3　新約聖書「ルカによる福音書」第六章第二八節。

は別の用件がおありなので、おまえは一日じゅう好きにしていてよい。どこでも行きたいところへ行っていいぞ」

「ありがとうございます、旦那様」トムは答えた。

「いいか、てめえ」と、奴隷商人が口をはさんだ。「黒んぼの浅知恵でご主人様を出し抜くんじゃねえぞ。てめえが逃げたら、こちらのご主人から違約金を一セント残らずいただくことになるからな。おれに忠告さしてもらうんなら、てめえらなんぞ誰ひとり信用しちゃならんと言うとこだがな。まったくウナギみてえにつかみどころのない連中め！」

「旦那様」トムは、背すじをすっと伸ばした。「大奥様から旦那様をこの手に渡されたとき、わしは八歳になったばっかでした。旦那様は一歳にもなっておられんかった。大奥様は言われました、『いいかい、トム、この子がお前の若旦那様になるんだよ。しっかりお世話してさしあげるんだよ』と。いま、わし、旦那様にお尋ねしたいです。わし、旦那様との約束をいっぺんでも破ったですか？　いっぺんでも旦那様の言いつけに背いたですか？　とくに、わしがクリスチャンになってから？」

シェルビー氏は感極まり、目に涙を浮かべた。

「忠実なトムよ。おまえの言葉が何ひとつ嘘でないことは、神様がご存じでいらっしゃる。できることなら、おまえをどこへも売りになど出したくなかった」

「わたくしもクリスチャンの女性として約束するわ」シェルビー夫人も口を開いた。「トム、なんとか手を尽くして、できるだけ早くあなたを買い戻しますからね。ヘイリーさん、トムを売り渡す先は慎重に選んでくださいね。そして、誰に売ったか、こちらへ知らせてください」

「ああ、いいですよ」奴隷商人が言った。「なんなら、一年後にでもまた連れて戻りますかね。こき使われてボロボロにならんうちに。そんで、こちらにまたお売りしますよ」

「ええ、そうなったら、あなたから買い戻しますわ。お値段に色をつけてね」シェルビー夫人が言った。

「もちろんです」奴隷商人が言った。「あっしとしちゃ、どっちでも同じです。北と南と行ったり来たりして奴隷を売り買いして、けっこうな商売をさしていただいとりますわけで。あっしはただ暮らしていけりゃいいんでね、奥さん。まあ、誰でも同じだと思いますがね」

シェルビー氏もシェルビー夫人も、奴隷商人のなれなれしく厚かましい物言いを不快に感じ、侮辱された気分になったが、二人ともここは感情を押し殺して対応することが何より肝腎と心得ていた。奴隷商人の強欲で厚顔無恥な態度を見るにつけても、この男がイライザと息子のハリーを捕まえるのに成功したらどうしようという危惧がシェルビー夫人の胸をふさいだ。それだけに、シェルビー夫人は女性ならではの手練(てれん)手管(てくだ)を使ってできるだけ長いこと奴隷商人を屋敷に足止めしておこうと考えた。そして、奴隷商人を相手に優雅な笑顔を見せ、話にうなずき、親しげに会話を続け、できるだけ時間を稼ごうと努力した。

午後二時になって、サムとアンディが馬たちをベランダの下へ引いてきた。馬たちは午前中にさんざん走りまわったおかげで生き生きとして元気いっぱいに見えた。

サムは昼飯を食べてすっかり上機嫌で、何なりとお任せください！という構えで控えている。ヘイリーが近くへ来たとき、サムはアンディを相手に大げさな身ぶりをまじえて、「自分が一枚加わったのだから」逃亡奴隷の追跡はうまくいくこととまちがいなしだ、と大口を叩いているところだった。

「ここの屋敷じゃ犬は飼っとらんのだろうな」ヘイリーが馬に乗ろうと足をかけながら、何かを思いついたように言った。

「いっぱいおりますよ」サムが得意げな調子で答えた。「ブルーノがおるし――こいつはよく吠えますです！　ほかにも、黒んぼはみんないろんな犬を飼っとりますで」

「ふん！」ヘイリーの口から犬たちについてひとことふたことあったが、それを聞いたサムは、「犬に悪態ついたってしょうがねえのにな」とつぶやいた。

「そうじゃなくて、おまえのご主人は犬を飼っとらんだろう、と聞いとるんだ——どうせ、そんなところだろうが。要するに、黒んぼを追っかける犬のことだ」

サムはヘイリーの言っていることなど百も承知だったが、大まじめで救いようのない馬鹿を演じてみせた。

「うちの犬たちは、みんな鼻がききますです。うってつけの犬たちですよ、ただ訓練ってもんをしてねえだけで。いい犬たちですよ、だいたい何をやらしても。ちゃんと仕込んでやりさえすりゃ。ほら、ブルーノ」そう言って、サムは口笛を吹き、近くをうろうろしていたニューファンドランド犬を呼んだ。犬は一目散に走ってきた。

「くたばりやがれ！」と言って、ヘイリーは馬に乗った。「行くぞ、早く乗れ」

言われたとおり、サムは素早く馬にまたがったが、そのついでに器用にアンディをくすぐったので、アンディが馬鹿笑いした。これを見たヘイリーがひどく怒って、乗馬鞭でアンディを打った。

「アンディ、おまえ、あきれたやつだな」サムがまじめくさった顔で言った。「これは遊びじゃねえんだぞ。冗談かましとる場合じゃねえ。そんなんじゃ旦那様のお役に立てねえぞ」

「川まで、まっすぐの道を行く」シェルビー農園の端まで来たとき、ヘイリーが断言した。「連中のやることなんぞ、みんなお見通しだ。どうせ、〈地下鉄道〉[4]をめざそうってんだろう」

「そうっすね」サムが言った。「それがいいです。ヘイリー様のおっしゃることは、どんぴしゃでさ。ところで、川に出るには道が二つあるんですが。裏道と、表の街道と。どっちを行きますかね？」

　アンディがぽかんとした顔でサムを見上げた。地理上の新事実を聞かされて驚いたようだった。が、アンディは急いでサムの言葉にうなずき、熱をこめて相槌を打った。

「ってのは、たぶんリジーは裏道を行ったんじゃねえかな、と思ったもんで。そっちのほうが人通りが少ないもんで」

　ヘイリーは老獪(ろうかい)な古狸だったし、当然ながらいいかげんな話は眉に唾(つば)つけて聞くタイプだったが、この情報にはいささか心が揺れた。

「てめえら二人がこんな嘘つきの畜生どもでなけりゃな！」ヘイリーはそう言って、ちょっと考えこんだ。

　ヘイリーの迷いに迷った口調を聞いたアンディはすっかり愉快になってしまい、少し後ろに下がって全身を激しく震わせて笑いをこらえたので、もう少しで馬から落ちそうになった。一方のサムは、困りはてたような深刻な表情をしたまま、すましこんでいる。

「もちろん、ヘイリー様の考えなさるとおりで。まっすぐの道がいいと思いなさるんなら、そっちを行きますで。おらたちにゃ、どっちも同じで。おらが考えるにゃ、まっすぐな道がいいと思いますだ、ぜってえ」

「当然、人通りの少ない裏道を行くだろうな……」ヘイリーはサムの言葉にはこれっぽっちも耳を貸さず、考えたままを口に出した。

「わかったもんじゃねえす」サムが言った。「娘っ子ってのは読めねえから。ちっとも思ったとおりにゃ動かねえ。たいてい逆のことをする。娘っ子ってのは、へそまがりにできとるんすね。だから、こっちの道を行っただろうと思ったら、反対の道を行くのが当たりだ。そうすりゃ、ちゃんと見つかるだ。おらの考えじゃ、リジーは裏道を行ったと思う。だから、まっすぐの街道を行ったほうがよかねえかな」

女性の習性に関するサムの深遠なる理論をもってしてもヘイリーの頭を街道へ向け

4　奴隷制度が廃止される以前に、逃亡奴隷をカナダへ逃がす活動をしていた違法な秘密組織。

るには及ばなかったらしく、ヘイリーは断固とした口調で裏道を行くことにすると言い、その道にはどこからはいるのかとサムに聞いた。

「もうちと先です」と答えながら、サムはアンディ側の目でウインクしてみせた。そして、まじめくさった顔で付け加えた。「だけど、おら、よおく考えてみると、やっぱそっちは行かねえほうがいいと思うです。そっちの道は、おら、行ってみたことがねえし、ものすごいさびれた道だし、迷子になるかもしれねえす。どこへ出るか、神のみぞ知るってやつで」

「いや、それでもそっちの道を行く」ヘイリーが言った。

「考えたんだけども、たしか、そっちの道は小川にそってフェンスなんかがいっぱいあるとか聞いたような気が……なあ、アンディ？」

アンディはどう答えたらいいかわからなかったので、その道のことは「聞いたことはある」が先のほうまで行ったことはない、と答えた。要するに、どっちつかずの答えをしたのだった。

ヘイリーは、大きな嘘と小さな嘘を天秤にかけて損の少ないほうを選ぶのが習い性となっていたので、裏道のほうが見こみがありそうだと踏んだ。サムが言ったことのうち、前半に裏道のことを口にしたときははからずも本心が出たように聞こえたし、ヘイリーになんとか翻意させようとやたら言葉を吐きちらしていた後半の部分は必死に嘘をついているように聞こえた。イライザを捕まらせたくないからだろう。

そういうわけで、サムが裏道へ分かれていく道すじを示したとき、ヘイリーは迷わずそっちに進み、サムとアンディもあとに続いた。

さて、その道はたしかにさびれた道であり、以前はオハイオ川への抜け道だったのだが、新しい街道ができてからは、もう何年も使われていない道だった。馬で進んでいくと、一時間ほどは道らしい道が続いたが、その先はいろいろな農園やフェンスで寸断されていた。サムはこの事実を完璧に知っていた。実際、その道は先が行き止まりになってから長い年月を経ていたので、若いアンディはその道のことを一度も聞いたことがなかったのだ。したがって、アンディはおとなしく後ろから馬でついてきただけで、ときどき「こりゃひどい道だ、ジェリーの脚に悪いや」などとぼやいたり声をあげたりするだけだった。

「いいか、言っておくぞ」ヘイリーが釘をさした。「おまえたちの腹ん中はわかっとる。ぶつくさ文句を垂れて引き返させようとしても、そうはいくか。黙ってついてこい！」

「旦那様の好きなようになすってくだせえ！」サムは諦め顔でついていくふりをした

が、その一方でアンディに向かってもったいぶったウインクをしてみせたので、アンディは吹き出しそうになった。

サムは大はりきりで、しっかり見張りに励んでいるふりをした。一度など、少し離れた高台に「女のボンネット」が見えたと叫んだし、そうかと思うと、アンディに向かって、「おい、あそこの窪地におるのはリジーじゃねえか？」と声をかけたりした。しかも、そういう大声をあげるのは決まって道路がでこぼこしていたり岩だらけだったりして急に足を速めるのが困難な地点ばかりだったので、ヘイリーは翻弄されっぱなしだった。

　こんな調子で一時間ばかり進んだあと、三人が急な坂を苦労して下ってみると、大きな農園の納屋の前庭に出てしまった。働き手は畑に出払っていたので人っ子ひとり見えなかったが、道の真正面にどう見ても立派な納屋が鎮座していたので、道がここで終わりなことは明らかだった。

「ほれ、おらが言ったとおりでねえか？」サムがいかにも傷ついたというような悪気のない顔で言った。「よそからおいでの旦那様が、ここで生まれ育った者より道に詳しいはずがねえですだ」

「この役立たずめ！」ヘイリーが言った。「最初っからわかっとったんだろう」

「わかっとるって、おら、そう言ったでねえですか。けど、旦那様が取り合ってくれんかっただ。おらは旦那様に、この先は行き止まりだ、フェンスだらけだ、って言うたです。通り抜けはできねえ、って言うたです。アンディも聞いとりました」

たしかにそのとおりで反駁しようもなかったので、運に見放された男はしぶしぶ怒りをおさめるしかなく、三人は回れ右をして、街道めざして引き返した。

あれやこれやで手間どった結果、三人がT村の宿屋までやってきたのは、イライザが疲れはてた子供をベッドに寝かしつけてから四五分ほど過ぎたころだった。イライザは窓辺に立って別の方向を眺めていたが、サムが目ざとくその姿に気づいた。ヘイリーとアンディはすぐ二メートル後方からついてきている。この危機一髪の場面で、サムはわざと自分のかぶっていた帽子を風に飛ばし、いかにもサムらしい大声をあげた。イライザは声に気づき、はっとして身を引いた。馬に乗った三人は窓のすぐ前を通り過ぎ、表の玄関へ回った。

その瞬間、イライザは幾千もの人生が一点に凝縮して押し寄せたような気がした。部屋は横の通用口から川のほうへ出られるようになっており、子供を抱きあげたイライザは戸口のステップを駆けおりて川へ向かった。イライザが川岸の土手を下って姿を消す寸前に、ヘイリーが気づいた。奴隷商人は馬から飛び降り、サムとアンディを大声で呼びながら、シカを追う猟犬のようにイライザを追いかけた。イライザは頭に血がのぼって、足で地面を蹴って走っている感覚さえなくなった。あっという間にイライザは川岸までやってきた。すぐ背後に追っ手が迫っている。神が必死の人間にだけ与え給う勇気に力を得て、ひと声叫ぶとイライザは宙を飛び、岸辺の濁流を飛び越えて、その先の浮氷（ふひょう）に着地した。それはまさに命がけのひとっ飛び、鬼気迫る必死の跳躍以外の何物でもなかった。ヘイリーとサムとアンディは思わず絶叫し、両手を上げて天を仰いだ。

イライザが着地した巨大な緑色の氷塊は体重を受けとめてゆらゆらと揺れ、きしんだ音をたてたが、イライザは一瞬もそこにはとどまらず、ふたたび野獣のような叫び声をあげながら死力をふりしぼって次の浮氷へ、そのまた先の浮氷へ、と渡っていった。よろめき、跳び移り、滑って転び、ふたたび跳びあがる！　靴は脱げ、ストッキングも破れて、足跡が血に染まった。しかしイライザは何も見えず、何も感じず、跳躍をくりかえすうちにやがてぼんやりと、夢のように、オハイオ側の岸が見えてきた。岸辺にいた男が手を貸してイライザを引き上げた。

「勇ましい娘っ子だなあ、どこの誰かは知らんが！」男が驚きあきれた声を出した。聞きおぼえのある声だったので、顔を見ると、シェルビーの屋敷からさほど遠くないところに農場を所有する男だった。

「ああ、シムズ様！　助けて！　助けてください！　かくまってください！」イライザは言った。

「何だ？　何があった？　おや、シェルビーさんとこの娘じゃないか！」

「わたしの子！　このハリーが売られたんです！　あそこにいる人に」そう言いながら、イライザはケンタッキー側の岸辺を指さした。「シムズ様、あなた様にも小さな男の子がいらっしゃるでしょう！」

「ああ、そうとも」男はそう言いながら、手荒にではあるが親切にイライザに手を貸して川岸の急な土手を引っぱり上げた。「それに、あんたは勇ましい娘だ。おれはとにかく根性のあるやつが好きなんだ」

土手の上までのぼりきったところで、男はひと息ついた。

「なんとかしてやりたいが、どこに連れていってやるわけにもいかん。せいぜい、あそこの家に行くといいと教えてやることぐらいしかできん」そう言って、男は村の表通りから離れてぽつんと建っている白い大きな家を指さした。「あそこの家に行くといい。あそこは親切な人たちだ。危険はない。助けてくれるだろう。そういう活動をしておる人たちだ」

「ありがとうございます、神様のお恵みがありますように！」イライザが心をこめて礼を言った。

「どうってことない、どうってことないさ」男が言った。「こんなことは人助けのうちにもはいらんよ」

「お願いです、誰にも言わないでください！」

「つまらんことを言うんじゃない、おれを誰だと思っとるんだ。もちろん、言わんよ」男が答えた。「さ、早く。いつものあんたに戻って。美人でしっかり者の。あんたが自分の手で勝ち取った自由だ。誰に奪われるもんでもないさ、誓って」

イライザは息子を胸に抱きかかえ、しっかりとした足取りですぐに立ち去った。男はその場にたたずんでイライザを見送った。

「シェルビーからしたら、これじゃ隣人の甲斐もないと思うかもしれんな。だが、こうする以外にはないさ。もしシェルビーがうちの娘(こ)を同じ状況で捕まえたなら、同じことをして返してくれてけっこう。犬に追われて必死に息を切らして逃げてきとるものを、地獄へ突き落とすような真似はできん。それに、よその奴隷を狩ったり捕まえたりする義理もないしな」

貧しく、キリスト教の信仰もなく、法律にも疎(うと)いケンタッキーの農夫は、結果的にある意味でクリスチャンらしい対応をすることになったのだった。もしも法律に明るく、もっと啓蒙された人間だったならば、このような行動には出なかったかもしれない。[5]

イライザが土手をのぼって姿を消すまで、ヘイリーはあんぐりと口を開けて見ているばかりだった。そのあと、ヘイリーは呆然とした顔で、問いかけるようにサムとアンディを見た。

「すげえもん見ちまったすね」サムが言った。

「とんでもねえ悪魔憑きだ！」ヘイリーが言った。「まったく、ヤマネコみてえにジャンプしやがった！」

「いや、まいったな」サムが頭を掻き掻き言った。「あれを追いかけて行けとは、旦那様でも言わねえっすよね。おいらにゃ、とってもあんなすばしっこくは跳べねえ

5　一八五〇年に制定された新逃亡奴隷法によって、自由州へ逃亡した奴隷は追跡され、逮捕され、元の所有者に戻されることになった。逃亡奴隷の逮捕を妨害したり、逃亡奴隷をかくまったり救助したりした者は、一〇〇〇ドル以下の罰金および六カ月以下の禁錮に処されることになっていた。

す！」そう言って、サムはしゃがれた声で小さく笑った。

「おまえが笑うか！」奴隷商人がすごんだ。

「神様のお恵みを。すんません、旦那様、おら、がまんできねえっす」サムはずっと押し殺していた快哉の思いを解き放った。「ぴょんぴょん飛び跳ねてくあいつの格好見たら、おかしくって、おかしくって。氷をギシギシ鳴らして。また、音がいいや。ドタン！　ガツン！　バシャン！　ピョーン！とくらぁ！」サムとアンディは涙を流して笑いこけた。

「てめえら！　調子に乗りやがって！」奴隷商人は黒人たちの頭に乗馬鞭を振り下ろした。

サムもアンディもひょいと身をかわし、大声でわめきながら土手をのぼっていき、ヘイリーが追いつく前に馬にまたがっていた。

「旦那様、失礼します！」サムが大まじめな声で言った。「奥様がジェリーのことを心配しとるにちげえねえと思いますで。ヘイリー様はもうおれたちに御用はねえでしょうし。こんな夜に馬でリジーみたいに氷の橋を渡るなんつったら、奥様にお目玉食らっちまいます」サムはおどけてアンディの脇腹を突っつき、馬を出した。アンディがあとに続き、二人は全力疾走で去っていった。遠くから風に運ばれて二人の叫び声と笑い声がかすかに聞こえてきた。

第8章　イライザの逃亡

イライザがオハイオ川を越えて決死の逃亡を図ったのは、すでに夕闇の迫る時刻だった。土手をよじのぼったイライザの姿は川面からゆっくりと立ちのぼる灰色の夕霧に包まれて見えなくなり、増水した川の水に翻弄されながら漂う浮氷が逃亡者と追っ手のあいだを絶望的に隔てていた。ヘイリーはしかたなくのろのろと川端の小さな宿屋に引き上げ、この先どうするかを考えることにした。宿屋のおかみが通してくれた小さな客室には安物のカーペットが敷かれ、その上に据えられたテーブルには黒光りするオイルクロス[1]がかかっている。テーブルの周囲には背もたれの高い不ぞろいな椅子が何脚か雑然と並び、炉棚には派手な彩色を施した石膏像が飾られ、暖炉の火はほとんど消えかかっていた。暖炉のそばに妙に間延びしたオーク材の長椅子が置いてあり、ヘイリーはそこに腰を下ろして、人が心に抱く希望や幸福というもののはかなさについてつらつらと考えた。

「まったく、なんであんなチビを買おうなんぞと思ったのかな」ヘイリーはつぶやいた。「こんな面倒なことになっちまって」ヘイリーは自分自身を呪う上品とは言いがたい言葉をたてつづけに口にして鬱憤を晴らした。その中にはまことに真実を突いた表現もあったが、趣味の問題として、ここには書かずにおく。

宿屋の玄関のほうで馬を下りる男の濁声が聞こえたので、ヘイリーははっとして顔を上げ、急いで窓から外を見た。

「こりゃ、どういうこった！　まさしく〈天の助け〉ってやつじゃないか」ヘイリーはつぶやいた。「ありゃ、トム・ローカーにちがいない」

ヘイリーは急いで客室を出た。酒場の隅のカウンター近くに立っているのは、身の丈一八〇センチを優に超えるがっしりとした屈強な大男だった。バッファローの毛皮の外套を着ている。獣毛の側を表にして仕立ててあるので、見るからに粗野で獰猛な印象で、まさにこの男の全体的な風貌にぴったりだった。首から上のありとあらゆる造作には、残虐性や凶暴性がこれ以上なく凝縮されて漂っている。読者諸氏には、ブルドッグが人間になって帽子をかぶり外套を着て歩きまわっているところを想像して

1　油を引いて防水した綿布。

いただければ、この男の全体像に当たらずとも遠からずというところを思い描いていただけると思う。男の傍らには、連れがいた。こちらは多くの点で大男とはみごとに対照的な印象で、背は低く、体格は貧弱で、身のこなしはネコのようにしなやか、抜け目なく光る黒い瞳には他人を詮索するような表情があり、顔の造作すべてが目もとの印象と釣り合っている。肉のそげた長い鼻は、何によらず対象の裏の裏にまで食い入ろうとするかのごとくに顔から突き出ていて、てらてらした薄い黒髪は額の前に張り出し、動作の一つひとつに用心深く計算高い本性が見え隠れしていた。大男のほうは、大ぶりなタンブラーに半分ほど強い酒をストレートで注ぎ、黙ったままぐいと飲みほした。小男のほうは、つま先立ちになったままあちこちに顔を向けてさまざまなボトルの匂いを嗅ぐように思案していたが、そのうちに細い震える声で、あたりを憚（はばか）るようにして、ミント・ジュレップ[2]を注文した。そして、注文した酒が注がれると、小男はグラスを手にとり、悦に入ったように鋭い眼光で酒を見つめ、なかなか良い選択だ、この場にこれ以上ふさわしい選択はなかろう、というようなそぶりでちびりちびりと酒を口に運んだ。

「おう、こりゃいいとこで出会った！　よう、ローカー、どうしてた？」ヘイリーは二人に歩み寄り、握手を求めて大男に手を差し出した。

「この悪党野郎め！」大男が丁重な挨拶を返した。「てめえ、こんなとこで何やってんだ、ヘイリー？」

他人を詮索するような目つきの男はマークスという名だったが、即座に酒をするのをやめて顔を前に突き出し、ネコが揺れる枯葉か何かの獲物を追うような目つきで初対面の男を抜け目なく観察した。

「なあ、トム。こんな運のいい出会いはねえや。ひでえ目に遭っちまってさ、手を貸してほしいんだよ」

「ふん？ なんだと？ どうせ、そんなこったろうよ！」ヘイリーが話しかけた大男は、満足そうなうなり声を出した。「ちげえねえ、てめえのほうから声かけてくるってことはよ、人を何かに使おうって腹だろうが。どんな下手を打ったんだ、こんどは？」

「そちらさんは友だちかい？」ヘイリーが疑り深そうな目でマークスを見て言った。「相棒さん？」

---

2 つぶしたミントの葉、砂糖、バーボン、かき氷を混ぜ、上にミントの若芽を飾った飲み物。ケンタッキーで最も人気のあるカクテルと言われる。

「ああ、そうだ。おい、マークス！　こいつだよ、ナチェズでひと仕事したときの連れってのはよ」

「どうも、お初に」マークスがカラスの爪のように細長い手を差し出した。「ヘイリーさん、とおっしゃるんで？」

「そうです、よろしく」ヘイリーが答えた。「お二人さん、せっかく運よく会えたんで、ここはひとつあっしにご馳走さしてもらいましょうかね。おい、ちょっとそこの――」ヘイリーはカウンターの中にいる男に声をかけた。「湯と、砂糖と、葉巻と、本物の酒をたっぷり頼む。ひとつ派手にやりましょうや」

すると、またたく間にろうそくに火がともされ、暖炉の火が盛大にかきたてられ、三人の男たちがテーブルを囲んで腰をおろし、注文の品々がそろって、再会を祝う酒盛りが始まった。

ヘイリーが口を開き、このたびの不運について愚痴りはじめた。ローカーは黙ったまま、荒くれた無愛想な顔で聞いていた。マークスはあれこれこだわって自分好みのパンチ[3]を調合していたが、ときどき視線を上げ、とがった鼻とあごの先がほとんどヘイリーの顔に突き刺さりそうなくらいの距離で、話を熱心に聞いていた。そして、話の結末がいたく滑稽に聞こえたらしく、黙ったまま肩と脇腹を震わせ、いかにもおもしろい話を聞いたというふうに薄い唇をゆがめた。「なるほど、お手上げ、ってやつですな。ひっ、ひっ、ひっ！　うまくやられたもんだ」

「ガキってやつは、なかなか手の焼ける商品ですよ」ヘイリーが落ちこんだ口調で言った。

マークスが口を開いた。「ガキのことなんざ屁とも思わねえ女たちを交配できた日にゃ、この商売にとって最高の品種改良になるんですがな」マークスはそれだけ言って、自分のジョークに相手が食いついてくるのを待った。

「そのとおり」ヘイリーが応じた。「あっしは、そこんとこが見えとらんかった。ガキってのは、ややこしい。ガキなんぞいなくなったほうが女もせいせいするだろうと思うんだが、そうじゃないんで。手のかかるガキほど、そんでもって何の役にも立たないガキほど、女ってやつは手放すのを嫌がるのが多い」

「ヘイリーさんよ」マークスが口を開いた。「湯を回してくれ。どうも。あんたの言うとおりだ。あたしもずっとそう思ってた。昔、奴隷の売り買いをやってたころ、あ

3　アルコールに水やソーダや砂糖や香料などで味をつけた飲み物。

たしも女奴隷を買ったことがあった。顔もからだもいい女でね、頭も悪くなかった。その女の連れてたガキってのがひでえ出来ぞこねえで、背中が曲がっちまってるかなんかで。それで、ただでもらえるんならそのガキを育ててみようって男がいたんで、そいつにガキをくれてやった。そんなもんで女が大騒ぎするなんて思ってもみなかったさ。ところがよ、見せてやりてえくらいだ、まったく——その女ときたら、ガキが出来ぞこねえで機嫌が悪くて手がかかるもんだからなおさらのこと、そのガキがだいじだったらしいんだ。それも、見せかけじゃねえ、ほんとに泣きわめきやがって、まるで友だちぜんぶなくしたみてえに落ちこみやがってさ。思い出しても笑えるぜ。ったく、女ってのは、わからねえ」

「ああ、あっしもそんなことがありましたよ」ヘイリーが言った。「去年の夏、レッド・リバー[4]ぞいの南のほうで、女（おんな）を買ったんですよ。そいつがかわいいガキを連れててね、おたくの目と同じにパッチリした目のガキで。けど、よく見たら、ガキはまったく目が見えてないってことがわかってね。実際、何ひとつ見えてないんで。いや、だからね、そんなガキは黙って売っちまったってかまわないだろうと思ったんですよ。そんで、めでたくウイスキーの小さい樽一個と交換ってことで話がまとまった。ところが、女からそのガキを取り上げようとしたら、女がトラみたいな勢いで向かってきやがってね。出発前でまだ買った奴隷たちを鎖につないでなかったもんで、女のやつめ、ネコみたいにすばしっこく棉花の梱[5]の上に飛び乗って、水夫からナイフをひったくって、ちょっとのあいだ大立ち回りになった。そのうち、もうどうにもならんと見たら、女のやつ、くるっとあっち向いて、頭から川に飛びこみやがった。ガキも道連れにして。ドボンと沈んで、それまでよ」

「ふん！」見るからに不機嫌そうな顔で二人の話を聞いていたトム・ローカーが、口を開いた。「だらしねえな、てめえら二人とも！　おれが女を買ったら、そんなふざけた真似はさせねえぞ！」

「そうかい。じゃ、どうやるんだ？」マークスがぶっきらぼうに聞いた。

「どうやる？　ふん、買った女奴隷が売れそうなガキを連れとったら、その女のツラに拳固を突きつけて、言うんだ。『いいか、てめえ、ひとことでも文句を垂れてみろ、これでてめえのツラを叩っつぶしてやる。ひとことでも言ってみろ、文句のもの字でも言ってみろ！』そう言ってやるのさ。『このガキはおれのもんだ、てめえのもん

4　ミシシッピ川の支流。ナチェズの南方でミシシッピ川と合流する。

5　棉花などを輸送用に四角く圧縮してワイヤーなどで梱包した大型の荷物。

じゃねえ。てめえがどうこう言う筋合いはねえ。このガキは、チャンスがあったら、さっさと売っ払う。いいか、ふざけた真似をしてみろ、この世に生まれてこなけりゃよかったと思うくらいに痛めつけてやる』ってな。おれに買われたら最後、甘えは通じねえってことよ。女なんぞ、魚みたくものが言えんようにしてやる。ひとことでも文句言ってみろ、こうだ――！」ローカーは、続きをしゃべるかわりに拳でテーブルをガンと殴りつけた。

「これがいわゆる脅しってやつだわな」マークスはそう言ってヘイリーの脇腹を突っつき、また小さく笑った。「トムってやつは、変わり者じゃねえかい？　ひっ！　ひっ！　ひっ！　なあ、トム、そんだけやりゃあ、連中もわかるだろうよ、縮れ毛の馬鹿どもでもよ！　そんだけ言われりゃ、はっきりわかるだろうさ。トム、あんたってやつは、悪魔でないとすりゃ、悪魔の双子の弟ってとこだな！」

　トムは褒め言葉を相応の慎ましさでもって受け止め、ジョン・バニヤンのいわゆる「犬の本性」[6]と同じ程度の愛想を見せた。

　先ほどからさかんに杯を重ねていたヘイリーは、だんだんと気が大きくなってきたようだった。もっとも、同様の状況に置かれれば、まじめで思慮の備わった紳士でも同じようなことになるだろうが。

「なあ、トム」ヘイリーが口を開いた。「あっしは昔から同じことを言っとるが、あんたという男はとことん悪党だ。ナチェズにおったときにもこの話はさんざんしたと思うが、そんときも言ったように、奴隷どもをふつうに扱ったって、この商売はいい儲けになるし、世渡りに必要なぶんもちゃんと稼げる。それに、そうしといたほうが最後に天国に入れてもらえるチャンスも大きくなるってもんさ。最悪、あの世行きになったとしても、だ」

「へっ！」トムが言った。「そんなこたあ百も承知よ。つまらん話はよせ。そうでなくても腹がむかむかしやがるってのによ」トムはコップに半分残っていたブランデーをストレートで飲み干した。

「いいかい、トム」ヘイリーは椅子の背にもたれ、偉そうに胸を張った。「これだけは言っておく。あっしはこれまでずっと、人並みに金を稼ぐことを何よりの目的にこの商売をやってきた。だけども、商売だけがすべてじゃない。金がすべてじゃない、ってことよ。あっしら人間には魂ってもんがあんだから。誰に聞かれたって、恥ずかしいこっちゃないさ。ああ、人に聞かれたって、なんとも思わんね。だから、こ

6　ジョン・バニヤン『天路歴程　第二部』（竹友藻風訳、岩波文庫、五九ページ）。

の際、言っておく。あっしは宗教ってもんを信じるよ。そのうち、不自由せずにすむだけのもんを稼いだら、そんときは魂の救済ってなことを考えようと思っとる。だから、必要以上にむごい仕打ちをすることもないんじゃないかと思うんだ。そういうことはやめといたほうが身のためだと思うわけさ」

「魂の救済だと！」トムが馬鹿にしきった口調でヘイリーの言葉をくりかえした。「てめえの魂なんぞ、よっぽど気合い入れて探さなけりゃ見つかりっこねえよ。探すだけ無駄ってもんだ。悪魔がどんだけ目の細かい篩(ふるい)にかけて探したって、てめえの魂なんぞ見つかるもんか」

「なんだい、トム、ずいぶん突っかかるじゃないか」ヘイリーが言った。「あんたのためを思って言ってやってんのに、機嫌よく聞けんのか？」

「黙りやがれ」トムがすごんだ。「てめえの話はたいがいがまんして聞いてやるが、信心の話だけはごめんだ。反吐(へど)が出る。なんだかんだ言うが、おれとてめえのどこがちがう？ てめえのほうが奴隷をだいじに扱うわけでもなけりゃ、思いやりがあるわけでもなかろうが。てめえなんぞ、どっから見たって犬よりケチな根性してやがらぁ。悪魔の裏かいて自分だけ助かろうなんてよ。そんなことぐらい、お見通しだ。宗教を信じるだと？ 馬鹿も休み休み言え。さんざっぱら悪魔にツケためといて、支払いどきが来たらトンヅラこくってか！　ふん！」

「まあ、まあ、お二人さん。これは仕事の話じゃないんだから」マークスが割ってはいった。「何にしろ、いろんな見方があるわけで。ヘイリーさんはなるほどいいお人で、自分なりの良心をお持ちだ。トム、あんたにもあんたのやり方がある。それもたいへんけっこう。だが、けんかはやめとこう。なんの得にもならん。ここはキッチリ仕事の話をしましょうや。で、ヘイリーさん、それはどういう話なんで？　その女をあたしらに捕まえてほしい、と？」

「女のほうは、あっしにゃどうでもいいんです。シェルビーの持ち物なんでね。あっしがほしいのは、ガキのほうですよ。あんなサルめを買うなんて、あっしも馬鹿なことしたもんだが！」

「てめえはだいたい馬鹿野郎だよ！」トムが無愛想に言った。

「いいから、ローカー。怒るなって」マークスが舌なめずりしながら言った。「な、ヘイリーさんがおいしい仕事を紹介してくれようってんだよ。いいから黙ってろ。こういう段取りは、あたしに任しときな。で、ヘイリーさん、その女奴隷ってのはどんな女なんですかね？」

「それがですよ！　色が白くてべっぴんなんです。育ちもいい。シェルビーに八〇〇ドルか一〇〇〇ドル払ったとしても、いい儲けになったでしょうよ」

「白くてべっぴんか。しかも、育ちがいい、ときた！」マークスが目を輝かせ、鼻と口をとがらせて話に乗ってきた。「見ろ、ローカー、いい話じゃないか。丸儲けだ。奴隷どもを捕まえるだろ？ そんでもって、ガキのほうはもちろんヘイリーさんに渡す。おれたちは女のほうをオーリンズへ連れてって売り飛ばすんだ。いい話だと思わねえか？」

ヘイリーとマークスが話をしているあいだ口をあんぐり開けたまま聞いていたトム・ローカーが、まるで大きな犬が肉片に食らいついたみたいにパクッと口を閉じた。そして、ゆっくりと話を咀嚼（そしゃく）するような顔になった。

「ねえ、ヘイリーさん」パンチをかきまぜながらマークスが言った。「川沿いならどこでも、丸め込みやすい治安判事ってのがおりますからな。あたしらの仕事に協力的な。[7] 相手を殴り倒すのはトムがやるとして、あたしのほうは、宣誓する場面になったら出番だ。すっかりめかしこんで、ピカピカに磨いた靴はいて登場するんで。バリッとした形（なり）で、いい芝居しますよ」そう言って、マークスはプロのプライドに目を輝かせた。「七色の声を使い分ける、ってやつですよ。あるときは、ニューオーリンズから来たミスター・トウィッケム。またあるときは、パール・リバー[8]沿いのプランテーションで七〇〇人の黒んぼを使う農場主。かと思えば、ヘンリー・クレイ[9]の遠縁、あるいはケンタッキーの老いぼれじじい。人にはそれぞれにちがう才能があるってこってす。殴る蹴るの暴力沙汰になったら、トムの出番だ。だが、嘘をつくのは、トムじゃダメだ。トムはペラペラ嘘のつける男じゃない。そこへいくと、何でもかんでも宣誓しまくって、どんな場面でもどんな演出でも涼しい顔してやってのける、ケロッとやってのけるってことにかけちゃ、この国であたしの右に出る男がいたら、お目にかかりたいもんだね！　治安判事がもっとうるさいこと言っても、あたしなら切り抜ける自信がある。もっと厳しくやってほしいと思うくらいですよ。そのほうがずっと

7　新逃亡奴隷法（一八五〇年）のもとでは、治安判事は簡単な聴取だけで逃亡奴隷の逮捕状を出すことができた。奴隷の引き渡しを要求する者は、治安判事に宣誓するだけで所有権を主張できた。被疑者が奴隷であるとされた場合には、判事はより高額な手数料を受け取れることになっていた。

8　ミシシッピ川に発し、メキシコ湾に注ぐ川。

9　ヘンリー・クレイ（一七七七年～一八五二年）は、アメリカ合衆国の政治家。ケンタッキー州選出の下院議員、のちに上院議員。新逃亡奴隷法を含む「一八五〇年の妥協」を提案した。

面白いし、楽しめるってもんだ」

このとき、頭の働きの鈍いトム・ローカーがマークスの話をさえぎり、大きな拳骨でテーブルをしたたかに殴りつけてグラスやボトルを一つ残らずガタつかせたうえで、「よし、やろう！」と言った。

「よせよ、トム、グラスがみんな割れちまうぜ！」マークスが言った。「拳固は肝腎なときのために取っておけ」

「ところで、お二人さん、あっしにも分け前はいただけるんでしょうかね？」ヘイリーが言った。

「てめえのためにガキを捕まえてやるんだ。それじゃ足りねえのか？」ローカーが言った。「何がほしいんだ？」

「その、あっしが仕事を紹介したんだから、何かそれなりの……」ヘイリーが言った。

「まあ、一割とか。儲けの。かかった費用は差っ引いて」

「おい」ローカーがすさまじい罵倒の文句を吐きながら大きな拳でテーブルをたたいた。「このおれがてめえのやり口にだまされると思うか、ダン・ヘイリー。おれを舐めるんじゃねえ！　マークスとおれが何の儲けもなしにてめえみてえなやつのために奴隷狩りをやると思っとるのか？　冗談じゃねえ！　女はおれたちの丸取りだ、つべこべ言うな。でなけりゃ、二人ともおれたちが取るまでよ——造作もねえ。てめえがそうやりゃいいって教えてくれたんじゃねえのか？　てめえが取り放題なら、こっちだって取り放題でいかしてもらう。てめえでも、シェルビーでも、おれたちを追ってくるんなら追っかけてみろ。ウズラが去年巣をかけた場所を探すようなもんだ。ウズラだろうが何だろうが、見つけられるもんなら見つけてみろってんだ」

「いや、そうさな、この件は忘れるとしよう」まずいと思ったヘイリーが引き下がった。「おたくらにはガキを捕まえてもらいたい。トム、あんたはいつもあっしとの取引をごまかしたことはないし、約束を破ったこともなかったよな」

「あたりめえだ」トム・ローカーが言った。「おれはてめえみてえにグチグチ言わんが、悪魔と取引するときゃ嘘は言わん。おれは、やると言ったらやる。そこはてめえもわかってやんだろうが、ダン・ヘイリー」

「そうだ、そうだよ、トム、あっしはそう言った」ヘイリーが応じた。「だから、ガキを一週間で捕まえてくれるんなら、どこへでもあんたが言う場所まで引き取りに行くよ。あっしが頼みたいのは、それだけだ」

「ところがどっこい、こっちが頼みたいのは、それだけじゃねえんだよな」トムが言った。「ナチェズでてめえと仕事したあいだにおれが何も見とらんかったと思っとるのか、ヘイリー？　ウナギを捕まえたら逃げられねえようにしっかり持っとく、ってことを教わったのよ。きっちり五〇ドル、前金で払え。いやならガキは渡さん。てめえのやり口はわかっとる」

「なんと。まるまる一〇〇ドルから一六〇〇ドルも儲かる仕事を紹介したってのに、トム、それはあんまりじゃないか」ヘイリーが言った。

「そうかい。こっちは五週間も先まで仕事の予約が詰まっとるんだ。どれもうまい話ばっかりよ。それをぜんぶほっぽっといて、てめえのガキを探しにあちこち走りまわって、結局女のほうを捕まえそこなったら？　女ってのは捕まえるのが手間なんだぞ。そうなったら、どうする？　てめえが一セントでも払ってくれるのか？　え？　てめえのやり口はわかってら。へ、冗談じゃねえ。さっさと五〇ドル前金で出せ。仕事がうまくいって儲けが出たら、前金は返してやる。うまくいかなかったら、手間賃としてもらっとく。それがまっとうってもんじゃねえのか、どうだ、マークス？」

「そのとおりさ、もちろん」マークスがトム・ローカーをなだめるように言った。「仕事の着手金ってやつだね。ひっ！　ひっ！　ひっ！　おれたちゃ弁護士みてえなもんだ。ま、みんな機嫌よくやりましょうや。トムは捕まえたガキをどこでもおたくの指定する場所で渡しますよ。そうだよな、トム？」

「捕まえたら、シンシナチへ連れていく。船着場のベルチャー婆さんとこに預けとく」ローカーが言った。

マークスはポケットから脂じみた札入れを取り出し、その中にはいっていた細長い紙を手にして腰をおろすと、抜け目のない黒い瞳を凝らして書き付けをぶつぶつと小声で読みあげた。「バーンズ……シェルビー郡……奴隷のジムに三〇〇ドル、生死を問わず」

「エドワーズ……ディックとルーシー……夫婦もの、六〇〇ドル。女中ポリーと子供二人、ポリーに六〇〇ドル、生死を問わず」

「ちょっと仕事の予定を見てるんだが。いますぐ取りかかれるかどうかと思ってね」しばらくメモを眺めたあと、マークスが言った。「ローカー、こいつらはアダムズとスプリンガーに追わせるしかねえな。だいぶ前から頼まれてるし」

「あいつら、ぼったくりやがる」トムが言った。

「そっちはあたしがちゃんと話をつけるさ。連中はこの仕事を始めてまだ日が浅い。安く働いてもらわねえとな」そう言いながら、マークスはなおもメモを見て話を続けた。「この三組は楽勝だ、撃ち殺しゃ終わりだから。でなけりゃ、撃ち殺したって言っときゃいい。それなら、そうぼったくるわけにもいくめえ。ほかの件は――」と、マークスはメモをたたみながら言った。「ちょいと先延べするしかねえな。ってわけで、具体的な話を聞きましょうか。ヘイリーさんよ、おたく、その女が向こう岸に着いたのを見たんだね？」

「まちがいない。この目ではっきり見た」

「そんで、誰か男が土手から助け上げた、と？」ローカーが言った。

「そのとおり」

「おそらく、どっかにかくまわれてんだろうな」マークスが言った。「どこにかくまわれたか、そこが問題だ。トム、どう思う？」

「今夜のうちに川を渡るしかない。ぜったいだ」トムが言った。

「けど、舟がないぞ」マークスが言った。「氷がバンバン流れてくるんだぜ、トム。危なかねえか？」

「そんなこたぁ知らんが、とにかく渡るしかねえ」トムが断固とした口調で言った。

「まいったな」マークスがそわそわと落ち着かなくなった。「今夜、となると……」マークスは窓辺に歩み寄った。「外はオオカミの口ん中みたいに真っ暗だぜ。それに、トム……」

「てめえ要するに怖いんだろう、マークス。けど、ほかに手はない。行くしかねえ。

一日二日とぐずぐずしてりゃ、こっちが出発する前に女は〈地下鉄道〉でサンダスキー[10]あたりまで運ばれちまうぞ」

「いや、おれはちっとも怖くなんかねえよ」マークスが言った。「ただ――」

「ただ、何だ?」トムが言った。

「舟さ。そこらに舟なんか見当たらねえし」

「宿屋のおかみに聞いたが、今夜出るやつがあるって話だ。誰か、むこうへ渡るらしい。一か八かで、その舟に乗してもらうしかない」トムが言った。

「おたくら、いい猟犬を持っとるんだろうね」ヘイリーが言った。

「超一流さ」マークスが答えた。「けど、犬なんか何の役に立つ? その女の匂いが残ってるものがなけりゃ、しょうがねえ」

「あるんですよ」ヘイリーが得意顔で言った。「あわててベッドの上に残していったショールがあるんです。それに、ボンネットも」

「そりゃいい。こっちへよこせ」ローカーが言った。

10 オハイオ州北部、エリー湖畔の港町。〈地下鉄道〉に頼って逃亡した奴隷が、この港町から船でカナダへ脱出した。

「ただ、うっかり犬に襲わせたりすると、女を傷モノにしちまうかもしれんが」ヘイリーが言った。

「それもそうだ」マークスが言った。「いつだったか、犬たちがモービル[11]で男を八つ裂きにしそうになったことがあったな、嚙みついたのを放させる前にさ」

「器量が売りの女には、その手は使えんね」ヘイリーが言った。

「そうだな」マークスが同意した。「それに、どっかにかくまわれちまったら、どうしようもねえや。乗り物で移動できる北部の州にはいっちまったら、猟犬なんか役に立たねえし、もちろん跡を追うこともできねえ。犬が役に立つのは南部のプランテーションだけだ。逃げた黒んぼが自分の足で走って逃げるしかねえ場所じゃねえと」

カウンターのところへ行って話を聞いてきたローカーが口を開いた。「男の乗った舟が着いたそうだ。行くぞ、マークス」

マークスはそれまでいた居心地のいい部屋を恨みがましい目でちらりと見まわしたが、のろのろと立ち上がった。あらためて今後の手はずについて二言三言かわしたあと、ヘイリーはいかにも不承不承に五〇ドルをトムに渡した。そして三人は別れた。

高尚なクリスチャンの読者諸氏がここに書かれたような世界に嫌悪を感じるようであれば、いずれその偏見を克服していただくようお願いするしかない。すでにご承知のことと思うが、逃亡奴隷を狩る仕事は、いまや合法的かつ愛国的な職業とみなされるようになってきているのである。[12]ミシシッピ川から太平洋岸に至る広大な土地全体が黒人の肉体と魂を売り買いする巨大な市場になってしまえば、[13]そしてこの一九世紀において奴隷という動産が鉄道のようにぐんぐん普及していくならば、奴隷商人や奴隷狩りを生業（なりわい）とする輩（やから）はアメリカの上流階級に仲間入りする可能性さえあるのだ。

酒場でこんな場面が展開されていたころ、サムとアンディは作戦の成功をおおいに喜びあいながら家路をたどっていた。

11　アラバマ州南部、メキシコ湾岸の港湾都市。

12　たとえば、合衆国憲法第四条第二節の三項には、「何びとも一州においてその法律のもとに服役あるいは労働に従う義務のある者は、他州に逃亡することにより、その地の法律あるいは規則によって、右の服役あるいは労働から解放されることなく、右の服役あるいは労働に対して権利を有する当事者の請求に従って引き渡されなくてはならない」と規定されていた（猿谷要『アメリカ黒人解放史』サイマル出版会、三二ページ）。

13　「一八五〇年の妥協」によって、メキシコ戦争で獲得したミシシッピ川以西の新しい領土を自由州とするか奴隷州とするかは住民投票で決められることになった。

サムは有頂天で、歓喜がきわまって、人間とは思えないような遠吠えや絶叫をくりかえしながら、馬上で全身をくねらせて珍妙な曲乗りをやってみせた。ときには馬の尻尾や脇腹のほうを向いて前後逆に馬にまたがり、その姿勢から奇声をあげて宙返りして前向きに鞍の上に着地した。かと思うと、一転まじめくさった顔になって、アンディに向かってもったいぶった口調で笑いや悪ふざけについて説教を垂れるのだが、そのうちに両腕で脇腹を打ちながら笑いころげ、二人が進んでいく鬱蒼とした森の中にけたたましい笑い声が響くのだった。サムは馬上で次々に曲芸をしながら馬を全速力で駆けさせ、夜の一〇時を過ぎ一一時近くになって、馬たちの蹄が砂利を踏む音がベランダの端に響いた。シェルビー夫人がベランダの手すりのところまで飛び出してきた。

「サムなの？　みんな、どこにいるの？」

「ヘイリーの旦那は宿屋でお休みです。ひどくお疲れのようで」

「それで、サム、イライザは？」

「はい、ヨルダン川を越しました。つまり、カナンの地にはいった、ってこってす」

「サム、それはいったいどういう意味なの？」サムの返事の意味するところを想像し[14]てシェルビー夫人は息をのみ、気絶しそうになった。

「神様はお守りくださるってこってす、奥様。リジーは川を越えてハイオ[15]に渡りましたです。神様が二頭だての炎の戦車に乗せて運んでやったんじゃねえかと思うくらいで」

サムは奥様の前に出るといつもやたらに宗教心がたかぶって、聖書に出てくる人物や場面をちりばめてしゃべる癖があった。

「こっちに上がっておいで、サム」夫人のあとからベランダに出てきたシェルビー氏が声をかけた。「奥様にちゃんと説明しなさい。さ、エミリーも落ち着いて」シェルビー氏は妻のからだに腕を回し、「冷えて震えているじゃないか。心配しすぎだよ」と言った。

「心配しすぎですって？　わたくし、女ですもの。それに、母親ですもの。イライザのことは、わたくしたち、神様に対して責任があるじゃありませんか。神様、どうかこの罪でわたくしどもを責めないでくださいまし」

14　死んで天国にはいった、という意味にも取れる。

15　'Hio。オハイオの最初のOを落とした訛り。黒人訛りは、このように単語の最初に来るアクセントのつかない音節を落とす場合がよくある。

「何の罪だい、エミリー？　わたしたちは当然やるべきことをやったまでだ。きみだって、わかっているだろう」

「でも、とても後ろめたい気持ちがしますの」シェルビー夫人が言った。「理屈では片付けられませんわ」

「おい、アンディ、さっさとしろ、この黒んぼが！」ベランダの下でサムの声がした。「馬たちを厩舎に連れていけ。旦那様が呼んでんのが聞こえねえのか？」まもなくサムがダイニング・ルームの戸口に現れた。シュロの葉の帽子を手に持っている。

「さあ、サム、何がどうなったのか、はっきりと聞かせてくれ」シェルビー氏が言った。「イライザはどこにいる？　知っているのか？」

「はい、旦那様、おら、この目で見たです。浮き氷の上を跳んで渡ってったです。すんげえ曲芸だったです。まさに奇蹟だ。そんで、ハイオ側で誰か男がリジーを助けあげて、そのあと夕闇に隠れて見えんくなったです」

「サム、なかなか信じがたい話だね、そんな奇蹟は。浮き氷の上を渡るなんて、簡単にできることではない」シェルビー氏が言った。

「簡単どころか！　誰もできねえですよ、あんだこと。神様のお助けがなけりゃ」サムが言った。「それが、こんなわけなんです。その、ヘイリー様とおらとアンディが川岸のちっぽけな宿屋まで来たんです。おらがちょっとだけ前を行ってて――おら、リジーをなんとか捕まえようと思って、ついつい先を急いだんで。そんで、おらが宿屋の窓んとこまで来たとき、なんとそこにリジーがおったんです、外から丸見えのとこに。すぐ後ろから二人がついてきとったし。そんで、おら、帽子を飛ばして、死人が目をさますくらいでかい声を出したです。もちろんリジーはおらの声を聞いて、さっと後ろに下がった。その前をヘイリー様が通りすぎて、そんでリジーが横のほうのドアから外に逃げて、川の土手を駆け下りてったです。そいつをヘイリー様が見つけて、大声あげて、ヘイリー様とおらとアンディと三人で追っかけたです。リジーは川っぷちまで下りてって、こっち方の岸は三メートルもの幅で氷が流れとって、むこうっ方の岸は氷がぷかぷか、でかい島みたいに浮いとったです。おらたちはリジーのすぐ後ろまで追いついて、おら、正直、リジーは捕まっちまうにちげえねえと思ったです。そんとき、リジーが聞いたこともねえようなすんげえ金切り声をあげて、川の流れとるとこを飛び越して、むこうっ方の氷の上に乗っかったんです。でもって、そのあとも金切り声をあげてピョンピョン跳んでって、氷がメリメリ！って割れて、グラグラ！って揺れて、ピシッ！ガツン！って鳴って、リジーのやつ、シカみてえにピョンピョン跳んで！　まったく、あのバネはただもんじゃねえと、おら、思ったです」

　サムが話をしているあいだ、シェルビー夫人は興奮に青ざめた顔で、ひとことも発することができないままますわっていた。

「神様ありがとうございます……無事だったのね！」シェルビー夫人が言った。「でも、あの子はいま、どこにいるの？」

「神様が面倒みてくださりますだ」サムが信心ぶって天を仰いだ。「おらが言っとるように、これは神様の思し召しですだ、ちげえねえ。奥様がいっつも教えてくださるとおりだ。いっつも神様の御心がなされるように、何かの助けがあるっちゅうこってす。きょうのことは、おらのおかげがなかったら、リジーは一二へんも捕まっとったとこですよ。もし、おらがけさ馬をけしかけんかったら、そんで昼ごろまで追っかけまわさんかったら、どうなっとったか？　きょうの午後、おらがヘイリー様を道からはずれて八キロ近くも連れまわさんかったら、どうなっとったか？　それがなけりゃ、ヘイリー様は犬がアライグマを木の上に追い詰めるんと同じくらい簡単にリジーを捕まえとったはずです。これはみんな神様の思し召しですだ」

「そういう思し召しはあまり感心できないね、〈サムの旦那〉よ。わたしの農園で、紳士に対してそのような行いは許さないよ」シェルビー氏がこの状況においてできるかぎりの厳格な口ぶりでサムに言い渡した。

　とはいえ、黒人相手に怒ったふりをしてみても、子供相手に怒ったふりをするのと同じで、しょせん無理がある。どんなに怒っているふりをしてみせても、相手は本能的にこちらの本心を見抜いてしまうのだ。サムも、この程度の叱責には少しもへこまず、でもこの場はいちおう神妙な顔を装い、口をへの字に曲げて申し訳なさそうな表情をしてみせた。

「旦那様のおっしゃるとおりです。ほんとに。おらがいけねえことをしました。弁解しようもねえです。もちろん、旦那様も奥様もそんなことしろなんておっしゃるはずがねえです。ようわかっとります。けど、おらみたいな哀れな黒んぼは、ときどき、いけねえことしたくてがまんできねえです。ヘイリーの旦那みてえにふざけた野郎を見ると。あのお人は紳士なんかじゃねえです。ぜんぜん。おらのように育ちのいい者(もん)には、そんなことはお見通しだ」

　シェルビー夫人が口を開いた。「サム、あなたは自分の過ちがよくわかっているようだから、もう下がっていいわ。アント・クロウィに言って、きょうのお昼のコールドハム[16]が残っているから、それを出してもらいなさい。あなたもアンディもおなかがすいているでしょう」

「奥様、おおきに、ありがとごぜえます」サムはいそいそとおじぎをして下がっていった。

読者諸氏はすでにお気づきのことと思うが、これまでもそれとなく書いてきたように、〈サムの旦那〉には、政治の世界にはいったならばまちがいなく大成したであろうと思われる生まれつきの素質があった。チャンスと見るや、いちはやく機に乗じて、事の次第を自分への賞賛や栄光に変えてしまう要領の良さを身につけているのである。この場面でも、サムは信心深さと謙遜の態度をここぞと見せて旦那様と奥様に取り入ったつもりになり、シュロの葉っぱの帽子を頭にぽんと載せて世慣れた構えでアント・クロウィの縄張りに足を踏み入れて、調理場でおおいに弁舌をふるおうと目論(もくろ)んでいた。

「黒んぼどもにたっぷり聞かしてやろう」と、サムはひとりごとを言いながら歩いていった。「さあ、チャンスだ。しゃべりまくって、目ん玉こぼれさしてやるぞ!」

サムは、政治的な集まりなら、どんな種類の集会でも大喜びでご主人のお供をした。馬車でご主人を集会にお連れしたあと、柵に腰かけたり木の枝に登ったりして弁士を眺めるのが、サムにとって何よりの楽しみだった。そのあと、同じお役目であちこちから集会に来ている自分と同じ黒人奴隷たちの中にはいって、サムはとりわけ滑稽なものまねをしてやんやの喝采を浴びるのだが、それがまた大まじめに重々しく堂に入った演技なので、サムをすぐそばで取り囲んで見物している黒人奴隷たちだけでなく、その外側で見ている白人たちも少なからずサムのものまね芸に耳を傾け、笑ったりウインクしたりする。おかげでサムはますます悦に入るのだった。実際、サムは雄弁術こそ自分の天職だと思っており、その芸を華々しく披露するチャンスはけっして逃さないのだった。

さて、サムとアント・クロウィのあいだには、はるか昔から、積もり積もった確執というか、明らかに冷淡な空気があった。しかし、何をするにしてもまずは腹ごしらえが先決ということで、サムは当面のところはもっぱら下手(したて)に出ることにした。というのも、「奥様からの命令」とあれば一言一句まちがいなく実行されることはわかっているものの、アント・クロウィのご機嫌次第ではさらにお恵みが大きくなるにちがいないからである。そこで、サムはアント・クロウィの同情を誘うようなしおらしい態度で調理場にあらわれた。迫害された仲間を救うため筆舌に尽くしがたい苦難を耐え忍んできた、というような顔をしてみせたのである。しかも、奥様が肉体の疲れを

16　塩漬けした肉を低温でじっくり燻製した生ハムの一種。

癒すために必要なものを何なりとアント・クロウィに出してもらうといいとおっしゃった、という話をくどくどと述べたてて、調理部門におけるアント・クロウィの権限やら優越性やら一切合切をあからさまに持ち上げたのである。

この作戦は当たった。貧乏で単純で善良な人間が選挙運動中の政治家からちやほや甘言を吹きこまれてコロリとだまされるよりもはるかにたやすく、アント・クロウィはサムの演技に懐柔されたのである。そして、その母性により、聖書に出てくる放蕩息子[17]その人でさえ目をみはるほどの気前よさでもってサムの前に料理を並べた。サムはすぐさま歓待されて席を与えられ、目の前に大きなブリキの鍋が置かれた。鍋の中にはここ二、三日のあいだテーブルに出されたありとあらゆる料理がごった煮のように盛り合わせてあった。塩味のきいたハム、金色に焼けたコーン・ブレッドのかたまり、ありとあらゆる形に切れ残ったいろいろなパイ、チキンの手羽、砂肝、ドラムスティック。どれもこれもがごた混ぜになって、一幅の絵のようだった。サムはというと、調子に乗ってシュロの帽子をあみだにかぶり、右隣にアンディを侍らせて、専制君主よろしく目の前の料理を睥睨していた。

調理場には仲間の奴隷たちがぎっしりと詰めかけていた。きょうの大捕物の顛末を聞こうと、あちこちの小屋から駆けつけたのである。これぞサムの晴れ舞台であった。

その日のできごとが盛大なくすぐり付きで披露された。サムという男は、当節流行のディレッタント[18]と同じく、自分が語るとなったら話の隅々まで金メッキで飾りたてないと気がすまない質なのである。サムが口を開くたびに大きな笑い声が上がり、それにつられて、床に寝転んだり部屋の隅っこにすわりこんだりしている小さな子供たちが馬鹿笑いした。聴衆の大騒ぎや大笑いの頂点にあっても、サム自身は至極まじめな顔ですましかえり、ときどき目玉をぐるりと回して天を仰いで何とも形容しがたい剽軽な眼差しで聴衆をちらりと眺めては、もったいつけた雄弁口調で語りつづけた。

「いいかね、同郷の諸君」と、サムはシチメンチョウの足を威勢よく聴衆の目の前に掲げて言った。「みんな、このおらがあんたらを守るために何をしたか、そう、みんなのために何をしたか、わかってくれたと思う。あの野郎がおらたちの一人を捕まえようってんなら、みんなでまとめて相手になってやろうじゃないか。つまり、原理原則は同じじってこった。それは、はっきりしとる。仲間を食いもんにしようとする奴隷

17　新約聖書「ルカによる福音書」第一五章第一一節～第三二節に、放蕩息子のたとえ話がある。
18　好事家。素人評論家。

商人には、このおらが相手になってやる。おらを相手にしてみろってんだ。いいか、兄弟、みんなおらを頼ってくれていいぞ。みんなの権利のために、おらは立ち上がる。最後の最後まで、おらはみんなを守って戦う！」

「けどさ、サム兄ぃ、あんた、けさもけさ、おいらに言ったよな、ヘイリー様がリジーを捕まえるのをお手伝いするんだ、って。おいらにゃ、あんたの話はつじつまが合わねえように聞こえるんだがな」アンディが言った。

「いいか、よく聞け、アンディ」サムが思いっきり偉そうな口調で言った。「自分でもよくわからねえことを、つべこべ言うもんじゃねえ。おまえみてえな若造はよ、アンディ、悪気はないんだろうが、行動の原理原則をコリュシテイト[19]するのはまだ無理なんだよ」

アンディは叱られた子供のようにしゅんとなった。とくに「コリュシテイト」という難解な言葉に気圧されたようだった。話を聞いていた若い者たちのほとんどは、この難解な言葉で話にけりがついたと思ったようだった。サムが話を続けた。

「それはな、分別ってもんだ、アンディ。リジーを追っかけるんだって言われたとき、旦那様はそういうつもりなんだ、とおらは思った。けども、奥様が反対の考えだってわかった以上、そっちのほうが上の分別ってもんだ。なんつったって、奥様の側についといたほうが利口だからな。だからさ、おらは終始一貫ぶれねえし、分別はついとるし、原理原則は変わらねえってわけよ。そう、原理原則が肝腎だ」サムはチキンの首ガラをぐいと揺さぶって、言った。「もし終始一貫がぶれたら、原理原則なんぞ何の意味があるのか、教えてもらいたいね。ほれ、アンディ、その骨はおまえにやるよ。まだちょっと肉が付いとる」

聴衆が口をぽかんと開けて話の続きを待っているので、サムも引くに引けなくなった。「この終始一貫ぶれねえって問題だがね、黒んぼの諸君」サムは、これから難解な話を始めるぞ、というような口ぶりになった。「この終始一貫ってやつを、諸君はあんまりよくわかっとらんようだ。いいかね、昼も夜もひとつの考えを言い立てといて、次の日になったら反対の考えを言い立てるとしたら、それは終始一貫してねえって言われるし、そう言われるのがあたりめえだ。そこのコーン・ブレッドを取ってくれ、アンディ。だが、もうちっとよく考えてみよう。紳士淑女の皆さんよ、ありふれたたとえ話で申しわけねえけども、だ。いいかな！　たとえば、おらが干し草の上にのぼりてえと思う。そんで、こっち側にはしごをかける。けど、うまくいかねえ。そした

19　サムが勝手に作った意味のない言葉。

ら、こっち側はやめて、反対側にはしごをかける。これは終始一貫でねえか？　どっちの側からだろうが、干し草の上にのぼりてえってことは終始一貫しとる。そうでねえか、皆の衆？」

「それ以外のことであんたが終始一貫しとるとこなんぞ、見たことがないね！」次第に苛立ってきたアント・クロウィが、ぶすっと言った。調理場の浮かれ騒ぎは、アント・クロウィの耳には「傷(きず)の上(うえ)に酢(す)を注(そそ)ぐ[20]」という聖書のたとえのように感じられたのだ。

「そのとおり！」夕食とご満悦で腹いっぱいになったサムが立ち上がり、話を締めくくろうとふたたび口を開いた。「そのとおりだ、紳士淑女の皆の衆、おらには原理原則がある。原理原則があるっちゅうことは、おらの自慢だ。いまの時代も、いつの時代も、原理原則がなくちゃ始まらねえ。おらには原理原則がある、そんでもって、おらは原理原則をとことん守り抜く。何だろうと、これが原理原則だと思うもんがあったら、そこに飛びこんでく。そのために火あぶりの刑になったって、かまわねえ。おら、まっすぐ磔(はりつけ)の柱んとこへ歩いていく。ああ、そうさ。そんで、自分の血の最後の一滴まで捧げます、って言うんだ。原理原則のために！　わが祖国のために！　社会全体のために！」

「もういいだろ」アント・クロウィが口を開いた。「あんたの原理原則っちゅうのは、今夜のうちにベッドにはいることだよ。みんなを朝まで起こしとかないでおくれ。さ、子供たちみんな、ぶたれたくなかったら、さっさと帰りな」

「黒んぼの諸君！」サムが慈悲に満ちた顔つきでシュロの葉の帽子を打ち振りながら言った。「諸君に祝福を。さ、ベッドにはいって、お利口にしときな」

このお粗末な祝禱とともに、人々は散っていった。

20　旧約聖書「箴言」第二五章第二〇節「寒い日に衣を脱がせ、傷の上に酢を注ぐ。／それは苦しむ心に向かって歌を歌うこと。」

第9章　上院議員もやはり人の子

勢いよく燃える暖炉の火がこぢんまりとした居間のじゅうたんや敷物を照らし、ティーカップや磨きあげられたティーポットの側面に反射している。バード上院議員はブーツを脱いで、ていねいに作られた新しいスリッパに履きかえるところだった。議会に出席していた留守のあいだに妻が手作りしてくれたスリッパである。全身から歓喜があふれだしているような雰囲気のバード夫人は、はしゃぎまわる子供たちをあちらこちらでたしなめながらテーブルの準備を差配しているが、子供たちのほうはノアの洪水以来つねに世の母親たちを呆れさせてきた類（たぐい）のはてしない大騒ぎやいたずらに熱中していて、少しもおとなしくしていない。

「トム、ドアノブをいじらないで――そう、お利口さんね！　メアリ！　メアリったら！　ネコのしっぽを引っぱらないの。かわいそうでしょう！　ジム、テーブルに乗ってはいけません、これ！　だめですよ！　あなた、ほんとうに驚いたわ、子供たちもそうよ、今夜あなたのお顔を見られるなんて！」子供たちに小言を連発する合間に、ようやくバード夫人は夫に声をかけた。

「ああ、今夜だけでもちょっとうちに帰ってゆっくりしたいと思ってね。いやあ、疲れた。頭が痛いよ！」

バード夫人は扉が半開きになった戸棚にはいっている樟脳(しょうのう)[1]のびんに目をやったが、取りに行こうかどうしようか迷っているところへ、夫の声がかかった。

「いやいや、メアリ、薬はいらないよ！　きみがいれてくれるおいしい紅茶を飲んで、家でゆっくりしたいだけなんだ。法律を作る仕事は疲れる！」

上院議員は、自分が国のために尊い犠牲を払っていることを思って満足げな笑顔を見せた。

「それで？」お茶の時間が少し落ち着いたところで、バード夫人が口を開いた。「上院ではどんな法律ができそうですの？」

小柄で穏やかなバード夫人はふだん家庭の切り盛りが自分の守備範囲と心得ており、国の議会で進行中の議事に関心を示すのはきわめて異例のことだったので、バード上

1　樟脳の木から作ったエキスで、鎮痛剤や気付け薬などに使われた。

院議員はびっくりして目をみはり、こう言った。

「たいして重要なことは何も」

「でも、うちを頼ってくる気の毒な黒人たちに食べ物や飲み物をあげてはいけないという法律を通そうとしているという話は、ほんとうですの？　そんな法律を審議しているという話を聞きましたけれど、キリスト教国の議会がそんな法律を通すなんて考えられませんわ！」

「おやおや、メアリ、急に政治家に転身する気になったのかい？」

「冗談をおっしゃらないで！　政治のことなんて、ふだんなら何の関心もないんですけれど、この法律はあまりにも残酷でキリスト教の教えにもとると思いますの。ねえ、あなた、そんな法律は通さないでいただきたいわ」

「それがね、ケンタッキーから逃げてくる奴隷たちに対する援助を禁ずる法律が通ったところなんだよ。例の過激な奴隷制廃止論者たちがあまりにもそういうことをくりかえすんで、ケンタッキー州の人たちがひどく反発しているんだ。キリスト教とか親切とかの問題以前に、ケンタッキーの反発を何とか収めなくちゃならん、ということなんだよ」

「それで、どんな法律ですの？　気の毒な黒人たちを一晩泊めてあげることくらいは許されるのでしょうね？　そして、何か食べるものをあげて、古着をあげて、そっと送り出してあげることくらいは？」

「いや、メアリ、それは逃亡奴隷を援助し、逃亡を幇助する罪になるんだよ」

バード夫人は内気ですぐに顔を赤らめるようなおとなしい女性で、身長も一二〇センチほどしかなく、桃色の肌に穏やかな青い瞳、そして、このうえなく優しくかわいらしい声の持ち主だった。勇気など薬にしたくても無く、ふつうの大きさの雄のシチメンチョウがちょっと喉を鳴らしただけで走って逃げるし、そこいらの番犬がちょっと歯を見せただけで動けなくなってしまうような女性だった。夫と子供たちが夫人の世界のすべてで、その家族に対してさえも、バード夫人は命令したり議論したりするよりむしろ懇願したり説得したりして意志を通すほうだった。ただひとつだけ、バード夫人がむきになることがあった。それは、まれに見る優しさや同情心を持つバード夫人だからこその反応だった。夫人はいかなる形の残忍な行為も目にしたならば黙ってはおられず、ふだんの温厚な性格からは驚くほど、そしてまったく意外なほどの感情の激しさを見せるのだった。いつもは子供たちにとても甘い母親なのだが、バード家の男の子たちはかつて一度だけ厳しく叱られた強烈な記憶がいまだに消えず、母親のそんな面に恐れをなしていた。それは、近所に住むいたずら小僧たちと一緒になって弱った仔ネコに石を投げつけて遊んでいるのを母親に見とがめられたときのことだった。

「あれには参ったね」と、この家のビル坊っちゃまはよく語ったものだった。「怖かったよ。母さんたら、頭がどうかなったかって思うくらいの剣幕でやってきて、ぼくは鞭で打たれて、ベッドに放りこまれた。夕食は抜きだし。いったい何が起こったのか、考える暇もないうちにね。そのあと、母さんの泣いてる声が聞こえてきたんだ。ドアの外から。何がつらかったって、あれが最悪だった。それ以来、ぼくら兄弟は二度と仔ネコに石は投げなくなったよ！」

今回も、バード夫人はさっと立ち上がり、頰を真っ赤に染めて（そのせいで容貌が華やいだ）決然とした足取りで夫の前へ歩み出て、断固たる口調でこう言った。

「あなた、答えてくださいな。そんな法律、正しいと思っていらっしゃるの？　キリスト教の教えに恥じないと思っていらっしゃるの？」

「そう思っていると答えても、ぼくを撃ち殺さないでおくれよ、メアリ！」

「あなたがそんな人だとは思わなかったわ、ジョン。あなた、賛成票を投じたのではないでしょうね？」

「投じました、わが愛する政治家どの」

「ジョン、あなた、恥ずべきことですわ！　家もなく、寝る場所もない気の毒な人たちに対して！　恥知らずで邪悪でけがらわしい法律だわ。少なくともわたしは、そんな法律、チャンスがあればいつだって破ってやります。そういうチャンスが訪れることを祈っていますわ！　こんな話って、ないじゃありませんか。お腹をすかせた気の毒な人たちに温かい夕食もベッドも用意してあげられないなんて、女性としていたたまれません。その人たちが奴隷だからというだけで。生まれてからずっと虐待され踏みつけにされつづけてきた奴隷だからというだけで。かわいそうに！」

「しかし、メアリ、頼むから聞いておくれよ。きみの気持ちはもっともだし、考慮に値するし、そんなきみだからぼくは愛している。だけれども、感情に押し流されて判断を誤ってはならないんだよ。これは個々人の感情の問題ではない——重大な公益の問題がかかわっているんだ。社会の動揺が大きくなってきている以上、個々人の感情は脇へ置いておかなければならないんだよ」

「いいですか、あなた、わたしは政治のことは何もわかりません。でも、お聖書を読むことはできます。お聖書には書いてあります——飢えた者には食物を与え、裸の者には衣類を与え、見捨てられた者には癒しを与えよ、と。そのお聖書の言葉に、わたしは従うつもりですわ」

「しかし、そうすることが大きな社会悪につながる場合には――」

「神様の言葉に従うことの何が社会悪なのですか。そんなこと、ありえません。いつの場合でも、何においても、神様の命じるところに従うのがいちばん正しいのです」

「いや、聞いてくれ、メアリ。いま、きちんとした理由を説明してあげるから。つまり――」

「くだらないことをおっしゃらないで、ジョン！　一晩じゅう説明されたって、わたしは納得しませんからね。ジョン、お尋ねしますけれど、あなたはどうなの？　もし、お腹をすかせて震えている気の毒な人が助けを求めてきたら、追い返すのですか？　その人が逃亡奴隷だというだけで？　どうなの？」

正直な話、バード上院議員は残念ながらとても人情に篤く、心を動かされやすい人間であり、困っている人を無下に拒絶することなどとてもできない性格だった。しかも、このときの論争で上院議員にとってとりわけ不利だったのは、妻が夫のそうした性格を熟知しており、当然ながらその弱点を突いてきたことだった。そこで、バード氏はよくある手を使って時間を稼ごうとした。すなわち、「おっほん」と何回か咳払いをし、ハンカチを取り出して眼鏡のレンズを磨きはじめたのである。バード夫人は、敵が追い詰められたのを見ても追及の手を緩めなかった。

「あなたが実際にそういうことをなさる場面を、ぜひ見せていただきたいものだわ、ジョン！　たとえば、吹雪の日に助けを求めてきた女の人を玄関で追い返す、とか。それとも、その女の人を逮捕して留置場に入れるのですか？　あなた、さぞ有能な働きをなさるのでしょうね！」

「もちろん、そんなことは非常に心の痛む義務だが――」穏やかな声でバード氏が口を開きかけた。

「義務ですって⁉　ジョン、そんな言葉を使わないでくださいな！　そんなものは義務ではありません。義務のはずがありません！　奴隷に逃亡されたくないなら、よい扱いをしてやればいいのですよ。わたしは、そういう考えです。それでも、わたしが奴隷を所有していたとしても――そんなこと考えたくもありませんけれど――やはり彼らが逃亡を企てることはありうると思いますわ、あなただって同じよ、ジョン。幸せなら、逃げようなんて思うはずがありません。それなのに逃げるほどの事情があるなら、かわいそうに、寒さや飢えや恐怖だけでもつらいことじゃありませんか。しかも、まわりの人間がみんな敵だなんて……。法律が何と言おうと、わたしはぜったいにそんなことはしません。神様、どうか力をお貸しください！」

「メアリ！　おい、メアリ！　たのむから説明を聞いてくれないか」

「説明なんて、お断りです。こんな話の説明なんて。あなたたち政治家って、わかりきっていることを、くどくどと言い訳してねじ曲げるのね。いざとなったら、自分だって御説（おせつ）のとおりには実行できないくせに。ジョン、あなたがどういう人か、わたしにはよくわかっています。わたしと同じで、こんなことが正しいとは思っていないのでしょう？　わたしと同じで、こんな法律を守る気はないのでしょう？」

この緊迫した場面に、年老いた黒人の下男カジョーがドアから顔をのぞかせて、「奥様、ちょいと台所へ来てくだせえ」と声をかけた。バード上院議員はほっとした顔になり、小柄な妻の後ろ姿をおかしさと苛立ちの入りまじった思いで見送った。そして、肘掛け椅子に腰をおろし、新聞を読みはじめた。
と、まもなく、差し迫った早口で妻が「ジョン！　ジョン！　ちょっと来てくださいな」と呼ぶ声が聞こえた。

バード上院議員は新聞を置いて、台所へ行った。そして状況を一目見るなり、ぎょっとして立ちすくんだ。ほっそりとした若い女性が、二つの椅子を並べた上で、死んだように気を失っている。ドレスは破れて凍りつき、片方の靴はなくなり、ストッキングは裂けて、足の切り傷から出血している。容貌からは蔑（さげす）まれた人種の特徴が見て取れるものの、哀愁をおびた痛ましいほどの美しさはまぎれもなく、無表情な輪郭の険しさ、冷たく硬く死んだような顔つきを見て、バード氏は厳粛な震えに襲われて息をのみ、言葉もなく立ちつくした。バード夫人と、この家で唯一の黒人女中アント・ダイナが、かいがいしく女性を介抱していた。老カジョーのほうは男の子を膝に抱き上げ、靴や靴下を脱がせて、冷たくなった小さな足をこすってやっている。

「かわいそうに、こんな姿になっちまって」老ダイナが同情をこめてつぶやいた。「どうやら、熱にあたって気絶しちまったみたいです。家にはいってきたときは、まだしっかりしとって、ここでちょっと暖まらせてもらえないか、って言ったんです。そんで、あたしが、どっから来なすったの？って聞いたとたんに、気絶しちまったんです。この手を見ると、きつい仕事をさせられとったとは思えんですね」

「かわいそうに！」バード夫人が同情をこめてつぶやいたとき、女がゆっくりと目を開け、大きな黒い瞳でぼんやりとバード夫人を見た。と、そのとたんに苦悶の表情に変わり、跳ね起きて、「ああ、わたしのハリー！　連れていかれてしまったの？」と言った。

男の子は母親の声を聞くとカジョーの膝から飛び下り、女に駆け寄って両腕を差し伸べた。「ああ、いたのね！　ここにいたのね！」女が叫んだ。

「ああ、奥様！」女が取り乱した声でバード夫人に訴えた。「かくまってください！

この子が連れていかれそうなんです！」

「かわいそうに。この家では誰もあなたを痛めつけたりしませんよ」バード夫人が勇気づけるように言った。「だいじょうぶ、怖がらなくていいのよ」

「神様の祝福を！」女はそう言うと、両手で顔を覆って泣きだした。それを見た男の子が女の膝によじのぼろうとした。

バード夫人が持ち前の優しい言葉や女性らしい心づかいを尽くして介抱したおかげで、哀れな女はやがていくらか落ち着きを取り戻した。暖炉のそばの長椅子に仮眠用のベッドがしつらえられ、しばらくすると、女は子供を抱いたまま深い眠りに落ちた。子供のほうも疲れきっていたようで、母親の腕枕でぐっすり眠っている。母親は、どんなに優しく説得されても不安がって息子を手もとから離さず、眠っているあいだも腕に力をこめたまま息子をぎゅっと抱きしめていた。眠ってもなお息子を取られてなるものかと警戒しているように見えた。

バード夫妻は居間に戻ったあと、不思議とどちらからもさきほどの論争の続きを持ち出すことはなく、夫人のほうは編み物に精を出し、夫のほうは新聞を読んでいるふりをしていた。

「それにしても、あの女性は何者なんだろうね！」とうとう、新聞を下に置いて、バード上院議員が口を開いた。

「目をさまして少し回復したら、聞いてみましょう」バード夫人が言った。

「ねえ、おまえ！」新聞を広げたまま黙って考えこんでいたバード氏が、妻に声をかけた。

「何ですの？」

「あの女性にきみのドレスを着せるのは無理かな？　丈を伸ばしたりしても。きみよりずいぶん大柄に見えるから」

バード夫人がにっこり笑って答えた。「何とかしましょう」

少し間があって、ふたたびバード氏が口を開いた。

「ねえ、おまえ！」

「こんどは何ですの？」

「例の古いボンバジン[2]のマントがあったじゃないか。ぼくが昼寝をするときに、きみがいつも掛けてくれるように置いてあったマントが。あれをあげたらどうだろう。あの女性には着る物が必要だ」

2　絹（または綿）と羊毛で織った綾織物(あやおりもの)。黒く染めて喪服に使うことが多かった。

ちょうどそのとき、ダイナが顔を出して、女が目をさまして奥様にお目にかかりたがっております、と知らせにきた。

バード夫妻は台所へはいっていった。末っ子はこの時点ですでにベッドに寝かしつけられていたが、上の男の子二人は両親のあとについて台所へ行った。

女は暖炉のそばの長椅子に起きあがり、じっと火を見つめていた。その顔は、さきほどの取り乱したようすからは一変して、静かな深い悲しみをたたえていた。

「わたしに何か？」バード夫人が優しく声をかけた。「お気の毒に、少しは気分がよくなったかしら」

女の口からは、返答のかわりに長く震えるため息がもれただけだった。しかし、女は黒い瞳でバード夫人を見上げた。その瞳があまりにやるせない哀願の情をたたえていたので、バード夫人の目に涙が浮かんだ。

「何も怖がらなくていいのよ。ここにいる人たちはみんなあなたの味方ですからね。あなた、どこから来たの？　どうしたいの？」バード夫人が尋ねた。

「ケンタッキーから来ました」女が言った。

「いつ？」夫人にかわってバード氏が質問した。

「今夜です」

「どうやって？」

「氷の上を渡ってきました」

「氷の上を渡った⁉」その場に居合わせた全員が同じ言葉を口にした。

「はい」女はゆっくりと話した。「そうです。神様のお力に助けられて、氷の上を渡りました。追っ手が迫っていたものですから。すぐ後ろまで。そうする以外になかったのです！」

「驚いたな、奥様」老カジョーが言った。「氷はあちこちで割れとるし、ぐらぐら揺れるし、水に浮いたり沈んだりしとるですよ！」

「わかっていました――ええ、わかっていました！」女が激しい口調になった。「でも、渡ったんです！　できるとは思いませんでしたけれど。とても渡りきれるとは思いませんでしたけれど、でも、そんなことに構ってはいられなかったんです！　そうしなければ、死ぬしかなかったんです。神様がお守りくださったんです。神様がどれほどお守りくださっているか、実際にそうなってみた者にしかわからないんです」女が目を異様に光らせながら話した。

「あなたは奴隷だったのか？」バード氏が尋ねた。

「はい。ケンタッキーのあるお方の所有する奴隷でした」

「その人にひどいことをされたのかね？」

「いいえ。旦那様はいい方でした」

「それでは、奥様からひどい目に遭わされたのかな？」

「いいえ、とんでもない！　奥様はいつもよくしてくださいました」

「ならば、そんないい家を捨てて、こんな危険をおかしてまで逃げたのは、どういうわけだったのかな？」

女はバード夫人をじっと見上げた。その目は、バード夫人が黒い喪服を着ていることを見逃さなかった。

「奥様」女が唐突に尋ねた。「奥様はお子様を亡くされたことがありますか？」

その思いもよらない質問は、まだ癒えていない心の傷をぐさりと刺した。というのも、バード夫妻はわずか一カ月前に愛する末っ子を埋葬したばかりだったのである。バード氏はくるりと向きを変え、窓ぎわへ歩いていった。夫人のほうはわっと泣きだしたが、涙声で答えた。

「なぜ、そんなことをお尋ねになるの？　そのとおりよ、幼い子供を亡くしたばかりなのです」

「それならば、奥様、わたしの気持ちをおわかりくださると思います。わたしは子供を二人亡くしました。二人たてつづけに。その子たちを埋葬したお屋敷をあとにして逃げてきたんです。わたしに残されているのは、この子一人だけです。この子と離れて寝たことは一晩もありません。わたしには、この子がすべてなのです。この子だけがわたしの慰めで、わたしの誇りなのです。寝ても覚めても。それなのに、奥様、この子がわたしの手から奪われそうになっているのです。この子を売りとばす、と。南のほうへ、この子をたった一人で。生まれてから一度も母親のもとを離れたことがないこの子を！　奥様、わたしはとても耐えられないと思いました。そんなことになったら、もう生きている甲斐もありません。売渡証にサインが済んで、この子が売られたと知ったとき、わたしはこの子を連れて夜のうちに逃げ出しました。それで、追っ手が来たのです。この子を買った奴隷商人が、お屋敷の使用人を何人か連れて。追っ手はわたしのすぐ後ろまで来ていました。声が聞こえたんです。それで、氷の上に飛び移りました。どうやってこちら側まで渡りきったのか、自分でもわかりません。でも、気がついたら、男の人が手を貸して岸から引き上げてくれたのです」

話しながら、女は泣きじゃくるわけでもなく、涙もこぼさなかった。涙はとうに涸れていたのである。しかし、女の話を聞いていた者たちは、それぞれのしぐさで、各人が心からの同情を見せた。

男の子二人はポケットにハンカチがはいっていないか必死に探したあと（はいっているはずがないことは、世の母親なら知っているだろう）、悲しみにうちのめされて母親のドレスのスカートに身を投げ出し、泣きじゃくって、涙と鼻水を盛大にスカートで拭った。バード夫人はハンカチで顔を覆って泣いていた。年老いたアント・ダイナは人のよさそうな黒い顔を涙で濡らし、伝道集会さながらの熱い口調で「神様、お慈悲を！」と絶叫していた。カジョーじいさんは服の袖口で目もとをごしごしこすりながら、いろいろな表情に顔をゆがめ、ときどきダイナ婆さんと同じように熱い口調で神への思いを吐露した。バード上院議員は政治家であり、ほかの者たちのように人前で泣くわけにはいかなかったが、皆に背を向けて窓辺に立ち、やけに何度も咳払いしたり眼鏡を拭いたり、ときには鼻をかんだりしたので、見る人が見れば、上院議員も感情を抑えきれずにいることが伝わったであろう。

「どういうわけで、あなたは所有者がいい人だと言ったのかね？」上院議員はのどの奥の熱いものを無理やり飲み下し、女のほうをふりかえって唐突に質問をした。

「旦那様は、ほんとうにいい方だったのです。それはまちがいありません。奥様も、優しい方でした。でも、どうしようもなかったのです。借金があったようで。どういう事情でそうなったのか、わたしにはわかりませんけれど、ある男がその借金につけこんで、旦那様たちはその男の言いなりになるしかなくなったのです。わたしはその話を聞いていました。旦那様が奥様にその話をして、奥様がわたしのためにお願いだから考えなおしてと言ってくださったけれど、旦那様は自分にはどうにもならないのだとおっしゃって、売り渡しを約束した書類をもう相手に渡してしまった、と話されたんです。それを聞いたとき、わたしはこの子を連れて家を出て、ここまで逃げてきたのです。この子が売り飛ばされるようなことになったら、わたしは生きていてもしかたがないと思いました。わたしにとっては、この子がすべてなのです」

「夫はいないのかね？」

「おります。でも、よその人の所有なのです。夫の所有者は夫にとても意地悪で、夫がわたしに会いにくることもほとんど許してくれず、近ごろはますます意地悪くなって、夫を南のほうへ売り飛ばすと言いだしたんです。わたし、夫にも、もう会えないのではないかと思います」

ものごとの表面しか見ない人には、事情を語る物静かな口調から女が感情というものをすっかり失ってしまっているように聞こえたかもしれない。しかし、女の大きな黒い瞳からは、無感情とは正反対の沈痛な苦悩が見て取れた。

「それで、あなた、どこへ行くつもりなの？」バード夫人が聞いた。

「カナダです、それがどこにあるのか知りませんけれど。カナダというところは、とても遠いのですか?」女は無心な表情でバード夫人の顔を見上げて尋ねた。

「かわいそうに!」バード夫人の口から思わず言葉がもれた。

「とても遠いところ、なのですか?」女は真剣な面持ちになって尋ねた。

「あなたが思うよりもずっとずっと遠いところなのですよ」バード夫人が答えた。「でも、どうしてあげられるか、考えてみましょう。ダイナ、この人のためにベッドを用意してあげてちょうだい。あなたの部屋がいいわ。台所に近い場所で。わたしは、あすの朝、何ができるか考えてみます。それまでは、あなた、怖がらなくていいのですよ。神様を信じるのです。きっとお守りくださいますからね」

バード夫人と上院議員は、居間に戻った。夫人は暖炉の前の小さなロッキングチェアに腰をおろし、あれこれ考えをめぐらせながら椅子を前後に揺すっていた。バード氏はうろうろと部屋の中を歩きまわり、「ふん! ちっ! まったく、なんてことだ!」などとひとりごちていたが、そのうちに大股で妻のところへ歩いてきて、こう言った。

「ねえ、おまえ、あの女性は今夜のうちにここを離れなければ危ないと思う。あすの朝一番には追っ手がここを嗅ぎつけてやってくるだろうよ。あの女性一人なら、捜索が終わるまでじっと隠れていることもできるだろう。だが、あの坊やは、どんなことをしたっておとなしくしているはずがない。まちがいない。どこかの窓や戸口から顔をのぞかせて、ばれたら一巻の終わりだ。わたしにとっても、かなりまずいことになる。よりによってこんなタイミングで、黒人の親子をかくまっていたことが知れたら！　だめだ、今夜のうちに出発させるしかない」

「今夜ですって！　そんな……どこへ？」

「行き先のあてはある」上院議員はブーツを履きかけながら、何か考えがあるような顔をした。そして、片足をブーツに半分まで押しこんだところで両手で膝を抱え、何やらじっと考えこんだ。

「まったく、ぶざまで厄介な話だ！」ようやく口を開いたバード氏は、ふたたびブーツを引っぱり上げながら、「しかも、これはまぎれもない現実なのだ！」と言った。片方のブーツを履いたあと、上院議員はもう一方のブーツを手に持ったまま、床のカーペットの模様をじっくり眺めた。「だが、やるしかない、どう考えても。くそっ！」そして、バード氏はもう一方のブーツをぐいと引き上げ、窓の外に目をやった。

さて、バード夫人は思慮深い女性で、「だから言ったでしょう！」などという言葉は一度たりとも口にしたことのない賢夫人だった。今回も、考えこんでいる夫の胸中にどのような結論が醸成されつつあるのか、だいたい見当はついていたものの、夫人は口をさしはさむことを慎重に控え、黙って椅子に腰をおろしたまま、夫が考えをまとめて口に出すタイミングを待っていた。

「古い付き合いでヴァン・トロンプという男がいてね」バード上院議員が口を開いた。「ケンタッキーの出身だが、自分が所有していた奴隷たちを全員解放した。それで、ここから川を一〇キロちょっとさかのぼったところに広がるオハイオの森林地帯に土地を買ったんだ。人がめったに行かないような場所でね。わざわざ訪ねていく人以外は、簡単に見つけられるような場所ではない。あそこならば、あの女性も安全だろうと思う。だが、問題は、今夜そこまで馬車を使って行ける人間がいないということだ、このわたし以外には」

「なぜですの？　カジョーはとても腕のいい馭者ですわ」

「ああ、それはそうなんだが、問題は、川を二回渡らなくてはならない、ということなんだ。二回目の場所は非常に危険だ。わたしのように場所をよく知っている人間でなければね。わたしは馬でその場所を何十回も渡っているから、どこをどう曲がればいいか、完全にわかっている。だからね、わたしが自分で行く以外にないんだ。カジョーには、今夜一二時ごろに、なるべく音をたてないようにして馬車に馬をつないでおいてもらいたい。それで、わたしが彼女を送っていこう。そのあと、馬車を出した理由がもっともらしく見えるように、カジョーに馬車で隣町の宿屋まで送ってもらう。朝の三時か四時ごろ、コロンバス行き[3]の駅馬車がその宿屋に停まるんだ。そうすれば、わたしが馬車を出させたのは駅馬車に乗り継ぐためだった、というふうに見えるからね。あすの朝一番で仕事にかかれるし。しかし、ばつが悪いな。あれだけのことを言っておきながら。だが、しかたがない。こうするしかないのだから！」

「今回は、あなたのお頭（つむり）よりお心のほうがご立派でしたね、ジョン」バード夫人が白い小さな手を夫の手に重ねて、言った。「わたし、あなたよりもっとよくあなたご自身のことをわかっております。だからこそ、あなたを愛したのですわ」両目にきらきらと涙をたたえた小柄な夫人が最高にすばらしい女性に見えたので、上院議員は、こんなに美しい女性からこんなに情熱的に賞賛されるなんて自分も捨てたものではないな、という気になった。そして、謹厳な表情でその場を離れ、馬車の手配をしに行った。部屋を出るとき、バード氏は戸口で足を止め、それから妻のところまで戻っ

3　オハイオ州の州都。州議会の議事堂がある。

てきて、少しためらいがちに言葉をかけた。

「メアリ、きみがどう思うかわからないが、例のたんすの引き出しに、いろいろなものが詰まっていたっけね。その……その、いとしいヘンリーの古着やなにかが」そう言ったあと、バード氏はさっと踵（きびす）を返して、後ろ手にドアを閉めて出ていった。

　バード夫人は、自分の部屋とつながっている小さな寝室のドアを開けた。そして、持ってきたろうそくをたんすの上に置き、部屋の壁のくぼみに置いてあった鍵を手に取り、もの思いに沈む顔つきで鍵を引き出しの鍵穴に挿し、そこでふと手を止めた。二人の男の子たちは、いかにも男の子のやることらしく母親のすぐあとについてきていて、黙ったままじっと母親のすることを見守っていた。おお、これを読んでおられる世の母親の皆さん！　あなたがたのお宅にも、開けてみることさえつらい思い出の詰まった引き出しがないだろうか？　開けるたびに小さな墓の覆（おお）いを開けるのにも似た悲しみをもたらす衣装だんすがないだろうか？　そのような思いをしたことのない母親は、幸いである。

　バード夫人は、そろそろと引き出しを開けた。引き出しの中には、いろいろなデザインの上着や、何枚ものエプロンや、きちんとそろえられた小さな靴下などが並んでいた。つま先がすり減った小さな靴も、包み紙のあいだからのぞいている。おもちゃの馬をつないだ荷車。こま。ボール。たくさんの涙とたくさんの悲しみのこめられた思い出の品々だった。バード夫人は床にすわりこみ、引き出しの上に身をかがめて、両手で顔を覆ったまま、指のあいだから涙がぽたぽたと落ちるほど泣いた。しかし、そのあとはキッと顔を上げ、手早くシンプルで実用的な衣類を選び出し、小さな包みにまとめはじめた。

「お母さん」男の子の一人が、そっと母親の腕に手を触れて言った。「それ、あげちゃうの？」

「ああ、おまえたち」母親が穏やかな声に心をこめて答えた。「もしも、あのかわいいヘンリーがお空の上から見ていたとしたら、こうしてあげることを喜んでくれると思うわ。ふつうの人には、どうしてもさしあげる気になれずにいたの。幸せな人たちにはね。でもね、今回はわたしよりもっと心を痛めて悲しんでいる人にあげるのよ。きっと、神様がこの衣類と一緒に祝福を届けてくださるわ！」

この世には、尊い魂を持った人々がいる。そういう人々は、悲しみを胸に抱きながら、その悲しみを他人に与える喜びへと昇華させる力を持っている。この世の希望であった愛児をあふれる涙とともに埋葬したあと、その悲しみの中で、見捨てられた人たちや苦しんでいる人たちを癒す花々や香草の種をまくのだ。そんな人々の一人が、ろうそくの明かりの下でさめざめと涙を流した心やさしいバード夫人だった。悲しみの涙を流しながらも、バード夫人は亡くした子の思い出の品々を逃亡の旅にさすらう子供に譲ってやろうと準備を進めた。

そのあと、バード夫人は衣装だんすを開き、シンプルで動きやすいドレスを一、二着取り出し、裁縫テーブルの前に腰をおろして針とはさみと指ぬきを用意し、夫が勧めてくれたドレスの「丈を伸ばす」作業に黙々と励んだ。せっせと針を使ううちに、部屋の隅の古時計が一二時を打ち、玄関に低い車輪の音が聞こえた。

「メアリ」バード氏が外套を手にはいってきた。「あの人を起こしてやってくれ。いますぐ出かけないと」

バード夫人は集めておいた品々を手早く質素な小型トランクに詰め、掛け金をかけて、馬車に積みこむよう夫に頼み、それから女性を起こしにいった。まもなく、恩人が用意してくれたマントとボンネットとショールを身につけ、両腕で子供を抱いた女性が玄関に現れた。バード氏が女性を急かして馬車に乗せ、そのすぐあとに付き添ってきたバード夫人が馬車のステップの前で足を止めた。イライザは馬車から身を乗り出し、手を差し伸べた。その手と同じく柔らかくて美しいバード夫人の手が、それを握りかえした。イライザは大きな黒い瞳に万感の思いをこめてバード夫人の顔をじっと見つめ、何か言おうとした。しかし、一度、二度と唇は動いたものの、声にはならなかった。イライザは天を仰ぎ、忘れがたい表情を見せたあと、馬車の座席に身を沈め、両手で顔を覆った。扉が閉まり、馬車が動きだした。

バード上院議員にとって、なんと皮肉な状況だったことだろう。この一週間のあいだ、国を憂えるバード上院議員はオハイオ州議会において熱弁をふるい、逃亡奴隷やそれを隠匿したり幇助したりした人間に対してより厳重な刑罰を科すための立法を求めてきたのである！

オハイオ州議会におけるバード上院議員の奮闘は、雄弁によって不朽の名声を残した首都ワシントンの同僚議員たちの活躍にいささかも劣るものではなかった。バード上院議員は、両手をポケットに突っこんだ高慢なスタイルで、国家の大いなる利益よりも数人のみすぼらしい逃亡者たちの福利を優先すべきであると主張する軟弱で感傷的な同輩議員たちを嘲笑していたのである！

その主張において、バード上院議員は獅子のごとく勇猛果敢であり、自身のみならず自分の弁舌を耳にしたすべての人々に、その主張の正義を余すところなく得心させたのであった。とはいえ、バード上院議員の念頭にあった逃亡奴隷とは単に言葉上の概念でしかなく、せいぜいのところ、新聞に掲載されている逃亡奴隷の広告、荷物をくくりつけた棒を担いで歩く黒人の男の下に「逃亡中」とキャプションがつけられた絵のイメージくらいでしかなかった。生身の人間が実際に苦しんでいる姿、必死に訴えかける眼差し、わなわなと震えるか細い手、救いのない苦悶を訴える絶望的な言葉——そういうものを、バード上院議員は現実に見聞きした経験がなかった。実際の逃亡奴隷というものが不幸な母親であるかもしれないとは想像もしなかったし、自分の亡き愛児の見慣れた帽子をかぶったいたいけな子供かもしれないと想像したこともなかった。バード上院議員は石や鋼のように無情な心の持ち主ではなく、どこまでも気高い心の持ち主だったので、この状況で憂国の主張を貫くことはどうあっても無理だった。しかし、南部諸州の善良なる同胞たちよ、バード議員の姿を見て驕(おご)ることなかれ。あなたがたの多くも、同じ状況に置かれたとしたら、さほど強硬な手段に出ることはできないだろう。ケンタッキー州においても、ミシシッピ州においても、気高く寛大な心の持ち主はあまた存在し、苦悶の叫びはその人たちの心にかならず届くものと信ずる。ああ、善良なる同胞諸氏よ！　同じ立場に置かれたならば、あなたがたの勇敢で気高い心でさえなしえない行動を、わたしたちに期待することは、はたして公平と言えるだろうか？

　ともあれ、われらがバード上院議員が政治家としての主張を裏切る行動に出たとしても、この夜の難行苦行によってじゅうぶん罪滅ぼしをしたものと言えるだろう。このしばらくこの地方は雨続きで、オハイオの柔らかく肥沃な大地は絶好のぬかるみと化していた。しかも、一行がたどる道は、昔ながらのオハイオ「レイルロード」だった。

「それはいったい、どういう種類の道路なんだい？」と、東部諸州から旅行してきた人間は尋ねるだろう。彼らにとって、「レイルロード」とは、もっぱら揺れが少なくスピードの出せる交通手段なのである。[4] されば、東部諸州の何もご存じない方々に教えてさしあげよう。西方に広がる未開の地では、ぬかるみが底知れぬ深さに及び、道路は丸太を何本も横に並べて舗装されている。道路が完成したてのころは、丸太の上に土や芝生など手近な素材が敷かれて、人々は満足げにそれを道路と称し、嬉々としてその上を通ったものである。しかし、時がたつうちに雨で芝土や草が洗い流され、丸太がずれて乱れ、浮きあがったり沈み

4　「レイルロード」（railroad）は鉄道という意味だが、rail には「柵などに用いる横木」という意味もあり、ここで言及されているオハイオ「レイルロード」とは、鉄道ではなく、丸太を並べて舗装した道路のことである。

こんだり重なったりして、あちこちにできた隙間や轍が黒い泥のぬかるみと化すのである。

バード上院議員がおのれの良心を問いつつ馬車に揺られて進んでいったのは、そんな道だった。馬車は丸太とぬかるみの道をドシン！ドシン！ドシン！グチャッ！という感じで進んでいった。上院議員とイライザと子供は揺れに備える暇もなくいきなり座席から放り出され、馬車の傾いた側の窓に押しつけられた。馬車が動かなくなるたびに、外の馭者台にすわったカジョーが馬たちを叱咤する声を飛ばした。馬たちが必死に引っぱっても馬車は進まず、上院議員が痺れを切らしかけたところで、いきなり馬車が飛び跳ねるように進みはじめる——とたんに前輪が左右ともまた深いぬかるみにはまり、上院議員もイライザも子供も折り重なるようにして前の座席に放り出される。上院議員は帽子をまぶかに押しこまれて目も鼻も出ないぶざまな格好になり、一瞬自分は気絶したのかと思った。子供は泣きわめき、外のカジョーは馬たちをどなりつけ、馬たちはさんざん鞭で打たれて宙を蹴り、もがき、引っぱる。と、また跳ねるように馬車がぬかるみを脱した——と思ったら、こんどは後輪がぬかるみに落ちこみ、上院議員もイライザも子供も後部座席へすっ飛ばされて、上院議員の肘がイライザのボンネットを直撃し、イライザの両足が衝撃で吹っ飛んだ上院議員の帽子を押しつぶした。そのうちに、馬車はなんとか「泥沼」を脱出し、馬たちは立ち止まって荒い息をつく。上院議員は帽子を回収し、イライザはボンネットをかぶりなおし、子供をなだめ、次の修羅場に備えて身構える。

しばらくのあいだ、馬車はドシン！ドシン！と揺れつづけたかと思うと横に大きく傾き、あるいは上下左右に乗客を翻弄したが、乗っている者たちのほうもだんだん悪路に慣れてきた。しかし最後に、馬車全体がガクンと落ち、乗客全員の腰が浮いたと思った次の瞬間、座席に乱暴に落とされ、そして馬車が止まった。外で馬たちにわめきちらしていたカジョーが、馬車の扉を開けた。

「すみません、旦那様、ものすごく下が悪いんです。どうやって脱出すりゃええのか、わかりません。フェンスの横木を拝借するしかねえと思うですが」

上院議員はしかたなしに馬車を降り、足元の地面の硬いところを探して歩を進めたが、片足が底なしのぬかるみにはまってしまい、その足を抜こうとしてバランスを崩し、ぬかるみの中にひっくり返ってしまった。カジョーが手を貸して旦那様をぬかるみから引っ張り上げたが、バード氏は見るも哀れな格好になってしまった。

これ以上の描写は読者諸氏も気の毒で読むに堪えないだろうから、差し控えるとしよう。西部を旅したことがあり、真夜中に道路ぞいの柵の横木をはずして馬車をぬかるみから脱出させるために奮闘した経験がある読者ならば、われらの不運な英雄に対して尊敬と悲哀に満ちた共感の情を抱いてくれることであろう。ここは黙って涙の一粒もこぼしてやり、先に進んでいただきたい。

馬車が水をしたたらせ泥はねを浴びた姿で川を渡りきって大きな農家の前に到着したのは、夜もずいぶん更けてからだった。

家の住人を起こすのにいささか手間取ったが、ようやくこの農場の所有者があらわれて、ドアを開けた。それは背が高くがっしりとした大柄な体格で髪の逆立った「オルソン」のような男で、背丈は靴を履かなくても優に一八〇センチを超しているように見え、赤いフランネルの狩猟用シャツを着ていた。薄茶色の髪がボサボサにもつれ、何日も剃っていない無精髭が伸び、どうひいき目に見ても感じのいい人物ではない。男は数分のあいだ、ろうそくの明かりをかざして無愛想な当惑した表情で目をしばたかせていたが、その姿はまことに滑稽だった。上院議員がこの男に事情をきちんとわからせるのは容易ではなかったが、男がなんとか話を理解しようと四苦八苦している時間を使って、読者諸氏にこの男の素性をご紹介しよう。

正直者のジョン・ヴァン・トロンプは、かつてはケンタッキー州にかなり広い土地を所有し、奴隷たちを使う農場主だった。がさつに見えるのは外見だけで、トロンプは生まれながらに巨体によく釣りあう広く正直で公正な心の持ち主であり、何年も前から、虐げる側と虐げられる側との双方に害悪をもたらす制度のあり方に対して肯(がえ)んじえないものを感じていた。そしてついに、ある日、ジョンの高潔な心はこれ以上の軛(くびき)にがまんできなくなり、机の中から札入れを取り出してオハイオ州へ行き、タウンシップの四分の一[6]を買い取って、よく肥えた土地を手に入れた。そして、所有していた奴隷全員——男も、女も、子供も——に対して自由証書を発行し、みんなを荷馬車に乗せてオハイオに送り、そこに入植させた。そして正直者のジョンは川の近くに居を構え、静かで快適な農園の隠居生活にはいって、良心にさいなまれることなく沈思黙考をめぐらす日々を過ごしていた。

「奴隷狩りに追われている気の毒な女性と子供がいるのですが、こちらでかくまって

5　フランス中世の物語『ヴァランタンとオルソン』が一九世紀にアメリカで子供向けに改作され、人気を得ていた。ヴァランタンとオルソンはギリシア王の元に生まれた双子の兄弟で、誕生時に生き別れとなり、クマに育てられた野生児オルソンは騎士として育てられたヴァランタンと再会をはたす。

6　約一〇キロ四方の広さの土地。

いただけるのでしょうか?」上院議員が単刀直入に聞いた。

「ああ、そのとおりだ」正直者のジョンが言葉に力をこめて答えた。

「そうじゃないかと思いました」バード上院議員が言った。

「誰だろうと、追っ手が来たら」と、ジョンは堂々たるからだをいちだんと大きく反らして言った。「おれが相手になってやる。うちには息子が七人おって、みんな身長が一八〇センチを超す連中ばかりだ。息子たちも黙ってはおらん。追っ手の連中によろしく伝えてやってくれ。来るなら来い、いつでも受けて立つぞ、とな」ジョンはびっしり生えた髪に手ぐしを通しながら、大声で笑った。

ぐったり疲れはてたイライザが、重い足取りで戸口まで歩いてきた。腕に抱いた子供は、すやすやと眠っている。ジョンはイライザの顔にろうそくを近づけ、同情のこもったうなり声を出したあと、一同が立っている大きな台所に続く小さな寝室のドアを開け、そこへはいるよう手ぶりでイライザを促した。そして、新しいろうそくに火をともし、それをテーブルの上に置いて、イライザに声をかけた。

「さあ、誰が追ってこようと、怖がることはひとつもない。そういうことには慣れておるからな」そう言うと、ジョンは暖炉の炉棚の上にかけてある二、三丁の立派なライフルを指さした。「おれの目の前でうちの農場から人を無理に連れ去ろうとするのが身のためにならんことは、おれを知る者ならだいたい誰でもわかっとるよ。だから、もう寝たらいい。母さんにゆりかごを揺すってもらっとるように安心して、ゆっくり眠るといい」そう言って、ジョンはドアを閉めた。

「ずいぶんと、べっぴんだな」ジョンがバード上院議員に言った。「まあな。べっぴんほど逃亡したくなる理由もあらあね。女としてあたりまえの感情があればな。よくわかるよ」

上院議員は、手短にイライザの事情を話した。

「おお！　そりゃ、ひでえな！　聞くのもつらいわ」善良な大男が気の毒そうに言った。「たしかに！　そりゃそうだ！　あたりめえだ、かわいそうに！　シカみてえに追われて、狩られて。あたりめえの心で、母親ならあたりめえのことをしただけだってのに！　正直言って、思いっきり悪態つきまくってやりたい気分だぞ」正直者のジョンは、そばかすだらけの黄ばんだ大きな手の甲で目もとを拭った。「旅のお方よ、いまだから言うが、おれはもう長いこと教会には行っとらん。このあたりの牧師どもは、聖書があのろくでもない制度を認めとるなんて説教しやがるからさ。ギリシア語だのヘブライ語だの、ひけらかしやがって。それで、聖書も教会もすっかり嫌いになっちまってな。それからずいぶんたって、こんどは連中に負けんくらいにギリシア語に達者な牧師と出会ったんだが、その牧師はまるっきり逆のことを言ったんだ。それで、おれもその気になって、また教会に行くようになった――と、そういうわけさ」ジョンは話をしながら、勢いよく泡立つシードル[7]の栓を抜いて、上院議員に差し出した。

「明るくなるまで、泊まっていくといい」ジョンは親切に言った。「ばあさんを起こして、すぐにベッドを用意させるから」

「ありがとう、ご親切に」上院議員は言った。「だが、もう行かなければならんのです。今夜のうちにコロンバス行きの駅馬車に乗らないと」

「ああ、そうか。じゃあ、途中まで道案内しよう。あんたが通ってきた道よりましな脇道があるから。あの道は最悪だ」

ジョンは身支度をして、手にランタンを持ち、上院議員の馬車を先導して屋敷の裏手の窪地を通る道を教えてくれた。別れぎわに、上院議員はジョンの手に一〇ドル札を一枚握らせた。

「これは、あの女性のために」上院議員は言葉少なに言った。

「あい、わかった」ジョンも言葉少なに答えた。

二人は握手をして別れた。

7　リンゴ酒。

第10章　売られていくアンクル・トム

　二月の朝、アンクル・トムの小屋の外では灰色の雨がしとしと降っていた。窓の中に見える顔は、悲しみに沈む心そのままにうちひしがれていた。暖炉の前に、アイロンかけ用の布を広げた小さなテーブルが出してある。アイロンで仕上げたばかりの粗末だが清潔なシャツが一、二枚、暖炉のそばに置かれた椅子の背にかけてあり、もう一枚がテーブルに広げてある。アント・クロウィは念入りにシャツを撫でつけ、折り目の一つひとつ、へり縫いの一つひとつに細心の注意を払ってアイロンを当てていく。ときどき、アイロンをかけながら、頰に手をやって流れる涙を拭う。

　すぐ脇にはトムが腰をおろし、膝に聖書を広げて、ほおづえをついている。だが、二人とも言葉を口にすることはない。朝まだ早い時刻で、子供たちは粗末な引き出し式のベッドでくっつきあって眠っている。

　哀れなことに黒人は元来とりわけ家族愛の深い優しい人種だが、なかでも誰にも増して家族思いのトムは、立ち上がって黙ったまま子供たちの顔を見にいった。

「これが見納めだな」トムが言った。

アント・クロウィは返事をせず、粗末なシャツを何度も何度も、もうこれ以上すべすべにしようがないくらいに仕上がっているのに、なおも手で撫でつけていた。と思ったら、突然、絶望的な気持ちをたたきつけるようにアイロンを置き、テーブルの前に腰をおろして、「声を上げて泣いた[1]」。

「諦めるしかないと思うけど、ああ、でも！　どうすりゃええのさ？　あんたがどこへ連れていかれるのか、少しでもわかりゃええんだけど！　あんたがどう使われるのか！　奥様はなんとかして一年か二年であんたを買い戻してくれるっておっしゃるけども。だけど！　南へ行った者で帰ってきた者は一人もいやしない！　殺されちまうんだよ！　南のプランテーションでどんなにひどく働かされるか、聞いたもの」

「むこうにだって、ここと同じに神様がおられるだろうよ、クロウィ」

「そりゃそうかもしれんけど」アント・クロウィが言った。「けど、ときどき神様はひどいことが起こるのをお許しになる。そんなこと言われたって、安心できるもんか

1　旧約聖書「創世記」第二一章第一六節。

ね」

「わしはこの身を神様の御手（みて）にゆだねるよ」トムが言った。「神様がお許しになる以上の悪いことは起こらんよ。それに、ひとつ、神様に感謝しなくちゃならんことがある。南へ売られていくのがこのわしで、おまえや子供たちでない、ということを。ここにおれば、おまえたちは安心だ。何が起ころうと、それはわしの身にふりかかるだけだ。それに、神様が助けてくださる。きっと助けてくださる」

ああ、なんと勇敢で男らしい心ばえであろう！　自分の悲しみを押し殺し、愛する者たちを慰めようとするとは！　トムはこみあげる熱いものをこらえ、かすれた声で、それでも勇敢で雄々しい言葉を口にした。

「神様のお恵みを考えよう！」トムが震える声で言った。ほかでもない自分自身が神のお恵みを頼む以外にないと思い定めたような口調だった。

「お恵みだって！」アント・クロウィが言い返した。「お恵みなんて、あるもんかね！　こんなこと、まちがっとるよ！　こんなことになるなんて！　あんたが借金の形（かた）に取られるなんて、旦那様がこんなになるまで放っといたのがいけねえんだ。あんたは値段の倍以上も旦那様の役に立ってきたのに。旦那様はあんたを自由にしてくれると約束なすった、もう何年も前に自由にしてくれるはずだったのに。いまはどうにもならんのかもしれんけども、こんなこと、まちがっとるよ。誰が何と言ったたって、あたしゃそう思う。あんたはこんなに一所懸命に仕えてきたのに。いつだって、何だって、自分のことより旦那様のことを先にしてきたのに。あたしや子供たちよりもっと旦那様をだいじに思ってきたのに！　誰より旦那様を愛しとる者を、心から旦那様を思っとる者を、売っ払っちまうなんて！　いくら自分が困ったからって！　きっと神様が許しゃしないよ！」

「クロウィ！　ええか、わしを愛してくれとるんなら、そういう口はきかんでくれ。たぶん、これが一緒に過ごせる最後の時間だろうに！　それに、ええか、クロウィ、わしは旦那様の悪口はひとことも聞きたくない。わしは、旦那様が赤ん坊だったころからお世話してきたでないか？　わしが旦那様のことを何よりだいじに思うのは、あたりまえだ。それに、旦那様がこの哀れなトムのことをそれほどには思われんのも、無理はない。旦那様ってもんは、いろんなことを自分のためにやってもらうのに慣れとる。だから、そういうことをそんなに恩に着んのもあたりまえだ。そんなことを期待しても、無理っちゅうもんだ。うちの旦那様をよその旦那様たちと比べてみたらええ。わしのように結構な扱いをしてもらって、わしのようにええ暮らしをさしてもらっとる者が、どこにおる？　旦那様だって、前もってわかっとりゃ、わしをこんな目に遭わせることはせんかったはずだ。それはまちがいない」

「どっちにしたって、何かがまちがっとるよ」アント・クロウィは正義感の強い性格だった。「どこがまちがっとるのか、はっきりとは言えんけども、どっかがまちがっとる。それははっきりしとるよ」

「天の神様のことを考えなくちゃいけないよ。神様は、誰の上にもおられる。スズメ一羽だって、神様のお許しがなけりゃ地面に落っこちやしないんだから[2]」

「そんなこと言われても慰めにもならんけど、しょうがないんだろうね」アント・クロウィが言った。「しゃべっとっても、しょうがない。さっさとコーン・ブレッドを焼いて、あんたにうまい朝めしを食わせなくちゃね。この先、いつ、またうまい朝めしが食えるか、わかったもんじゃねえから」

南へ売られていく黒人たちの苦しみを理解するには、まず何よりも、黒人という人種が本能的にとりわけ愛情深い人々であることを考慮しなくてはならない。生まれ育った土地に対する愛着も、とても深い。本来、黒人は大胆な企てや進取の気性に富む人種ではなく、家庭を愛し家族を愛する人々である。それに加えて、無教養ゆえに未知のものに対する恐れが増幅されること、さらに、子供のころから南へ売られるということはどんな罰よりも恐ろしいことだと刷りこまれて育っている事情も考慮しなくてはならない。船に乗せられて川を南へ運ばれていくことは、鞭打ちを含めてどんな体罰よりも黒人たちを恐怖に陥れる脅しなのである。わたしたちは実際にこういう感情をあらわにする黒人たちを見たことがあるし、黒人たちが集まって噂話に興じるときにも、「川下」で起きる恐ろしい話に芯から震えあがるようすを目にする。深南部とは、黒人たちにとって、

> 旅だちしものの、一人としてもどってきたためしのない未知の世界[3]

なのである。

カナダで逃亡奴隷を支援している宣教師の一人から聞いた話だが、逃亡奴隷の多くは比較的寛容な所有者のもとから逃亡したと告白するそうである。そして、ほとんどの場合、逃亡の危険を冒すところまで追いこまれたのは、南へ売り飛ばされることの絶望的な恐怖ゆえであったという。自分自身が、あるいは夫や妻や子供たちが、南へ

2　新約聖書「マタイによる福音書」第一〇章第二九節より。

3　シェイクスピア『ハムレット』第三幕第一場（福田恆存訳、新潮文庫）。

売り飛ばされるという恐怖。その恐怖ゆえに、本来は辛抱強く、臆病で、冒険心に乏しいアフリカ人種が、とほうもない勇気を奮い起こし、飢えや寒さや苦痛や荒野の危険をかえりみず、さらに、再びつかまった場合のもっと恐ろしい懲罰さえも覚悟のうえで逃亡の危険を冒すのである。

テーブルの上で、つましい朝食が湯気をたてている。この日の朝は屋敷に出なくていい、とシェルビー夫人がアント・クロウィに休みを与えたのである。アント・クロウィは、別れの食卓のために精一杯の腕をふるった。いちばんいいニワトリをしめてさばき、細心の注意を払ってコーン・ブレッドを夫の好みの焼きかげんで用意し、暖炉の棚に並んでいる大切なびんを下ろしてきて、よほどのことでもないかぎり出さない果物の砂糖煮を食卓に並べた。

「よお、ピート、すっげえ朝めしだな！」モーズがうれしそうに声をあげ、チキンに手を伸ばした。

アント・クロウィがいきなりモーズの横っ面をひっぱたいた。「このガキが！ 父ちゃんがうちで食べる最後の朝めしだってのに、調子に乗るんじゃないよ！」

「まあまあ、クロウィ！」トムが優しく声をかけた。

「だって、あたしゃ、がまんできないよ」アント・クロウィがエプロンに顔をうずめた。「心がどうにかなっちまいそうで、子供に当たっちまうんだよ」

男の子たちは黙って立ちつくしたまま、父親を見て、それから母親を見た。母親のドレスにすがりついていた赤ん坊がわっと泣きだした。

「ほれ、よしよし！」アント・クロウィが頬の涙を拭き拭き、赤ん坊を抱きあげた。「さあ、ごはんができたよ。どうぞ、食べとくれ。これは、うちのいちばん上等なチキンだよ。さあ、ピートとモーズも、もらいなさい。母ちゃんが当たったりして、悪かったよ」

男の子二人は待ってましたとばかりに料理に手を伸ばし、大喜びで食べはじめた。それでよかった。そうでもなければ、ほかに料理に手を伸ばしそうな者がいなかったからだ。

「さあ」朝食の片付けをしながらアント・クロウィが言った。「あんたの着るものを詰めなくちゃね。たぶん、あの男にみんな取り上げられちまうだろうけどさ。あいつらの手口はわかっとるよ――汚いったら、ありゃしない！　リウマチが出たときのネルの下着は、ここの隅に入れとくからね。だいじに使っておくれよ、もうほかに作ってくれる人もいないだろうから。それから、これはあんたの古いシャツで、こっちは新しいシャツ。靴下は、ゆうべ、つま先を繕っといたからね。先っぽに繕い用の木の玉も入れてあるし。けどさ！　この先は、いったい誰があんたの靴下を繕ってくれるんだろう？」アント・クロウィはまたこらえきれなくなって、衣類を詰めた箱の側面に顔を押しつけて、むせび泣いた。「考えてもごらんよ！　元気だろうと、元気でなかろうと、あんたの世話をしてくれる者は一人もいないんだ！　あたしゃ、とてもがまんできないよ！」

テーブルに並んだ朝食を食べつくした男の子二人は、ようやく事態を考えてみる気になったようだった。そして、母親が泣き崩れ、父親がとても悲しそうな顔をしているのを見て、べそをかいて涙を拭いはじめた。アンクル・トムは赤ん坊を膝に抱いて、好きなように遊ばせていた。赤ん坊はアンクル・トムの顔をひっかき、髪を引っぱり、ときどき興奮してうれしそうに大声をあげた。

「そうさ、いまのうちに甘えておきな！」アント・クロウィが言った。「いつか、おまえもこういう目に遭うんだろうよ！　いつか、亭主が売っ払われて、自分も売っ払われて。この子たちだって売っ払われるんだろうよ、きっと。ちっとでも役に立つ歳になったとたんに。黒んぼには、家族も何もあったもんじゃないんだ！」

このとき、男の子の一人が声をあげた。「奥様が来た！」

「来たってしょうがないだろうに。何しに来たんだ？」アント・クロウィが言った。

シェルビー夫人が小屋にはいってきた。アント・クロウィは見るからにぶっきらぼうで無愛想な態度で奥様に椅子を出した。でも、奥様はアント・クロウィの態度にもしぐさにも気づかないようで、青ざめた不安げな顔をしていた。

「トム、あの――」と言いかけて、シェルビー夫人は突然口をつぐみ、黙りこくったアンクル・トムの一家を見まわし、椅子に腰をおろして、顔をハンカチで覆って泣きだした。

「奥様、どうぞ、どうぞ泣かんでください！」こんどはアント・クロウィが泣きだした。そしてしばらくのあいだ、その場にいた全員が涙にくれた。そして、身分の高い者も低い者も一緒に涙を流すことによって、虐げられた者たちの恨みも怒りも洗い流されたのだった。悲しみに暮れる人々を訪ねていく者は、どんなに高価なものを持っていこうとも、それを冷淡に顔をそむけて差し出したのであれば、心からの同情をこめたひとすじの涙に遠く及ばないことを知るべきである。

「ああ、トム」シェルビー夫人が声をかけた。「おまえの助けになるようなものをあげることができなくて。お金を持たせてあげても、取り上げられてしまうだけだろうし。でも、本気で誓うわ、神様に誓って、おまえがどこへ連れていかれたか、ちゃんと見届けます。そして、お金が都合でき次第、おまえを連れ戻します。それまでは――神様を信じて待っていてちょうだい！」

このとき、ヘイリー様が来た、と子供たちが大声をあげ、そのあと乱暴にドアが蹴り開けられた。ヘイリーは非常に不機嫌な顔をしていた。前日に馬を飛ばして疲れきっていたヘイリーは、獲物を捕まえそこねて憤懣やるかたないようすだった。

「さあ来い、黒んぼ。支度はできとるんだろうな」と言ったところでヘイリーはシェルビー夫人に気づき、帽子を取って、「これはこれは、奥さん！」と言った。

アント・クロウィが荷物箱を閉めてロープをかけ、立ち上がって、挑むような目つきで奴隷商人を睨んだ。涙がにわかに敵意の火花と化したような表情だった。

トムは新しい所有者に言われておとなしく立ち上がり、重い箱を肩にかついだ。妻のクロウィは両腕で赤ん坊を抱きあげ、トムと一緒に荷馬車のほうへ歩きだした。子供たちも泣きながらあとに続いた。

シェルビー夫人は奴隷商人に歩み寄り、少しのあいだ足を止めさせて時間を稼ごうと、何ごとか真剣な面持ちで話しかけている。シェルビー夫人が話をしているあいだに、トムの一家は玄関前で馬をつないで出発するばかりになっている荷馬車のほうへ進んでいった。シェルビー農場の奴隷たちが、昔からの仲間に別れを告げるために、老いも若きも荷馬車のまわりに集まっていた。トムは奴隷頭として、またキリスト教の教師として、農場のみんなから慕われていたから、このたびのことを心から同情し悲しむ者はたくさんいたし、とくに女の奴隷たちにはその思いが強かった。

「クロウィ、あんた、あたしらよりよっぽどがまん強いんだねえ！」おいおい泣いていた女の一人が、荷馬車のそばに立っているアント・クロウィの暗く沈んだ顔を見て言った。

「あたしゃ、もう涙は涸れたよ！」アント・クロウィが近づいてくる奴隷商人を険しい目つきで睨みつけながら言った。「あんな悪魔の前で涙なんぞ流すもんかね、ぜったいに！」

「乗れ！」ヘイリーが、集まった奴隷たちのしかめつらのあいだを進んできて、トムに言った。

トムが荷馬車に乗ると、ヘイリーが座席の下から重い足枷(あしかせ)を引っぱり出して、トムの左右の足首にはめた。

人々のあいだから押し殺したような怒りのうめき声があがった。シェルビー夫人がベランダから声をかけた。

「ヘイリーさん、そのような用心はまったく必要ありませんわ」

「どうでしょうな、奥さん。ここで五〇〇ドルの買い物に逃げられておりますからな。

これ以上の損害はご免こうむりたいですよ」

「ほら見ろ、そういうやつさ」アント・クロウィが憤懣やるかたないといった口調で吐き捨てた。二人の男の子たちは父親の運命をいまようやく理解したようで、母親のドレスにしがみついて激しく泣きじゃくり、うめき声をあげている。

「ジョージ坊っちゃまがお留守なのが心残りだ」トムが言った。

ジョージ坊っちゃまは隣の農場の友だちのところへ二、三日の予定で泊まりに行っていて、朝早く、トムが売り飛ばされるという話が皆に伝わる前に、それを知らずに出発してしまったのだった。

「ジョージ坊っちゃまに、くれぐれもよろしくお伝えしてくれよ」トムは心をこめて言い残した。

ヘイリーが馬に鞭を入れ、トムは愛する農場をこれが見納めと悲しみの眼差しでじっと見つめながら、荷馬車に揺られて去っていった。

このとき、主人のシェルビー氏は農場を留守にしていた。卑しい男に首根っこを押さえられて仕方なしにトムを売ったものの、そして、取引が成立した直後はとにかく安堵の胸を撫でおろしたものの、妻からとがめられたことによって半ば眠っていた悔恨の情が目をさまし、加えて、トムの男らしい無私の態度を見て、ますます気まずくなったのだった。自分にはそうする権利があったのだとつぶやいてみても、誰もがしていることだと言ってみても、必要に迫られなくたって奴隷を売り払う者もいるくらいだからと言い訳してみても、心は静まらなかった。奴隷の引き渡しがいよいよ実行に移される不愉快な場面に居合わせたくないがために、シェルビー氏は北のほうへちょっとした用事にかこつけて出かけ、農場に戻る前にすべてが終わってくれればいいと願ったのであった。

トムとヘイリーを乗せた荷馬車は、田舎道をたどってなじみの場所を次々と通り過ぎ、シェルビー農場をあとにし、広い街道に出た。一キロ半ほど進んだころ、ヘイリーは突然鍛冶屋の店先で馬を止めた。そして、一組の手錠を持って店にはいっていき、簡単な改造を頼んだ。

「あいつの体格だと、これじゃちっと小さすぎるんでね」ヘイリーは手錠を見せ、トムを指さした。

「驚いたな！　シェルビーさんとこのトムじゃないか。まさか、トムを売ったんじゃないだろうね？」鍛冶屋が言った。

「そのとおりだ」ヘイリーが言った。

「まさか！　そんな……」鍛冶屋が言った。「考えられんね！　こんな手錠なんか、いらんよ。トムは誰より信頼できる、誰より立派な男だ――」

「わかった、わかった」ヘイリーが鍛冶屋の言葉をさえぎった。「だが、立派なやつほど、逃げたがる。馬鹿なやつらは、自分がどこへ連れていかれようが気にしやしない。役立たずの飲んだくれどもは、何が起ころうが気にもかけん。そういうやつらは言われたとおりにするし、あちこち連れていかれても、むしろ喜ぶくらいだ。だが、上等なやつらは、そういうことをとことん嫌がる。そういうやつらには、手枷(てかせ)や足枷(あしかせ)をするしかない。足を自由にしときゃ、これ幸いと逃げやがる。決まりきったことさ」

「そりゃ、旦那――」鍛冶屋が道具を手探りしながら言った。「――その南のほうのプランテーションてのが、ケンタッキーの黒んぼたちの行きたがらない場所だからじゃないかね？　次々に黒んぼが死んでいくって話じゃないかね？」

「ああ、バタバタ死ぬ。気候に合わなかったりなんだかんだでしょっちゅう死ぬから、こちとら商売繁盛ってわけさ」ヘイリーが言った。

「とにかく、もったいないことだよ、トムみたいにいいやつで、おとなしくて、誰にでも好かれる善人が砂糖プランテーションみたいなとこに連れていかれて使いつぶされるなんて」

「いや、そう捨てたもんでもないさ。こいつのことは悪いようにはせんと約束したからな。どっか上等な旧家で召使いの口でも探してやるつもりさ。そんで、熱病や気候に慣れりゃ、黒んぼとしちゃ御(おん)の字の扱いをしてもらえるだろうよ」

「だけど、カミさんや子供らをこっちに残していくんだろう?」

「ああ。だが、むこうでまた別のをもらえばいい。女なんて、いくらでもおるさ」ヘイリーが言った。

こんな会話が交わされているあいだ、トムは荷馬車に乗せられたまま店の外でうなだれていた。と、そのとき、後方から馬を飛ばしてくる蹄(ひづめ)の音が聞こえた。と思ったら、あっけに取られているうちにジョージ坊っちゃまが荷馬車に飛び移ってきて、いきなりトムの首ったまに抱きつき、大泣きしながら口汚い言葉を盛大に吐きちらした。

「こんなひどいことって、あるの！　みんなの言うことなんか、信じるもんか！　どいつもこいつも！　ひどいよ、恥を知れってんだ！　ぼくが大人だったら、こんなことさせなかったのに！　こんなこと！」ジョージは押し殺した声で吼えるように言った。

「ああ、ジョージ坊っちゃま！　よかったです！」トムが言った。「坊っちゃまに会えんままで行くのは耐えられんかったです！　ああ、よかった！　わし、どんだけうれしいか！」そう言いながらトムが足を動かしたので、ジョージの目が足枷にとまった。

「なんてことしやがる！」ジョージは両手を振り上げて叫んだ。「あの野郎、殴り倒してやる、見てろ！」

「いけません、ジョージ坊っちゃま。そんな大きな声を出さないで。あの男を怒らせても、わしにはええことはひとつもねえです」

「じゃあ、やめとくよ、おまえのために。けど、考えただけでも——こんなの、ひどすぎないか？　誰もぼくを呼びにきてくれなかったし、知らせてもくれなかったんだ。トム・リンカンのおかげで、聞いたんだ。ぼくね、家でみんなを思いっきり叱りつけてやった！　どいつもこいつも！」

「それは良くねえことだと思いますよ、ジョージ坊っちゃま」

「だって、しょうがないよ！　あんまりひどいんだもの！　ねえ、アンクル・トム」ジョージは店のほうに背を向けて、ひそひそ声になった。「おまえにあげようと思って、ぼくの一ドル銀貨を持ってきたんだ！」

「いただくわけにはいきません、ジョージ坊っちゃま、とんでもねえです！」トムは感激しながらもそう言った。

「ううん、いいからもらって！」ジョージが言った。「これね、ぼく、アント・クロウィに話したの。そしたらアント・クロウィがね、銀貨に穴を開けてひもを通して首から下げられるようにするといい、そうしとけば外から見えないから、って教えてくれたの。でないと、あの意地悪野郎に取られちゃうから。ねえトム、ぼく、あいつをこてんぱんに伸してやりたいよ！　そうすれば、きっとせいせいするのに！」

「だめですよ、ジョージ坊っちゃま。そんなことしても、わしには何もええことねえです」

「それなら、おまえのためにがまんするよ」と言いながら、ジョージはトムの首に一ドル銀貨のひもを回して手早く結んだ。「よし、これでいい。上着のボタンをきっちりとめておくんだよ。それでね、これを見るたびに、ぼくがおまえを迎えにくるってことを思い出してね。ぼく、そのことをアント・クロウィと相談してたんだ。心配しなくていいよって、ぼく、アント・クロウィに言ったんだ。ぼくが何とかするから、お父さまがちゃんとしなかったらうんと責めたててやるから、って」

「ああ、ジョージ坊っちゃま！　お父さまのことをそんなふうに言ってはだめです」

「だって、アンクル・トム、ぼくは何も悪いことをしようってわけじゃないよ」

「ええですか、ジョージ坊っちゃま」トムが言った。「ええ子になってくだせえよ、坊っちゃま。どんだけたくさんの人が坊っちゃまに望みをかけとるか、忘れんようにしてください。いつもお母さまをだいじにして。ほかの男の子たちみたいに、一人前気取りになってお母さまを馬鹿にしちゃだめですよ。ええですか、ジョージ坊っちゃま、神様はいろんなお恵みを二へんもくりかえして与えてくださることもあるけども、お母さまはいっぺんきりしかお与えくださらねえです。お母さまのような女の人には、一〇〇歳まで生きたとしたって、二人と巡り会えるもんじゃねえですよ、ジョージ坊っちゃま。だから、坊っちゃま、お母さまをだいじにして、お母さまの心の慰めになるお子になってください、ええ子ですから。ね、わかりましたね?」

「わかったよ、アンクル・トム」ジョージが真剣な顔で言った。

「それから、口をつつしむように気をつけてください、ジョージ坊っちゃま。男の子は、坊っちゃまくらいの歳になると、強情でわがままになる者(もん)もおります——それもまあ自然かもしれんけども、坊っちゃまには本物の紳士になってほしいです。本物の紳士になるようなお人は、お父さまやお母さまに楯突くような口はきかねえもんです。こんなこと言って、気を悪くしてませんか、ジョージ坊っちゃま?」

「ううん、そんなことないよ、アンクル・トム。おまえはいつもぼくにいいことを教えてくれるもの」

「わしは歳がいっておりますで」と言いながら、アンクル・トムはジョージの柔らかい巻き毛の頭を撫でた。その手は大きくたくましいが、声は女性のように優しい響きだった。「坊っちゃまは、ほんとうに将来が楽しみだ。ジョージ坊っちゃまは、何もかも恵まれとられる。学問も、特権も、読み書きも――きっと坊っちゃまは大きくなったら立派な学問のあるええお人になる、農場の者たちも、お母さまもお父さまも、みんなの自慢の旦那様になるでしょう！　立派な旦那様になってくだせえ、お父さまみたいな。そして、立派なクリスチャンになってくだせえ、お母さまみたいな。『若(わか)き日(ひ)に、あなたの造(つく)り主(ぬし)を心(こころ)に刻(きざ)め』[4]と申します、ジョージ坊っちゃま」

「ぼく、すごくいい子になるよ、アンクル・トム、約束する」ジョージが言った。

「ぼく、一流の男になるよ。がっかりさせないから。そのうちに、おまえを連れ戻すからね。けさ、アント・クロウィにも言ったんだ、ぼくが大人になったら、おまえのうちをすっかり新しく建てかえて、カーペットを敷いた客間を作ってあげるからね。そのうちきっと、いいときが来るからね！」

4　旧約聖書「コヘレトの言葉」第一二章第一節。

ヘイリーが両手に手錠を持って店から出てきた。

「いいかい、あんた」ジョージが荷馬車を降りながら、せいいっぱい背伸びした口調で言った。「あんたがアンクル・トムをどんなふうに扱ってたか、お父さまとお母さまに言いつけてやるからな」

「どうぞご自由に」奴隷商人が応じた。

「こんなふうに男や女を買って、家畜みたいに鎖につないで引っ立てるような仕事を一生続けて、恥ずかしくないのか！　さぞ卑しい気分だろうよ！」ジョージが言った。

「おたくら上流の方々が奴隷を買いたいとおっしゃるから、こちとらもご要望にお応えしておるだけで」ヘイリーが言った。「奴隷を売るのが卑しいとおっしゃるなら、買うほうだって同じですよ！」

「ぼくは大人になったら売りも買いもぜったいにしないぞ」ジョージが言った。「きょうというきょうは、ぼくはケンタッキー人であることを恥ずかしく思う。これまではいつもケンタッキー人であることを誇りに思ってきたけど」そう言うと、ジョージは背すじをぴんと伸ばして馬にまたがり、まるでケンタッキー全州の人々が自分の意見に心服しているありさまを睥睨（へいげい）するようなそぶりであたりを見まわした。

「それじゃ、アンクル・トム、さよならね。苦しくても負けないでね」ジョージが言った。

「さようなら、ジョージ坊っちゃま」愛情と賞賛をこめた眼差しでトムがジョージを見つめて言った。「神様のお恵みがありますように！　ああ、ケンタッキーには数少ない立派な坊っちゃまだ！」アンクル・トムは感慨無量の面持ちで、気取らない少年らしい姿を見送った。去っていくジョージ坊っちゃまの蹄の音が聞こえなくなるまで、アンクル・トムは後ろ姿を見守っていた。懐かしい故郷の、これが最後の音、最後の見おさめとなった。しかし、アンクル・トムの心臓のすぐそばには、ぬくもりがあった。ジョージ坊っちゃまの幼い両手が大切な一ドル銀貨をかけてくれた場所だ。トムは胸に手を当て、銀貨を胸に押しつけた。

「いいか、トム」ヘイリーが荷馬車に足をかけ、荷台に手錠を放りこんだ。「おまえとはフェアにやりたいと思っとる。おれはだいたい黒んぼにはフェアな男だ。最初に言っとくが、おまえがフェアにやるなら、おれもフェアにやる。おれは黒んぼにひどいことをする男じゃない。なるたけいい扱いをしてやろうと思っとる。いいか、おまえはそこにすわって、楽にしとればいい。悪さを企むんじゃないぞ。黒んぼの考えることなんぞ、おれはぜんぶお見通しだからな。考えるだけ無駄だ。黒んぼがおとなしく言うことを聞いて、逃げようなんてしなけりゃ、おれは悪いようにはせん。そうでなけりゃ、悪いのは黒んぼのほうだ。おれのせいじゃない」

トムは、逃げるつもりはないことをヘイリーに確約した。実際、ヘイリーがどのようなご高説を垂れようとも、両足に重い鉄の足枷をつけられている者にとっては、空虚な言葉でしかなかった。しかし、ヘイリーは仕入れた奴隷たちに対していつも最初にこうした説教を垂れる習慣で、こうしておけば奴隷たちの機嫌が良くなり、自分に対する信頼が高まると踏んでいるようだった。そうすれば不愉快な折檻もしなくてすむ、という理屈だ。

さて、トムの話はいったんおいて、物語のほかの登場人物の運命に光を当ててみることにしよう。

第11章　動産、よからぬ考えを抱く

こぬか雨の降りしきる夕刻、ケンタッキー州N村の小さな田舎ホテルに一人の旅人がはいってきた。ホテルの酒場にたむろしていたのはじつにさまざまな男たちで、天候が悪いせいでこのホテルに足止めされており、そういう状況ではよく見る光景だった。最初に目につくのは大柄で長身の痩せたケンタッキー人たちの姿で、狩猟用のシャツを着て、この連中特有の悠然とした物腰で酒場の縄張りを歩きまわっている。部屋の片隅にはライフル銃が立てかけられ、弾薬入れ、獲物袋、猟犬、黒人の子供たちなどがあちこちにまとめて置かれている。暖炉の両側には足の長い男たちが椅子を後ろに傾け、頭に帽子をかぶったまま、泥まみれのブーツのかかとを炉棚に引っかけて長々とくつろいでいる。西のほうの酒場ではこういう格好で考えごとをする男たちの姿をしばしば見かけるが、どうやら、こうすると頭に血がよく巡るものらしい。

宿の主人はバーカウンターの奥に立っているが、こちらもケンタッキー人の例にもれず大柄で肩の力の抜けた気のいい男で、頭にもじゃもじゃと大量の髪を生やし、その上にずいぶん背の高い帽子をかぶっている。

実際、この部屋にいる男は誰もが、男の沽券を主張しあうかのように特徴的な被り物を頭に載せていた。フェルト帽あり、シュロの葉の帽子あり、脂じみたビーバー帽[1]あり、かと思えば、しゃれた最新流行の帽子もあり、いずれも真正なる共和主義的自主独立を謳うがごとく頭の上に鎮座している。見ると、それぞれの被り物は各人の個性をよく表していた。キザに帽子を傾けてかぶっている者——こういうのはユーモアがあり陽気でお気楽な連中だ。帽子を鼻の上まで目深にかぶって近寄りがたい空気を放っている者——こういうのは一筋縄ではいかない男で、こだわりが強く、帽子ひとつかぶるにも理由なり流儀なりのある御仁だ。帽子を後ろに傾けてかぶっている者——こういうのは油断のない男、まわりによく目配りしている男だ。そうかと思うと、まったく無頓着に、自分の帽子がどっちを向いていようといっこうに気にしない連中もいる。実際、帽子はすぐれてシェイクスピア的なる考察の対象なのである。

だぶだぶのズボンをはき、ぴったりしたシャツを着た、肌の色のさまざまに異なる黒人たちがあたふたと動きまわり、なんなりとご主人様やお客様のご用命次第に、と実のない言葉をくりかえすばかりで、用事はいっこうに何ひとつ片付かない。加えて、大きな暖炉で陽気にパチパチと音をたてて火影が躍り、玄関ドアも窓も大きく開け放たれ、窓にかかったキャリコのカーテン[2]が湿り気を含んだ強めの風に元気よくはためいている――そんな光景を思いうかべていただければ、ケンタッキーの酒場の陽気な雰囲気がご想像いただけるだろうか。

この日、酒場にたむろしていたケンタッキー人は、本能や習性は親から子へ伝わる、という学説をまさに裏付けるような男たちだった。この男たちの祖先は腕のいい猟師で、森で暮らし、広大な夜空の下で眠り、星あかりをろうそくがわりに暮らしていた。そして今日、彼らの子孫は自分の家を荒野に見立てて万事を為す。いついかなるときも帽子をかぶり、あたりかまわず転がって眠り、椅子の上や暖炉の棚にかかとを乗せる――まさに祖先が緑の草地に寝転び、木や丸太に足を乗っけて休んだように。そして、窓もドアも開け放つのだ。冬であろうと夏であろうと。特大の肺臓にたっぷり空気を吸いこめるように。そして、誰に対しても「おたく」と呼びかける。いたって気さくに。要するに、あけっぴろげで、のんきで、気のいい連中なのだ。

1　ビーバーの毛皮で作った山高帽。
2　片側に模様を染めた平織の綿布。

先述の旅人がはいってきたのは、こんな気楽な男たちのたむろしている田舎ホテルの酒場だった。旅人は背が低くずんぐりした男で、服装には隙がなく、人の好さそうな丸顔だが、どこか神経質でこだわりの強そうな雰囲気もうかがわれた。旅行かばんと傘が後生大事らしく、自分で手に持って酒場へはいってきたうえに、召使いたちが口々にお預かりしましょうと声をかけても頑として手を触れさせなかった。旅人は不安そうな表情で酒場を見まわしたあと、だいじな傘とかばんを抱えて部屋のいちばん暖かい隅にひっこみ、貴重品を椅子の下に収めると、腰をおろし、炉棚の端にかかとを引っ掛けている男をずいぶん気にするような目つきで見上げた。視線の先の男は、神経が繊細でこだわりの強い紳士が縮みあがりそうな雄々しさと勢いでもって、右へ左へとつばを吐き散らしている。

「よお、おたく、調子はどうだい？」男が挨拶がわりにタバコの嚙み汁を新参の旅人に向けて吐き飛ばした。

「はあ、まあ……」旅人はビクッとして飛んでくるタバコ汁をよけながら返事をした。

「なんかニュースでもあるかい？」男は細長く固めた嚙みタバコと大きな狩猟用ナイフをポケットから取り出した。

「とくに何も聞きませんが」旅人が答えた。

「ひとつ、やるかい？」男はすっかり打ちとけた態度で、削り取った嚙みタバコのかけらを旅人に差し出した。

「いや、どうも。わたしはやらないんで」旅人が少し身を引きぎみにして答えた。

「そうかい」男は屈託なく言うと、削り取った嚙みタバコの破片を自分の口に放りこんだ。こうして世のため人のためにタバコの嚙み汁を休みなく生産しつづけておくのである。

年配の旅人は、長身の同胞が自分のほうに向けてタバコの嚙み汁を吐くたびに、ビクッとして身を縮めた。それに気がついた男は、気さくにタバコ汁の狙いを変え、こんどは暖炉わきに置いてある火かき棒に向けて、都市攻囲戦にも十分通用しそうなほどの威力でもってタバコ汁を連射した。

「あれは何ですかな？」大きなチラシの前に人が何人か集まっているのを見て、旅人が尋ねた。

「逃亡奴隷のビラさ！」たむろしていた男の一人がぶっきらぼうに答えた。

ウィルソン氏（というのが旅人の名前だった）は立ち上がり、慎重に旅行かばんと傘の位置を直してから、おもむろに眼鏡を取り出して鼻にはめ、それがすむと、チラシを読みはじめた。

本紙購読者の農園より逃亡、ムラートの男、名前ジョージ。身長一八〇センチ、非常に色白のムラート、茶色の巻き毛。知能きわめて高く、標準語を話し、読み書きも可能。おそらく白人を装っていると思われる。背中と両肩に深い傷痕あり。右手に「H」の焼印あり。生きて捕獲した場合の謝礼四〇〇ドル。殺害された確かな証拠あれば同じく謝礼四〇〇ドルを進呈。

ウィルソン氏はこのチラシを最初から最後まで、よく玩味(がんみ)するように小さな声を出しながら読んだ。

足の長いベテラン戦士は火かき棒相手に攻囲戦を展開していたが、持て余すほど長い足を床に下ろし、のっそりと立ち上がると、チラシのところまで歩いていって、狙いすましたようにタバコの嚙み汁をたっぷりとチラシに吐きかけた。

「おれの気持ちだ！」男はそう言い捨てて、また椅子に腰をおろした。

「おや、おたくさん、そりゃどういう意味だい？」酒場の主人が聞いた。

「あのチラシを書いた野郎がここにおったら、そいつにもそっくり同じやつを見舞ってやるってことよ」背の高い男はすました顔でまた固めた噛みタバコを削りはじめた。

「そこに書いてあるみたいな奴隷を所有しといて、もっとましな使い方を思いつかねえんだったら、逃げられて当然だろうよ。そんなチラシはケンタッキーの恥だ。憚(はばか)りながら言わしてもらうんなら、それがおれの考えってことよ！」

「たしかに、そのとおりだ」宿屋の主人は帳簿に何やら書きこみながら言った。

「うちにも男の奴隷たちがいる」長身の男は火かき棒へのタバコ汁攻撃を再開しながら言った。「おれは、そいつらに言ってやるんだ。『おまえたち、逃げていいぞ！　行け！　かまわん！　好きなときに逃げろ！　追っ手なんぞかけねえから！』ってな。おれはそういうふうにして奴隷を囲ってる。いつでも逃げていいぞって言ってやる。そうすると、逃げようって気がなくなるのさ。それだけじゃない。おれは奴隷たち全員に解放証書も用意してある。万が一、おれがくたばったときのためにな。奴隷たちも、そのことは知ってる。それでよ、おたくさんよ、言わしてもらうがな、ここらで黒んぼをおれ以上にうまく使ってる男はいねえな。なんたって、うちの奴隷たちはよ、五〇〇ドルの値打ちのある仔馬の群れをシンシナチまで売りに行かしても、ちゃんと帰ってくるんだぜ。五〇〇ドル、耳をそろえて持って帰ってきた。何度も。それもそのはずさ。奴隷を犬のように扱えば、犬の仕事、犬の働きになって返ってくる。人間らしく扱えば、人間らしい仕事が返ってくる、ってな」正直者の家畜商人は自分の言葉に熱くなって、おのれの道徳心を裏付けるように暖炉に向かって完璧な祝砲を放った。

「ご同輩、おっしゃるとおりだと思いますよ」ウィルソン氏が言った。「このチラシに書いてある黒人は、まちがいなく立派な男です。まちがいない。わたしのジュート工場で六年ばかり働いていた黒人ですから。うちでいちばん役に立つ人間でしたよ。発明の才もある男で、ヘンプ麻の洗浄機を発明したんです——すごいことですよ。ほかの工場でも使われるようになったほどの装置です。ただし、その機械の特許権はこの男の所有者が持っているんですがね」

「おれは断言するね」と、家畜商人が言った。「特許を握って、それで金を稼いでるくせに、恩を仇で返すみたいに奴隷の右手に焼印を押すなんて。機会があったら、そいつに焼印を押してやりたいぜ。ちょっとやそっとじゃ消えねえやつをな」

「こざかしい黒んぼってのは、癪（しゃく）にさわるし、生意気だ」部屋の反対側の隅にいた粗野な感じの男が口を開いた。「だから鞭で傷だらけに打たれたり焼印を押されたりするんだ。ちゃんと分をわきまえてりゃ、そんな目に遭わねえのにさ」

「それはつまりよ、神様は黒んぼを人間としてお作りになった、ってことよ。それを犬畜生みたいに扱うのがそもそもまちがいってことよ」家畜商人がそっけない口調で言った。

「頭のいい黒んぼなんか、持ち主にゃちっとも得にならねえ」もう一方の粗野な男が、根っからの頑迷さをふりかざして家畜商人の軽蔑的な物言いに反論した。「才能やなんかがあったって、主人が自分のために使えねえなら、何の値打ちがあるもんか。黒んぼが才能を使うといったら、白人を出し抜くためだけさ。うちにもそういう黒んぼが一人二人おったが、南のほうへ売っ払っちまったよ。そうしなくたって、遅かれ早かれどうせ逃げられちまってただろうしな」

「そんなら、神様に頼んで、何人か黒んぼを特別あつらえしてもらうんだな、魂を抜いたやつをさ」家畜商人が言った。

そのとき、一頭立ての小さな四輪馬車がホテルの前に着いて、会話が中断された。上等な造りの馬車で、座席にはいい身なりをした紳士らしき男性が乗り、黒人の召使いが手綱を取っている。

ホテルの酒場にいた全員が、雨の日にごろつきどもが新参者を検分するときの好奇心まる出しの目つきで紳士を見た。新しくやってきたのはとても背の高い人物で、スペイン系の浅黒い肌と美しく表情豊かな黒い瞳を持ち、細かく縮れた髪はつやつやと黒光りしていた。形のいいわし鼻、引き締まった薄い唇、ほれぼれするような伸びやかな手足を見て、一同はすぐに、これはただものではないと直感した。紳士は臆するふうもなく男たちの中へ進み出て、召使いに小さくうなずいてトランクの置き場所を指示したあと、男たち一同に向かって頭を下げ、手に帽子を持って悠揚せまらぬ足取りでバーカウンターのほうへ歩いていき、シェルビー郡オークランズのヘンリー・バトラー、と名乗った。そして、何気ないようすでくるりと向きを変え、ぶらぶらとチラシの貼ってあるところまで歩いてきて、書かれている内容を読んだ。

「ジム」紳士は黒人の召使いに向かって言った。「バーナンの店で、こんなような男を見かけた気がするが？」

「はい、旦那様」ジムが答えた。「ただ、わし、手のことはわからんです」

「そうだな、わたしも手は見なかった」紳士は気のないようすであくびをした。それから宿屋の主人のところへ行って、個室を用意してほしいと言った。急いで書き物をしなくてはならない用があるのだという。

宿屋の主人は平身低頭で紳士の注文に応じ、老若男女の黒人たちが次から次へと大きい者から小さい者までヤマウズラの群れのごとくわらわらと七人も出てきて、動きまわり、走りまわり、ぶつかりあい、上を下への大騒ぎで紳士の部屋を整えはじめた。

そのあいだ、紳士のほうは酒場の真ん中に置かれた椅子に腰をおろし、そばにすわっている男と話を始めた。

ジュート製造業のウィルソン氏は、見知らぬ紳士が酒場にはいってきたときから、なんとも落ち着かないようすで紳士に目を奪われていた。どこかで会ったことのある知り合いのような気がするのだが、思い出せないのだ。紳士が言葉を発したり、動いたり、ほほえんだりするたびに、ウィルソン氏はハッとして紳士を見つめてしまう。そして、紳士のきらきらと輝く黒い瞳が平然と自分を見つめ返した瞬間に、つい目をそらしてしまうのだった。そのうちとうとう、ウィルソン氏は何かを思い出したらしく、驚きと警戒の眼差しで紳士を見つめたので、紳士が椅子から立ち上がって近づいてきた。

「ウィルソンさん、でしたね?」知り合いに声をかけるような調子で、紳士が手を差し出した。「すみません、なかなか思い出せなくて。わたしのことをおぼえていてくださったようですね。シェルビー郡オークランズのバトラーです」

「え……、あ……、はい」夢でも見ているような口調でウィルソン氏が応じた。

ちょうどそのとき、男の黒人奴隷がはいってきて、旦那様のお部屋の用意ができました、と告げた。

「ジム、トランクを頼む」紳士は無造作に指示をしたあと、ウィルソン氏に向かって、「ちょっと仕事上のことでお話ししたいことがあるのですが。よろしければ、わたしの部屋で」と言った。

ウィルソン氏は夢遊病者のような足取りで紳士のあとについていった。二人は二階に用意された大きな部屋に向かった。部屋では暖炉におこしたばかりの火がパチパチと燃え、何人もの使用人たちが忙しく動きまわって部屋の仕上げをしている。

部屋が整い、使用人たちが下がったあと、若い紳士はいわくありげにドアに鍵をかけ、その鍵を自分のポケットにしまい、ウィルソン氏のほうに向き直って胸の前で腕を組み、ウィルソン氏の顔をまじまじと見つめた。

「ジョージ！」ウィルソン氏が声をあげた。

「そう、ジョージです」若者が言った。

「思ってもみなかった！」

「なかなかうまく変装したでしょう？」若者はほほえんでみせた。「クルミの樹皮のタンニンで、黄色い肌が上品な褐色になりました。髪も黒く染めました。これなら、チラシの逃亡奴隷だとはわからないでしょう」

「ああ、ジョージ！　だが、これは危険すぎないか。とても勧められるもんじゃない」

「自分の責任でやっていることですから」ジョージはあいかわらず誇り高い笑顔で言った。

ちなみに、ジョージは父親の側から白人の血を受けついでいる。母親の側は、不幸な黒人奴隷の例にもれず、きわだった美貌ゆえに所有者の情欲の対象とされ、父親のない子供たちを産まされたのだった。ケンタッキーで指折りの名家の血から、ジョージはヨーロッパ上流階級の容貌と、高尚で不屈な精神を受けついだ。母親の側から受けついだのはかすかなムラートの肌色だけだったが、その不運を補って余りあるほどの美しい黒い瞳も受けついだ。肌の色を少し細工し、髪の色を変えただけで、ジョージはスペイン系の男性に見える容貌を手に入れた。優雅な身のこなしと紳士然とした態度は昔から完璧に身につけていたから、召使いを伴って旅行中の紳士に化けるといった大胆な作戦も難なく遂行できたのである。

温厚ではあるが極度におびえやすく用心深いウィルソン氏は、部屋の中をうろうろ歩きまわり、ジョン・バニヤンのいわゆる「心緒乱れて殆んどなすところを知らなかった」[3]といった心境に陥ったものと見え、ジョージの力になってやりたいという思いと法と秩序の維持に関する中途半端な観念とのせめぎあいで心が千々に乱れているようだった。よろよろと部屋の中を歩きまわりながら、ウィルソン氏は次のように意見を述べた。

「ジョージよ、おまえは逃亡してきたのだな？　法の上での所有者のもとを離れて――まあ、無理もないが――だが一方で、わたしは残念だよ、ジョージ――ああ、もちろんそうだ――ジョージ、これだけは言っておかねばならない――わたしの義務として、おまえに言っておかねばならん」

「なぜ残念だとおっしゃるのですか？」ジョージが穏やかな口調で尋ねた。

「なぜって、こんなふうに、おまえが自分の国の法律と相容れない立場になっていることに対してだよ」

「自分の国、ですか！」ジョージが強い憎悪をこめた口調になった。「わたしの国などどこにあるというのです、墓の中以外に。自分が墓の中にいたらどんなにいいか、神様にお願いしたいくらいですよ！」

「これ、ジョージ、それはいけない、よくないことだ。そんな不道徳なことを言ってはいけない。聖書の教えに反する。ジョージ、おまえの主人はひどい男だ、それはたしかにそうだった。とても褒められた男ではない。わたしも、あの男を弁護する気は毛頭ない。しかし、主の御使(みつか)いがハガルに女主人のもとに帰って従順に仕えなさいと言ったのを知っておるだろう。[4]それに、キリストの使徒がオネシモを主人のもとに送り返したのも知っておるだろう[5]」

「ウィルソンさん、そんなふうに聖書を引用してわたしに説かないでください」ジョージが目をぎらりと光らせて言った。「やめてください！　わたしの妻はクリスチャンです。わたしも、望む場所へ行けたなら、そのときはクリスチャンになろうと思っています。でも、いまのわたしのような状況に置かれた者に聖書を引いて諭すなんて、何もかも諦めろと言うに等しい。わたしは全能の神に訴えるつもりです。わたしの境遇を神の御前（みまえ）にお示しして、わたしが自由を求めることがまちがっているのかどうか、神様に尋ねてみるつもりです」

「そう思うのは当然だ、ジョージ」気の好いウィルソン氏は、鼻をかんで、そう言っ

3　ジョン・バニヤン『天路歴程　第二部』（竹友藻風訳、岩波文庫、五一ページ）。
4　旧約聖書「創世記」第一六章。女奴隷ハガルは女主人のもとから逃げたが、主の御使いにより女主人のもとに戻るよう諭された。
5　新約聖書「フィレモンへの手紙」。使徒パウロが男奴隷オネシモを主人のもとに送り返す旨が手紙にしたためられている。

た。「ああ、当然だ。だが、おまえのそういう考えを煽らんようにすることが、わたしの務めでもある。そうだ、ジョージ、おまえのことは気の毒に思う。これはひどい話だ。ほんとうにひどい話だ。だが、使徒はこう言ったのではないか？『おのおの召されたときの状態にとどまっていなさい』と。わたしらはみんな、神の思し召しに従わなくちゃならんのじゃないかね、ジョージ、そう思わないか？」

ジョージは頭を昂然と上げ、両腕を広い胸の前でがっちり組み、唇に苦々しい笑みを浮かべて立っていた。

「それじゃ、ウィルソンさん、こうなったらどうします？　もし、インディアンが襲ってきて、ウィルソンさんを捕まえて、奥さんや子供さんたちから引き離して、一生インディアンが食べるトウモロコシを育てる仕事にこき使おうとしたら、それでも召されたときの状態にとどまっているのが自分の義務だと思いますか？　おそらく、はぐれ馬を見つけた瞬間に、それこそが神の思し召しだと思うんじゃないですか？」

小柄な老紳士は、こう反駁されて返す言葉を失った。とはいえ、議論はさして得意ではないものの、ウィルソン氏にはこの手の議論を得意とする論客が持ちあわせない特技があった――答えに窮したときには沈黙する、という対処法である。そういうわけで、ウィルソン氏は立ったまま傘をていねいに撫でつけ、折り目の一つひとつをたたみ直して整えながら、当たりさわりのない訓戒を口にした。

「いいかい、ジョージ、わたしは前からおまえの味方だったつもりだ。何を言ったにしても、みんなおまえのためを思ってのことだった。だが、考えてみると、おまえはたいへんな危険を冒している。このまま最後までやりきれるとは思えん。捕まったら、もっとひどい目に遭うことになる。虐待されて、半殺しにされて、南部へ売り飛ばされるだろう」

「ウィルソンさん、そんなことは百も承知です」ジョージが言った。「たしかに危険な冒険ではありますが」と言って、ジョージは外套の前を開いた。そこにはピストル二丁と猟刀が仕込まれていた。「ほらね！ 覚悟はできているんです！ 南部へなんか、わたしはぜったいに行きません。行くものか！ そうなったときには、少なくとも長さ一八〇センチの墓穴がわたしの自由の地になるはずです――ケンタッキーでわたしの所有することになる最初で最後の自由の地というわけです！」

「なんと、ジョージ、なんたる覚悟だ。やぶれかぶれじゃないか。わたしは心配だ。自分の国の法律を破るなんて！」

---

6 新約聖書「コリントの信徒への手紙 一」第七章第二〇節。

「またそれですか！　自分の国、と！　ウィルソンさん、ここはあなたの国かもしれない、でもわたしにはどうです？　これが自分の国ですか？　わたしのように奴隷の親から生まれた人間にとって？　誰のための法なんです？　わたしたちが定めた法ではない。わたしたちが同意した法ではない。わたしたちはいっさい関与していない法律です。わたしたちを踏みにじり、わたしたちを抑圧する法でしかありません。わたしだって、七月四日の独立記念日の演説くらい聞いたことがありますよ。毎年毎年、言ってるじゃありませんか、政府の正当な権力は治められる側の同意に由来するものだ、と。そんな文句を聞いたら、誰だって考えますよ。これとあれを結びつけたらどういう結論になるか、ぐらい」

ウィルソン氏の頭の中は、いわば棉花の梱（こり）みたいなものであった。ふわふわと柔らかで、情け深く曖昧で、しかも混乱していた。ウィルソン氏は心からジョージに同情していたし、ジョージが憤る気持ちもわかるような気がしていた。しかし、ここはとことん粘り強くジョージに向かって善行を説くことが自分の責務だと思った。

「ジョージ、これはよくないことだ。友人として、そう言わざるをえん。こんな考えはよしたほうがいい。これはまずいぞ、ジョージ、非常にまずい。おまえのような状況に置かれた者としては。非常にまずい」ウィルソン氏はテーブルの前にすわりこみ、神経質そうに傘の柄を嚙みはじめた。

「いいですか、ウィルソンさん」ジョージがテーブルのところへ来て、ウィルソン氏の正面にどっかりと腰を落ち着け、口を開いた。「わたしを見てください。あなたの目の前にすわっているこのわたしは、どこもかしこも、あなたと同じ人間ではありませんか？　わたしの顔を見てください。手を見てください。からだを見てください」ジョージは誇らしげに胸をはった。「このわたしを見て、ほかの人と同じような一個の人間ではないと言うのですか？　ウィルソンさん、わたしの話を聞いてください。わたしの父親は、ケンタッキーの名家の紳士でした。だが、わたしを手もとに置いて育てるつもりはさらさらなく、犬や馬と同じように売り払いました。父親であるその人が死んだときに、遺産整理のために売られたんです。わたしは自分の母親が七人の子供ともども郡の競売で売られるのを見ました。子供たちは母親の目の前で、一人ずつみんな別々の所有者に買い取られていきました。わたしはいちばん年下の子供でした。母は年寄りの買い手の前にひざまずいて、どうか母親の自分も一緒に買ってくださいと懇願しました。せめて子供一人だけでも一緒にいさせてください、と。買い手の男はごついブーツで母を蹴り飛ばしました。わたしの目の前で。わたしが最後に耳にしたのは、馬の首にくくりつけられて新しい主人に連れていかれるわたしを見て、母親が泣きわめく声でした」

「それから？」

「わたしの主人は競売に来ていたほかの男と交渉して、わたしのいちばん上の姉を買い取りました。姉は信心深い良い人間でした。バプテスト教会の信徒だったんです。そして、わたしの哀れな母親と同じく、整った目鼻立ちをしていました。育ちも良く、しつけも行き届いていました。初め、わたしは姉が買われたことをうれしく思いました。味方が一人はそばにいてくれる、と思ったのです。でも、すぐにそうではないと知りました。ウィルソンさん、わたしはドアの外に立って、姉が鞭打たれる音を聞いたのです。鞭が振り下ろされて新しい傷が開くたびに、わたしは自分のむきだしの心臓が切り刻まれるような気持ちがしました。それでも、わたしには姉を助けることができなかったのです。ウィルソンさん、姉が鞭打たれた理由は、クリスチャンとしてあたりまえの慎み深い生き方を願っただけのことだったのです。奴隷の女には、そんな権利はいっさい認められていませんでした。そしてとうとう、姉は奴隷商人の売り物の一人として鎖につながれて、オーリンズの奴隷市場へ送られていったのです。その先がどういうことか、わかりきっています。それが姉の姿を見た最後でした。わたしはそんなふうにして育ちました。何年も、何年も、父親もなく、母親もなく、姉もなく、わたしのことを犬より大切に思ってくれる人間など一人もなく。鞭打たれ、叱られ、腹をすかせて。ウィルソンさん、わたしはあまりの空腹にたえかねて、主人たちが犬に投げてやった骨を横取りできただけでもうれしかったくらいです。それでも、小さかったころ、夜中に目をさまして一晩じゅう泣きつづけたとき、わたしが泣いた理由は空腹ではなく、鞭で打たれた痛みでもなく、母親や姉たちが恋しくて泣いたのです。この世に自分を愛してくれる人が一人もいないのが悲しくて、泣いたのです。心の平安や慰めというのがどういうものなのか、わたしは知りませんでした。ウィルソンさん、あなたの工場で働くようになってはじめて、わたしは優しい言葉をかけてもらうという経験をしました。ウィルソンさん、あなたはわたしに親切にしてくれた。一所懸命に努力するよう励ましてくれた。読み書きも教えてくれた。ひとかどの人間になれと背中を押してくれた。どんなに感謝していることか。そのころ、わたしは妻と知りあいました。ウィルソンさんも会ったことがありますね、どんなに美人かご存じでしょう。彼女がわたしを愛してくれていると知ったとき、そして結婚したとき、わたしは幸せすぎて、自分が生きているとは信じられないくらいでした。それに、ウィルソンさん、彼女は美しいだけでなくて、心ばえもすばらしいんです。でも、そのあと、どうなったか？　わたしの主人がやってきて、あっという間にわたしを仕事場から引きはがし、友だちからも、わたしの好きなことすべてからわたしを引きはがし、文字どおり泥まみれにしてわたしを虐げたのです！　なぜかって、主人が言うには、わたしが分をわきまえなかったからだそうです。おまえなんぞ黒んぼにすぎんということを教えてやる、と主人は言いました！　しかも、あげくに、わたしと妻のあいだを引き裂き、あの女は捨てて別の女と一緒になれ、と言ったのです。こうしたことは、すべて、あなたの国の法律によれば、あの男にそうする権利があるのです。神の前であろうと、人の前であろうと。ウィルソンさん、見てください！　わたしの母や姉やわたしの妻やわたし自身を悲しみに突き落としたことすべて、あなたの国の法律で許されないことは一つもないのです。ケンタッキー州では、白人の誰にでもこういう権利が与えられていて、誰も差し止めることはできないのです！　これを、あなたはわたしの国の法律と呼ぶのですか？　ウィルソンさん、わたしには自分の国などありません。父親がないのと同じく。でも、これから、わたしは自分の国を手に入れようと思います。この国に期待することは、ひとつもない。ただ放っておいてほしいだけ、おとなしく出て行かせてほしいだけです。カナダへ行けば、カナダの法律はわたしを人間と認め、わたしを守ってくれます。それこそが、わたしの国です。あの国の法律なら、わたしは従います。でも、わたしを止めようとする者がいたら、そのときは容赦しません。わたしはすべてを賭けているのです。この命が尽きるまで、自由のために戦う覚悟です。あなたがたのご先祖も、そのようにして戦ったのでしょう？彼らの戦いが正義だったというのならば、わたしの戦いも正義ではありませんか？」

ジョージはテーブルの前にすわりこんで、あるいは部屋の中を歩きまわりながら、涙を流し、目をぎらつかせ、絶望に震える身ぶり手ぶりをまじえて、自分の身の上を語った。人の好い老紳士は話に圧倒され、大きな黄色いシルクのハンカチを取り出して、さかんに涙を拭っていた。

「ええい、かまうものか！」老紳士は突然言い放った。「わたしは昔からそう言ってきたじゃないか――極悪非道の野郎どもめ！　言葉が汚くて、すまん。わかった！　行くがいい、ジョージ、行け。だが、気をつけて行けよ、ジョージ。ピストルは使わんように――まあ、いざとなったら――いや、なるべく使わんほうがいい。わたしなら、人に当たるようには撃たんが。ジョージ、奥さんはどこにいるんだ？」ウィルソン氏はじっとしていられなくて立ち上がり、部屋の中を歩きまわりはじめた。

「逃げました。子供を連れて。どこへ逃げたかは神のみぞ知る、です。北に向かったんでしょう。いつかまた会えるのか、この世でふたたび会えるのかどうか、誰にもわかりません」

「信じられん！　驚くべき話だ！　あんなに親切な名家から逃げるなんて」

「親切な名家だって債務者になることがあるんですよ。そして、わが国の法律は、主人の借金を払うために奴隷の子供を母親から引きはがして売り飛ばすことを認めているのです」ジョージは苦々しい口調で言った。

「やれやれ」正直者のウィルソン氏はポケットの中を手で探っていたが、いきなり、「おそらく、これは自分の分別に逆らうことかもしれんが、ええい、分別なんぞくそくらえだ！」と口走り、「ジョージ、これを」と言いながら札入れから筒状にくるくると巻いた札束を取り出し、ジョージに差し出した。

「いいえ、とんでもない、ウィルソンさん！」ジョージが言った。「もう、さんざん良くしていただきました。それに、こんなことをしたら面倒に巻きこまれるかもしれません。お金なら、じゅうぶんあります。目的地に着くまで、ちゃんと足りると思います」

「いや、受け取ってくれ、ジョージ。金はどこへ行っても役に立つ。後ろめたくない金なら、どれだけあっても邪魔にはならん。取ってくれ。さあ、受け取ってくれ、ジョージ」

「それじゃ、いつかお返しできるときが来たらお返しさせてもらう、というお約束で」と言って、ジョージは金を受け取った。

「それで、ジョージ、いつまでこんなふうに旅をするつもりなんだ？　そういつまでも続けないほうがいいぞ。なかなかうまい計画だが、大胆すぎる。それに、この黒人は何者なんだ？」

「この人は信頼できる人間です。もう一年以上も前にカナダへ逃げたんですが、カナダに着いたあと、自分が逃げたことを怒った主人がこの人の年老いた母親を腹いせに鞭打ったという話を聞いて、わざわざまたカナダから戻ってきて母親を見舞って、こんどは母親を連れて逃げるチャンスをうかがっているところなんです」

「もう母親を連れ出せたのか？」

「いいえ、まだです。屋敷のまわりをうろうろしているんですが、なかなか連れ出すチャンスがなくて。それで、とりあえず、わたしと一緒にオハイオまで行ってくれることになったんです。オハイオで、この人を助けてくれた支援組織にわたしを橋渡ししてくれたら、また戻って母親を連れ出しに行くつもりなんです」

「危険だ。非常に危険なことだ！」ウィルソン氏が言った。

ジョージは胸を張り、危険などものともしないという笑顔を見せた。

ウィルソン氏は、心から感服した眼差しでジョージを頭のてっぺんから足のつま先まで見つめた。

「ジョージ、立派になったな、まるで人が変わったようだ。顔をしゃんと上げて、口ぶりも身ぶりも、まるで別人のようだ」ウィルソン氏が言った。

「それは、わたしが自由民になったからですよ！」ジョージが誇らしげに言った。「ほんとうに。もう二度と『ご主人様』なんて言葉は使わない。わたしは自由になったのです！」

「気をつけて行けよ！　まだわからないんだから——捕まるかもしれないし」

「墓にはいってしまえば、すべての人間は自由で平等ですよ、ウィルソンさん、もしそういうことになったあかつきには」ジョージが言った。

「おまえの大胆さには、あきれて物が言えんよ！」ウィルソン氏が言った。「こんな、いちばん近くのホテルに立ち寄るなんて！」

「ウィルソンさん、大胆であればあるほど、すぐ近くのホテルであればあるほど、連中は思いもつかないってことですよ。きっと、もっと先のほうを捜しているでしょうよ。ウィルソンさんだって、わたしだとわからなかったじゃないですか。ジムの主人はこの郡には住んでいないし、このあたりじゃジムは顔を知られていません。それに、もうジムは放棄されたんです。もう誰もジムを追っていないし、誰もチラシを見てそれがわたしだとは気づかないだろうと思いますよ」

「だけど、手の焼印は？」

ジョージは手袋をはずして、まだ新しい傷痕の残る手を見せた。

「ハリスの側では、餞別（せんべつ）のつもりだったんでしょう」ジョージは吐き捨てるように言った。「二週間前に思いついたんです。どうせそのうちおまえは逃げ出すにちがいないから、って言っていました。笑えますよね」ジョージはふたたび手袋を着けた。

「まったく、考えるだけで血が凍りつきそうだ——おまえが置かれた現状も、これから冒そうとしている危険も！」ウィルソン氏が言った。

「わたしなど、もう何年も前から血の凍りつくような人生でしたからね、ウィルソンさん。いまは、血が熱くたぎって、沸きたつ寸前です」ジョージが言った。

「ウィルソンさん」少しの沈黙があって、ふたたびジョージが口を開いた。「あなたがわたしに気づいたのは、わかりました。だから、こうしてお話ししようと思ったんです。でないと、あなたの顔色から、ほかの人たちに感づかれてしまうと思いましたから。わたしはあすの朝、早い時刻にここを発ちます。夜明け前に。あすの夜には、願わくは、オハイオで心安らかに床に就きたいものです。明るい時間帯に移動して、最高級のホテルで休憩して、土地の名士たちと食卓につく、という計画です。それでは、ウィルソンさん、さようなら。もしわたしが捕まったと聞いたら、死んだものと思ってください！」

ジョージは岩のようにどっしりと立ち、貴族のような物腰で手を差し出した。年老いた友人は心をこめてその手を握り、くれぐれも用心していくよう言葉をかけたあと、傘を手に持って、ぎこちない足取りで部屋をあとにした。

ウィルソン氏が出ていったあと、ジョージはドアを見つめたまま何か考えるように立ちつくしていたが、ある考えがひらめいたようで、急いで戸口まで行き、ドアを開けて声をかけた。

「ウィルソンさん、あとひとつ」

ウィルソン氏が部屋に戻ると、ジョージはさきほどと同じくドアに鍵をかけ、少しのあいだ心を決めかねたように床を見つめて立っていた。そのうちに、ぐいと無理やり顔を上げて、言った。

「ウィルソンさん、あなたはクリスチャンにふさわしい態度でわたしを扱ってくれました。そのクリスチャンの心に甘えて、あとひとつだけお願いしたいことがあるのです」

「なんだね、ジョージ」

「ウィルソンさん、あなたがおっしゃるとおりです。たしかに、わたしは恐ろしい危険を冒そうとしています。わたしが死んだところで、この世には、誰ひとり悲しんでくれる人などおりません」ジョージは声を震わせながら言葉を絞り出した。「わたしは足蹴にされ、犬のように土に埋められるのでしょう。そして、次の日になれば、みんな、わたしのことなど忘れてしまう――でも、哀れな妻だけは別です！　かわいそうに！　妻は嘆き悲しむでしょう。ウィルソンさん、何とかしてこの小さなネクタイ・ピンを妻に届けてやってくれませんか？　クリスマス・プレゼントに彼女がくれたものなんです。これを彼女に渡してください。そして、わたしが最後まで彼女を愛していたと伝えてやってください。お願いできますか？　やってもらえますか？」

「ああ、もちろんだとも！」ウィルソン氏は目に涙をため、声を震わせながら、ネクタイ・ピンを受け取った。

「ひとつだけ、妻に伝えてやってください」ジョージは言った。「わたしの最後の願いです。もしカナダへ行けるなら、カナダへ行け、と。どんなにシェルビー夫人が優しくしてくれたとしても、どんなに家が恋しくても、どうか後戻りはしないでくれ、と伝えてください。奴隷制度は、かならず惨めな結末に終わるからです。彼女とわたしの息子を自由民として育ててほしい、そうすれば息子がわたしのような苦難にさいなまれることはないだろうから、と。そう妻に伝えてください、ウィルソンさん、お願いです」

「わかった、ジョージ、伝えるよ。だが、死ぬなよ。勇気をもって。おまえは勇敢な男だ。神を信頼するんだよ、ジョージ。道中ずっと安全でむこうにたどりつけるように、心から祈っておるよ。心から」

「いったい、信頼するに足る神などいるのでしょうか？」ウィルソン氏の言葉を問い返したジョージの口調には、どうしようもない絶望感があった。「これまでの人生で、神などいるはずがないとしか思えないことをさんざん見てきましたから。あなたがたクリスチャンには、この現実がわたしたちの側からどう見えているのか、わからないのです。あなたがたには神がいるかもしれない。だが、わたしたちには？」

「ああ、そんなことを言うものじゃないよ、ジョージ！」ウィルソン氏はほとんど涙声になっていた。「そんなふうに思ってはいけない！　神はいる。神はおわします。雲に囲まれて見えんかもしれんが、神の御許（みもと）には正義と公正がある。[7]神様はおられるんだよ、ジョージ――信じるんだ。神様を信頼するんだよ、そうすればきっと神様は助けてくださる。何もかも、ちゃんとなるだろう――もしこの世でなければ、あの世で」

まがいなき信仰心と慈悲の心が、善良なウィルソン氏の言葉にこの場で重々しさと説得力を与えていた。心乱れて部屋の中を歩きまわっていたジョージが足を止め、少しのあいだ考えこみ、そして静かな声で言った。

「そう言ってくださって、ありがとうございます、ウィルソンさん。よく考えてみます」

7　旧約聖書「詩編」第九七編第二節に言及している。

第12章　合法的取引の実態

ラマで声が聞こえる
激しく嘆き、泣く声が。
ラケルがその子らのゆえに泣き
子らのゆえに慰めを拒んでいる[1]

トムとヘイリー氏は、荷馬車に揺られながら進んでいった。二人とも、荷馬車の上でそれぞれの考えごとに没入していた。隣りあわせにすわりながら、二人の考えていることは不思議なほどかけ離れていた。同じ荷馬車の座席に腰をおろし、同じように目や耳や手やその他諸々の臓物を持ちあわせ、目の前を通り過ぎる景色も同じなのに、二人の頭の中にあるのは驚くほど異なる考えごとだった。

ヘイリー氏の場合は、まず最初にトムの使役寿命と、肩幅と、身長と、競りに出すまで現在の体重を維持して健康状態が良ければいくらぐらいで売れるだろうか、ということを考えた。それから、どんな奴隷たちを取りそろえて南部の市場に連れていこうか、ということも考えた。自分がこれから集めていく奴隷たちの中でどの男や女や子供にそれぞれどのくらいの値付けができるだろうか、とも考えたし、そのほかにも奴隷を扱う商売にまつわる諸々のことを考えた。それから、自分自身のことを考えた。自分がどれほど人道的な商人か、ほかの奴隷商人たちは黒んぼどもに手枷（てかせ）と足枷（あしかせ）の両方をつけて扱うけれども自分は足枷しか使わない、トムにも、おとなしくしているかぎり両手は自由にさせてやっている、などと考えた。そして、ため息まじりに思った――人間というのはなんとまあ恩知らずな連中の多いことか、と。トムでさえ、この自分の情け深い扱いに対して感謝をしているのかどうか、知れたものではない。自分はこれまでも情けをかけてやった黒んぼどもにさんざんつけこまれてきたが、それでもいまだにこんなにお人好しの商売をしているなんて、われながらあきれる、と。

一方、トムのほうは、代わりばえのしない古くさい本で読んだ語句が何度も何度も頭の中に浮かんできていた。それは、「私（わたし）たちには、この地上（ちじょう）に永続（えいぞく）する都（みやこ）はあり

1　旧約聖書「エレミヤ書」第三一章第一五節。

ません。むしろ、来るべき都を求めているのです。」[2]「だから、神は彼らの神と呼ばれることを恥となさいません。事実、神は、彼らのために都を用意しておられたのです。」[3]という語句だった。太古の書に記された言葉、主として「無知で無学な人々」がまとめた書物の言葉は、その後の長い歳月を通じて、なぜか、トムのような貧しく純朴な人々の心に不思議な力をもたらすものとなった。その言葉は悲しみに沈む魂を奮い立たせ、絶望の闇に閉ざされた心にラッパの響きのごとく勇気と力と熱情を呼びさましたのである。

ヘイリー氏はポケットからいくつかの新聞をひっぱり出して、広告欄を熱心に眺めだした。文章を読むのはあまり得意ではなかったので、一語ずつぶつぶつと口に出しながら読むのが癖だった。目で読み取った情報を耳で確認しようというのである。そんなわけで、ヘイリー氏は次のような記事をぼそぼそと音読した。

遺言執行人による競売——黒人！　法廷の命ずるところに従い、二月二〇日火曜日、ケンタッキー州ワシントンの郡庁舎玄関前にて、以下の黒人たちを競売に付す。ヘイガー、六〇歳。ジョン、三〇歳。ベン、二一歳。ソール、二五歳。アルバート、一四歳。ジェシー・ブラッチフォード弁護士の所有財産に係る債権者および相続人に代わって売却するものである。

遺言執行人
サミュエル・モリス
トマス・フリント

「これは見にいかにゃならんな」ほかに話す相手もいなかったので、ヘイリー氏はトムに向かって言った。

「なあ、トム、おまえと一緒に南へ連れていく連中は、一流品をそろえようと思ってるんだ。そのほうが仲良く楽しくやれるだろ、旅の道連れにさ。何はさておき、まずワシントンに向かう。そんで、おれが仕事するあいだ、おまえは留置場にぶちこんどくわ」

トムはヘイリーがさらりと口にした情報を黙って聞いた。心の中では、こうして売

2　新約聖書「ヘブライ人への手紙」第一三章第一四節。

3　新約聖書「ヘブライ人への手紙」第一一章第一六節。

りに出されることになった男たちの何人が妻や子供を持っているのだろう、みんな自分と同じように家族を残して売られていくことを嘆いているのだろうか、と考えた。それからまた、率直なところ、ヘイリーの口から事もなげにこぼれた自分を留置場に放りこむという話も、それまでつねに清く正しく真っ直ぐに生きてきたトムにとって、心安らかに受け入れられるものではなかった。トムは自分が正直者であることをとても誇りに思っていた（ほかに誇りにできるものもなかった）。もしトムが社会のもっと上流の人間だったならば、留置場に放りこまれるなどという不名誉な目には生涯遭わなかったにちがいない。しかし、日は暮れ、夜になって、ヘイリーとトムはワシントンに到着し、一方は酒場兼宿屋に、もう一方は留置場に落ち着くことになった。

翌日、午前一一時ごろ、郡庁舎前の玄関階段周辺にはさまざまな男たちの人だかりができ、それぞれの嗜好にしたがって葉巻を吹かしたり、嚙みタバコを嚙んだり、唾を吐いたり、悪態をついたり、会話をかわしたりして、競売の始まりを待っていた。競売に出される男女は少し離れたところにひとかたまりになってすわり、小声で話しあっていた。ヘイガーという名で売りに出されていた女は典型的なアフリカ人種の容貌と体型で、広告では六〇歳ということだったが、重労働や病気のせいでそれよりも老けて見えた。目があまりよく見えないらしく、からだの動きもリウマチのせいで不自由があるようだ。女の傍らには、たった一人だけ女の手もとに残った息子アルバートが立っている。こちらは利発そうな顔をした一四歳の少年である。女はたくさんの子を産んだが、一人また一人と子供は南部へ売られていき、残っているのはこの少年一人だけだった。母親は震える両手で息子にしがみつき、少年を下見にくる者一人ひとりにひどくおびえた眼差しを向けていた。

「心配しなくていいよ、アント・ヘイガー」いちばん年かさの男が老女に声をかけた。「トマス様に話しといたから。二人まとめて一緒に売りに出せるかもしれないって言ってくだすったよ」

「年寄り扱いされたかないね」老女は震える両手を上げて言った。「これでも料理はできるし、床磨きだって洗濯だってできらぁね。安い値段がつきゃ、いい買い物だよ。そう言ってやっておくれ、あの人らに」老女は一所懸命に言った。

そこへ、ヘイリーが人ごみをかきわけてやってきた。そして、年かさの男のところへ行き、口を開けさせて中をのぞき、指で歯を触って確かめ、男をまっすぐ立たせたり腰を曲げさせたり、いろいろな姿勢をとらせて筋肉の状態を見た。そして次の男のところへ移って、また同じようにあれこれチェックした。最後に少年の前に来たヘイリーは、両腕を触り、手を広げさせ、指を確かめ、敏捷性を見るためにジャンプさせてみた。

「この子はわっしと一緒に買ってもらわんとならんです！」老女が必死に訴えた。「この子とわっしは二人で一組ですで。わっし、まだすごい丈夫です、旦那様、いっぱい働けます、いっぱい働けますで、旦那様」

「プランテーションでか？」ヘイリーが馬鹿にした目つきで老女を見下ろした。「怪しいもんだ！」男たちのチェックが済んで満足したヘイリーは、その場を離れてあたりを見まわし、葉巻をくわえて両手をポケットにつっこみ、帽子をあみだに傾けて、競売が始まるのを待った。

「どう思うね？」さっきから奴隷を品定めするヘイリーのあとについて歩いていた男が、入札の参考にするつもりなのか、ヘイリーの評価を尋ねた。

「ふん」ヘイリーは唾を吐いて、言った。「あっしは若いの二、三人とあのガキに入札するつもりだ」

「あの男の子と婆さんを一緒に売りたがってるみたいだけど」男が言った。

「無理だろう。あのババア、骨と皮じゃないか。何の役にも立ちゃせんよ」

「じゃあ、一緒には買わない、と？」男が聞いた。

「そんなやつぁ、馬鹿だよ。目もろくに見えんようだし、リウマチでからだは動かんし、おまけに頭がアホだし」

「年寄りを買ってみたら思ったより長持ちした、っていう人もいるけど？」男は何か考えこむように言った。

「ありえん」ヘイリーが言った。「はっきり言って、ただでもいらんね。いまさっき、こ、この目で見てきたんだから」

「なんか気の毒な気もするなあ。息子と一緒に買ってやらないなんて。ずいぶん息子に執着してるみたいだし。まとめて安くしてくれるんじゃないか？」

「そんなことに捨てる金があるやつは、そうすりゃいいさ。おれはあのガキをプランテーション用に競り落としたい。ババアのほうは、いらん。くれると言っても、いらんね」ヘイリーが言った。

「きっとめちゃくちゃ泣き叫ぶだろうよ」男が言った。

「そりゃそうだろう」奴隷商人が冷淡に答えた。

そこで会話は途切れた。集まった人たちがざわざわしはじめた。競売人が人ごみをかきわけてやってきた。背が低くせかせかした尊大な感じの男だ。老女はハッと息をのみ、思わず息子にすがりついた。

「母ちゃんにくっついとるんだよ、アルバート。ぎゅっとくっついて。二人一緒に買ってもらうんだからね」

「ああ、母ちゃん、無理だと思うよ」少年が言った。

「そうなるに決まっとるよ。でなけりゃ、わっしゃとても生きちゃいけんよ」老女が激しい口調で言った。

通り道を空けるように、と大音声を響かせた競売人が、まもなく競売を始めると宣言した。場所が空けられ、競りが始まった。売りに出されていた黒人の男たちが次々に競り落とされていく。値段を見ると、かなりの売り手市場である。ヘイリーは二人を競り落とした。

「次、そこの小僧、ここへ」競売人が木槌で少年をこづいた。「台に上がって、イキのいいところを見せるんだ」

「わっしら二人を一緒に競りにかけてくだせえ、旦那様、お願えです」老女が少年にぎゅっとしがみつきながら言った。

「どいてろ」競売人が荒々しく老女の手を払った。「おまえは最後だ。さあ、黒んぼ、台に上がれ」そう言いながら、競売人は少年を競り台のほうへ押しやった。少年の背後で重いうめき声があがった。少年は足を止め、うしろをふりかえった。しかし、ぐずぐずしている暇はない。少年は大きな輝く目からこぼれる涙を拭い、競り台に上がった。

　少年の優れた容姿、敏捷そうな手足、利発そうな顔つきを見て、入札が殺到した。五、六人の応札する声が競売人の耳に届いた。不安におびえた顔つきで、少年は競りあう商人たちの声に右へ左へと視線をさまよわせる。そして、木槌が振り下ろされた。落札したのはヘイリーだった。競り台の上にいた少年は新しい所有者のほうへ背中を押してうながされたが、一瞬足を止めてうしろをふりかえり、全身わなわなと震えながら両手を自分のほうへ差し伸べている哀れな年老いた母親の姿を見た。

「旦那様、わっしも一緒に買ってくだせえ、お願えします！　わっしを買ってくだせえ！　でなけりゃ、わっしゃ死んじまいますだ！」

「どっちにしたって、おっ死(ち)ぬだろうよ！」ヘイリーが言った。「ことわる！」ヘイリーは踵(きびす)を返した。

　哀れな老女の競りはあっという間に終了した。さきほどヘイリーに話しかけた同情心を多少なりとも持ちあわせていそうな男が端金(はしたがね)で老女を落札し、見物人たちが散りはじめた。

　長年にわたってひとつ屋根の下で暮らしてきた末に競売に付された哀れな黒人たちが、泣き崩れる老母のまわりに集まった。老母は見るも哀れな悲しみようだった。

「一人は残してやるって言わんかったかね？　旦那様は、いっつも、一人だけは手もとに残してやるって言ってくれとった。ほんとだよ」老女は悲痛な声で何度も何度もくりかえした。

「神様を信じて、アント・ヘイガー」いちばん年かさの男が悲しそうに言った。

「そんなもん、何の役に立つだね？」老女がおいおい泣きながら言った。

「母ちゃん、母ちゃん！　泣かないで！　泣かないでよ！」少年が言った。「母ちゃんは、いい旦那さんに買われたってよ」

「どうだってええ、そんなこたぁどうだってええだよ。ああ、アルバート！　母ちゃんのアルバート！　最後の子なのに。ああ、どうすりゃええだ？」

「おい、誰か、この婆さんを連れてってくれ」ヘイリーが冷淡な口調で言った。「こんなとこで大泣きしたって、どうにもならんぞ」

一同のなかで年上の者たちが、なかば言い聞かせ、なかば力ずくで、息子にしがみついていた老母の腕をほどき、新しい主人の荷馬車のほうへ連れていきながらなんとか慰めようとつとめた。

「さあ、行くぞ！」ヘイリーは落札した三人を集め、手錠の束を取り出して、三人の手首にはめた。そして、三組の手錠を一本の長い鎖につなぎ、自分の前を歩かせて留置場へ引っ立てていった。

数日後、ヘイリーは所有する奴隷たちを連れてオハイオ川を下る船に乗っていた。この四人がヘイリーが南部へ連れていく奴隷の群れの始まりで、これから川を下るにつれてヘイリーが自分で買って預けてあったり代理人たちに買い付けてもらってあったりする奴隷たちを回収して、売り物の群れをだんだん大きくしていく予定だった。

『ラ・ベル・リヴィエール号』は、その名の由来となったこの川を航行する屈指の豪華客船で、快調に川を下っていった。空は晴れわたり、頭上には自由の国アメリカの星条旗がひるがえり、美しく着飾った紳士淑女が船上をそぞろ歩いて、気持ちのよい船旅を楽しんでいる。誰もが生き生きと、朗らかに、楽しそうに見えた――ヘイリーの一行を除いては。ヘイリーの買い付けた奴隷たちは、ほかの積荷と一緒に下甲板に押しこまれ、船旅を楽しむにはほど遠い風情だった。奴隷たちは一カ所に集まって腰をおろし、沈んだ声で話をしていた。

「おまえたち」ヘイリーが威勢よく近づいてきて、奴隷たちに声をかけた。「しゃ

4　フランス語で「美しい川」の意。オハイオ川のこと。オハイオ川はアメリカ合衆国の中東部と南部の境を流れ、ミシシッピ川に合流する。

きっとしろ。陰気くさい顔をするな。すねるんじゃないぞ。ぐずぐず文句を垂れるな。おまえたちがちゃんとしてりゃ、こっちもよくしてやるからな」

声をかけられた奴隷たちは、みな一様に「はい、旦那様」と答えた。長年のあいだ、これが哀れなアフリカ民族の口から出る決まり文句だったのだ。しかし、奴隷たちが陽気に見えないことは否めなかった。皆それぞれに、残してきた妻や母親や姉妹や子供たちのことが心から離れなかったのだ。「私たちをとりこにした者らがそこで歌を求め」といったところで、そんなに簡単に楽しそうな顔ができるはずもなかった。

「おれ、カミさんがおるんだ」チラシに「ジョン、三〇歳」と記載されていた男が口を開き、手錠をかけられた手をトムの膝に置いた。「カミさんは、このことを何も知らねえんだ。かわいそうに！」

「どこに住んどるんだね？」トムが聞いた。

「こっからちっと下ったとこの宿屋」ジョンが答えた。「あといっぺん、この世で会えたらなあ」

哀れなジョン！　当然の感情だ。話しながらジョンが流した涙は、白人が流す涙となんら変わらぬ真情である。トムは心痛のため息をもらし、つたないながらもジョンを慰めようとした。

トムたちの頭上、一等船室では、父親や母親、夫や妻たちがそろって腰をおろしていた。その周囲では陽気な子供たちが蝶々のようにはしゃぎまわり、ゆったりと快適な時間が流れている。

「ねえ、お母さま」下甲板から上がってきたばかりの男の子が言った。「この船に奴隷商人が乗ってるよ。下の甲板に四人か五人、奴隷がいるの」

「かわいそうに！」母親が悲しみと怒りのいりまじった声で言った。

「何ですの？」別の婦人が聞いた。

「下に奴隷たちが乗っているんですって。かわいそうに」母親が答えた。

「それでね、鎖でつながれてるの」男の子が言った。

「そんな光景を目にしなければならないなんて、この国の恥ですわ！」また別の婦人が言った。

「まあ、この問題については双方にそれなりの見解があるんでしょうけれど」特別室の戸口に腰をおろして縫い物をしていた上流婦人が口をはさんだ。その女性の二人の子供、小さな女の子と男の子が、母親のすぐそばで遊んでいる。「わたくし南部に滞

5　旧約聖書「詩編」第一三七編第三節。

在したことがございますけれど、黒人たちは現状のほうが自由にしてもらうより幸せなのではないかしらと思いますわ」

「ある面では、たしかにそういう場合もあるかもしれませんわね」上流婦人の言葉を受けて、さきほどの女性が言った。「奴隷制度の何よりひどい点は、人間の感情や愛情を踏みにじるところだと思いますわ。たとえば、家族が引き裂かれる、とか」

「たしかに、それはひどいことですわね」上流婦人が縫い上げたばかりの赤ん坊のドレスを目の前にかざし、縁取りの部分を入念にチェックしながら言った。「でも、そんなことはそうしょっちゅう起こるわけではございませんでしょう」

「いいえ、しょっちゅうですとも」最初の女性が熱をこめて主張した。「わたしは何年もケンタッキーとヴァージニアに住んでおりましたけれども、そういう場面をいやというほど見てまいりましたわ。たとえば、奥様、そこで遊んでいる二人のお子様が取り上げられて売り飛ばされたとしたら、どうお感じになります？」

「奴隷たちの感情を、わたくしたちの感情と同じように推測することはできないと思いますわ」上流婦人が膝の上で毛糸をより分けながら言った。

「そう言ってしまったら、何ひとつ理解はできませんわね」最初の女性が、ややきつい口調で言った。「わたしは黒人奴隷のいる家庭で生まれ育ちました。ですから、わかるのです。黒人たちにも、たしかに感情があります。わたしたちと同じくらいに強い感情が。もしかしたら、わたしたちよりもっと強い感情かもしれませんわ」

「なるほど！」上流婦人はそう言うと、あくびをして船室の窓の外に目をやり、「結局のところ、黒人たちは現状のほうが自由にしてもらうより幸せなのではないかしらと思いますけど」と、さっきと同じ持論を述べて議論をしめくくった。

「アフリカ人種が下層に置かれ、奴隷として扱われるのは、明白なる神意であります」船室の戸口付近にすわって厳しい表情で会話を聞いていた黒ずくめの人物が口を開いた。聖職者である。「『カナン詛はれよ彼は僕輩の僕となりて其兄弟に事へん』[6]と聖書に書いてあります」

「おたくさん、ちょいとお尋ねしますがね、聖書に書いてあるのはそういう意味なんですかい？」そばに立っていた背の高い男が口を出した。

「明らかに。はるか昔に、われわれ人間には量りがたい理由によって、かの種族を奴隷の境遇に置くことが神意にかなったのです。われわれは、それに異議を唱えてはなりません」

6　『舊新約聖書』文語訳（日本聖書協会）『創世記』第九章第二五節。

「そうか、それじゃ、みんなどんどん黒んぼを買えばいいってことだ。それが神様の思し召しだってんのなら。そうじゃないかね、旦那?」背の高い男は、ヘイリーのほうをふりむいて言った。ヘイリーはストーブのそばに立って、両手をポケットに突っこみ、熱心に会話に耳を傾けていた。

「そうさ」と、背の高い男が続けた。「神様の命令なら、みんな従うしかないな。黒んぼは売り買いすべし、どんどん出荷すべし、抑えつけておくべし。そのために作られた人種なんだから。いやあ、目のさめるような理屈ですな。ねえ、旦那?」男はまたヘイリーに話しかけた。

「あっしは考えたことがなかったですけど」ヘイリーが言った。「自分じゃ、そこまではよう言いません。学がないもんで。食ってくためにこの商売にはいっただけで、まちがったことをしとるんなら、そのうち悔い改めようと思っとったとこでして」

「じゃ、もうそんな面倒はなくなったわけだ。ね?」背の高い男が言った。「だから聖書は勉強しとかなくちゃいけない、ってことよ。こちらの立派な方みたいに聖書をちゃんと勉強しとけば、そんなことぐらい前からわかってて、悩まなくてすんだのに、ってこと。何て名前だっけか、そいつのことを『詛われよ』って言っときゃ、それで万事解決なわけだから」そう言って、背の高い男は腰をおろし、タバコに火をつけて、ひょろ長い無愛想な顔に奇妙な笑みを浮かべた。じつは、この男、前述のケンタッキーのホテルにいた正直者の家畜商人だったのである。

ここへ、背の高いほっそりとした若い男性が口をはさんだ。豊かな感性と知性を感じさせる表情の若者は、「『人にしてもらいたいと思うことは何でも、あなたがたも人にしなさい。』[7]ということだと思いますが」と意見を述べ、「これもまた聖書の言葉です。『カナンは詛われよ』と同じように」と言った。

「おう、そりゃまたわかりやすい話だ、おれたちみたいな下々にはな」そう言って、家畜商のジョンが火山も顔負けの勢いでタバコを吹かした。

若者はなおも何か言いたそうに見えたが、ちょうどそのとき船が停まり、人々は例によって船の着いた場所を見ようと船縁に殺到した。

「あの人ら、二人とも牧師さんかい？」家畜商のジョンが船室から出ていきながら男たちの一人に尋ねた。

男はうなずいた。

船が停止すると同時に黒人の女がすごい勢いでタラップを駆け上がり、人ごみを

7　新約聖書「マタイによる福音書」第七章第一二節。

突っ切って、奴隷たちがすわっている場所へ向かってきた。そして、広告に「ジョン、三〇歳」と記載されていた不運な商品に両腕で抱きつき、涙を流してむせび泣き、南へ送られていく夫の身の上を嘆き悲しんだ。

こんなことを、わざわざ書く必要があろうか。これまでさんざんに語られてきたこと、そして、いまも毎日のように語られていることだ。心を引き裂き、強き者の利益と便宜のために弱き者が傷つけられ悲しみを負わされる！　いまさら語るまでもない、毎日くりかえされる風景。主の耳にも届いているはずの物語。主は長きにわたって沈黙を守っておられるが、けっして聞こえていないわけではないのだ。

さきほど人道主義と神について声をあげた若い男性が、腕組みをしたままこの光景を見下ろしていた。そして、隣に立っていたヘイリーのほうに向きなおり、涙声で言った。「友よ、いったい、あなたはどうしてこのような商売ができるのか？　あの哀れな者たちを見るがいい！　わたしはこの船に乗って、妻と子供の待つ家に帰ることを楽しみにしている。しかし、わたしを家に連れ帰ってくれるこの出港のベルが、あの哀れな夫婦を永久に引き裂くことになるのだ。いいですか、かならず、このことは神の審判に付される日が来ますぞ」

奴隷商人は黙ったまま顔をそむけた。

「なあ、おたくさんよ」家畜商人がヘイリーの肘に手を触れて、言った。「牧師もいろんなやつがいるよな。『カナンは詛われよ』の御仁なら、こんなことは言わねえだろうによ」

ヘイリーは、ぎこちなくうなるような声で応じた。

「それに、あんなの、たいしたこっちゃねえさ」家畜商人のジョンがなおも続けた。「たぶん、神様も、そうはとがめねえだろうよ、あんたが神様の前に出たとき。ま、いつか、みんな神様の審判を受けることにはなるわけだけどもさ」

ヘイリーはつらつらと考えごとをしながら船の反対側へ歩いていった。

「あと一度か二度、奴隷の売買でいい儲けができたら、この稼業はやめるかな。だんだん危なっかしくなってきてるし」ヘイリーはそんなことを考えながら、札入れを取り出し、これまでの金勘定を始めた。ヘイリーにかぎらず、良心の呵責にさいなまれたときには、これがいちばんの特効薬なのである。

客船はふたたび悠然と岸を離れ、何もかもがそれまでと同じように陽気に進んでいった。男たちは会話をし、そぞろ歩き、本を読み、タバコを吹かした。女たちは縫い物をし、子供たちは遊び、船は進んでいった。

ある日、船がケンタッキーの小さな町に停泊したとき、ヘイリーはちょっとした用事で陸（おか）にあがった。

トムは足枷（あしかせ）を付けられていたものの、なんとか歩きまわることはできたので、船縁の近くまで行き、手すりにもたれてぼんやりと岸壁を眺めていた。しばらくすると、ヘイリーが戻ってくるのが見えた。小さな子供を抱いた黒人女を伴って足早に歩いてくる。黒人女はいい身なりで、そのあとから小さなトランクを持った黒人の男がついてきていた。黒人女は上機嫌で、トランクを運ぶ男と言葉をかわしながらタラップを渡って船に乗ってきた。出港のベルが鳴り、汽笛が響き、エンジンが低いうなりをあげたり咳きこむような音をたてたりしながら、船は川を下りはじめた。

黒人女は下甲板（げかんぱん）に積みこまれた箱や棉花の梱（こり）のあいだを歩いてきて腰をおろし、さかんに赤ん坊に声をかけてあやしはじめた。

ヘイリーは船の中を一回り二回りしたあと、女のところへやってきてそばに腰をおろし、淡々とした口調の低い声で何か話しはじめた。

トムはすぐに女の表情が険しくなったのに気づいた。女は何やら激しい口調でまくしたてている。

「嘘でしょ！　信じないわ！」トムのところまで女の声が聞こえた。「あたしをからかってるんでしょ」

「信じないと言うんなら、これを見ろ！」ヘイリーが書類を取り出して言った。「これが売渡証だ。ここにおまえの主人の名前が書いてある。現金で大枚払ったんだぞ。ほれ！」

「旦那様がそんなふうにあたしをだますはずがないわ。嘘よ！」女はますます激昂して叫んでいる。

「誰でも、そこらにおる字の読める人に聞いてみりゃいい。ほれ！」ヘイリーは通りかかった男性に声をかけた。「もし、そこのお方、これをちょいと読んでやってもらえませんかね。この女が信じないんですよ、この書類に書いてあると言っても」

「はあ、売渡証じゃないですか。ジョン・フォズディック、とサインしてある」男性が言った。「ルーシーという女とその子供を譲渡する、と。わたしが見るかぎり、ちゃんとした売渡証ですよ」

　女が大声で騒いだので、人が集まってきた。奴隷商人は手短に騒ぎの原因を説明した。

「ルイヴィル[8]へ行くんだって聞かされたんです。夫が働いているのと同じ宿屋に料理

8　オハイオ川沿岸、ケンタッキー州北部の町。

人として貸し出すんだ、って。旦那様はそう言ったんです、ご自分の口から。あたしに嘘を言うなんて、信じられません」女は言った。

「でも、あんたは売られたんだよ、気の毒だけど。まちがいない」さっきから書類を検分していた人の好さそうな顔の男が言った。「売られたんだよ、まちがいない」

「それじゃ、何を言っても無駄ね」黒人女は急に黙りこんでしまった。そして、子供をいっそう強く抱きしめ、自分の荷物箱の上に腰をおろし、人々に背を向けて、ぼんやりと川面に目をやった。

「やっと気が済んだか！」奴隷商人が言った。「なかなか根性のすわった女だ」

船は進んでいき、女は落ち着いたように見えた。心地よいそよ風が、憐れみ深い精霊のように頭の上を通りすぎていく。女の表情が暗かろうと、晴れやかであろうと、肌が黒かろうと、白かろうと、風はおかまいなく吹きすぎる。女の視線の先で、金色のさざ波が立つ川面に日の光が躍っていた。周囲には、憂いひとつ知らぬ明るい声が響いている。しかし、女の心は大きな石に押しつぶされたように重く沈んでいた。子供が膝の上で立ちあがり、小さな両手で母親の頰を撫でる。そして、ぴょんぴょん跳びはね、きゃっきゃと声をあげ、なんとかして母親の気を引こうとする。女は子供を両腕でひしと抱きしめた。涙が一粒、二粒、何もわからぬ子供のあどけない顔にこぼれ落ちた。そのうちに、女は少しずつ落ち着いてきたように見え、熱心に子供の世話をしたり乳を飲ませたりしはじめた。

女の連れている赤ん坊は生後一〇カ月だったが、月齢よりずっと大きくて丈夫そうに見え、さかんに手足を動かしていた。ちっともじっとしていないので、母親は元気いっぱいに動きまわる赤ん坊の世話で休む間もないようだった。

「なかなかいい子だ！」両手をポケットに入れた男が、急に足を止めて声をかけてきた。「歳は？」

「一〇カ月半になります」母親が答えた。

男は赤ん坊に向かって口笛を鳴らし、棒の形をしたキャンディを割って差し出した。赤ん坊は喜んでキャンディをつかみ、すぐに赤ん坊ならではの保管場所、すなわち口の中にキャンディを入れた。

「利口な子だ！」男が言った。「話がよくわかる！」そして、男はもう一度口笛を鳴らし、去っていった。船の反対側まで歩いていくと、そこにヘイリーがいた。積みあげた箱の上に腰をおろして葉巻を吹かしている。

男はマッチを取り出して葉巻に火をつけ、「むこうにいる女、なかなかいいじゃないか」とヘイリーに声をかけた。

「ええ、なかなかの上玉ですよ」ヘイリーが口から煙を吐きながら応じた。

「南へ連れていくのかい？」男が聞いた。

ヘイリーはうなずき、あいかわらず葉巻を吹かしている。

「プランテーションで働かせる？」

「まあ。あるプランテーションからまとめて何人か頼まれとるんで、あの女もそこへ売ろうか、と。料理の腕がいいって話なんで。料理女に使えるし、棉摘みでもいける。それ向きの指をしとる。見て確かめたんで。どっちにしても、いい値で売れるでしょうよ」そう言って、ヘイリーはまた葉巻を吸いはじめた。

「プランテーションじゃ、赤ん坊はいらんだろう」男が言った。

「赤ん坊のほうは、いい話があったらすぐにでも売りますわ」ヘイリーが新しい葉巻に火をつけながら言った。

「けっこう安く売るんだろうね」男も積んである箱の上にのぼり、どっかと腰をおろした。

「どうですかな」ヘイリーが言った。「なかなか元気のいいガキですからな。背骨がしゃんとしとるし、肉づきがいいし、丈夫そうだ。堅太りだし！」

「たしかに。だが、大きくするのに手もかかるし金もかかる」

「とんでもない！」ヘイリーが言った。「そこらの畜生と同じくらい手間なしで育ちますよ。犬ころを育てるほどの手間もかかりゃしません。あのガキは、あと一カ月もすりゃ、あちこち走りまわるようになるでしょうよ」

「うちには、ちょうど子育てにもってこいの場所もあるし、もう少し奴隷を増やしたいと思っていてね」男が言った。「料理女で先週赤ん坊を死なせたのがいるんだ。洗濯桶に落ちて溺れてね、母親が干し物してるあいだに。その女にあてがってやれば、ちょうどいいと思うんだが」

ヘイリーと男は、しばらくのあいだ無言で葉巻を吹かしていた。どちらも話の続きを切り出すきっかけを探っているようだった。とうとう、男のほうが口を開いた。

「さっさと売り払いたいんだろうから、せいぜい一〇ドルってところかな？」

ヘイリーは首を横に振り、威勢よく唾を吐いた。

「ご冗談でしょう」ヘイリーはまた葉巻を吹かしはじめた。

「じゃ、いったいいくらで？」

「そうですな。なんなら、あっしが自分で育てる手もある。それか、人を雇って育てさせるか。あんだけ見た目が良くて丈夫な赤ん坊は、めったに出るもんじゃないですよ。半年育てりゃ、一〇〇ドルになる。一、二年たてば、二〇〇ドルになる、出すとこへ出せば。ま、五〇ドルですかね。一セントだって負かりません」

「なんとまあ！　そりゃ、いくらなんでも、ないだろう」男が言った。

「本気ですとも！」ヘイリーがきっぱりうなずいた。

「三〇出す。それ以上は一セントも無理だ」男が言った。

「じゃ、こうしましょうや」ヘイリーがまた唾を吐き、あらためてきっぱりとした口調で言った。「あいだを取って、四五。それ以上は負かりません」

「わかった。それで手を打とう！」少し間を置いて、男が言った。

「了解！」ヘイリーが言った。「どこで下船なさる？」

「ルイヴィル」男が言った。

「ルイヴィルね」ヘイリーが言った。「たいへんけっこう。着くのは夕暮れどきですな。赤ん坊は眠っとるでしょう。好都合だ。泣かせんようにして、静かに連れてってくださいよ。それなら、うまくいく。あっしはものごとをひっそりと片付けるのが好きでしてね。大騒ぎや混乱はまっぴらです」そんなわけで、男の札入れからしかるべき金額が渡ったあと、奴隷商人はまた葉巻を口にくわえた。

船がルイヴィルの波止場に着いたのは、明るく穏やかな夕暮れどきだった。女はぐっすり眠った赤ん坊を抱いてすわっていた。ルイヴィル到着が大声で告げられると、女は積みあげてある箱のあいだの小さな揺りかごのようになった窪みにまず自分のマントをていねいに広げ、そこへ赤ん坊を急いで寝かしつけたあと、跳ねるような足取りで船縁へ駆け寄った。波止場を埋めつくす多数のホテル従業員たちの中に自分の夫の姿がないかと探しにいったのである。夫の姿を探し求める一心で、女は船縁の手すりから身を乗り出し、岸壁を動きまわる人の顔、顔、顔に目を凝らした。女と赤ん坊のあいだに幾重にも人がはいりこんだ。

「いまだ」ヘイリーは眠っている赤ん坊を抱き上げ、男に手渡した。「起こさんように、泣かせんように。さあ。女が大騒ぎせんうちに」男はマントに包まれた赤ん坊をそっと抱き取り、すぐに波止場の人ごみに紛れて見えなくなった。

船が船体をきしませ、うなるような音を発し、蒸気を吐きながら波止場を離れ、ゆっくりと進みはじめたところで、女がさっきの場所に戻ってきた。そこには奴隷商人がすわっていて、赤ん坊の姿は消えていた!

「何?　なぜ?　どこ?」女は驚き、うろたえた。

奴隷商人が口を開いた。「ルーシー、おまえの子供は売った。遅かれ早かれ、わかることだから言っとくが。いいか、赤ん坊を南部へ連れていくわけにはいかん。で、一流の家に買い手が見つかった。そこで育ったほうが、おまえが育てるよりいいだろう」

奴隷商人は、最近アメリカ北部諸州でキリスト教の牧師や政治家が推奨している考え方、すなわちあらゆる人道的な弱さや先入観をいっさい超越する、という完璧な心境に到達していた。読者諸氏よ、あなたがたも、また著者自身でさえ、しかるべき努力を払い修錬を積めば、そうした心境に至ることは不可能ではない。黒人女が奴隷商人に向けた苦悶と絶望に血走った眼差しを見ても、修錬のなっていない人間ならば心が痛んだかもしれないが、奴隷商人はとうに慣れっこになっていた。こんな眼差しは、もう何百回と見てきたのだ。こういうことも要は慣れであり、近年、北部諸州の社会においては、わが国の栄光のため、こういうことにぜひ慣れるようおおいに喧伝されているのである。それゆえ、黒人女の険しい表情、きつく握りしめた両手、乱れた呼吸にあらわれた激しい苦悶を目にしても、奴隷商人は、こんなことは奴隷売買につきものの現象であるとしか気にとめず、女が大声でわめきださないだろうか、船の上で大騒ぎしないだろうか、ということしか心配していなかった。われわれのこの特異な制度を支持する他の人々と同じく、ヘイリーも波風を立てることだけは何としても避けたいと思っていたのである。

しかし、黒人女は大声をあげなかった。ぐさりと心を射貫かれて、泣く気力も怒る気力も失ったのである。

黒人女はへなへなとその場にすわりこんだ。両腕から力が抜けて、だらりと死んだように垂れた。目はまっすぐ前を見ていたが、何も見てはいなかった。船上のざわめきも、低いエンジンの鳴動も、何もかも、途方にくれた女の耳の奥でごちゃまぜになって夢のように反響するばかりだった。呆然とすわりこんだ哀れな女は、あまりに残酷な悲しみを泣いて発散させることも怒って発散させることもできず、ただじっとその場にすわっていることしかできなかった。

奴隷商人は、奴隷女に対して有利な立場にある余裕を後ろ盾にしてこの国の政治家たちに劣らぬ見上げた人情を示し、この場にふさわしい慰めの言葉をかけてやろうと考えたらしい。

「ルーシー、初めのうちはきついかもしれんが、おまえは利口だし、物わかりもいい。こんなことで落ちこむなよ。これはしかたないことだし、こうする以外になかったんだからな！」

「ああ！　やめて、旦那様、やめてください！」黒人女は息も絶え絶えに言った。

「おまえは利口な娘だ、ルーシー」ヘイリーはなおも続けた。「悪いようにはせんから。川下のほうで、いい働き口を見つけてやるよ。それに、別の男もすぐにあてがってやるから。おまえくらいの美人なら──」

「ああ！　旦那様、お願いです、もう何も言わないで」女の声があまりにも鋭く生々しい苦悶に満ちていたので、さしもの奴隷商人も、これはいつもの手では通じない何かがあるぞ、と感じ取ったようだった。そこで、奴隷商人は腰を上げた。女は背を向けて、マントに頭をうずめた。

奴隷商人はしばらくのあいだ、あたりを行ったり来たりしながら、ときどき足を止めて女のようすをうかがっていた。

「かなりの痛手だったようだな」ヘイリーはひとりごとを言った。「ただ、騒がんのは助かる。しばらく泣かせておけば、そのうち落ち着くだろうて！」

トムは、この一部始終を目撃していた。そして、その結末を完全に予見していた。トムの目には、一連のできごとは言葉にできぬほど恐ろしく残酷な仕打ちと映った。一介の無知な黒人でしかないトムには、ものごとを一般化して考えるような教養はなかったし、ものごとをより広い視野で見ることも知らなかった。もし、アンクル・トムがしかるべきキリスト教牧師の導きを受けていたら、もっと別の考え方もできたかもしれない。すなわち、こんなことは合法的な奴隷売買においては日常茶飯事である、と。こうした売買は奴隷制度を支えるうえで不可欠な行為であり、奴隷制度とは、あるアメリカ人聖職者の[9][10]言葉によれば、「社会生活や家庭生活における諸々の関係につきものの弊害となんら変わらぬ弊害」を有するにすぎないのである。しかしトムは、ご存じのように哀れで無知な黒人であり、読んだことのある書物といえば『新約聖書』だけだったので、このような考え方で自分の心をなだめることはできなかった。積み上げられた荷物箱のあいだに折れた葦のように倒れて苦悶している哀れな女が受けたあまりに不当な仕打ちを見て、トム自身の魂も血の涙を流していた。さまざまな包みや梱や箱のあいだにうちひしがれて倒れているのは、アメリカという国の法律のもとで冷酷にもそうした船荷と同類に貶められているにもかかわらず、感情もあり、生命もあり、血も涙も流す、しかも不滅の魂を持つ「モノ」なのである。

　トムはそばへ行って言葉をかけようとしたが、ルーシーはただうめき声をあげるばかりだった。トムは自分も涙を流しながら、天国には愛の心があること、イエス様は哀れんでくださること、永遠の家があること、などを心をこめて語り聞かせた。しかし苦悶に閉ざされた耳に言葉は届かず、麻痺した心に思いやりは届かなかった。

9　〔原注〕フィラデルフィアのジョエル・パーカー博士。

10　パーカー博士から訴えられるなど大騒動になったため、再版以降この原注は削除された。

やがて夜になった。穏やかに静止した輝かしい夜が、無数の厳かな天使たちの眼差しを地上にさしかける。光またたく、美しい、無言の夜。遠い夜空からは、語りかける言葉もなく、憐れむ声もなければ、救いの手が伸べられることもなかった。商談の声も、楽しげにはしゃぐ声も、やがて途絶えた。船は眠りに包まれ、舳先（へさき）を洗う波音だけがはっきりと聞こえた。トムは荷物箱の上にからだを横たえた。横たわるトムの耳に、倒れ伏した女の押し殺したむせび泣きが切れ切れに聞こえてきた。「ああ！　どうすればいいの？　ああ、神様！　神様、お助けください！」やがて切れ切れのつぶやきも途絶え、静かになった。

真夜中になり、トムはふと目をさました。何か黒い影がすっと傍らを通り過ぎ、船縁のほうへ向かった。そして、水音が聞こえた。トムのほかには、影を見た者も音を聞いた者もいなかった。トムが頭を上げて見ると、女のいた場所がぽっかりと空いていた！　トムは起き上がり、周囲を探してみたが、何も見つからなかった。血の涙を流した哀れな心は、ついに平安を見出したのだ。水面（みなも）はさざなみを立て、波紋を残して、何ごともなかったかのように星あかりの下で輝いていた。

読者諸氏よ、このような非道な仕打ちに怒りは膨らむばかりであろうが、ここは心を落ち着かせていただきたい。苦悶に震える心も、虐げられた民の涙も、多くの悲しみを知るお方、栄光の神は、けっしてお忘れにはならない。神は、その忍耐強く寛容な御胸(みむね)に、この世のすべての苦しみを抱いておられる。だから、われらも神に倣って辛抱強く耐え、愛のおこないに努めようではないか。神がおわしますかぎり、「贖(あがな)いの年(とし)」[11]は来るのである。

奴隷商人は翌朝早くに目をさまし、〈家畜〉たちのようすを見にきた。こんどは奴隷商人が困惑してあたりを見まわす番だった。

「あの女はどこへ行った？」ヘイリーはトムに聞いた。

黙っているほうが利口だと心得ているトムは、自分が見たことや勘づいていることを口に出す必要はないと考え、知らないと答えた。

「夜のあいだに波止場で船を下りたはずはないんだ。おれは起きて、船が着くたびに見張っとったんだから。商品を他人(ひと)任せにはできんからな」

ヘイリーは、打ち明け話をするような口調でトムに話しかけた。トムが特別の興味を抱いて話に乗ってくるのを期待するかのように。トムは何も答えなかった。

奴隷商人は船の上を隅から隅まで探し、荷物箱や梱(こり)や樽のあいだをのぞき、機関室

11　旧約聖書「イザヤ書」第六三章第四節。

をのぞき、煙突の周囲も確かめたが、何も見つからなかった。

「なあ、トム、頼むよ」探しても探しても女が見つからないので、ヘイリーはトムが立っているところへやってきて言った。「おまえ、何か知っとるだろう。いや、知っとるにちがいない。あの女がここで横になっとったのを、おれは夜の一〇時ごろに見た。一二時にも見た。そのあと、一時と二時のあいだにも見た。そんで、朝の四時に見たら、いなくなっとった。そのあいだじゅう、おまえはすぐ横で寝とった。だから、おまえは何か知っとるにちがいない。知らんはずがなかろうが」

「はい、旦那様」トムは言った。「朝方、何かがわしのすぐ脇を通り抜けてったです。わし、半分ねぼけまなこで。そのあと、バシャン！ちゅう大きな水音が聞こえました。それで、わし、はっきり目がさめて、見たら、もうおらんかったです。わしにわかるのは、それだけです」

ヘイリーは動揺もしなかったし、驚きもしなかった。というのも、前に書いたとおり、この男は読者諸氏が経験したこともない多くのことに慣れていたからだ。死という恐ろしい結末を知っても、ヘイリーは動じることはなかった。死など、何度も目にしていたからである。ヘイリーは商売の中であたりまえのように死と出会い、死というものに馴染み、死は単なる扱いにくい客だというくらいにしか思わなくなっていた。

死とは自分の商売をきわめて理不尽に邪魔だてするものにすぎないのである。というわけで、ヘイリーは、あのあばずれ女め、と悪罵を口にしただけで、自分は嫌になるほど運が悪い、こんなことが続いた日にゃ今回の売買の旅では一セントも儲からんのじゃないか、などと愚痴った。要するに、ヘイリーは、ほかならぬ自分こそが不運な人間だと思っていたのである。しかし、こうなってしまっては、打つ手はない。女は金輪際捕まえることのできない世界へ逃げてしまったのだ。たとえ栄えあるアメリカ合衆国の諸州が束になって追跡したとしても。そんなわけで、ヘイリーは不満たらたらで腰をおろして小さな出納帳を取り出し、行方不明になった肉体と魂を「損失」の項目に移しかえたのだった！

「とんでもない人間じゃないか、この奴隷商人というやつは！　何も感じないのか！　言語道断だ！」

「ああ、しかし、奴隷商人なんぞをまともに相手にする人間など誰もいないさ。どこへ行っても軽蔑されるだけだ。まともな社会の一員ではないよ」

しかし、そうおっしゃる方々にお尋ねする。誰が奴隷商人を作り出したのか？　誰がいちばんの責めを負うべきなのか？　賢明にして知性も教養も備えた方々よ、奴隷商人を必然的に生み出すことになった制度を支えているあなたがたが悪いのか？　それとも、あさましい奴隷商人こそが悪いのか？　あなたがたが奴隷売買を容認する世情を生み出し、奴隷商人を堕落させ、その結果、奴隷商人たちは自分の行いを恥じることさえなくなったのではないか？　あなたがたのどこが、奴隷商人よりましだというのか？

あなたがたに教養があり、奴隷商人は無知だから？　あなたがたが高尚であり、奴隷商人は下劣だから？　あなたがたが洗練されていて、奴隷商人は粗野だから？　あなたがたが有能で、奴隷商人が愚鈍だから？

いつの日か、神の審判の場に引き出されたとき、ほかならぬこれらの理由ゆえに、あなたがたは奴隷商人よりも厳しい裁きを受けることになるかもしれない。

法律で認められた奴隷売買から生じたこれらの取るに足らぬエピソードの数々を締めくくるにあたって、世界の人々に対して、アメリカの議員たちがそろいもそろって人間性に欠ける者たちばかりというわけではないのだと、ぜひとも申し開きさせていただきたい。おそらく、国権の最高機関においてこの種の売買行為を保護し永続させようとする大きな力が働くのを見て、そう推断なさる方々もおられるだろうが、それはかならずしも公平な判断ではないと申し上げたい。

言うまでもなく、わが国の選良は、外国との奴隷貿易を糾弾することにおいてはめざましい成果をあげた。わが国にも、イギリスのクラークソンやウィルバーフォース[12]のようにこの問題に反対して立ちあがり、国民をおおいに啓蒙した人間が大勢いることは言を俟たない。親愛なる読者諸氏よ、アフリカから黒人を輸入することは、まことに忌まわしい行為なのである！　考えることさえ許しがたい行為とみなされているのである！　しかし、その一方で、黒人をケンタッキーから連れてきて売りとばすこと——それはまったく別の話とされている。そこが問題なのだ！

12　トーマス・クラークソン（一七六〇年～一八四六年）もウィリアム・ウィルバーフォース（前出）もイギリスの奴隷制廃止論者。彼らの活躍によって、一九世紀初頭、イギリスをはじめとするヨーロッパ列強やアメリカ合衆国において国際的な黒人奴隷貿易は禁止されたが、アメリカ国内での奴隷売買は依然として続いていた。

第13章　クエーカー[1]入植地

目の前に穏やかな光景がある。大きく広々として、きれいにペンキが塗られた台所。黄色い床はつやつやに磨かれ、塵ひとつない。きちんと手入れされ、真っ黒に磨きあげられた料理用ストーブ。ずらりと並んでいる鍋類は光るまで磨きこまれ、さぞやおいしい料理を生み出しそうに見える。緑色につや出しした木の椅子は、古いけれどもしっかりした造りだ。座面をイグサで編んだ小ぶりなロッキングチェアの上には、さまざまな色のウールの端(はぎ)切れをきれいに縫い合わせて作ったパッチワークのクッションが置かれている。大ぶりな古いロッキングチェアのほうは、母親のように包容力のある形をしていて、広々とした肘掛けがついており、いかにもすわり心地がよさそうだ。ふんわりした羽毛のクッションも置いてある。実際に、見た目どおりすわり心地のいい椅子で、飾らない家庭的な居心地のよさという点では、応接間にそろえられた一ダースものフラシ天やブロケードの豪華な家具セットにも劣るものではない。そして、そのロッキングチェアをゆっくりと前後に揺らしながら細かい針仕事に目を落としているのは、読者諸氏にはすでにおなじみのイライザである。たしかに、ケンタッキーの屋敷にいたころに比べたら血色が悪く痩せぎみで、長いまつ毛や優しげな口もとには秘めた大きな悲しみが影を落としている。深い悲しみを得て、無邪気だった心がどれほど老成し堅固なものになったかが、はっきりと見て取れる。そして、黒目がちの大きな瞳をたびたび息子のハリーに投げかけ、熱帯の蝶のようにあちらこちらとはしゃぎまわるその姿を見守るとき、イライザの目には以前の幸せだった日々には見られなかった凛（りん）とした覚悟が垣間見えるのだった。

　イライザの傍らに、女性がすわっている。膝の上に磨きあげた鍋を載せ、干し桃の実をていねいに選（よ）り分けて鍋に入れている。歳のころは五五から六〇というところだろうか。しかし、この女性の顔は、年齢を重ねただけ輝きと魅力がいっそう増したように見える。頭につけている雪のように真っ白なリース・クレープ地[2]のキャップは、

1　クエーカー教徒とは、非暴力主義を標榜するキリスト教の一派「フレンド会」（The Religious Society of Friends）の信徒の俗称。アメリカやイギリスにおいて奴隷制廃止を強く主張した。

厳格なクエーカー教徒の決まりに従って作られたものだ。胸もとには、きちんと畳まれた無地の白いモスリン地の襟あてをつけている。ショールとドレスは、くすんだ地味な色。服装を見れば、この女性がどのようなコミュニティに属しているか、一目瞭然である。バラ色の丸顔は柔らかなうぶ毛に包まれ、熟れた桃を思わせる雰囲気がある。髪には、歳のせいで白いものが混じっているが、額の中央で左右に分けて後ろに撫でつけてあり、秀でた穏やかな額には皺ひとつなく、この世の平和と人々の幸福を願う善意だけが刻まれている。そして、その額の下には、清らかで正直で愛情深い茶色の大きな瞳が輝いている。その瞳をまっすぐのぞきこんだだけで、このうえなく善良で誠実な心の底まで見通せそうな眼差しである。若い女性の美しさは物語にも書かれ詩にも謳われるのに、歳を重ねた女性の美しさに気づく人はいないものか。そんなすばらしい女性に会ってみたいと思う人がいるならば、われらが友人レイチェル・ハリデイを推薦しよう。いまレイチェルが腰をおろしている小ぶりなロッキングチェアは、揺れるたびにキィキィと音が鳴る。できて間もない時分に風邪をひいたか、喘息の気でもあるのか、あるいは心が乱れたのか、いずれにしても、レイチェルがやさしく前後に揺すると、ロッキングチェアはキィキィと控えめな音をたてる。ほかの椅子ならばさっそく修理に出されるところだろうが、夫の老シメオン・ハリデイはよく、このロッキングチェアの鳴る音は自分の耳には妙なる楽の調べのように聞こえる、と言うのだった。子供たちもみな、何に代えても母親のロッキングチェアの音だけは聞きのがしたくない、と口をそろえる。なぜか？　もう二〇年以上ものあいだ、このロッキングチェアが家庭に送り出してきたのは、愛情に満ちた言葉であり、穏やかな道徳の教えであり、母親の深い慈愛だったからである。どれほどの頭痛や心痛が、ここで癒されてきたことか。どれほどの信仰の悩みや世俗の憂いが、ここで癒されてきたことか。すべて、この善良で情愛の深い女性によって。レイチェル・ハリデイに神の恵みあれ！

「それで、イライザ、汝はやはりカナダへ行こうと思うのですか？」選り分けている桃のむこうから、静かな声でレイチェルが尋ねた。

「はい」イライザは、きっぱりと答えた。「わたしはこの先へ行かなければなりません。とどまることはできないのです」

2　きめ細かく、軽い縮れのある薄織物。

3　クエーカー教徒の女性は、大判のネッカチーフのような白布をドレスの襟もとに襟あてのようにつけている人も多かった。

「それで、むこうに着いたあと、汝はどうしようと思うのです？　娘よ、そのことを考えておかねばなりませんよ」

「娘よ」という呼びかけは、レイチェル・ハリデイの口からごく自然に出た。その顔も、その姿も、まさに「慈母」と呼ぶにふさわしい女性なのである。

イライザの手が震えた。そして、針仕事の上に涙がこぼれた。それでも、イライザはきっぱりと答えた。

「何でもいたします——仕事さえ見つけられれば、何でも。きっと何か見つかると思います」

「汝はいつまでも好きなだけここにいてかまわないのですよ」レイチェルが言った。

「ありがとうございます。でも——」イライザはハリーを指さした。「夜、眠れないのです。気の休まるときがないのです。きのうの夜も、例の男が庭にはいってきた夢を見ました」イライザは身震いしながら話した。

「かわいそうに！」レイチェルが目もとを拭った。「でも、そんな心配はご無用ですよ。主がお守りくださるおかげで、この村からは一人の逃亡者も連れ去られたことはありません。汝の坊やにも、そんなことは起こりませんよ」

このとき、ドアが開いて、背の低い丸々と太ったはちきれそうな女性が戸口に現れた。熟れたリンゴのように元気いっぱいな頰をしている。女性はレイチェルと同じように地味な灰色のドレスを着て、ふっくらと肉付きのよい胸もとにきちんと折りたたんだモスリンの襟あてをつけている。

「まあ、ルース・ステッドマン。いらっしゃい」レイチェルがうれしそうに戸口まで迎えに出た。「ご機嫌いかが、ルース？」レイチェルは相手の両手を優しく包みこむように握った。

「元気です」と言いながら、ルースは地味な色のボンネットを脱ぎ、ハンカチで埃を払った。ボンネットの下から現れた丸い頭にはクエーカー教徒の女性がかぶるぴったりとしたキャップがかぶさっているが、ルースが小さなふっくらした両手で髪をどんなに撫でつけても、その頭にはどこかお茶目な雰囲気が漂っていた。くるくるとカールした巻き毛があちこちでキャップからこぼれ出し、つかまえてキャップの中に収めようとしても、なかなか言うことをきかないのだ。ルースは小さな鏡をのぞきこんで髪を撫でつけていたが、やっと満足したらしく――実際、これなら誰が見ても合格点だったろう――こちらをふりむいた。歳は二五くらいか。見るからに健康そうで、心も満ち足りていて、明るくて、会う人誰もがうれしくなってしまうような女性だった。

「ルース、こちらの友はイライザ・ハリスさんですよ。そして、こちらが、このまえ汝(なれ)に話をした坊やです」

「お目にかかれてうれしいです、イライザー——とても」ルースは握手をしながら、まるでずっと会いたいと思っていた昔なじみの友人と再会したかのように親しく挨拶した。「こちらがかわいい坊やね。ケーキを持ってきましたよ」ルースは小さなハート形のケーキを差し出した。男の子は近づいてきて、巻き毛のあいだからルースを見上げ、はにかみながらケーキを受け取った。

「ルース、赤ちゃんは?」レイチェルが聞いた。

「いま来ますわ。家にはいってくるところでメアリにつかまって、赤ちゃんを取られてしまったの。納屋に連れていって子供たちに見せてあげたいんですって」

そのとき、ドアが開いて、赤ちゃんを抱いたメアリがはいってきた。バラ色の頬をした誠実そうな娘で、母親そっくりの大きな茶色い目をしている。

「まあまあ!」レイチェルが娘のところへ行って、大きくて丸々と太った色白の赤ん坊を両腕に抱き取った。「まあ、なんてかわいいの。また大きくなったわね!」

「ほんとうに」小柄で元気いっぱいのルースが赤ん坊を抱き取り、青い絹のフードを取り、何枚も重ねたおくるみを脱がせ、あちこちひっぱったりつまんだりして服を直してやり、優しくキスをしたあと、赤ん坊が落ち着けるよう床に寝かせてやった。赤ん坊はこうした扱いに慣れているらしく、さっそく当然のように親指を口につっこみ、すぐに何やら考えにふけるような表情になった。母親のほうは椅子に腰をおろし、青と白の毛糸で編んでいる長いストッキングを取り出して、せっせと続きを編みはじめた。

「メアリ、やかんに水を入れてくれるかしら?」母親が優しい口調で言った。

メアリがやかんを井戸のところへ持っていき、すぐに戻ってきてストーブの火にかけた。ほどなく湯の沸く音がして、湯気があがりはじめた。香炉から立ちのぼる香気のように、客人をもてなし、その場の空気をなごませる光景である。レイチェルが重ねて優しく指示すると、メアリがこんどは干した桃をシチュー鍋に入れて火にかけた。

レイチェルは真っ白なパンこね板を棚から下ろし、エプロンをつけて、黙々とホットビスケットを作りはじめ、メアリに声をかけた。「メアリ、ジョンにチキンの準備をしておいてちょうだい、と伝えてくれるかしら?」メアリは言われたとおり外へ出ていった。

「それで、アビゲイル・ピーターズの具合はどうなの?」ホットビスケットを作りながら、レイチェルが聞いた。

「良くなってきましたよ」ルースが言った。「わたし、けさ、ようすを見にいってきたんです。ベッドを整えて、家の中を片付けて。午後にはリー・ヒルズがのぞきにいって、何日ぶんものパンやらパイやらを焼いて置いてきたそうですよ。今夜はわたしがまた見にいって、ベッドの上で起こしてあげようかと思っています」

「あしたは、わたしが行きますよ。掃除して、繕い物をしましょうかね」レイチェルが言った。

「ああ！　それはいいですね」ルースが言った。「そういえば、ハンナ・スタンウッドが病気だと聞きました。きのうの夜、ジョンがようすを見にいったんですけどね。あしたはわたしが行かなくては」

「もし汝（なれ）が一日じゅう付いていなくてはならないようなら、ジョンにうちへ食事に来るよう言ってあげてくださいな」レイチェルが言った。

「ありがとう、レイチェル。あした、ようすを見てからね。あ、シメオンが帰ってきたわ」

　家にはいってきたシメオン・ハリデイは背が高く、背すじのしゃんと伸びた筋肉質の男で、地味な色の上着にズボンをはき、つば広の帽子をかぶっている。

「元気かね、ルース？」シメオンは温かい口調で挨拶し、大きな手を広げてルースの小さくぷくぷくした手を受けとめた。「ジョンはどうしてる？」

「はい、ジョンも元気です！　家族みんな元気にしています」ルースが快活な口調で返事をした。

「何か知らせがありましたの、お父さん？」[4]レイチェルがホットビスケットをオーブンに入れながら声をかけた。

「ピーター・ステビンズから聞いたんだが、今夜来るそうだ、友人たちを連れてな」シメオンが裏口のポーチに設けた簡素な流し台で手を洗いながら、意味ありげに言った。

「まあ、そうですか！」レイチェルは何か思いあたるふうにイライザのほうへ目をやりながら応じた。

「汝（なれ）は名をハリスと言われたか？」裏口から台所に戻ってきたシメオンが、イライザに聞いた。

レイチェルがさっと夫に視線を向けた。イライザは震える声で「はい」と答えた。つねに極限の恐怖にとらわれているイライザは、自分の手配書が出回ったのかもしれないと思ったようだった。

4　この夫婦は、たがいを「お父さん」「母さん」と呼びあっている。実際には、レイチェルは夫に向かって話をしている。

「母さん、ちょっと」シメオンが裏口のポーチから声をかけて、レイチェルを外へ呼び出した。

「何ですの、お父さん?」レイチェルが粉だらけの手をはたきながらポーチへ出ていった。

「あの娘の夫が入植地におって、今夜ここへ来る」シメオンが言った。

「お父さん、まさか――!」レイチェルが歓喜に顔を輝かせた。

「ほんとうだ。ピーターがきのう荷馬車で別の〈駅〉へ行ったら、そこに年配の女性が一人と男性が二人おったのだそうだ。男性のうちの一人がジョージ・ハリスと名乗った。身の上話を聞いたが、まちがいないと思う。頭が切れるし、感じのいい男だ」

「あの娘にいま教えてやったほうがいいだろうか?」シメオンが言った。

「ルースに話してみましょう」レイチェルが言った。「ルース、ちょっと来てくださいな」

ルースは編み物を置いて、すぐに裏口のポーチへ出てきた。

「ルース、汝(なれ)はどう思いますか?」レイチェルが言った。「お父さんは、こんど来る一行の中にイライザの夫がいると言うの。今夜ここに着くんですって」

小柄なクエーカー教徒の女性が喜びを爆発させたので、話が中断した。ルースは小躍りしながら小さな手を打ち合わせた。巻き毛が二すじキャップからこぼれ出て、白い襟あての上で明るく輝いた。

「静かに！」レイチェルが優しく言った。「静かになさい、ルース！　汝はどう思いますか？　いま教えてあげたほうがいいかしら？」

「もちろん、いまよ、いますぐ！　もしこれがわたしの夫のジョンのことだったとしたら、わたし、どう感じるかしら？　もちろん、いますぐ教えてあげたほうがいいと思います！」

「汝はほんとうにいつも隣人を愛せよという教えで心がいっぱいなのだね、ルース」シメオンが満面に笑みを浮かべてルースを見た。

「ええ、そうですよ。人はそのために作られたのではありませんか？　もしわたしがジョンや子供を愛する心を持たなかったら、イライザの気持ちはわからないと思います。さあ、いますぐ知らせてあげましょうよ――いますぐ！」ルースはレイチェルを促すように腕に手をかけた。「イライザを寝室に連れていって、知らせてあげて。そのあいだに、チキンはわたしが揚げておきますから」

レイチェルはイライザが針仕事をしている台所に戻ってきて、小さな寝室へ続くドアを開け、「娘よ、こちらの部屋へおいでなさい。お話しすることがあります」と、やさしく声をかけた。

イライザの青白い顔に、さっと赤みがさした。イライザは不安におののきながら立ち上がり、息子に目をやった。

「ちがうのよ、ちがうの」小柄なルースが駆け寄って、イライザの両手を握った。「心配しないで、イライザ、いい知らせなのよ。さ、はいって、はいって!」そう言いながら、ルースはイライザをそっと寝室へ押しやり、後ろからドアを閉めた。そして、くるりとふりむくと、小さなハリーを両腕で抱きよせ、キスしはじめた。

「坊や、お父さんに会えるのよ。わかる? お父さんが来るのよ」ルースは何度も何度もハリーに語りかけ、ハリーは不思議そうな顔でルースを見つめた。

一方、ドアの向こう側では別の場面が展開していた。レイチェル・ハリデイがイライザを引き寄せ、語りかけた。「娘よ、主がご慈悲を賜りました。汝の夫は、束縛の館から逃れたのです」

イライザの頰に血がのぼってさっと赤くなったと思ったら、すぐにまた心臓へ血が逆流し、イライザは血の気を失って、へなへなと椅子にへたりこんだ。

「だいじょうぶですよ」レイチェルがイライザの頭に手を置いて言った。「汝の夫は友人たちにかくまわれています。その人たちが、今夜、ここへ連れてきてくれることになっています」

「今夜！」イライザが言葉をくりかえした。「今夜ですか！」イライザの中で、言葉がすべての意味を失った。頭の中が夢を見ているように混乱した。そして一瞬、何もかもが霧の中に沈んだ。

　意識が戻ったとき、イライザはベッドにきちんと寝かされていた。毛布がかけられ、小柄なルースが樟脳（しょうのう）のエキスをつけてイライザの手をさすっている。イライザは、夢のような心地よい気だるさの中で目を開けた。あたかも長きにわたって背負ってきた重荷が両肩から取り除かれ、ようやくほっとできたような、そんな感覚だった。逃亡の当初から一瞬も途切れることなく続いていた緊張感が消え去り、不思議な安堵とやすらぎに包まれていた。イライザはベッドに横たわったまま、音のない夢の中にいるような心持ちで、大きな黒い瞳を動かして周囲の人々の動きを追った。隣の部屋へ通じるドアが開いている。雪のように真っ白なテーブルクロスのかかった夕餉（ゆうげ）の食卓が見える。お茶を沸かすやかんのコトコト煮える低い音が夢のように聞こえる。ルースがケーキや果物の砂糖煮を手にあちらこちらと動きまわり、しょっちゅう足を止めてはハリーの手にケーキを握らせたり、頭をやさしく撫でたり、長い巻き毛を自分の真っ白な指に絡ませたりしているのが見える。ふくよかな慈母そのものといったレイチェルの姿も見えた。レイチェルは幾度となくイライザの枕もとへ足を運び、シーツやまくらを直したり、イライザをしっかり毛布に包みこんだりと、思いやりに満ちた手つきで介抱してくれた。その澄んだ茶色の大きな瞳に見つめられると、太陽の光を浴びるような安心感があった。ルースの夫が台所へはいってくるのも見えた。ルースが夫に駆け寄り、声をひそめて熱心に話しかけ、ときおり身ぶりもまじえて、小指で寝室のほうを指さしたりしている。そのあと、ルースは赤ん坊を抱いてお茶の席に着いた。一同がテーブルに着き、小さなハリーがふくよかなレイチェルに見守られながら子供用のハイチェアにすわっているのが見えた。低い話し声が聞こえ、ティースプーンの当たる音がやさしく響き、カップや皿を置く音が音楽のように聞こえ、何もかもがやすらぎの心地よい夢の中で混じりあっている。そして、イライザは眠った。霜の降りた星の夜に子供を連れて逃げ出したあの恐ろしい真夜中以来、一度も味わうことのなかった深い眠りをむさぼった。

夢に、美しい国が出てきた。イライザには、それがやすらぎの地だとわかった。緑なす岸辺、美しい島々、きらきらと光を反射する水面。そして、自分は家の中にいる。

優しい声が聞こえ、そこがわが家だと教えてくれる。わが子が遊んでいる。自由で幸福な子供となって。夫の足音が聞こえる。どんどん近づいてくる。夫の両腕がイライザを抱きしめ、夫の涙がイライザの顔を濡らす……。そして、イライザは目をさました！　夢ではなかった。すでに日はすっかり暮れて、息子は自分の傍らですやすやと眠っている。小さなテーブルに置かれたろうそくがあたりをほの暗く照らし、枕辺で夫がむせび泣いていた。

翌日、クエーカーの家は晴れ晴れとした朝を迎えた。「母さん」は早朝に起き、きのうの場面では読者諸氏に紹介しきれなかった男の子たちや女の子たちが母親のまわりで忙しく立ち働き、みなレイチェルの穏やかな「〜してくれるかしら？」とか、もっと穏やかな「〜したほうがよくないかしら？」と促す言葉に素直に従って朝食の準備にいそしんでいた。インディアナ州の豊饒(ほうじょう)な谷に広がる入植地では、朝食には手をかけた料理が何種類も並び、天国でバラの花びらを拾い集め枝葉を刈りこむ手間と同じく、聖母一人の手ではとても準備が追いつかないのである。そんなわけで、

5　オハイオ州の西隣。

ジョンが泉へきれいな水を汲みに行き、シメオン二世はコーン・ブレッドの粉をふるい、メアリがコーヒー豆をひき、そのあいだをレイチェルが粛々と動きまわってホットビスケットをこね、チキンを切り分けながら、立ち働く者たち全員に陽光のような明るさを注いでいた。子供たちが熱心のあまりもめごとを起こしたり衝突しそうになったときには、レイチェルの「まあ、まあ！」という介入や「それはどうかしら」というひとことで、すべて丸くおさまるのだった。吟遊詩人たちは万人をふりかえらせるというヴィーナスの帯[6]の魔力を歌ったが、このハリデイ家における魔法の帯はレイチェル・ハリデイという存在であり、その魔法は人々の心をひとつにまとめる力だと言ったほうがいいだろう。まさに現代にふさわしいヴィーナスの帯である。

食卓の準備が進むあいだ、父シメオンはシャツ[7]姿で台所の隅にある小さな鏡の前に立ち、髭を剃るといういささか家父長らしからぬ行為に勤しんでいた。大きな台所では、何もかもがなごやかに、穏やかに、仲良く進んでいった。誰もが自分に与えられた仕事に嬉々として励み、台所はおたがいへの信頼と連帯感にあふれていた。食卓に並べられるナイフやフォークの音さえ、なごやかに響いた。チキンやハムでさえフライパンでジュージューとおいしそうな音をたて、料理されて食卓にのぼることを喜んでいるように見えた。ジョージとイライザとハリーが寝室から姿を現すと、みんなが心をこめて歓迎した。三人にとって夢のように思われたのも無理はない。メアリだけは料理用ストーブの前に立ち、パンケーキを焼いている。パンケーキは、完璧なきつね色に焼けたところで手際よく食卓へと移された。

テーブルの上座にすわっているレイチェルは、まさに慈愛に満ちた幸福の化身に見えた。パンケーキのお皿を渡すしぐさひとつ、コーヒーを注ぐ手つきひとつにも、あふれるほどの母性と真心が見え、その手が差し出す食べ物や飲み物には聖なる魂が注ぎこまれているように感じられるのだった。

ジョージにとっては、白人と対等な立場でテーブルに着くのは生まれて初めての経験だった。それゆえ最初に席に着いたときには緊張してぎこちなかったが、この素朴であふれるほどの優しさに満たされた朝の光の中で、やがて、緊張もぎこちなさもすべて霧が晴れるように消えていった。

6　ギリシア神話によれば、ヴィーナス（アフロディーテ）の帯「ケストス」は、相手に愛欲を抱かせ惹きつけて支配する力を持つ、とされる。

7　聖書における家父長や族長は、豊かな髭をたくわえている人物が多かった。

まさに、これこそが「家庭」と呼ぶべきものであった。「家庭」——ジョージがその意味さえ知らなかった言葉である。やがて、神への信仰、神の思し召しへの信頼が、ジョージの心を取り巻きはじめた。それはあたかも、庇護と信頼の黄金色の雲に包まれて、厭世的で憔悴した不信仰な心に巣くっていたどす黒い懐疑や底なしの絶望が溶けて消えていくかのようだった。いま目の前で実践されている神の福音、ごく自然な愛情と善意という形で惜しみなく注がれる神の福音の光は、使徒の名のもとに与えられる一杯の冷たい水と同じく、永遠に絶えることのない報いなのである。[8]

「お父さん、もしまた見つかったら、どうするの？」シメオン二世がパンケーキにバターを塗りながら聞いた。

「罰金を払うさ」父シメオンが穏やかに言った。

「でも、もし牢屋に入れられたら？」

「汝と母さんとで、農場のことはなんとかできるだろう？」父シメオンが笑顔で答えた。

「お母さんなら、ほとんど何だってできるよ」息子が言った。「だけど、そんな法律を作るなんて、恥ずべきことじゃないの？」

「汝の統治者を悪く言ってはならんぞ、シメオン」父親が厳しい表情で言った。「主がこの世の富をわれらに与えて下さるのは、われらが正義と慈悲を為すためにすぎん。それを為したがために統治者から代償を要求されるのであれば、それを支払うまでのことだ」

「ぼく、奴隷所有者なんて、大嫌いだ！」最近の改革論者も顔負けの非キリスト教的憤慨にまかせて、少年が言った。

「息子よ、ずいぶんと意外なことを聞く」父シメオンが言った。「汝の母さんは、そのようなことは教えなかったはずだが。わたしなら、奴隷所有者であろうと、あるいは奴隷であろうと、難儀をしている人を主がわがドアの前に届けられたとしたら、同じように扱う」

シメオン二世は真っ赤な顔になった。しかし、母親はただにっこり笑っただけで、こう言った。「シメオンはいい子ですよ。そのうちに大きくなったら、きっとお父さんのように立派な人になります」

「ハリデイさん、わたしたちのせいであなた様に面倒が降りかからなければいいのですが」ジョージが心配そうに言った。

8　新約聖書「マタイによる福音書」第一〇章第四二節に言及している。

「何も恐れることはない、ジョージ。われらはこのために世につかわされたのだから。正しいおこないを為さんがために困難に直面することを避けるのであれば、われらはその名に値しない」

「しかし、わたしなどのために。申しわけが立ちません」ジョージが言った。

「わが友ジョージよ、ならば恐れる心配はない。汝のために為すのではない、神と人のために為すのであるから」父シメオンが言った。「さあ、きょうのところは静かに横になって過ごすがよい。今夜一〇時に、フィニアス・フレッチャーが汝の一行を次の〈駅〉まで連れていく。一行のほかの方々とともに。追っ手が迫っている。猶予はならぬ」

「それならば、なぜ、夜になるまで待つのですか?」ジョージが言った。

「昼間は、ここにおれば安全だ。入植地の人間はみな〈友〉であるし、全員が目を光らせておる。しかし、移動するのは夜のほうが安全だ」

第14章　エヴァンジェリン

いとけなき星よ！　人の世に輝きし星よ！
人の世の鏡にはあまりに愛らしきその姿
かたち成したるばかりの美しきもの
いまだ咲きそめし、かくもいとおしきバラの一輪よ[1]

ミシシッピ！　シャトーブリアン[2]が、広大で果てしない孤独の川、想像も及ばぬ動

1　バイロン『ドン・ジュアン』第一四歌四三節。

2　フランソワ゠ルネ・ド・シャトーブリアン（一七六八年～一八四八年）。フランスの政治家、作家。一七九一年に北アメリカを旅行した。著書『レ・ナチェズ（ナチェズ族）』でアメリカで最も長い川ミシシッピを描写している。

植物の不思議な世界をうねり流れる川、と散文詩に詠った時代から、まるで魔法の杖を一振りしたかのように、なんとこの川は姿を変えたことか。

この夢と未開のロマンスの川は、またたく間に、シャトーブリアンが見た世界とは別の、やはり幻想的で輝かしい現実となって眼前に立ち現れた。世界のほかのどんな川が、大洋に注ぎこむまでのあいだに、この国にもたらしたような富と活力とを生み出すだろう？　この国の産物は、熱帯から極地まで、全世界を包懐している！　混沌とした流れは先を急ぎ、水しぶきをあげ、荒野を突っ切り、その急流が川岸を洗うがごとき勢いでもって、旧世界では目にすることもなかった熱狂的で精力的な民族が次々と流域に事業を展開してきた。ああ！　この川の流れがさらに恐ろしい積み荷を運ばぬことを祈るばかりである。それは虐げられた者たちの涙、無力な者たちの嘆息、無学で哀れな心が未知の神にすがる悲痛な祈り。神は未だ知れず、未だ見えず、未だ沈黙を破らずとも、「その住まいを出て／その地に住む哀れなる者すべてを救ってくださる」はずである。

沈みゆく夕陽の斜めに差す光が、海のように広大なミシシッピの川面にきらきらと揺れている。風になびくサトウキビ畑、蒼然と天を衝くイトスギの木、その枝から藻のように長く垂れ下がる陰気なコケ類。すべてが夕陽に照らされて金色に輝く中を、荷を満載した蒸気船が進んでいく。

多くのプランテーションから集まってきた棉花の梱（こり）を甲板の端から端まで満載しているので、遠くから見ると、蒸気船は灰色の四角い巨大な塊にしか見えない。その蒸気船が、近くの取引場を目指してのろのろと進んでいく。われらがトムの姿も、荷物でいっぱいの甲板上にしばらく目を凝らさないと見つからない。上甲板の上のほう、所狭しと積み上げてある棉花の梱の隙間に、ようやくトムの姿が見つかった。

シェルビー氏の太鼓判もあり、また、実際珍しいくらいに従順でおとなしい性格もあって、トムは自然とヘイリーのような男からさえも信用されるようになった。はじめのうち、ヘイリーは一日じゅうトムを厳重に見張っていたし、夜も寝るときにはかならず足枷（あしかせ）をつけた。しかし、文句ひとつ口にしない辛抱強さや現実をすっかり受け入れているらしいトムの態度を見るうちに、だんだんとヘイリーは足枷などの拘束具を使わなくなり、しばらく前からトムは仮釈放のような扱いを受けて船上を自由に動きまわることが許されていた。

もともと物静かで協力的な男だったし、水夫たちが忙しいときにはいつも喜んで手

3　旧約聖書「イザヤ書」第二六章第二一節、後半は原著者が書きかえている。

を貸したので、トムは誰からも好かれ、ケンタッキーの農場にいたころと同じように一日に何時間もすすんで力仕事の手伝いをして過ごしていた。

何も用がないときは、上甲板に積み上げられた棉花の梱の隙間にすわりこみ、熱心に聖書を読んだ。いま、わたしたちの目にとまったトムの姿も、ちょうどそんなふうに聖書を読んでいるところである。

ニューオーリンズへ至る直前の一六〇キロ以上にもわたる川の流れは、ミシシッピの水面のほうが周囲の土地よりも高くなっており、高さ六メートルもある頑丈な堤防に囲まれた川は満々たる水をたたえて蛇行しながら流れていく。蒸気船の甲板に立つ旅行者たちは、まるで水面を滑って進む城郭の上に立っているかのように、周辺一帯を何キロにもわたって見晴らすことができるのである。そんなわけで、トムも、自分がこれから向かう世界の見取り図を見るように、幾多のプランテーションが両岸に広がる風景を眺めていた。

遠くに苦役に従事する奴隷たちの姿が見える。あちこちのプランテーションで、低い屋根を連ねる奴隷小屋の寄り集まった居住区が夕陽に映え、そこから離れたところに農園主の堂々たる邸宅や庭園が見える。通り過ぎる景色を眺めているうちに、トムの哀れで愚かな心はケンタッキーの農場へ戻っていく。ブナの古木が木蔭を作るケンタッキーの農場。旦那様のお屋敷。広くて涼しい大広間。お屋敷のすぐそばに建つトムの小屋。野バラやノウゼンカズラが咲き乱れる、あの小屋。仲間たちのなつかしい顔が浮かぶ。子供のころから一緒に育った仲間たちだ。忙しく立ち働く妻の姿も見える。夕食のしたくに動きまわっている。遊びたわむれる息子たちの楽しげな笑い声。膝の上で声をあげてはしゃぐ赤ん坊。そこで、トムはハッと我に返る。幻影は消え去り、サトウキビの茂みと、イトスギと、滑るように後方へ去っていくプランテーションが目に映るばかり。蒸気船のきしんだりうなったりする音が耳に届く。そして、トムは現実を思い知らされる。あの暮らしはもう永遠に返ってこないのだ、と。

こんなとき、読者諸氏ならば、妻に手紙を書いたり、子供たちに言伝を送ったりするだろう。しかし、トムは字が書けなかった。手紙など、トムにはあり得ない手段だった。別離の深い淵を橋渡ししてくれる懐かしい言葉や合図さえ、トムにはなかった。

棉花の梱の上に聖書を広げ、指先で一つひとつ言葉をたどりながら読み進めていくトムの目から主の約束を記したページの上に涙がこぼれたのも、無理からぬことだった。歳を取ってから文字をおぼえたので、トムはたどたどしく読むことしかできず、聖書を一行また一行と苦労しながら読み進めていった。トムにとって幸いだったのは、一所懸命に読んでいる本が、読むのが遅いからといって価値の損なわれるものではないということである。それどころか、その本に書かれている言葉は、金塊と同じで、一つひとつよく吟味しないとその貴重な価値が心に届かない類の書物だった。言葉を一つひとつ指さし、ぼそぼそと口に出してみながら読み進むトムと一緒に、少し聖書を読んでみよう。

「こころを……さわが……せてはなら……ない……わたしの……ちちの……いえには……すまいが……たくさんある……あなたがたの……ために……ばしょを……よういしに……いく……」[4]

キケロ[5]がたった一人の愛娘を埋葬したとき、おそらくトムと同じくらい偽りのない悲嘆で心がいっぱいだったにちがいない。どちらも生身の人間にすぎぬことを考えれば、悲嘆の優劣もなかったであろう。しかし、キケロは、聖書に書かれた崇高な希望の言葉に心をゆだねることはできなかったし、来世での再会に思いを託すこともできなかったにちがいない。よしんば、その種の言葉に目がとまったにせよ、十中八九そんなものは信じなかっただろう。キケロのような人間の頭には、まずその前に、書物の信憑性に関する無数の疑問がわきあがったであろうし、翻訳が正確かどうかも気になっただろう。しかし、哀れなトムにとっては、聖書こそが支えであり、疑う余地もなく真実で神聖なものとして目の前に存在したので、素朴な頭に疑問や疑惑がはいりこむ余地はなかった。聖書は真実にちがいない。そうでなければ、トムはどうして生きていけただろう？

トムの聖書は、各ページの欄外に学者による注釈や手引きがつけられたものではなかったが、トムが独自に考案した道しるべや案内板のようなマークがあちこちに書きこまれていて、難しい解説などよりもよほど役に立っていた。ケンタッキーの屋敷にいたころは、旦那様の子供たち、とくにジョージ坊っちゃまに聖書を読み聞かせてもらうのがトムの習慣だった。そのようにして読んでもらいながら、ありがたい語句や心に響く一節があると、トムはペンとインクで太い線やダッシュを自分の聖書に書きこむ。そんなわけで、トムの聖書は最初のページから最後のページまでさまざまなマークや下線だらけになっていて、一字一字たどたどしく読んで探さなくても即座にお気に入りの聖句を見つけることができた。聖書を目の前に開き、あちこちの語句に

4　新約聖書「ヨハネによる福音書」第一四章第一節～第二節。

5　マルクス・トゥッリウス・キケロ（前一〇六年～前四三年）。古代ローマの雄弁家、政治家、文筆家、哲学者。

よせてなつかしいケンタッキーのわが家を思いうかべ、楽しかった日々を思い出すとき、聖書はトムにとって昔とつながる唯一のよすがであり、また、将来を約束してくれる唯一の希望だったのである。

船の乗客の中に、若い紳士がいた。名だたる資産家であり、ニューオーリンズに住んでいて、名をサンクレアといった。この紳士は五、六歳くらいの娘を連れており、ほかに紳士と娘の双方と血のつながりがありそうな女性が同道していて、この女性はとくに娘の世話を任されているように見えた。

トムはたびたびこの女の子の姿を目にしていた。というのも、その子はあちらこちらと軽やかに歩きまわる子で、太陽の光や夏のそよ風と同じく、ひとところにじっとしていない性分だったからだ。それに、その子は一度見たら忘れられない容貌をしていた。

その女の子は、子供の完璧な美しさをそなえていた。子供によくあるぽっちゃり太った体型や逆に骨ばった体つきではなく、身のこなしには打ち寄せる波のような得も言われぬ優雅さがあり、神話か寓話に出てきそうな、どこかこの世のものとは思われぬ雰囲気があった。顔立ちの美しさもさることながら、その夢見るような独特の思いつめた表情が印象的で、この子の顔を見た人は、完璧な美しさを知る人でさえハッと心を打たれるし、どんなに鈍感で想像力に乏しい人間の心にも知らず知らずのうちに強い印象を残すのだった。とりわけ、頭の形および首すじから胸もとにかけてのラインには、気高い美しさがあった。長い金茶色の髪が顔の輪郭を柔らかく縁取り、濃い金茶色のまつ毛の下で深い精神性をたたえる瞳は紫がかったブルーで、そうした特徴すべてがこの子をほかの子供たちから際立たせ、この子が船の上を歩きまわると、みんなが振り返り、その姿を目で追うのだった。とはいっても、この子はまじめくさった子供でもなければ、陰気な子供でもなかった。むしろ、生き生きとした無邪気ないたずらっぽさが夏の木もれ日のようにこの子の表情に去来し、軽快な身のこなしを彩っていた。この子はいつも動きまわっていて、バラ色の口もとにはいまにもはじけそうな笑みをたたえ、寄せては返す波や流れる雲のようにあちらこちらへ飛びまわり、楽しい夢でも見ているように歌を口ずさんでいた。父親と保護者役の女性はたえずこの子のあとを追うのに忙しく、やっとのことで捕まえても、この子は夏の雲のようにするりと腕をすり抜けてどこかへ行ってしまう。この子が何をしても、誰もけっして叱ったりとがめたりしなかったので、この子は船の上で自由闊達（かったつ）にふるまっていた。いつも真っ白なドレスを着ていて、どこへでも影のように出入りし、それでいてドレスに汚れやしみをつけることもなかった。甲板の上でも下でも、この妖精のような足取りが訪れない場所はなかった。よく目立つ金髪の頭と深いブルーの瞳は、どこと言わずあらゆる場所に出没した。

　蒸気船の罐(かま)たき人夫は、汗を流して仕事をしている最中にふと視線を上げると、この子の深いブルーの瞳が燃えさかる罐の中を不思議そうにのぞきこんでいるのと目が合うのだった。その子は、罐たき人夫が恐ろしい危険にさらされていると思うのか、人夫を憐れむような心配そうな目つきでのぞいていた。舵輪を握る操舵手も、操舵室の窓の外を絵のようにかわいらしい顔がすっと通り過ぎるのを見るたびに、思わず手を止めてほほえんでしまう。日に何度も、この子が通りかかるたびに、荒くれ男たちが祝福の言葉を口ずさみ、すさんだ顔に似合わぬやさしい笑みを浮かべるのだった。女の子が向こうみずにも危険な場所に足を踏み入れたときには、荒れた煤だらけの手が思わずあちこちから差し伸べられ、この子の安全を見守った。

　黒人特有の優しくて感受性の強い性格を持つトムは、昔から素朴で無邪気な子供たちが大好きだっただけに、日に日にこの女の子に魅かれていった。トムの目には、女の子はほとんど神の御業(みわざ)のように映った。灰色の棉花の梱の陰からのぞいている金色の髪と深いブルーの瞳に気づくたびに、あるいは、積み上げた荷物箱の上から見下ろしている視線に気づくたびに、トムは『新約聖書』の中から天使が出てきたようにさえ感じるのだった。

女の子は、ヘイリーが買い集めた男女の黒人奴隷たちが鎖につながれてすわっている周囲を何度もくりかえし沈痛な表情で歩きまわった。女の子は奴隷たちの輪にすっとはいりこみ、当惑したような悲しげな眼差しでじっと奴隷たちを見つめた。ときどき、女の子は華奢な手で奴隷たちをつないでいる鎖を持ち上げ、悲嘆のため息をつきながら、そっと離れていく。かと思うと、両手いっぱいにキャンディやナッツやオレンジを持って不意に奴隷たちのもとを訪れ、笑顔で奴隷たちに食べ物を配って去っていくこともたびたびあった。

トムは、近づきになろうと働きかける前に、少女をじっくり観察した。子供たちと仲良くなる素朴な手はいろいろ知っていたが、ここはひとつ慎重にいこうと考えたのだ。トムはサクランボの種をナイフで器用に細工して小さなバスケットを作るのが得意だった。ヒッコリーの実を彫ってグロテスクな顔を作るのも得意だったし、ニワトコの芯でピョンピョン跳ぶ滑稽な人形を作るのも上手だった。さらに、笛を作らせれば、どんな大きさの笛でも、どんな種類の笛でも、牧神パン[6]でさえ顔負けの腕前だった。トムのポケットにはそういう魅力的なものがいっぱい詰まっていて、昔はそういったおもちゃでシェルビーの旦那様の子供たちを遊ばせたものだった。そんな小物を、いま、トムは例の女の子と仲良くなるきっかけにしようと、暇を見てはひとつずつ心をこめて作っていたのである。

女の子は、周囲のできごとに興味津々な半面、はにかみがちな性格で、仲良くなるのは簡単ではなかった。しばらくのあいだ、女の子はトムの近くに積み上げられた箱や船荷の上にカナリヤのようにちょこんととまって、前述の細かい手仕事に精を出すトムを眺め、出来上がった細工物を差し出されると、ひどくはにかんだ顔でそれを受け取った。しかし、そのうちようやく、二人はうちとけた関係になった。

「お嬢ちゃんはなんというお名前かね？」そろそろ聞いてもいいだろうという感触を得たトムは、女の子に言葉をかけた。

「エヴァンジェリン・サンクレアよ」女の子は答え、「パパもほかのみんなも、わたしのことをエヴァって呼ぶけど。おじさんはなんていう名前なの？」と言った。

「わしの名前は、トムです。ちっさい子たちは、わしのことをアンクル・トムって呼んでました。ケンタックにおったころは」

「じゃあ、わたしもアンクル・トムって呼ぶことにするわ。だって、わたし、おじさんが好きなんだもの」エヴァが言った。「それで、アンクル・トムはどこへ行くところなの？」

「わからんです、エヴァ嬢ちゃま」

「わからないの？」

「はい。わし、これから誰かに売られるんです。誰に売られるかは、わからんです」

「わたしのパパなら、あなたを買ってあげられるわ」エヴァが唐突に言った。「パパに買ってもらえば、幸せに暮らせるわ。わたし、きょう、パパにお願いしてみる」

「ありがとうございます、嬢ちゃま」トムが言った。

ちょうどそのとき、船が薪を積みこむために小さな船着場に停まった。エヴァは父親の呼ぶ声を聞いて、跳ぶように軽い足取りで去っていった。トムは立ち上がり、薪を積みこむ作業を手伝いにいき、すぐに水夫たちに交じって忙しく働きはじめた。

エヴァは父親と並んで手すりのすぐ内側に立ち、船が埠頭を離れるところを眺めていた。蒸気船の外輪が二、三度回転したところで船が急に揺れ、エヴァがバランスを失って真っ逆さまに船から落ちた。父親はわれを忘れて娘のすぐあとから水に飛びこもうとしたが、背後にいた人々に引き留められた。もっと腕の確かな助っ人が女の子

6　古代ギリシアの牧羊神。頭と胸と腕は人間、足はヤギで、ヤギの角や耳を持ち、葦笛（あしぶえ）を吹く。

のあとから水に飛びこむのが見えたからだ。

エヴァが水に落ちたとき、トムは真下の甲板に立っていた。エヴァが水に落ちて沈んでいくのを見たトムは、即座に水に飛びこんだ。立派な胸板と力強い腕を持つトムにとって、水中で立ち泳ぎすることなど造作なく、すぐに女の子が水面に浮かんできたところを両腕で抱きかかえ、船縁まで泳いでいって、ずぶ濡れの女の子を船のほうへ差し上げた。船からは、まるで一人の人間から生えたかのように何十本もの手が差し伸べられ、女の子は船に引き揚げられた。そして、ずぶぬれで気を失っている娘を父親が急いで女性用の船室に運び、そこで案の定、善意と親切が先走りすぎて大騒ぎするばかりでかえって手当ての妨げになるような取り乱しようのご婦人方が介抱にあたったのであった。

翌日は、蒸し暑くうっとうしい日だった。蒸気船はあと少しでニューオーリンズに到着しようとしている。船内全体が期待と準備とであわただしくなり、船室では乗客たちが荷物をまとめて下船にそなえていた。ボーイやメイドたちも含めて乗組員全員が豪華客船の船内を清掃し、磨きあげ、整理整頓して、威風堂々たるニューオーリンズ入港の準備に走りまわっていた。

下甲板では、トムが腰をおろして腕組みをし、ときどき心配そうに船の反対側にいる人物たちに視線を向けていた。

トムの視線の先には、金髪のエヴァンジェリンが立っていた。前日より少し顔色がさえないが、それ以外は水に落ちたショックがあとを引いているようには見えなかった。エヴァンジェリンの傍らに優雅で気品のある若い男性が立ち、棉花の梱（こり）に無造作に片肘をついて、大きな札入れを開いている。それがエヴァンジェリンの父親であることは、一目でわかった。娘とそっくりな気品のある顔立ちをしている。大きなブルーの瞳も、金茶色の髪も、娘とそっくりだ。ただし、表情はまるでちがう。澄んだ大きなブルーの瞳は、形や色はそっくり同じでも、娘のように深い夢まぼろしを見ているような目つきではない。父親の目は澄みきって、大胆で、明るく、どこまでも世俗的な光をたたえていた。形のいい口もとには、プライドが高くいささか皮肉っぽい表情が浮かんでいるが、上流階級に属する人間の気ままな余裕が優雅な所作の一つひとつに漂っていた。エヴァンジェリンの父親は気さくな表情で、商談にさほど執心ではなさそうに見えた。なかば相手をからかい、なかば見下すような態度で、ヘイリーの話に耳を貸している。ヘイリーのほうは、目下交渉中の「商品」の美点について、くどくどと説明を続けていた。

「ありとあらゆる道徳心と信仰心を黒いモロッコ革に包みました、以上！ってところかな」ヘイリーが話しおえたのを受けて、エヴァンジェリンの父親が言った。「それで、きみ、ケンタッキー人が言うところの『痛手(ダメージ)』はいかほどかな？　つまり、この取引はいくらの支払いになるのか、ってことだが。わたしからいくらむしり取ろうというんだね？　正直に白状したまえ！」

「まあ、その」と、ヘイリーが応じた。「一三〇〇ドルでしたら、カツカツの儲けなしってとこで。ほんとうの話」

「それはお気の毒に！」エヴァンジェリンの父親は相手をからかうようなブルーの瞳でヘイリーをじっと見つめた。「だが、ご厚情により、その値段で売ってくれようというわけだね」

「まあ、そちらのお嬢様があれにえらくご執心のようですので。それも当然でしょうが」

「もちろん、そうさ！　ここは、ひとつ、情け心を見せていただきたいね。クリスチャンとしての慈悲の心を発揮して、あの男をどれくらい安くしてもらえるかな？　あの男にご執心の、うちの若きレディに免じて？」

「いや、お願いしますよ」奴隷商人が言った。「あの手足を見てくださいよ。胸板も厚いし、馬のように丈夫ですよ。それに、頭を見てください。あの額の高いこと。あいうのは頭がいいと決まってます。なんでも役に立ちますよ。あっしも目をつけてたんです。あれだけの目方であれだけの体格の黒んぼなら、けっこうな値段がつきます。頭が馬鹿だとしても、からだだけでそれなりの値段が。そこへもってきて、頭もいいし、ほかにもいろいろ並のもんとはちがうとくれば、もちろん値は張ります。なんてったって、あの男はご主人様の農場の切り盛りを一手に引き受けてたんですからね。商才も並のもんじゃありませんよ」

「まずいなあ。それはまずい。いろいろ知りすぎている！」エヴァンジェリンの父親が、あいかわらず相手を小馬鹿にしたような笑みを口もとに浮かべて言った。「そりゃだめだ、まったくまずい。頭のいいやつは、かならず逃げる。馬は盗むし、だいたい騒動のもとになると相場が決まっている。頭がいいというなら、二〇〇は値引きしてもらわないとね」

「いや、たしかに、あんだけ性格が良くなけりゃ、頭がいいのは厄介かもしれませんがね。しかし、あれの場合は、もとの所有者様やそのほかの人たちからの推薦状もあるんですよ。なんならお見せしますが。ほんとうに信心深い男だって話です。こんだけ謙虚で、お祈りをよくして、信心深いやつはめったにいないですよ。なにしろ、もとの屋敷じゃ牧師さんなんて呼ばれてたらしいですからね」

「それじゃ、うちの専属牧師にでもなってもらおうか」エヴァンジェリンの父親が皮肉っぽく言った。「それがいい。宗教はうちにはおおいに不足気味だからね」

「ご冗談でしょう」

「どうかな。いまさっき、あの男が牧師と呼ばれている、と言わなかったかい？　どっかの教会会議とか宗教会議とかで審問を通った経歴でもあるのかい？　どれ、書類を見せてもらおうか」

きらきら輝く大きな瞳に明白なユーモアを見て取ることができなければ、そして、冷やかし半分の口調の先にきっと交渉がまとまるという確信がなかったならば、奴隷商人のヘイリーもいいかげん痺れを切らしていたかもしれない。とはいえ、ヘイリーは脂じみた札入れを棉花の梱の上に広げ、せかせかと書類をあらためはじめた。そのあいだ、若い父親はそばに立ち、のんきに面白がっているような表情で奴隷商人を見下ろしている。

「パパ、お願い、あの人を買って！　お値段なんて、どうでもいいでしょ」エヴァは荷物の上によじのぼり、父親の首に腕を巻きつけて、そっとささやいた。「お金はあるんでしょ、わかってるんだから。わたし、あの人がほしいの」

「何に使うのかね？　がらがら箱に入れておもちゃにするのかい？　それとも、揺り木馬に使うのかな？」

「わたし、あの人を幸せにしてあげたいの」

「それはまた、ずいぶん変わった理由だね」

このとき、奴隷商人が書類を見つけた。シェルビー氏がサインした保証書だ。エヴァンジェリンの父親は長い指の先で書類をつまみあげ、気のないそぶりでさらりと目を通した。

「達筆だな。きちんと書けている。しかし、やっぱり、この宗教というやつが信用できないね」ふたたび相手をからかうような表情に戻って、若い父親が言った。「この国は、宗教をふりかざす白人どものせいで崩壊しかかっているからね。選挙が近づくと、宗教を声高に叫ぶ政治家が湧いてくる。教会でも、政府でも、あらゆるところで宗教、宗教、宗教、だ。これじゃ誰にだまされるか知れたものじゃない。宗教がいま『買い』なのかどうかも、よくわからないしね。最近は新聞を読んでいないから、相場は知らないが。この宗教ってやつのせいで、値段が何百ドル吊りあがるのかな？」

「冗談がお好きですなあ」奴隷商人が言った。「たしかに、おっしゃることも一理はあります。宗教にもいろいろあることは、あっしも承知しとります。ひどいのもありますよ。宗教をうたい文句にした集会だとか、宗教の看板を出しといて実際は歌を歌って大騒ぎするだけ、とか。そういうのは問題外ですわ、黒人にしても白人にしても。けど、ちゃんとしたのもあります。あたしゃ黒人でも、黒人でなくても、実際にそういう人間を知っとります。穏やかで、静かで、しっかり者で、正直で、信心深くて——そういう人間は、世界じゅうが寄ってたかってそそのかしても、まちがっとると思うことはぜったいにやりません。ほら、この一筆を見てくださいよ、前の所有者がトムのことを何と言っとるか」

「そうだな」若い父親は、まじめな顔になって札入れの上にかがみこみ、「そちらが言うように、この手の信心ってやつがほんとうに金で買えるとして、それが天国の元帳にわたしの積んだ徳としてちゃんとつけといてもらえるなら、値段に多少の色をつけるにやぶさかではないね。どうなんだい？」

「いや、ほんと、あっしなんかが保証はできませんよ」奴隷商人が言った。「あの世じゃ、みんなそれぞれに自分で責任を取るしかないと思うんで、こういう方面の話は」

「宗教に免じて余分に金を払っておいても、いざというときに天国でその切り札が使えないとなると、なかなか厳しいものがあるな」とつぶやきながら、若い父親は札束をくるくると円筒形に巻きあげた。「さ、金だ。数えてみたまえ！」エヴァンジェリンの父親は、そう言って、巻きあげた札束を奴隷商人に渡した。「かしこまりました」ヘイリーはうれしそうに顔を輝かせた。そして古ぼけたインク壺を出すと、売渡証に必要事項を書きこみ、あっという間にエヴァンジェリンの父親に手渡した。

「わたしがこうやって腑分けされて目録になったら、値段はいくらになるんだろう？」若い父親は、手渡された書類に目を走らせながら言った。「頭の形にいくらいくら、秀でた額にいくらいくら、腕にいくら、手にいくら、足にいくら、それから教育にいくら、学識にいくら、才能にいくら、誠実さにいくら、信仰にいくら！　まいったね！　最後のやつには、たいした値段はつかないだろうな。さ、おいで、エヴァ」父親は娘の手を取り、船の反対側へ歩いていって、トムのあごにぞんざいに指先をかけ、気安い口調で、「上を向いてごらん、新しいご主人はお気に召すかな？」と言った。

トムは顔を上げた。サンクレアの陽気で若々しくハンサムな顔を見たら、誰だってうれしい気持ちにならずにはいられまい。トムの瞳に涙が浮かんだ。トムは心をこめて、「旦那様に神様のお恵みがありますように！」と言った。

「ああ、わたしもそう願いたいよ。名前は何だっけ？　トム？　おまえが願ってくれたほうが、わたしが願うより見こみがありそうだな、どう見ても。トム、駅者はできるかい？」

「馬はこれまでずっと扱いなれとります」トムが言った。「シェルビー様のとこで、馬はいっぱい飼っとりましたから」

「それじゃ、トム、おまえには駅者をやってもらおうか。週に一日以上は酔っ払わない、という条件で。特別の場合を除いて、だがね」

トムはびっくりして、ちょっと傷ついた表情になった。「わし、酒は飲みませんです、旦那様」トムは言った。

「そういうことを言うやつは、たくさんいるんだよ、トム。まあいいさ、そのうちわかる。おまえが酒を飲まないなら、うちのみんなにとってそんなに好都合なことはない。まあ、気にするなって」トムがいつまでも真剣な表情をしているのを見て、サンクレア氏は陽気に付け加えた。「おまえはきっと一所懸命やってくれるだろうと思ってるよ」

「はい、旦那様、まちがいないです」

「きっと楽しく暮らせるわよ」エヴァが言った。「パパは誰にでもとっても優しいの。

ただ、いつも人のことをからかうけど」

「お褒めにあずかって、パパは感謝しております」サンクレア氏は笑いながらエヴァにそう言い、踵を返して去っていった。

第15章　トムの新しい主人のことなど

　卑しき身分に置かれたわれらが主人公の人生が上流社会の人々の人生と撚(よ)り合わされることになったので、新しく登場する人たちを簡単に紹介しておこう。

　オーガスティン・サンクレアは、ルイジアナの裕福な農園主の息子として生まれた。サンクレア家はもともとカナダから渡ってきた一族で、気質も性格もそっくりな二人の息子がおり、一人はヴァーモント州の肥沃な農地に入植し、もう一人はルイジアナ州で大農園の所有者となった。オーガスティンの母親はユグノー派[1]のフランス人で、ルイジアナの植民が始まってまもなくこの地に移住してきた家系だった。夫婦には、オーガスティンともう一人の男の子の二人しか子がなかった。オーガスティンは母親ゆずりのたいそう虚弱な体質で、医者の勧めによって、少年時代に何年もヴァーモント州の伯父のもとに預けられた。アメリカ北東部の寒さ厳しい気候のもとで体格が充実するように、と願ってのことである。

子供のころ、オーガスティンはきわだって繊細な性格で、男の子らしい強さよりも女性っぽい優しさのほうが目についた。しかし、成長するにつれて柔らかな芯を硬い樹皮が覆うように男らしさが身につき、いまだにオーガスティンの核心部分に繊細さがどれほど生々しく残っているかを知る者は、ほんの少数にすぎなくなった。オーガスティンは何をやっても一流の才能に恵まれていたが、心はつねに理想的なものや審美的なものに惹かれ、こういう才能のバランスを示す人間にはよくあることだが、実生活に関してはどうも本気になれなかった。大学教育を終えて間もないころ、オーガスティンはまるで炎が燃えあがったように恋愛感情に身を焦がした一時期があった。人生の重大な岐路、一生に一度しか訪れない重大な時期にさしかかったのである。運命の星が地平にあらわれた――そういう星にはふつう手が届かぬものであり、夢まぼろしの彼方に思い出として残されるような一時期である。オーガスティンの場合も、星をつかむことはできなかった。たとえ話はさておいて――オーガスティンは北部のとある州に住む気高い心を持った美しい女性と交際し、愛しあうようになったのである。そして、二人は婚約した。オーガスティンが結婚準備のため南部に戻っていたと

1　一六～一七世紀フランスのカルヴァン派（新教徒）の信徒。

き、予想だにしなかったことに、オーガスティンが書き送った手紙類がまとめて郵便で送り返されてきた。小包には女性の後見人と称する人からの短いメモが添えてあり、この小包が届くころには女性はすでに別の人の妻になっているはずだ、と書いてあった。狂わんばかりに傷ついたオーガスティンは、こういう場合に誰もが考えるように、自暴自棄の手段に打って出てすべてを心から消し去ってしまおうと考えた。相手に翻意を願うことも、釈明を求めることも、プライドが許さなかった。オーガスティンは即座に上流の社交界に身を投じ、運命の手紙を受け取ってからわずか二週間後にはその年の社交界の華とうたわれた女性の恋人になっていた。そして大急ぎで段取りが進められ、オーガスティンはきらめく黒い瞳と一〇万ドルの資産を持つ美貌の令嬢の夫となった。もちろん、誰もがオーガスティンを幸せな男とうらやんだ。

新婚の夫婦はポンチャトレイン湖[2]のほとりに建つ豪奢な別荘でハネムーンを過ごし、上流階級の友人たちを招いて楽しくやっていた。そんなある日のこと、一通の手紙が届いた。忘れもしない、あの女性の筆跡だった。それはオーガスティンが部屋いっぱいの友人たちとおおいに陽気な会話に興じていたさなかのことだった。宛名の筆跡を見たオーガスティンの顔から血の気が引いた。しかし、オーガスティンはかろうじて平静を保ち、向かいにすわっていた女性とやりとりしていた冗談の応酬を最後まで演じきった。そして、それからまもなく、友人たちの前から姿を消した。自室で一人きりになって、オーガスティンは手紙を読んだ。読まずにおいたほうがよかった、いまさら知ってもどうにもならないことだった。手紙は彼女からで、後見人の一家からひどい目に遭わされてきた経緯が縷々説明してあり、後見人の息子と無理やり夫婦にさせられたのだ、と書いてあった。長いあいだオーガスティンからの手紙が届かなかったこと。何度もオーガスティンに宛てて手紙を書いたけれど、やがて心がくじけて彼の心を疑うようになったこと。心痛のあまり体調を崩したこと。そして、とうとう、自分たち二人がだまされていたと気づいたこと。手紙には最後に希望と感謝の気持ちがつづられ、あなたへの愛情は変わりません、と書いてあった。不幸なオーガスティンにとって、死ぬよりつらい手紙だった。オーガスティンはただちに返事を書いた。

「お手紙、拝受――しかし、もはや手遅れです。ぼくは、聞かされたことをそのまま信じたのです。絶望です。いま、ぼくには妻がいます。もう取り返しがつきません。忘れてください。ぼくたちに残された道は、それしかありません」

2　ルイジアナ州ニューオーリンズのすぐ北にある大きな湖。実際には「湖」というよりメキシコ湾の入江で、汽水湖。

かくして、オーガスティン・サンクレアにとって、大恋愛と理想の人生は終わりを告げたのだった。とはいえ、現実は残っていた。潮の引いたあとの、平らで、むき出しで、じくじくと水のにじみ出る波打ち際のような現実が。青くきらめく波も、水面を滑るように進むボートも、白い帆を張った船も、心地よい櫂(かい)の調べも、躍る水音も、すべて去っていき、あとに残ったのは平らで、どろどろで、むき出しの、どうしようもない現実なのだった。

もちろん、小説ならば、恋に破れた人は死んでしまい、それで一巻の終わりとなる。物語なら、それで万事はおさまる。けれども、現実では、人生の輝かしい光がことごとく消えてしまっても、人間は死にはしない。食べたり、飲んだり、服を着たり、散歩したり、友人を訪ねたり、ものを買ったり、売ったり、話をしたり、本を読んだり——そうしたことすべてが集まって、いわゆる生きるという行為を構成し、それを続けていかなくてはならないのだ。オーガスティンにも、まだ人生が残っていた。もしも妻が健全な女性であったならば、それでも何かが——女性ならではの何かが——可能だったかもしれない。ずたずたになった人生を繕い、ふたたび輝かせる努力ができたかもしれない。しかし、マリー・サンクレアには、夫の人生がずたずたになったことさえ理解できなかった。前にも書いたように、マリー・サンクレアを形作っているのは美しい容姿とすばらしい瞳と一〇万ドルの資産だけで、そのどれひとつとして病める心に慰めをもたらすものではなかった。

オーガスティンが死人のように真っ青な顔をしてソファに横たわっているのが見つかり、急に偏頭痛が起きて具合が悪いのだと訴えたとき、妻のマリーは夫に、鹿角精（ろっかくせい）[3]を嗅いでごらんになれば、と勧めた。夫の顔色がすぐれず、何週間も偏頭痛が続くのを見た妻は、こんなに病気がちな人だとは思わなかった、しょっちゅう偏頭痛ばかりでつまらない、あなたが一緒に出かけてくれないから、自分一人だけで出歩いていると新婚なのに変だと思われそうだし、と愚痴った。これほど無神経な女と結婚したことを、オーガスティンは内心ありがたいと思った。しかし、新婚時代のうわべだけの美辞麗句や心づかいが色褪せてくると、生まれてこのかた機嫌を取られかしずかれるばかりで育った若く美しい女性ほど家庭生活に向いていない女はいないという現実がはっきり見えてきた。もともとマリーには他人を愛する心も他人を思いやる心もほとんどなかったうえに、なけなしの愛情や思いやりはことごとく極端で無自覚な自己愛に搦（から）め捕（と）られてしまっていた。マリーの自己愛は、頑として譲るところがなく、

3　雄ジカの角から作った気付け薬。

自分の主張以外はいっさい眼中にない点で、いっそう絶望的だった。幼いころからマリーは召使いたちに囲まれて育ち、召使いたちはマリーの機嫌を取るためだけに存在した。召使いたちにも感情があり権利があるということなど、マリーには考えもつかなかった。マリーの父親は一人娘を溺愛し、娘の望むことは人間の力で可能なかぎり何でもかなえてやった。美貌に恵まれ、教養を身につけ、莫大な財産を継ぐことになっているマリーが社交界にデビューすると、お相手になれる望みのある男も、そうでない男も、ことごとくマリーの足もとにひれ伏して切ないため息をもらした。だから、自分を手に入れたオーガスティンはこのうえなく幸せ者だ、とマリーは思っていた。情のない女ならばたいして愛情を求めることもないだろうと思ったら、大まちがいである。とことん自己愛だけの女ほど、他人から情け容赦なく愛情を取り立てる人間はいない。愛情に欠けていればいるほど、そういう女は嫉妬深く最後の一滴まで相手の愛情を搾りあげようとする。そんなわけで、オーガスティン・サンクレアが求愛時代からの惰性で残っていた妻に対する慇懃な言葉や細やかな心づかいを見せなくなってくると、女王様は頑なにそれを許そうとしなかった。マリーは盛大に涙を流し、ふくれっつらをし、荒れ狂い、不満を口にし、愚痴をこぼし、夫を非難した。お人好しで気前のいいオーガスティンは、プレゼントや甘い言葉で妻の機嫌を取ろうとした。マリーが美しい娘を産んだときには、少しのあいだではあったが、オーガスティンは自分の中に心からの優しさに似た感情が芽生えたように感じた時期もあった。オーガスティンの母親は、並はずれて高潔で清純な女性だった。オーガスティンは娘が母親のような女性に育ってほしいという願いをこめて、娘に母親と同じ名前をつけた。これが妻の癪にさわり、妻は子供を溺愛する夫を猜疑と嫌悪の眼差しで見るようになった。夫が子供に注ぐ愛情が大きければ、それだけ、自分に向けられる愛情が減ると思ったのである。子供を産んでから、妻は徐々に体調を崩していった。肉体的にも精神的にも怠惰な日々を重ね、絶え間ない退屈と不満にさいなまれ、そのうえに産後の肥立の悪さも加わって、数年のうちに、はつらつとした社交界の華が黄色く色褪せた病弱な婦人になりはててしまい、しょっちゅうあれやこれやとからだの不調を訴え、あらゆる面で自分ほど踏みつけにされたかわいそうな人間はいないと思いこむようになった。

妻は次から次へととめどなく不満を口にした。しかしなんといっても最大の武器は偏頭痛で、そのために安息日を除いた週六日のうち三日も部屋に閉じこもって出てこないこともあった。いきおい家の中のことはすべて召使い任せになり、オーガスティンにとって家庭生活は快適とはほど遠いものになった。一人娘はとても病弱で、このように誰も子供の面倒を見てやらず世話もしてやらないようでは娘の健康と生命が無能な母親の犠牲になるかもしれない、とオーガスティンは懸念しはじめた。そこで、ヴァーモントへの旅に娘を連れていき、いとこのオフィーリア・サンクレア嬢に南部の屋敷へ来て助けてほしいと頼みこんだ。そんな経緯で、一行はこの船に乗ってニューオーリンズに帰るところだったのである。

遠くに見えていたニューオーリンズの街のドーム屋根や尖塔が次第に大きく迫ってくるあいだに、オフィーリア嬢のことを紹介しよう。

アメリカのニューイングランド地方を旅した経験のある人ならば、冷涼な村に広がる大農場を目にした記憶があるにちがいない。建物の周囲には手入れの行き届いた緑地が広がり、サトウカエデの巨木が濃い葉蔭を落としている。隅々まできちんと整った静けさに包まれ、農場全体のたたずまいが常に変わらぬ安らぎに満ちている。ものが紛失することはなく、故障することもない。フェンスの杭が傾いているところもなければ、芝生にゴミが落ちていることもなく、窓の下にはライラックが緑の茂みを作っている。屋敷にはいれば、どの部屋も広々として掃除が行き届き、やりかけの仕事が目に付くことはなく、何もかもがあるべき場所に収まっており、あらゆる家事が部屋の片隅で時を刻む古時計にぴったり呼吸を合わせて運んでいく。「キーピング・

ルーム」と呼ばれる居間には、ガラス扉のついた年代物の書棚にロラン[4]の『歴史』、ミルトン[5]の『失楽園』、バニヤン[6]の『天路歴程』、スコット[7]の『ファミリー・バイブル』などが、重厚さにおいても評価においても釣り合う数々の書籍とともにきちんと並んでいたのを思い出すことだろう。家には召使いは置かず、雪のように真っ白なキャップをかぶって眼鏡をかけた女主人が、毎日のように午後になると娘たちに囲まれて針仕事に精を出す。それまで何か別の仕事に勤しんでいたそぶりなどみじんも見せず、これからやるべき仕事があるようなそぶりもまるで見せない。主婦と娘たちは、とっくの昔、朝早いうちに、「家事を片付けて」しまい、その後の時間は、おそらく読者諸氏が目にする時間のあいだずっと、「家事はもう片付いた」状態なのである。古い台所の床には汚れもしみもなく、テーブルや椅子やいろいろな調理器具も、すべて整理整頓が行き届いている。日に三度、ときには四度の食事がこの場所で供される

4　シャルル・ロラン（一六六一年〜一七四一年）。フランスの歴史家、教育者。
5　ジョン・ミルトン（一六〇八年〜一六七四年）。英国の詩人。
6　ジョン・バニヤン（一六二八年〜一六八八年）。英国の説教師、作家。
7　トマス・スコット（一七四七年〜一八二一年）。英国の説教師、聖書注釈学者。

のに、そして洗濯やアイロンがけもこの場所でおこなわれるのに、何キロものバターやチーズもこの場所で粛々と製造されているのに、である。

そんな農場、そんな家庭で、オフィーリア嬢は四五年の人生をひっそりと生きてきた。そして、いま、いとこのオーガスティンから南部の大豪邸に来てくれないかと頼まれている。大家族の中でいちばん年長のオフィーリア嬢であったが、両親の目から見ればいまだに「うちの子供たち」の一人であり、オーリンズへ来てほしいという話は、この家族にとっては一大事であった。白髪の老父は本棚からモース[8]の地図帳を出してきて、ニューオーリンズの正確な緯度と経度を確かめた。そして、フリント[9]の『アメリカ南部・西部への旅』を読み、自分なりに南部のイメージをつかもうとした。母親のほうは、心配そうな顔で、「オーリンズは恐ろしく罰当たりな場所ではないのかい？ わたしにはサンドウィッチ諸島[10]みたいな野蛮人の国へ行くような気がするねえ」と言った。

オフィーリア・サンクレア嬢がいとこに乞われてオーリンズへ行くことを「考慮中」であるという噂は牧師の耳にはいり、医者の耳にはいり、帽子屋のピーボディ嬢の耳にもはいった。そして、言うまでもなく、村全体がこのきわめて重要な「考慮中」の案件でもちきりになった。奴隷制廃止を強硬に主張する牧師は、そのような行動に出れば、南部の人々が奴隷を所有しつづけることを奨励する結果になるのではないか、という見解を表明した。医者のほうは熱烈な植民地主義者[11]だったので、オフィーリア嬢はオーリンズへ行って、北部の人々がそれほど南部の人間を敵視してはいないということを示すべきだろう、という意見だった。実際、医者は南部の人々を後押ししてやる必要がある、とさえ考えていた。いずれにせよ、オフィーリア嬢がいよいよ南部へ行く決意を固めたということが知れわたると、それから二週間にわたって、友人たちや近隣の人たち全員から正式なお茶の席への招待が続き、今後の見通しや計画の詳細について皆から微に入り細を穿つ質問がなされ、検討が加えられた。ドレスの仕立てを手伝うためにサンクレア家に出入りするようになったモーズリー嬢は、オフィーリア嬢が持っていく衣装の仕立ての進捗状況について毎日のように重要な情

8　ジェディダイア・モース（一七六一年～一八二六年）。牧師、アメリカで最初の地理の教科書を執筆した。
9　ティモシー・フリント（一七八〇年～一八四〇年）。アメリカの宣教師、著作家。
10　ハワイの旧称。
11　西アフリカのリベリアに植民地を作り、それをキリスト教国として、そこへ解放された黒人奴隷を入植させようという考えを支持した人々。

報を提供する立場となった。このあたりで「サンクレアの旦那様」と呼びならわされているオフィーリア嬢の父親が、どれでも良いと思うドレスを買いなさいと言って娘に五〇ドルを渡してやった、それでボストンから新しいシルクのドレス二着とボンネットを取り寄せたそうだ、という話がまことしやかに伝わった。この目の玉が飛び出るような出費について、村の人々のあいだでは賛否両論があった。一生に一度のことだから、いろいろ考えて、まあいいのではないか、という意見もあったが、キリスト教の伝道事業に寄付したほうが金の使い道として望ましい、という強い意見もあった。いずれにしても、ニューヨークから取り寄せたパラソルのようにしゃれたものはここらあたりでは見たことがない、という点では皆の見解が一致した。あのシルクのドレスは、持ち主に対する意見は別として、とにかく唯一無二のすばらしさであることはまちがいなかろう、という点でも、村人たちの見解は一致していた。さらに、ヘムステッチ[12]を施したポケット・ハンカチーフについても、まことしやかな噂が飛びかっていた。そればかりか、オフィーリア嬢はまわりをぐるっとレースで飾ったポケット・ハンカチーフも持っていて、そのハンカチーフは四隅に刺繍までしてある、という話も村じゅうに伝わった。ただし、この最後の点については十分な確認情報はなく、いまだ詳細は不明のままである。

いま読者諸氏の前にたたずむオフィーリア嬢は、凝った仕立ての茶色いリネンの旅行用スーツに身を包んでいる。背が高く、いかり肩の、やせて骨ばった体つきで、顔は肉づきが薄く、輪郭がはっきりしている。唇はキリリと結ばれ、何ごとにつけ揺るぎない意見を持っている人の表情だ。黒く鋭い瞳は油断なく周囲を観察し、何か問題が起こっていないか、つねに目配りしている。

オフィーリア嬢の動作は、何から何まできびきびとして迷いがなく、精力的である。口数はけっして多いほうではないが、口を開くときは単刀直入で無駄がない。

オフィーリア嬢の気質はというと、とにかく秩序と手順と几帳面さが最重要課題であった。時間厳守にかけては時計のように寸分の遅れも許さず、鉄道のように正確無比だった。そして、そうでないものを徹底的に軽蔑し嫌悪した。

オフィーリア嬢に言わせれば、罪の中の罪、悪の中の悪は、彼女がよく口にする重要なひとこと――すなわち「だらしない」のひとことで表される。究極の軽蔑を表現するとき、オフィーリア嬢は「だらしない」という言葉に特別の強調をこめて発音した。オフィーリア嬢は、目的の達成に向けて直接的かつ必然的とは認めがたいあらゆ

12　布の端の横糸を数本抜いて、縦糸を数本ずつまとめて上下をかがるステッチ。

る取り組み方を指弾して、この言葉を使った。何もしない人間、目的意識が曖昧な人間、目標達成のために最短最善の手段を講じない人間は、オフィーリア嬢の痛烈な軽蔑の的となった。そんなとき、オフィーリア嬢は口から発する言葉よりむしろ石のように冷たい態度、その件については言うも愚か、という態度で軽蔑を示すのだった。

教養に関しては、オフィーリア嬢は明晰で強靭で活発な知性の持ち主であり、歴史と古典文学については申し分のない知識を有し、一定の限られた範囲内ではあるものの思考力も文句のないレベルに達していた。神学の教義については、すでに確立され、明快に分類され、トランクに収められたパッチワークの端切れのようにきちんと整理整頓されていた。教義の分類は尽くされており、新しいものが参入する余地はなかった。実生活に関することも、ほとんどは考え方が定まっており、家事全般についても、また生まれ育った村におけるさまざまな人づきあいについても、曖昧なところは残していなかった。そして、こういうことすべての根底に、何よりも深く、また何よりも高く広く君臨しているオフィーリア嬢の最強の信条は、「良心的であること」だった。ニューイングランドの女性ほど、良心的であることを重視する人たちはいない。それは、花崗岩の岩盤のように堅牢であり、深いところに横たわり、地上に表出し、どの山よりも高くそびえるほどの信条なのである。

オフィーリア嬢は、「べきである」と信じたことは何がなんでも守りとおす性分であった。いったん、これが本人言うところの「取るべき道」だと信じこんだら、火も水も厭わず突き進むのである。行く手に深い井戸が口を開けていようとも、砲弾をこめた大砲の口がこちらを向いていようとも、それが「取るべき道」だと確信したならば、オフィーリア嬢は怯まず進んでいった。オフィーリア嬢の正義の目標はきわめて高く、きわめて網羅的にしてきわめて綿密で、人間の弱さにはほとんど斟酌することがなかったので、英雄的な熱意でもって理想に突き進んでいくにもかかわらず目標の達成はほぼ毎回おぼつかず、その結果、ほとんどいつも自分の至らなさに心をさいなまれているのだった。そのせいで、宗教の面において、オフィーリア嬢はなかなか自分を認めて許すということができなかった。

しかし、それならばいったいなぜ、オフィーリア嬢のような女性がオーガスティン・サンクレアなどとウマが合ったのだろうか？ オーガスティンは陽気で、のんきで、時間にいいかげんで、非実務的で、宗教には懐疑的で、要するに、オフィーリア嬢が何よりも大切に思っている習慣や考え方をことごとく軽視し無視して生きているような男なのだ。

じつのところ、オフィーリア嬢はオーガスティン・サンクレアを愛していたのである。子供のころ、オーガスティンにキリスト教の教理問答を教えるのは彼女の役目だった。オーガスティンの衣類を繕ってやるのも、髪をとかしてやるのも、正しい方向へ教え導き育てることすべてがオフィーリア嬢の役目だった。人たらしのオーガスティンは、そんな彼女の優しさにちゃっかりつけこんでお気に入りになった。そんなわけで、オーガスティンはオフィーリア嬢の「取るべき道」はニューオーリンズに向かっている、オフィーリア嬢は一緒にニューオーリンズへ行ってエヴァの面倒を見てやらなければならない、オーガスティンの病気がちな妻に代わって傾きかけている家を立て直さなくてはならない、と言いくるめてしまったのである。誰も手をかけないで荒れ放題になっている屋敷の窮状は、オフィーリア嬢の胸を突いた。それに、誰だって虜にならずにはいられないエヴァの可愛さに、オフィーリア嬢もほだされた。キリスト教的にはオーガスティンの行状は褒められたものではないと重々承知しつつも、オフィーリア嬢はオーガスティンを愛し、オーガスティンの冗談に声をあげて笑い、オーガスティンの欠点を大目に見た。オーガスティンという人間をよく知る者から見れば、どうしてそうなるのか理解に苦しむところだった。が、しかし、オフィーリア嬢の詳しい人となりについては、これからおいおい紹介していくこととしよう。

いま、オフィーリア嬢は蒸気船の特別室で、大小の旅行かばんや箱やバスケットなどに囲まれてすわっていた。かばんや箱にはそれぞれの目的にかなった品々が詰めこまれており、オフィーリア嬢は真剣な面持ちで箱に紐をかけたり、束ねたり、荷物を詰めたり、かばんの口を閉めたりしていた。

「エヴァ、荷物の数は数えましたか？　まだなのね、子供はそういうものだわね。例の染みがついた旅行かばんと、あなたのいちばん上等なボンネットのはいっている青い小さな帽子ケースがあるでしょう？　それで、二個。それから、ゴムびきの肩掛けかばんがあるでしょ、それで三個。それから、わたしのお針箱。これで四個ね。それから、わたしの帽子ケースで、五個。それから、わたしの替え襟を入れた箱で、六個。毛皮張りの小さなトランクで、七個。あなた、パラソルはどうしたの？　こちらへちょうだいな、紙で巻いてから、わたしのパラソルと一緒に雨傘にくくりつけておきましょう。はい、これでいいわ」

「ねえ、おばさま、これから家に帰るだけなのに、どうしてそんなことするの？」

「きちんとしておくためよ。物は大切に扱わなくちゃいけないの、物を持つ以上はね。それから、エヴァ、指ぬきは片付けましたか？」

「わかんないわ、おばさま」

「いいわ、じゃ、あなたのお針箱を見てみましょう。ええと……指ぬき、ワックス[13]、糸巻きが二つ、はさみ、ナイフ、紐通し。さ、これでいいわ。ここに入れておきましょう。あなた、お父様と二人きりでヴァーモントへ来るときには、どうしていたの？　持ち物を次から次へとなくしていたんじゃなくて？」

「そうよ、おばさま、いっぱいなくなったの。そういうものは、みんな、船が泊まるたびにパパがまた買ってきてくれたの」

「まあ、あきれたこと！」

「でも、そうすれば、とっても簡単だったのよ、おばさま」

「それは、とってもだらしないことよ」

「まあ、おばさま、これ、どうするの？」エヴァが声をあげた。「トランクがいっぱいすぎて、蓋が閉まらないわ」

「閉めるのよ、なんとしても」オフィーリア嬢は将軍のような勇ましい口ぶりでそう言い、トランクに荷物を詰めこんで、蓋の上に跳び乗った。しかし、それでもまだトランクの口は閉まらない。

「ここに乗ってちょうだい、エヴァ！」オフィーリア嬢がエヴァを促した。「一度できたことは、かならずもう一度できるわ。このトランクは、なんとしても蓋を閉めて、鍵をかけなくては。それ以外には、ありえません」

その決意に満ちた声が聞こえたのか、トランクがついに屈服した。掛け金がかかる鋭い音が響き、オフィーリア嬢は鍵をかけ、勝ち誇った表情でその鍵をポケットに入れた。

「さ、用意は済んだわ。あなたのパパはどこにいるの？　そろそろこの荷物を出す時間だと思うんだけれど。外を見てちょうだい、エヴァ、パパの姿は見えるかしら？」

「パパなら、むこうの殿方の船室でオレンジを食べているわ」

「もうすぐ着くのに、気づいていないのかしら」オフィーリア嬢が言った。「ちょっと行って、お父さまに声をかけてきたら？」

「パパは何ごとも急がないの」エヴァが言った。「それに、まだ埠頭に着いてないし。それより、手すりのところへ来て、おばさま。見て！　うちが見えるわ、あの通りの先！」

船は疲れきった巨大な怪物のようなうなり声をあげて、いよいよ埠頭に並ぶたくさんの蒸気船のあいだへはいっていこうとしている。エヴァは尖塔やドーム屋根や道路標識など生まれ育ったニューオーリンズのなつかしい景色をうれしそうに指さして

13　縫い糸の滑りをよくするために使う。

いる。

「そうね、ええ、そうね、きれいね」オフィーリア嬢は言った。「でも、ほんとうに！ 船が着きましたよ！ あなたのお父さまはどこにいるの？」

船が接岸して、おなじみの大混乱が始まった。ボーイやメイドが四方八方に向かっていっせいに走りだし、男たちがトランクや旅行かばんや荷物箱を引きずり、ご婦人方は心配そうに子供たちの名を呼び、誰も彼もが上陸用のタラップに押し寄せる。オフィーリア嬢はさきほど無理やり閉めたトランクの上に陣取り、すべての荷物や持ち物を軍隊のように整列させて、一歩も動かぬ構えだった。

「トランクをお運びしましょうか、奥様？」「お荷物をお持ちいたしましょうか？」「奥様、お荷物はこちらにお任せください」「奥様、これ、船から下ろしますか？」と、次々に声がかかっても、オフィーリア嬢は相手にしなかった。厚紙にまっすぐ突き刺した太いかがり針のように背すじをぴんと伸ばしてすわったまま断固として動かず、雨傘とパラソルの束を握りしめ、貸し馬車の駁者でさえ怖気(おじけ)づいて引き下がるような剣幕で返事をしながら、エヴァに向かって再々、「いったい、あなたのパパは何を考えているんでしょう。まさか、水に落ちたわけでもあるまいに。でも、何かあったにちがいないわ」とくりかえしていた。そして、いよいよ心配でじっとしていられなくなったところへ、サンクレア氏が姿を見せた。例によってのんきな態度で、食べかけのオレンジの四分の一切れをエヴァに渡しながら、「ヴァーモントのお従姉さん、準備はよろしいようですね」と言った。

「とっくに準備はできておりますとも。一時間も前から」オフィーリア嬢が言った。

「あなたのことを本気で心配しはじめていたところですよ」

「さすがですね。それでは、馬車も待っているし、人ごみもはけたようだから、これなら押されたり小突かれたりしないでクリスチャンらしく品位を保って船を下りられそうですよ。さあ」そう言って、サンクレア氏は自分の後ろに立っている馭者に声をかけた。「ここにある荷物を運んでくれ」

「ちゃんと馬車に積みこむかどうか、見てきますわ」オフィーリア嬢が言った。

「なんと！　従姉さん、それはまた何のために？」サンクレア氏が言った。

「いずれにしても、わたくし、これとこれとこれは自分で持って下ります」オフィーリア嬢が箱三つと小さな旅行かばんを選び出して言った。

「ちょっと、ちょっと、親愛なるミス・ヴァーモント、グリーン山脈[14]のこっち側では、

14　ヴァーモント州の山脈。

それは通用しませんよ。少なくとも、南部のやり方にいくらかは慣れていただかないと。そんな大荷物を抱えて歩くなんて、論外ですよ。それじゃあメイドだと思われますよ。その荷物は、この男にお任せなさい。卵を扱うようにそっと運んでくれますから」

だいじな荷物をぜんぶ取り上げられてオフィーリア嬢は絶望的な顔つきになったが、馬車に乗って荷物の無事を確かめると、うれしそうな顔を見せた。

「トムはどこにいるの？」エヴァが尋ねた。

「外に乗ってるよ。お母さんのご機嫌うかがいに、ちょうどいいかと思ってね。この前、例の酔っ払いの馭者のせいで馬車がひっくり返りそうになって、ひどい目に遭わせちゃったからね」

「トムなら、とってもいい馭者になると思うわ、きっと」エヴァが言った。「お酒で酔っ払うなんてこと、ぜったいないもの」

馬車はかなり古風な大豪邸の前で止まった。屋敷はスペイン風とフランス風をミックスした造りで、ニューオーリンズではときどき見かけるスタイルである。建築様式はムーア式で、方形の建物が中庭を取り囲む形になっていて、馬車はアーチ形の門をくぐって中庭へはいっていくようにできている。中庭は、絵画的な美しさと官能的な心地よさの両方を狙った設計意図が伝わってくる空間だった。中庭の四方を回廊式の広いベランダが囲み、ムーア様式のアーチとほっそりした柱が並び、アラベスクの装飾がほどこされていて、ここに立つと、スペインを統治したオリエントの夢を見るような気分になる。中庭の中央には噴水が銀色に光る水を高く噴き上げ、その水は絶え間なく大理石の水盤に降り注いで、香り高いスミレが水盤を取り巻くようにびっしりと植えこまれている。水晶のように澄みきった水盤の水の中には無数の金色や銀色の魚が泳いでいて、きらきらと光を受けてすばやく動くさまは生きた宝石さながらだ。噴水の周囲には小石を凝ったモザイク模様に並べた遊歩道がめぐり、その周囲を緑色のベルベットのような芝生が取り囲み、さらに、いちばん外側に馬車道が敷かれていた。大きなオレンジの木が二本、香りのいい花をつけ、心地よい木蔭を作っている。芝生の上には点々と輪を描くようにアラベスク彫刻を施した大理石の花鉢が配され、厳選した熱帯の花々が植えこまれている。ほかにも、ザクロの巨木がつややかな緑の葉を茂らせて真っ赤な花をつけ、深緑色の葉のアラビア・ジャスミンが銀色の星のような花をつけ、ゼラニウムがあり、大きな花の重みで枝をしならせる華麗なバラが咲

15　ムーア人は、アフリカ北西部に住むベルベル人とアラブ人の混血で、イスラム教徒。

きほこり、ゴールデン・ジャスミン、レモンの香りがするヴァーベナなど、さまざまな花が咲ききそい、芳香を放っている。かと思うと、庭のあちこちに神秘的なアロエの古株が不思議な形をした大きな葉を広げて白髪の老呪術師のように居すわり、はかない花々の芳香の中で独特の威容をかもしていた。

中庭をぐるりと囲む広々としたベランダにはムーア風のカーテンが吊るしてあり、気が向いたときにカーテンを下ろせば日の光を遮ることができた。全体として、この中庭は贅沢でロマンチックな空間だった。

中庭を進んでいく馬車の中で、エヴァはいまにも鳥かごから飛び出そうとする小鳥のように、うれしくてじっとしていられないようすだった。

「ああ、きれい！　なつかしいわ、おうちに帰ってきたのね！」エヴァはオフィーリア嬢に話しかけた。「ねえ、きれいでしょう？」

「美しいお屋敷ね」馬車を降りながら、オフィーリア嬢が言った。「わたくしの目には、いくぶん古風で邪教的に見えなくもないけれど」

トムは馬車から降りて、穏やかな歓びのこもった眼差しであたりを見まわした。前にも書いたとおり、黒人は世界でもとりわけ華麗で壮大な国々からやってきた異邦人であり、心の奥底に、壮麗なもの、豊饒なもの、奇想的なものに対する情熱を生まれながらに持ちあわせている。ただ、それが未熟な美的センスにもとづいて粗野に表現されたせいで、冷淡で整然としたものを好む白人種から馬鹿にされるようになってしまっただけである。

詩人のように官能的悦楽を愛する心の持ち主であるサンクレア氏は、オフィーリア嬢が自分の屋敷についてコメントした言葉を聞いてにっこり笑い、黒い顔に感嘆の表情を浮かべてあたりを見まわしているトムのほうへ向きなおって、声をかけた。

「なあ、トム、いいところだろう?」

「はい、旦那様。まことにけっこうなお屋敷です」トムが言った。

この短い会話のあいだに、たくさんのトランクがてきぱきと家に運びこまれ、貸馬車の駅者に代金が支払われた。旦那様の到着を聞いて、老若男女たくさんの使用人たちが二階のベランダや一階の回廊に走り出てきた。先頭に立って出てきたのは立派な服装をした若いムラートの男で、見るからに高貴な雰囲気をただよわせ、最新流行の服装に身を包み、香水を振ったキャンブリック[16]のハンカチーフを手に持って優雅に揺らしている。

16　薄手の緻密な平織り木綿、または上質のリネン。

このしゃれた人物は、やっきになって自分以外の使用人たちをベランダの反対側に押しもどそうとしていた。

「下がりなさい、みんな！　みっともないぞ」男は高飛車な口調で言った。「旦那様がお戻りになられたばかりだというのに、ご家族様とのあいだに厚かましく割っているつもりか？」

この気取った口調の叱責に、ほかの使用人たちは恥じ入った表情になり、サンクレア氏の一行から少し離れたところで固まってしまった。二人の大柄なポーターだけは、一行の近くまでやってきて荷物を運びはじめた。

ミスター・アドルフが先手を打って使用人たちを下がらせたおかげで、貸馬車屋に運賃を支払ったサンクレア氏がふりかえったときには、その場にいたのは、サテンのベストに金の留め鎖をつけ、真っ白なズボンをはいて、得も言われぬ優雅で洗練された物腰でおじぎをしているミスター・アドルフ一人だけだった。

「おう、アドルフ、おまえか」主人のサンクレア氏は手を差し出して握手しながら、「元気か？」と声をかけた。アドルフのほうは立て板に水の勢いで出迎えの口上を述べたてたが、じつは、これは二週間も前から入念に準備していた挨拶だった。

「そうか、そうか」サンクレア氏はアドルフの前を通り過ぎながら、いつもの無頓着な冗談めかした口調で、「なかなかみごとな挨拶だな、アドルフ。荷物をちゃんと片付けてくれよ。すぐにみんなに挨拶に行くから」と言った。そして、オフィーリア嬢を案内しながら、ベランダに向けて開けている広い応接間へはいっていった。

　そのあいだに、エヴァは小鳥のような軽やかさで玄関ポーチと広間を駆け抜け、同じくベランダに向けて開けている夫人の小さな寝室へ向かった。

　背の高い、黒い瞳をした血色の悪い女性が、横になっていた長椅子の上で半身を起こした。

「ママ！」エヴァが大はしゃぎで女性の首に抱きつき、何度も何度も母親を抱きしめた。

「はい、はい、もういいでしょう。気をつけてちょうだい。また頭が痛くなるわ！」女性は、気だるそうに娘にキスしたあと、そう言った。

　そこへサンクレア氏がやってきて、いかにも夫らしい型どおりのスタイルで妻を抱擁し、それからいとこのオフィーリア嬢を紹介した。マリーはいくらか興味を引かれたように大きな瞳を開いていとこのオフィーリア嬢を見つめ、気だるそうに、しかし礼儀正しく挨拶をした。そのあいだに、使用人たちが部屋の戸口につめかけた。なかでも、いちばん前に立っているきちんとした服装のムラートの中年女性は、期待と喜びに身を震わせんばかりだった。

「あ、マミー！」[17]エヴァが戸口へ飛んでいき、中年女性の腕の中に飛びこんで、何度も何度もキスをした。

この中年女性は、エヴァが抱きついても頭痛がひどくなるとは言わず、それどころかエヴァをしっかりと抱きしめ、笑い、泣き、正気なのかどうか疑わしくなるほどの喜びようを見せた。マミーとの抱擁が終わったあと、エヴァは使用人の一人ひとりと握手をしたりキスをしたりして再会を喜んだ。あとになって、オフィーリア嬢は、あれは胸が悪くなりそうな光景だった、と言った。

「まったく！　南部の子供たちというのは、わたくしにはとてもできそうもないことをして見せてくれるのね」

「と言うと？」サンクレア氏が言った。

「わたくし、誰に対しても優しくありたい、傷つけたくない、とは思っていますけれど、でも、キスはちょっと――」

「黒んぼに、かい？　黒んぼにキスは無理、ってことかな？」サンクレア氏が言った。

「そう。あの子ったら、よくもまあ――」

サンクレア氏は笑い声をあげ、部屋の外へ出ていった。「おーい、待たせたね。さあ、みんな——マミー、ジミー、ポリー、スーキー——みんな、旦那様に会えてうれしいか?」そう言いながら、サンクレア氏は次々に奴隷たちと握手をしていった。「おっと危ない、赤ん坊か!」四つんばいで床を這っていた真っ黒な子供につまずいたサンクレア氏が言った。「もし誰かを踏んづけたら、遠慮なく言ってくれよ」

そして、サンクレア氏がみんなに小銭を配ると、あちこちから笑い声や祝福の声が起こった。と、色の真っ黒な者も褐色の者も全員が戸口から広いベランダへぞろぞろと下がっていき、そのあとを追って大きなかばんを抱えたエヴァが出ていった。家へ帰る旅行のあいだじゅう、エヴァはリンゴやナッツやキャンディやリボンやレースやいろいろなおもちゃをかばんにためこんでいたのである。

くるりと向きを変えて戻ろうとしたとき、トムの姿がサンクレア氏の目にとまった。トムは右足から左足へ、また右足へ、と体重を移動させながら、困ったように立ちつくしていた。その姿を、欄干にしなだれかかったアドルフが伊達男を気取ってオペラグラスでのぞいている。

17　白人の子守りをする黒人女(ばあや)は、一般的に「マミー」と呼ばれた。

「こら！　こいつめ」サンクレア氏がオペラグラスを払い落として言った。「それが仲間に対する仕打ちか？　おい、ドルフ」サンクレア氏はアドルフが身につけている仕立てのいいサテンのベストを指でなぞった。「これは、わたしの、ベストじゃないのか？」

「ああ！　旦那様！　このベストは、ワインでいっぱい染みになりました。もちろん、旦那様のような紳士は、そんなベスト、ぜったいにお召しになりません。だから、わたしがお下がりをいただくもの、と。わたしのような哀れな黒んぼにぴったりです」そう言ってアドルフは頭をつんとそらせて、香水をふりかけた髪に気取って指を通した。

「なるほどね」サンクレア氏は無頓着に言った。「いいかい、これから、あそこにいるトムを奥様のお目にかける。それが済んだら、おまえがトムを台所に連れていけ。それから、トムに対して生意気な真似をするんじゃないぞ。おまえみたいな若造の倍は値打ちのある男だ」

「旦那様、あいかわらずご冗談がお上手で」アドルフが笑いながら言った。「ご主人様がご機嫌うるわしいと、わたしもうれしいです」

「トム、こっちへ」サンクレア氏が手招きした。

　トムは部屋にはいった。そしてビロードのカーペットを感嘆の眼差しで眺め、想像したこともないような鏡や絵画や彫像やカーテンで飾られた豪華な部屋を見て、ソロモン王の前に出たシバの女王のように萎縮してしまった。トムは足を下ろすことさえ遠慮しているように見えた。

「ほら、マリー」サンクレア氏が妻に声をかけた。「きみのために、駅者を買ってきたよ。ようやっと、まともなのを。こいつは黒いことと酒を飲まないことにかけては霊柩車も顔負けだ。お望みとあらば、霊柩車と同じくらい粛々と馬車を走らせることだってできる。さあ、目を開けて見てごらん。旅行に行っているあいだきみのことを考えなかったなんて言わせないよ」

　マリーは横たわったまま目を開けてトムを見た。

「どうせ、また酔っ払いでしょ」

「いや、信心と素面にかけては、折り紙付きだ」

「まともなら、けっこうですけれど。でも、あたくし、期待していないわ」

「ドルフ」サンクレア氏がアドルフに声をかけた。「トムを階下へ連れていってやれ。いいか、さっき言ったことを忘れるんじゃないぞ」

　アドルフが軽やかな足取りで歩きだし、そのあとにトムがぎこちない足取りで従った。

「まるで巨大な化け物ね！」マリーが言った。

「まあまあ、マリー」妻が横たわるソファの傍らで、サンクレア氏が足のせ台に腰をおろした。「そう言わず、優しい言葉のひとつもかけてくれよ」

「あなた、予定より二週間もお帰りが遅かったわ」マリーがふくれっ面をした。

「理由はちゃんと手紙で知らせただろう」

「あんな短くて冷たいお手紙！」

「おいおい！　ちょうど郵便が出るところだったんだよ。短い手紙か、手紙なしか、どっちかしかできなかったんだ」

「いつもそうなのね。いつも旅行は長くて、お手紙は短いの」

「なあ、いいものがあるんだよ」サンクレア氏がポケットからエレガントなビロード張りのケースを取り出して、蓋を開けた。「プレゼントだよ。ニューヨークできみのために手に入れた」

それはダゲレオタイプ[18]で、手を取りあって椅子に腰をおろしたエヴァと父親の姿が銅版画のようにくっきりと滑らかに写しとられていた。

マリーは不満そうに視線を向けた。

「なぜ、こんな変な格好ですわっているの？」マリーが言った。

「変かどうかは、好みの問題だろうね。それにしても、そっくりだと思わないかい？」

「わたしの意見を好みの問題だとおっしゃるなら、何を言っても無駄じゃありませんか」マリーはそう言って、ダゲレオタイプの蓋を閉じた。

心の中では「この女め！」と思ったが、サンクレア氏は口では「そんなこと言わないで、マリー、ねえ、似ていると思わないかい？　さあ、機嫌をなおして」と言った。

「思いやりがないのね、あなた」マリーが言った。「無理に話をしろだの、見てみろだの、おっしゃって。あたくし、偏頭痛で一日じゅう臥せっていたんですのよ。それに、あなたがお帰りになってからのこの騒ぎ、あたくし、もう死にそうですわ」

「偏頭痛でお悩みですの？」部屋の隅で大きな肘掛け椅子に深々と腰をかけて調度類を値踏みしていたオフィーリア嬢が、立ち上がって話しかけた。

「ええ、四六時中ですの」マリーが言った。

「偏頭痛にはネズの実を煎じたお茶がよく効きますのよ」オフィーリア嬢が言った。

「少なくとも、ね、オーガスティン、教会の執事をしていたエイブラハム・ペリーさ

18　銀メッキをした銅板などを感光材料として使う、写真の原型。

んの奥様が、よくそう言っていましたわ。奥様は優秀な看護婦さんだったのよ」

「湖のほとりにあるうちの果樹園でことしネズの実が熟したら、さっそく取り寄せてやってみるよ」サンクレア氏はそう言いながら、まじめくさった顔で呼び鈴の紐を引いた。「とりあえず、従姉さん、部屋へ行って少し休んだらどうかな。長旅のあとだし。ドルフ、マミーを呼んでくれ」さきほどエヴァが大喜びで抱きついたムラートのしっかり者の女奴隷が、すぐに部屋へやってきた。きちんとした服装で、頭に赤と黄色のターバンを高々と巻き付けている。エヴァからプレゼントされたばかりのおみやげで、エヴァ自らがマミーの頭に巻いてやったものだ。「マミー」と、サンクレア氏が言った。「こちらのレディのお世話をお願いするよ。お疲れで、少し休んだほうがいい。部屋へご案内して、ご不自由のないようによく気を配っておくれ」こうして、オフィーリア嬢はマミーのあとについて部屋から出ていった。

第16章　新しい奥様の言い分

「さて、と。マリー、きみもようやく楽ができるようになるよ」サンクレア氏が言った。「実務に強くてなんでもてきぱき片付けてくれる従姉(いとこ)がニューイングランドから来てくれたからね。これできみも肩の荷を下ろして、少しゆっくりする時間が取れるよ。英気を養って若返っておくれ。なるべく早く引き継ぎをしたほうがいいね」

この会話がかわされたのは、オフィーリア嬢がニューオーリンズに到着して数日後の朝食の席だった。

「ええ、それでけっこうよ」マリーが気(け)だるそうにほおづえをついたまま言った。「この屋敷で何かわかるとしたら、それは、ここでは女主人のほうこそ奴隷扱いされているということでしょうね」

「ああ、もちろん、そうだろうね。あと、それ以外の有益なる真実もいっぱいわかるにちがいないだろうけどね」サンクレア氏が言った。

「あら、まるでうちに奴隷たちを置いているのはわたしたちの都合、みたいなおっしゃりようね」マリーが言った。「その点を考慮するならば、奴隷たちなんかいますぐにでも手放したほうがましですわ」

エヴァンジェリンは真剣な眼（まなこ）を大きく見開いて母親の顔を凝視し、どうしてもわからないといった表情で、ずばりと聞いた。「ママ、何のために奴隷たちを置いているの？」

「わからないけれど、禍（わざわい）の種だってことだけはまちがいないわね。奴隷なんて、あたくしの人生にとっては禍の種よ。あたくしの健康がすぐれないのは、何よりまず奴隷たちが原因だと思うわ。それに、うちの奴隷たちはどこの奴隷よりも厄介な連中ですから」

「まあまあ、マリー、けさは気がふさいでいるんだね」サンクレア氏が言った。「そうでないことは、きみもわかっているだろう。マミーを見てごらん、あんなによく尽くしてくれる者はいないよ。マミーがいなかったら、きみはやっていけないだろう？」

「マミーはあたくしが知っているなかではいちばんましな奴隷です」マリーが言った。「けれど、マミーだって身勝手なのですわ。すごく身勝手。身勝手なのはあの人種の欠点なのよ」

「身勝手はけしからん欠点だね」サンクレア氏がまじめくさった顔で言った。

「マミーのことですけれどね」マリーが言った。「毎夜毎夜あんなにぐっすり眠るなんて、身勝手だと思いますわ。あたくしの発作がひどいときは毎時間ごとにお世話が必要なのに、呼んでもちっとも起きないんですもの。けさだって、そう。こんなに具合が悪いのは、きのうの夜マミーを起こすのにたいへんな苦労をさせられたからですわ」

「このごろ、マミーはママのために夜中にしょっちゅう起きているんじゃなくて?」エヴァが言った。

「どうしてあなたがそんなことを知っているの?」マリーがキッとなって聞き返した。

「マミーが愚痴ったのね」

「マミーは愚痴なんか言ってないわ。ママが毎晩続けて夜中に眠れなくてたいへんだった、っていう話を聞かせてくれただけ」

「一晩か二晩くらい、ジェーンやローザに代わらせて、マミーを休ませてやったらどうだい?」サンクレア氏が言った。

「よくもそんなことおっしゃるわね」マリーが言った。「あなたって、ほんとうに思いやりのない方！　あたくし、とても神経質ですから、ちょっとした息づかいでも気になるんです。慣れない人の手でお世話されたら、気が変になってしまうわ。マミーがあたくしのことをちゃんと心配してくれているのなら、もっとすぐに起きてくれるはずなのよ。そうよ、きまっているわ。よそでは、そういう献身的な使用人の話も聞きますもの。でも、あたくしはそういう運に恵まれなかったみたい」マリーがため息をついた。

こんな会話がかわされているあいだ、オフィーリア嬢は鋭い観察眼を抜け目なく発揮して、真剣に耳を傾けていた。そして、依然として、口をはさむ前に自分の立場を慎重に確認すべく、固く沈黙を守っていた。

「まあ、マミーにもいいところはありますけれど」マリーが言った。「おとなしいし、生意気なことを言わないし。だけど、本心は身勝手なのよ。第一、自分の連れ合いのことをいつまでもぐずぐず言うんですもの。だってね、あたくしが結婚してここに住むことになったとき、もちろんマミーを一緒に連れてきたのは当然だし、マミーの連れ合いのほうはうちのお父さまが手放せなかったんです。だって、鍛冶職人なんですもの、手放すわけにはいかないでしょう？　だから、当時、あたくしはいろいろ考えて、こう言ってやったの。マミーは連れ合いとは別れたほうがいい、だってこういう事情ではもう二度と一緒には暮らせないんだから、って。あのとき、もっと強く言えばよかったわ。そして、マミーをほかの誰かと結婚させればよかったのよ。だけど、あたくしが馬鹿だったんです。マミーを甘やかして、強く言わなかったから。当時、マミーにはこう言ってやったわ、連れ合いとはもうこれから死ぬまでに一度か二度しか会えないと思ってちょうだい、って。だって、お父さまのお屋敷の気候はあたくしのからだに合わないから、むこうへは行けないんですもの。だから、ほかの相手を選びなさい、って。でも、マミーはいやだって言ったのよ。強情なところがあるのよねえ。ほかの人にはそうは見えないみたいだけれど、あたくしにはわかるの」

「子供はいたのですか？」オフィーリア嬢が聞いた。

「ええ。二人」

「じゃあ、子供たちと別れるのもつらかったんじゃなくて？」

「言うまでもないことですけれど、子供たちを連れてくるわけにはいきませんもの。子供なんて汚いだけで――うちに置くなんて、とんでもない。それに、子供を連れてきたら、そっちに手がかかるし。でも、マミーはそのことをずっと根に持っていると思うわ。マミーったら、ほかの誰とも結婚しないと言い張るんですもの。それに、あたくしにはぜったいにマミーが必要だということがわかっていて、あたくしのからだがどんなに弱いかもわかっているくせに、もしかなうものなら、きっとあしたにだって連れ合いのところへ帰ってしまうと思うわ。ええ、まちがいありません」マリーは断言した。「よろしいこと、黒人って、ほんとうに身勝手なのです。いちばんましな連中でさえも」

「考えるだけで気が滅入るね」サンクレア氏がそっけない口調で相槌を打った。

オフィーリア嬢はじっとサンクレア氏を見つめた。サンクレア氏の顔には恥じ入ったような表情がちらりとのぞき、苛立ちを抑えつけているようすもうかがえ、話しながら唇が皮肉にゆがむのが見えた。

「いいこと、あたくしはね、これまでずっとマミーをそれはかわいがってきましたの」マリーが言った。「北部の召使いたちに、うちのマミーの衣装だんすを見せてやりたいくらいですわ。シルクのドレス、モスリンのドレス、本物のリネンのキャンブリックのドレスまであるんですから。あたくし、午後の時間を何日つぶしたか知れませんわ、マミーのキャップの縁かがりをして。パーティーに連れていくのに。虐待なんて、マミーは何のことかも知らないでしょうよ。生まれてから一度か二度しか鞭で打たれたことがないんですもの。毎日毎日濃いコーヒーや紅茶を飲んで。白いお砂糖まで入れて。まったく、ひどいお話ですわ。でも、主人は使用人たちにいい暮らしをさせてやる主義で。だから、うちの奴隷たちはみんな好き勝手にやっているのです。あの連中が身勝手でわがまま放題な子供みたいにふるまうのは、うちの召使いたちは甘やかされすぎているのです。ある意味、あたくしたちが許しているせいだと思いますわ。でも、あたくし、いやになるほど主人には意見しましたのよ」

「それは、こちらも同じさ」と言って、サンクレア氏は朝刊を手に取った。

エヴァ、美しいエヴァは、あの独特な深遠かつ神秘的な表情で、立ったまま母親の話にじっと耳を傾けていた。そして、ゆっくりと母親のすわっているところまで歩いていき、両腕で母親のうなじに抱きついた。

「何なの、エヴァ？」マリーが聞いた。

「ママ、一晩だけ、わたしにママのお世話をさせてもらえないかしら？　一晩だけでいいから。ママの気にさわるようなことはしないし、眠らないようにするから。わたし、夜中によく眠れなくて起きていることがあるの。考えごとしたりして――」

「何を言うの、馬鹿なことを！」マリーが言った。「あなたって、ほんとうにおかしな子ね！」

「ねえ、だめ？」エヴァは遠慮がちに言った。「マミーは具合がよくないんじゃないかと思うの。このごろはいつも頭が痛むって言ってたし」

「そんなのはマミーの口癖よ！　マミーもほかの連中と同じで、頭が痛いだとか指が痛いだとか小さなことを何でも大騒ぎするんだから。甘やかしてはいけません、ぜったいに！　この件については、あたくしにも考えがありますから」そう言って、マリーはオフィーリア嬢のほうへ向きなおった。「あなたにもおわかりになると思いますわ。使用人というものは、不平不満をいちいち口にしたりちょっと具合が悪いのを愚痴ったりするのを許すと、際限がなくなるのです。あたくし、自分ではけっして愚痴をこぼしたりいたしません。あたくしがどれだけがまんしているか、誰も知らないでしょうけれど。あたくしはね、黙って耐えることが自分の義務だと思っておりますの。ですから、そのようにしておりますわ」

この大げさな言い分に、オフィーリア嬢は驚きを隠せず目が真ん丸になってしまった。それを見たサンクレア氏はおかしさをこらえきれず、声をあげて笑いだした。

「主人は、あたくしが体調のすぐれないことを少しでも口にすると、いつも笑いますの」マリーが苦難に耐える殉教者もかくや、といった調子で訴えた。「いつか主人がこのことを思い出して後悔する日が来ないことを祈りますわ！」そう言って、マリーはハンカチーフを目に当てた。

もちろん、そのあとには白けた沈黙があった。そのうちとうとうサンクレア氏は席を立ち、懐中時計を見て、街で人に会う約束があるから、と言った。エヴァが父親について部屋を出ていき、あとにオフィーリア嬢とマリーの二人が残された。

「ああいう人ですのよ、主人は！」涙を見せて責めるべき相手が姿を消したので、いくらか元気のいい仕草でマリーはハンカチーフを下ろした。

「あたくしがどんなに苦しんでいるか、これまで何年もどんなに苦しんできたか、主人はけっしてわかってくれませんし、わかろうという気もないのです。仮にあたくしが愚痴の多いタイプだったとしても、あるいはからだの不調について多少なりとも口に出したとしても、それはそれなりの理由があるからですわ。もちろん、殿方というものは、愚痴の多い妻にはうんざりするものです。でも、あたくしはすべてを自分の胸ひとつにおさめて、耐えて、耐えて、耐えつづけてきたものですから、主人はあたくしが何でもがまんする女だと思うようになってしまいましたの」

オフィーリア嬢は、何と返事をすればいいのか困ってしまった。

オフィーリア嬢が返事に迷っているあいだに、マリーは涙を拭き、ハトがにわか雨のあとに羽づくろいをするように髪やドレスを整え、オフィーリア嬢を相手に家政全般についておしゃべりを始めた。食器棚のこと、衣装部屋のこと、リネン類の収納庫のこと、物置のこと、などなど。それらをいずれオフィーリア嬢が監督することになる、というわけである。マリーからはこれでもかというほど細々と指示や注意を聞かされたので、オフィーリア嬢ほど体系だてて事務的にものを考えられる人でなかったら、混乱して頭がくらくらしたことだろう。

「さあ、これでぜんぶお話ししたと思いますわ」マリーが言った。「こんど、あたくしが病気で寝こんだときには、あたくしに聞かなくても、お従姉さまがすべておできになるわね。エヴァだけは別ですけれど。あの子はちゃんと見ていないと」

「とてもいいお嬢さんだと思いますけれど」オフィーリア嬢が言った。「あんなにいい子は見たことがありませんわ」

「エヴァは変わっているんです」母親が言った。「とても。ふつうでないところがありますの。あたくしには似ていませんわ、何ひとつ」それがいかにも残念だというように、マリーはため息をついた。

「よかったこと」とオフィーリア嬢は心の中でつぶやいたが、口に出さずにおくだけの分別はあった。

「エヴァはいつも使用人たちと一緒にいたがるのです。子供によっては、それも悪いことではないのですけれど。あたくしなども、いつも父親の黒人奴隷の子供たちと遊んで育ちましたから――それで何の不都合も起きませんでしたわ。でも、エヴァは、どういうわけか、自分のまわりにいる人間がみんな自分と対等だと考える癖があるのです。それがあの子の変わったところなのです。あたくしの力では、どうしてもやめさせることができませんの。主人はエヴァのそういうところを助長しているように思います。というより、主人はこの屋敷に住んでいる人間を片っ端から甘やかす人なのです、妻であるあたくし以外は」

ふたたびオフィーリア嬢は面食らって黙りこんでしまった。

「よろしくって？　使用人というのは、鼻をへし折って抑えつけておく以外に方法はございません」マリーが言った。「あたくしは子供のころから、ごくふつうにそういうことができました。でも、エヴァときたら、家じゅうの使用人をみな甘やかしてだめにしてしまうのです。あの子が自分で家の中を仕切らなければならなくなったときに、いったいどうするのか、あたくしには想像できませんわ。あたくしは使用人たちに優しくする方針を堅く守っております――ええ、いつもそうしておりますわ。でも、使用人たちには身のほどをわきまえさせなくてはなりません。エヴァにはそれができないのです。使用人の分（ぶん）ということについては、あの子はほんの初歩的なことさえ身につかないのです！　さきほどもお聞きになったでしょう、マミーを眠らせてあげたいから自分がひと晩じゅうあたくしの世話をする、なんて！　放っておいたら、あの子はそんなことばかりしかねないのです」

「でも」と、オフィーリア嬢は率直に言った。「あなたご自身も承知していらっしゃるのではありませんか、使用人だって人間である、と？　疲れているときは使用人にも休息が必要である、と？」

「ええ、もちろんです。彼らのために良いことは何でもかなえてやろうと心がけておりますわ。程度問題ですけれど。マミーだって、時間の取れるときに寝足りないぶんを眠ればいいのです。そんなに無理なことではないでしょう。あんなによく眠る人間は、あたくし見たことがありませんもの。針仕事をしながらでも、立ったままでも、すわっていても、いつでもどこでも眠ってしまうんですの。マミーが睡眠不足になどなるはずがありませんわ。使用人たちを外国産の花や陶器の壺のようにこわごわ扱うなんて、まったく馬鹿げています」そう言うと、マリーは柔らかいふかふかの寝椅子に気だるそうに身を沈め、優美なカットグラスの薬びんにはいった気付け薬を手もとに引き寄せた。

「おわかりになるでしょ」と、マリーはアラビア・ジャスミンの今際の吐息か、それと同じくらいはかない貴婦人のような弱々しい声で言った。「ねえ、お従姉さま、あたくし、自分のことはめったに口にいたしませんの。あたくし、そういう質ではございませんから。そういうことは好きではありませんの。実際、そうする体力もございませんし。でもね、主人とあたくしでは折り合わない点がいくつかございますの。主人はあたくしのことをちっとも理解していないし、認めてくれたこともございません。あたくし、それが体調のすぐれないいちばん根本の原因だと思いますの。主人に悪気はないんだと思います、ほんとうに。でも、殿方というものはもともと自分本位で、女性に対する思いやりに欠ける生き物なのですわ。少なくとも、あたくしはそんなふうに感じておりますの」

ニューイングランド育ちの人間ならではの用心深さがしっかりと身についており、しかも家庭内のいざこざに巻きこまれる面倒をとくに警戒しているオフィーリア嬢は、その手の厄介ごとが迫りつつあるのを察知した。そこで、いっさい何も顔に出さないようにしながら、ポケットから一二〇センチもの長さになっている編みかけのストッキングを取り出した。編み物は、人間は手もとが暇だと悪魔の仕業（しわざ）に走りやすいと説くワッツ[1]博士の助言に従って、オフィーリア嬢が肌身離さず持ち歩いている特効薬で

1　アイザック・ワッツ。ここで言及されているのは“Divine and Moral Songs for Children”の一節。

ある。オフィーリア嬢は唇をきつく結び、「わたくしはそういう話には乗りません。あなたの個人的な問題にかかわるつもりは毛頭ございません」という意思を言葉に出すのと同じくらいはっきり表明したうえで、せっせと編み物の手を動かした。実際、オフィーリア嬢の表情には石のライオン程度の共感しか認められなかった。けれども、マリーはそんなことなど意にも介さない。せっかく話し相手ができたのだし、話をするのが自分の義務だと思い、相手の態度など斟酌（しんしゃく）する気もない。気付け薬をもう一度あおって気分を奮い立たせたあと、マリーはおしゃべりを続けた。

「あたくしね、サンクレアと結婚したときに、自分の財産と使用人たちをこちらへ持参いたしましたの。ですから、法的には、その分はあたくしが自分なりのやり方で管理する権利があるわけですわ。主人にも自分の財産と使用人たちがございますから、それを主人が自分の好きなように管理することに、あたくし異存はございません。でも、主人は口出しをいたしますのよ。あの人はいろいろなことに常識はずれのとんでもない考え方をする人なんです。とくに、使用人の扱いについては。まるで使用人のほうがあたくしよりも優先、サンクレア本人よりも優先、というような態度なのです。使用人たちがどんな面倒を起こしても、指一本動かしません。ですけれどね、あの人にはとても恐ろしい一面がありますの――あたくし、怖いんです――ふだんはあんなふうに温厚に見えますけれど。あの人ったら、何があろうとも、この家では鞭打ちは許さない、主人かあたくしが鞭打ちをする以外は、と決めてしまったのです。それも、あたくしには有無を言わせぬ剣幕で。その結果、どうなったか。使用人たちが一人残らず主人を踏みつけにしたとしても、主人は手を上げませんでしょう。ですから、あたくしが――でも、あたくしに鞭を使わせるなんて、どんなに酷なことか、おわかりになるでしょう？　うちの使用人たちときたら、形(なり)が大きなだけで、中身はまるで子供なんです」

「わたくし、そんなことはひとつも知りませんし、べつに知る必要もないと思いますわ！」オフィーリア嬢がぴしゃりと言った。

「でも、ここで暮らすならば、知らないではすみませんわよ。それも、ご自分で痛い目に遭って知ることになるんですわ。あの連中がどんなに腹立たしくって、馬鹿で、軽率で、無分別で、子供っぽくて、恩知らずか、お従姉(ねえ)さまはご存じないのよ」

この話になると、マリーはいつも驚くほど元気になる。いまも、マリーは目を大きく見開き、気(け)だるさをすっかり忘れたように見えた。

「お従姉(ねえ)さまはご存じないのよ、おわかりになるはずもないわね、毎日毎日、毎時間毎時間、この屋敷の女主人があの連中にどれほど手を焼かされているか。それはもう、あらゆる場面で、あらゆる点で。でも、主人に苦情を訴えても無駄なのです。あの人の言うことは、聞いたこともない理屈なんです。あの人が言うには、使用人たちがいまのようになったのはあたくしたちがそうしたからだ、だから辛抱するしかない、って言うんです。あの連中の欠点はすべてあたくしたちのせいなのだ、一方で欠点を作っておきながら、もう一方でそれを罰するなんて残酷だ、って言うんです。それに、あたくしたちだって、同じ立場に置かれればたいして変わりはしないだろう、って。まるで、使用人を見れば主人の程度がわかる、とでもいうように」

「主はあの人たちをわたくしたちと同じ血から造られた、というふうには思わないのですか？」オフィーリア嬢がにべもない口調で言った。

「いいえ、とんでもない！ そんなのは、きれいごとですわ！ あの連中は、低級な人種です」

「あの人たちにも不滅の魂があるとは思わないのですか？」オフィーリア嬢はだんだん腹が立ってきた。

「ああ、それね」と言って、マリーはあくびをした。「それは、もちろん。それを疑う人はおりませんわ。でも、あたくしたちと同等に扱うなんて……あたくしたちと同じ基準で比べてみるなんて、ありえませんわ！ 主人ったら、ほんとうに、マミーを夫から離しておくのはあたくしを主人から離しておくのと同じようなものだ、なんて申しましたのよ。そんな比べ方なんて、ありませんでしょ。マミーにはあたくしが抱くような感情なんてありませんもの。まるでちがうものなんです。言うまでもないことですけれど。それなのに、主人は、そういうことを見ないふりするんです。あたくしがエヴァを愛するのと同じように、マミーもあの汚らしい赤ん坊たちを愛しているんだ、みたいなことを言って！　一度なんて、あたくしを本気で説得しようとしたこともありましたのよ、あたくしがこんなにからだが弱いのに、こんなに病気で苦しんでいるのに、マミーを帰してやって誰か代わりを探すべきだ、それが義務だ、なんて。いくらあたくしでも、そこまでは耐えられませんわ。あたくし、めったに感情を表に出すことはありませんの。すべてを黙って耐え忍ぶことにしておりますから。妻のつらい定めとして、あたくし、耐えておりますの。でも、あのときだけは、あたくし、がまんがなりませんでした。それで、それっきり、主人はその件は口にしなくなりましたけれど。でも、あたくし、あの人の顔つきやちょっとした言葉づかいから、わか

2　新約聖書「使徒言行録」第一七章第二六節「神（かみ）は、一人（ひとり）の人（ひと）からすべての民族（みんぞく）を造（つく）り出（だ）して」に言及している。

るんです——いまでもそう思っている、って。こんなにつらいことはございませんわ。こんなに腹の立つことと言ったら！」

オフィーリア嬢は自分が何か言ってしまいそうなのを必死にこらえてせっせと編み針を動かしており、その態度からは、マリーに観察眼さえ備わっていれば、じゅうぶんに意図を読み取ることができたはずである。

「ですからね、ほら、おわかりになるでしょう」マリーは委細構わず話しつづけた。「これだけのことを管理しなくてはならないのです。この家にはいっさい規律というものがございません。使用人たちが何もかも好き勝手にしています。自分たちのやりたいことをして、自分たちの欲しいものを取って。あたくしがこの病身をおして、かろうじて管理している範囲以外は。あたくし、家に牛革の鞭を置いておりますのよ。場合によっては、それを使います。でも、鞭を使うのはあたくしの体力に余るのです。主人がほかのお宅のように厳しくしてくれさえすれば——」

「どんなふうに？」

「あら、留置場送りにするとか、それ以外にも鞭打ちをしてくれる場所に連れていくとか。それ以外に方法はございませんわ。あたくしがこんなに病弱でなかったなら、主人の倍も厳しく使用人たちをしつけるのですが」

「ご主人は、どんなふうに使用人をしつけているのですか？　鞭打ちはしないとおっしゃいましたが」

「それは、まあ、殿方のほうが強く出られますから、殿方の言うことは聞くのです。それに、主人の目をまともに見たら――あの人の目は――主人がきっぱりと言えば、少しは効きますし。あたくしでさえ、怖いと思いますもの。使用人たちも、これはちゃんと気をつけないといけない、とわかるんです。あたくしがしょっちゅう怒ったり叱ったりしても、主人のひと睨みの威力にはかないませんわ。本気になれば。主人はちっとも困ってなんかいませんのよ、ですからあたくしへの同情が少しもございませんの。でも、お従姉さまも実際に使用人たちをしつける段になれば、おわかりになると思います。厳しくする以外に方法はございませんの。あの連中ときたら、ほんとうに言うことをきかないし、嘘はつくし、怠け者なのですから」

「また繰り言かい」ぶらぶらと部屋にはいってきたサンクレア氏が言った。「たかが怠けたくらいのことで、最後の審判でどんな恐ろしい罰が宣告されると言うんだね？」サンクレア氏はマリーと向かいあった寝椅子に長々とからだを横たえながら、こんどはいとこに話しかけた。「ね、従姉さん、連中だって弁解のしようがないよ、だって、マリーとぼくが手本を見せているんだからね、ほら、こうやって怠けてさ」

「あなた、いいかげんにしてくださいな！　あなたがいけないのよ！」マリーが言った。

「そうかい？　ぼくにしては珍しくまともなことを言ったつもりだったけどな。マリー、ぼくはいつだってきみのご高説を絶賛しているつもりだよ」

「そんなつもりなんて、ないくせに」マリーが言った。

「ああ、それじゃあ、ぼくがまちがってたんだね。直してくれて、どうもありがとう、マリー」

「あなたって、ほんとうに腹が立つわ」マリーが言った。

「まあまあ、マリー、そのくらいにしておくれ。きょうも暑くなってきてるし、ぼくはいまさっきドルフに長々と説教してきたんで、ぐったり疲れてしまったんだよ。だから、そう突っかからないで、きみの笑顔でぼくに安らぎを与えておくれよ」

「ドルフがどうかしたのですか？」マリーが言った。「あの男の最近の図々しさは目に余ります。しばらくのあいだ、あたくしにあの男を有無を言わせずしつける権限をいただけたら、と思いますわ。そうしたら、徹底的に叩きなおしてやるのに！」

「あいかわらず鋭く良識的なご指摘だね」サンクレア氏が言った。「ドルフの件は、こういうことだったんだ。あの男はずっと長いことわたしの上品さと完璧さを真似しようとしてきたせいで、とうとう、自分と主人との区別がつかなくなったみたいでね。それで、心得ちがいを少しばかり指摘してやらなくてはならなかった、というわけさ」

「どんな？」マリーが聞いた。

「今回ははっきりと言わせてもらったよ。わたしの衣類のうち何枚かはわたしが自分で着るための専用にしておいてもらえるとありがたい、とね。それから、ドルフ閣下の香水の使用量に制限をもうけさせてもらった。あと、厳しすぎるかとは思ったが、わたしのキャンブリックのハンカチーフを使うのは一ダースまで、ということにさせてもらった。これについては、ドルフはとくにご不満なようだったんで、父親が息子を諭すように諄々（じゅんじゅん）と言い聞かせなくちゃならなかったけどね」

「もう！　あなたったら！　いつになったら使用人にちゃんとしつけをなさるの？　あなたの甘やかしようときたら、考えるのも腹が立ちますわ！」マリーが言った。

「なぜだい？　哀れな犬ころがご主人様と同じようになりたいと願うことの、どこがそんなにいけないんだい？　それに、香水とキャンブリックのハンカチーフに目がない男にあいつを育てたのはわたしなんだから、わたしがそれを与えてやるのは当たり前だろう？」

「なぜ、もっときちんとしつけなかったの？」オフィーリア嬢がずばりと聞いた。

「面倒だったんでね。問題は怠け心、怠け心ですよ。怠け心は、思いのほか多くの魂をだめにする。この怠け心がなかったら、ぼくだって完璧な天使になれたにちがいない。どうやら、この怠け心というやつは、ヴァーモントの皆様がご信奉あそばすボザレム博士が『不道徳の極み』と呼んでいるやつじゃないかと思っているんだけどね。考えてみれば、ひどい話ではある」

「あなたがた奴隷所有者には大きな責任があると思います」オフィーリア嬢が言った。「わたくしは何があろうと奴隷など持とうとは思いませんけれど。あなたがたには奴隷たちを教育して、ちゃんとした人間として扱う責務がありますわ。不滅の魂を持つ人間として、最後の審判の場で並んで神様の前に立つべき同胞として。わたくしはそう考えます」善良なオフィーリア嬢は、その日の午前中をかけて心の中に溜まり溜まった思いを一気に吐き出すように熱っぽくしゃべった。

「ちょっと待った！」サンクレア氏がさっと立ち上がった。「きみにわたしたちの何がわかるというのだ？」そして、サンクレア氏はピアノの前にすわり、軽快な曲を弾きだした。サンクレア氏にはすばらしい音楽の才能があった。ピアノのタッチは鮮やかで力強く、指は鍵盤の上を鳥が飛ぶようにすばやく軽やかにためらいなく舞った。

サンクレア氏は次から次へと曲を奏でた。まるで、ピアノを弾くことで嫌な気分を振り払おうとしているかのようだった。そのあと、楽譜を脇へ押しやってサンクレア氏は立ち上がり、陽気な口調で言った。「従姉さん、お説ごもっともです。来ていただいた甲斐があったというものだ。ますます尊敬の念を強くしました。従姉さんの言ったことがまぎれもない真実であることに疑いはない。ただ、ご覧のように、あまりにも痛いところを突かれたので、初めのうちはなかなか感謝する気になれなかっただけで」

「あたくしとしては、そんなお話は何の役にも立たないと思いますわ」マリーが言った。「このあたくしたち以上に使用人に尽くしている家があるならば、教えていただきたいものです。しかも、尽くしてやったところで、使用人たちにはひとつも良い結果になっておりません。ひとつも。ますます悪くなるばかりです。説いて聞かせると言いますけれど、そんなことなら、あたくし、これまでだって疲れはてて声が嗄れるほど説いて聞かせましたわ。使用人としての義務とか、いろいろと。教会だって、行きたいなら行けばいいのです。どうせお説教なんて、豚に聞かせるのと同じでひとつも理解できないでしょうけれど。だから、教会へ行ったところで、たいして役にも立たないだろうと思いますわ。それでも、教会へ行くのですから、おこないを改めるチャンスはいくらでもあるのです。ですけれど、さっきも言ったように、黒人は低級な人種ですし、この先もそれは変わらないのですから、どうしようもないのです。しつけてみたところで、ろくなものにはなりゃしませんわ。ね、お従姉さま、あたくしはやってみたのです。お従姉さまは、まだ、やってごらんになったことがありませんでしょう。あたくし、生まれたときから黒人たちの中で育ってきたのですから、よくわかっておりますわ」

オフィーリア嬢は、言うだけのことは言ったと思ったので、あとは黙ってすわっていた。サンクレア氏が口笛を吹いた。

「あなた、口笛はやめてくださらない?」マリーが言った。「よけい頭痛がひどくなるわ」

「わかったよ」サンクレア氏が言った。「ほかにやめてほしいことはあるかい?」

「あたくしがつらい思いをしていることに、少しは思いやりを見せていただきたいわ。あたくしには少しも同情してくださらないんですもの」

「まいったね、親愛なる天使から糾弾されるとはね!」サンクレア氏が言った。

「そういう言い方に腹が立つのよ」

「じゃあ、どういう言い方をすればいいんだい? どういう話し方でも、ご要望どおりにいたしますよ。それでご満足いただけるならば」

このとき、明るい笑い声が絹のカーテンごしにベランダのほうから聞こえてきた。サンクレア氏が外に出てカーテンを上げてみて、笑った。

「何ですの？」オフィーリア嬢が欄干のところまで出てきた。

中庭の苔むしたベンチに、トムがすわっていた。ボタンホールに、クチナシの花がいっぱい挿してある。そして、エヴァが楽しそうな笑い声をあげながら、トムの首にバラの花輪をかけてやっている。そのあと、エヴァは小さなスズメみたいにトムの膝の上にちょこんと乗って、なおも楽しそうに笑った。

「トム、すっごくおもしろい格好になってるわ！」

トムは穏やかで人の好さそうな笑みを浮かべ、何も言わないがそれなりに小さな女主人に負けないくらい楽しんでいるように見えた。トムは視線を上げて旦那様の姿を認めると、ちょっと後ろめたそうな表情を見せた。

「よくあんなことをさせておくわね」オフィーリア嬢が言った。

「何か問題でも？」サンクレア氏が言った。

「その……よくわからないけれど、すごく嫌悪を感じるわ！」

「子供が大きい犬を撫でるのを見ても、べつに問題だとは思わないだろう？　その犬が真っ黒でも。だけど、頭で考えることができて、道理もわかって、感情もあって、不滅の魂を持つ黒人に対してそういうことをするのを見ると、身震いするほどの嫌悪を感じる――白状しちゃいなよ、従姉さん。きみたち北部人の一部が抱いている感情を、ぼくは知っている。だからといって、ぼくたちがそういう感情を持たないのは、美徳のなせるわざなんかじゃない。ただの習慣だ。習慣が、キリスト教が本来なすべきことを肩代わりしている。黒人に対する偏見を取り除いてくれるんだ。北部に旅行したときに、よく気づかされたよ。きみたち北部人のほうがぼくたち南部人よりもそういう偏見をずっと強く持っている、ということにね。北部人はヘビやヒキガエルを嫌悪するように黒人を嫌悪する。そのくせ、黒人が虐げられていると怒る。虐待は許さないと言う。けれど、自分ではいっさい関わりたがらない。黒人はアフリカへ送り返せと言う。姿も見えず臭いもしないところへ。そうしておいて、宣教師の一人や二人を送って、黒人たちをまとめて手っ取り早く向上させる無私の奉仕を装うのさ。そうじゃないのかい？」

「そうね」オフィーリア嬢が考えこみながら言った。「あなたの言うことにも一理あると思うわ」

「子供たちがいなかったら、哀れで卑しい者たちはどうなる？」サンクレア氏が欄干にもたれ、トムを後ろに従えて走りだしたエヴァの姿を眺めながら言った。「小さな子供たちだけが、唯一本物の民主主義者だよ。いま、エヴァにとって、トムはヒーローだ。トムの話を目を丸くして聞いている。トムの歌やメソジスト派の讃美歌は、エヴァの耳にはオペラよりも妙なる調べだ。トムのポケットにはいっている小さなおもちゃやがらくたは、エヴァには宝の山みたいなものだ。エヴァにとって、あのトムは、黒い肌をしたトムという名の人間の中で誰よりすばらしい存在だ。これは神様が哀れで卑しい者たちのためにわざわざ天国から落としてくださったエデンのバラの一本だ。めったにあることじゃない」

「なんだか不思議ね、オーガスティン」オフィーリア嬢が言った。「あなたがしゃべっているのを聞くと、プロフェッサーがしゃべっているみたいに聞こえるわ」

「大学教授（プロフェッサー）？」

「そう。信仰告白をする人（プロフェッサー）」

「とんでもない。ぼくは、おたくの町の人たちが思うような善人じゃないよ。もっと悪いことに、ぼくは残念ながら実践家でもない」

「じゃあ、どうしてそんな話をするの？」

「しゃべるのがいちばん簡単だからさ」サンクレア氏が言った。「たしか、シェイクスピアにも、『何をすればいいか、二十人の人に教えるのはやさしいけれど、教えられたことを守る二十人の一人になるのはむつかしい』っていうセリフがなかったっけ。分業ってほどのものでもないけどね。ぼくの得意分野はしゃべることなんだ。で、従姉(ねえ)さんの得意分野は実践だ」

この時期、トムは外から見れば、いわゆる何ひとつ不満のない状況にあった。エヴァはトムに夢中で——高貴な性格から生じた本能的な感謝の念と親愛の情がもたらしたものであろう——父親に頼んで、散歩や乗馬などエヴァが使用人の付き添いを必要とするときはいつでもトムを侍らせるようになった。トムは、エヴァ嬢さまから要望があれば何をさしおいてもエヴァ嬢さまの用事を優先するように、と言いつけられていた。トムとしても、もちろん異存のないところだっただろう。トムはいつもきちんとした服装をさせられていた。この点については、サンクレア氏がとくにこだわったからである。厩舎の仕事は名目だけのものとなり、実際には毎日厩舎を見まわって下働きの馬番たちに指示を出すだけですんだ。これについては、マリー・サンクレアが、トムが近くに来たときに馬の臭いがするのはがまんならない、とはっきり言ったからである。そばに来たときに気分が悪くなるような仕事にはトムをぜったいにつかせないように、というのがマリーの厳命だった。悪臭に関してはマリーの神経がとうていこれを容赦できない、ほんの少しでも不快な臭いをかいだら、それだけで自分は死んでしまう、この地上で耐え忍んできたすべての苦悩にただちに終止符を打つことになるだろう、というのがマリーの言い分だった。そんなわけで、トムはよく手入れされたブロード地[4]のスーツを着せられ、光沢のある山高帽をかぶり、ぴかぴかに磨いた深靴をはき、襟にも袖口にも染みひとつないシャツを身につけ、まじめで人の好さそうな黒い顔をして、世が世ならカルタゴ[5]の黒人司教かと思うような立派ないでたちだった。

それに、ここは美しい場所で、感受性の強い黒人の感覚はそういうことに無感動ではいられなかった。小鳥たち、花々、噴水、芳香、中庭の光と美しさ、絹のカーテン、絵画、シャンデリア、彫像、金縁の飾りなどを目にするたびに、トムは静かな喜びを

3　シェイクスピア『ヴェニスの商人』（安西徹雄訳、光文社古典新訳文庫）一幕二場。ポーシャのセリフ。
4　柔らかで光沢のある上品な平織の生地。
5　紀元前九～前八世紀ごろアフリカ北部に存在した古代都市国家。

感じた。お屋敷の居間は、トムの目にはアラジンのお城のように映るのだった。

仮にもしアフリカの民が向上して教養を身につけたとしたら――いつの日かかならず、人類の進歩の舞台においてアフリカが異彩を放つときが来るにちがいない――冷淡な西欧の諸民族が思い描きもしなかったような壮麗で雄大な文化がその地に花開くことだろう。はるか遠くの神秘の地においては、黄金が産し、宝石が産し、スパイスが穫れ、ヤシの葉が揺れ、目を奪うような花が咲き、土壌は驚異的に豊饒で、そこに新しい形式の芸術が目覚め、新しい輝きを放つだろう。そして、黒人は、もはや蔑まれ踏みつけられる人種ではなくなり、おそらく、人間の生命力を最も新しく堂々たる形で見せつける存在となることだろう。そうなるにちがいない。彼らには優しい心があり、従順なつつましさがあり、霊的なものを信頼し優れた力に従う聡明さがあり、子供のごとくひたむきに愛する力があり、許しを与える度量の広さがある。それらすべてにおいて、彼らは優れてキリスト教的な生き方を最高の形で示してみせることだろう。そして、おそらく、神は愛する者に試練を課して鍛えるお方であられるから、哀れなるアフリカを苦難のかまどに選ばれたのであり、他のあらゆる王国が試みられ失墜したのちに、アフリカを最高かつ崇高なる王国となさるであろう。なぜならば、先にいる者が後になり、後にいる者が先になるからである。[6]

そんなことを、日曜日の朝、贅沢に着飾って中庭を見下ろすベランダに立ち、ほっそりとした手首に巻いたダイヤモンドのブレスレットの留め金をかけていたマリー・サンクレアは考えていたのだろうか？　おそらくそうだろう。あるいはそうでなかったとしたら、何かそれに類するようなことを考えていたのかもしれない。というのも、マリーは善きものの保護者を自任し、いましもダイヤモンド、シルク、レース、宝石類などで盛大に着飾って教会へ出かけ、信心深い気分に浸ろうとしていたからである。マリーはいつも日曜日には敬虔に見えるよう心がけていた。ベランダに立つマリーの姿はとてもほっそりして、エレガントで、一挙手一投足がたおやかで、レースのスカーフが霧のように柔らかく身を包んでいる。いかにも気品（グレース）に満ちたいでたちで、マリー自身もたいへん満足してエレガントな気分を味わっていた。隣に立っているオフィーリア嬢はというと、マリーとはまったく対照的なたたずまいだった。といっても、オフィーリア嬢がマリーほど立派なシルクのドレスやショールを持っていなかったという意味ではないし、ポケット・ハンカチーフが見劣りしたという意味でもない。そうではなくて、オフィーリア嬢は、見るからにしゃちこばって四角四面な硬直した

6　新約聖書「マタイによる福音書」第二〇章第一六節より。

雰囲気を全身から発散させていて、隣に立つマリー・サンクレアの気品（グレース）に満ちた雰囲気と好対照であったということだ。もっとも、気品（グレース）と言っても、神の慈愛（グレース）とは似ても似つかぬ内容であるが！

「エヴァはどこにいるの？」マリーが言った。

「階段の途中で止まって、マミーに何か話していましたわ」

エヴァは階段の途中でマミーに何を話していたのだろうか？　マリーには聞こえなかったが、読者諸氏にはその会話をお聞かせしよう。

「ねえマミー、頭がひどく痛むんでしょう？」

「おありがとうございます、エヴァ嬢さま！　頭はここんところ、いっつも痛むです。どうぞ、ご心配なく」

「でも、出かけられるのね、よかったわ。あのね――」そう言って、エヴァはマミーに両腕で抱きついて、言った。「マミー、わたしの気付け薬をもらってちょうだい」

「なんですと！　きれいな、金ぴかぴかの薬入れでないですか。ダイヤモンドもついて！　お嬢さま、こんなものくれちゃいかんです、だめです」

「どうして？　マミーはこれがいるんでしょ、わたしはいらないもの。ママは頭が痛いときにいつもこれを使うわ。きっと気分が良くなるから。もらってくれなきゃ、だめ。わたしのためにもらって」

「なんて優しいお嬢さまだろうねえ！」マミーがつぶやいた。エヴァはマミーの胸もとに薬びんを突っこむと、マミーにキスをして、階段を駆けおりて母親のところへ行った。

「何をしていたの？」

「マミーにわたしの薬びんをあげたの。教会へ行くときに持っていくように」

「エヴァったら！」マリーが苛立って床を踏み鳴らした。「あの金の薬びんをマ、ミ、ー、に、やるなんて！　あなた、いつになったら、ものごとの良し悪しがわかるようになるの？　すぐに行って取り返してきなさい。いますぐ！」

エヴァは打ちしおれて傷ついた表情になり、のろのろと戻りかけた。

「なあ、マリー、放っておいてやりなさい。あの子の好きにさせたらいいじゃないか」サンクレア氏がとりなした。

「あなた、あんな調子では、あの子はどうやって世の中を渡っていくのです？」マリーが言った。

「なんとかなるさ」サンクレア氏が言った。「とりあえず、天国へ行ったら、きみやぼくよりうまくやっていけるんじゃないか？」

「ねえ、パパ、よして」エヴァがサンクレア氏の肘にそっと手を触れた。「またママがいらいらするわ」

「オーガスティン、あなた礼拝に行く支度はできているの？」オフィーリア嬢がサンクレア氏を真正面から見据えて聞いた。

「いや、わたしは行かないから」

「主人が教会へ行ってくれたら、どんなにいいかと思うのですけれど」マリーが言った。「でも、主人は信心というものをかけらも持ち合わせていないのです。恥ずかしいことですわ」

「わかってるよ」サンクレア氏が言った。「きみたちご婦人方が教会へ行って、ちゃんとした世渡りのこつを習ってきたらいいよ、そしたらみんなが信心のおこぼれにあずかれる。よしんば行くとしても、ぼくだったらマミーの教会へ行くね。あそこなら、少なくとも居眠りせずにいられるからね」

「なんですって！　あんな大声でわめくメソジストの教会へ？　とんでもない！」マリーが言った。

「マリー、きみのありがたい教会はまるで死の海だ、勘弁してもらいたいね。はっきり言って、あれは無理だよ。エヴァ、おまえは行きたいのかい？　家にいてパパと遊ぼうよ」

「ありがとう、パパ。でも、わたし、やっぱり行くわ」

「ものすごく退屈じゃないか？」サンクレア氏が言った。

「ちょっとはね」エヴァが言った。「わたし、眠くなっちゃうの。でも、がんばって目を開けているの」

「じゃあ、何のために行くんだい？」

「あら、パパ、わかってるでしょう？」エヴァが小声でささやいた。「おばさまが言ってたけど、神様はわたしたちをおそばに置きたいんですって。それに、神様はわたしたちにすべてをお恵みくださっているでしょう？　だから、教会へ行くぐらい、たいしたことじゃないの、神様が望まれるのなら。そんなにすごく退屈っていうほどでもないし」

「おまえは素直な子だねえ！」サンクレア氏はエヴァにキスをして言った。「さあ、行っておいで。いい子だ。パパのためにお祈りしてきておくれ」

「もちろん。いつもそうしてるわ」エヴァはそう言って、母親のあとから馬車に飛び乗った。

サンクレア氏は玄関の石段に立ち、馬車で出ていく娘に投げキッスを送った。その目にはあふれそうな涙が浮かんでいた。

「ああ、エヴァンジェリン。なんとふさわしい名前だ。神様はおまえをわたしに福音（エヴァンジェル）としてお与えくださったんだね」

サンクレア氏は少しのあいだ感慨にひたったあと、葉巻をくゆらせ、『ピカユーン』紙[7]を読み、小さな福音のことを忘れた。まあ、よくある話だ。

「いいこと、エヴァンジェリン」と、母親が言った。「使用人に優しくすることは、どんな場合でも正しいし、いいことです。でも、使用人に対して、自分の親戚や自分と同じ階級の人たちとまったく同じ扱いをするのは、正しいことではありません。たとえば、もしマミーが病気になったら、あなた、自分のベッドにマミーを寝かせてあげようとは思わないでしょう？」

「ママ、わたし、きっとそうすると思うわ」エヴァが言った。「そのほうがお世話してあげやすいし、それに、わたしのベッドはマミーのベッドより上等だもの」

道徳的見識にまったく欠ける娘の返答を耳にして、マリーは絶望に頭を抱えた。

「どうすればこの子にわかってもらえるのかしら？」マリーが言った。

「無理でしょうね」オフィーリア嬢がにべもなく言った。

エヴァは少しのあいだ申し訳なさそうな困った顔をしていたが、さいわい子供というものはひとつのことを長く引きずったりはしないので、そのうちすぐに馬車の窓からいろいろなものを見て楽しそうに笑い声をあげるようになり、そうして馬車は進んでいった。

「それで?」皆が昼食の席に着いたところで、サンクレア氏が口を開いた。「本日の教会のメニューは何でしたかな?」

「G博士がすばらしいお説教をなさったわ」マリーが言った。「まさにあなたにお聞かせしたいような内容でしたわ。あたくしの意見とそっくり同じでした」

「それはさだめしありがたいお説教だったんだろうね」サンクレア氏が言った。「いろいろな問題を広く取りあげて?」

「あたくしが社会に対して抱いている意見とか、そんなようなことを網羅していましたわ」マリーが言った。「きょうのお聖書の言葉は、『神(かみ)はすべてを時(とき)に適(かな)って麗(うるわ)しく造(つく)り』[8]でしたの。G博士は、社会のあらゆる秩序や区別がすべて神の定めたもうた

7　現在の『ザ・タイムズ゠ピカユーン』紙の前身。ルイジアナ州ニューオーリンズで最初の日刊紙。一八三七年創刊。

ものであるということを説いてくださいましたわ。だから、高い地位にある人間と低い地位にある人間がいることとか、生まれながらにして支配する階級にある人間と主人に仕える人間がいることとか、そういうことはきわめて妥当で時に適ったものなのだそうですわ。奴隷制度についていろいろと馬鹿げた論争がありますけれど、それについても、G博士はこの聖句を当てはめてみごとに説明なさったわ。そして、聖書の正義はあたくしたちの側にあるとはっきりと証明なさって、この社会のあらゆる制度を断乎支持するとおっしゃいましたわ。あなたもお説教をお聞きになればよかったのに」

「なに、その必要はないよ」サンクレア氏が言った。「その程度のお説なら、いつでも『ピカユーン』で読めるからね。しかも、葉巻を吸いながら。教会じゃ、そんなわけにはいかないだろう?」

「あら」オフィーリア嬢が口を開いた。「あなたはそういう考えを信じていないの?」

「誰が? このぼくがかい? ぼくは信心のかけらもない男だからね、こういう話題に関する宗教的議論にはたいして感化されないのさ。この奴隷制度ってやつについて何か言わせてもらうとしたら、ぼくは正々堂々とこう言うね——『ご批判は甘んじて受ける、われわれは現に奴隷を所有している、これからも所有するつもりである、自分たちの便宜と利益のために』とね。要するに、そういうことだからね。信心家ぶっていろいろ御託を並べてみても、結局はそういうことさ。どこの誰にだって、わかることだ」

「オーガスティン、あなたって、よくよく不遜な物言いをなさる方ね！　あなたの話を聞くとショックを受けるわ」マリーが言った。

「ショック、とおっしゃるか！　これが真実だよ。信心家ぶっていろいろ言ってるけど、それなら、もう少し話を敷衍して、酒をちょいと過ごしがちだとか、トランプ遊びでちょいと夜更かししすぎるとか、あれこれ神意の図りたもうた数々の行状についても、すべて時に適ったものだ、というように説明していただけないものかね。そういうことも正しくて神の御心に適うものだと言ってもらいたいものだね」

「それで、あなたは奴隷制度が正しいと思うの？　まちがっていると思うの？」オフィーリア嬢が口を開いた。

「ニューイングランド流の恐ろしく単刀直入な質問はご遠慮願いたいね、従姉さん」サンクレア氏が浮かれ調子で言った。「その質問に答えたら、従姉さんは次から次へ

8　旧約聖書「コヘレトの言葉」第三章第一一節。

と五つも六つもの質問をたたみかけてくるだろう？　どれも前の質問より答えにくい話を。ぼくは自分の立場を明らかにするつもりはないしね。ぼくは他人のすねの傷に塩を塗るのは好きだけど、自分のすねの傷は人に見せたくないタイプでね」

「この人、いつもこの調子ですの」マリーが言った。「この人からちゃんと満足のいく答えを聞けたためしがないわ。あたくしが思うに、この人は宗教を毛嫌いしているから、いつも他人の話をこんなふうにはぐらかして逃げまわるのよ」

「宗教！」サンクレア氏は二人の女性がハッと目を向けるような険しい声を出した。「宗教だって？　きみたちが教会で聞いてくるあれが宗教か？　利己的で俗悪な社会のどんなゆがみにでも添うように、いかようにでも捻じ曲げられて、上だと言った舌の根も乾かないうちに下だと言う、あれが宗教か？　このぼくのように不信心で俗悪な酔っ払いよりもっと無節操で、狭量で、不当で思いやりのかけらもない、あれが宗教か？　とんでもない！　ぼくが宗教を求めるとしたら、自分より上等のものにすがりたいね、あんなふうに自分より下等なものではなくて」

「それじゃ、あなたは聖書が奴隷制度を正当化しているとは考えないのね？」オフィーリア嬢が言った。

「聖書はぼくの母上にとって、絶対の書物だった」サンクレア氏が言った。「母上は聖書の教えを守って一生を生きた。その聖書が奴隷制度を正当化するようなものだと考えたら、ぼくは悲しくなるよ。それくらいなら、いっそのこと、聖書が母上に酒を飲んでもかまわない、タバコをやってもかまわない、汚い言葉を使ってもかまわない、と教えてくれたほうが、まだましだ。それなら、同じことをしているぼく自身も罪の意識が軽くてすむ。でも、そうだとしても、ぼくは酒やタバコにまみれた自分の生き方が多少なりとも肯定的に思えるわけではないし、おまけに母上のことを敬う心の慰めさえなくなってしまう。この世に敬うことのできる何かがあることが、どれほど心の慰めになることか。要するに、だね」ここでサンクレア氏は急に陽気な口調に戻っておしゃべりを続けた。「ぼくが望むのは、別々のものは別々の箱にしまっておきましょう、ってことさ。ヨーロッパでも、アメリカでも、社会という大きな体制の中には、純粋な倫理基準に従って厳密に突き詰めてみるとやましいものがたくさんあるんだ、ってこと。常識的に考えて、人間というものは絶対的な正道をめざしたりはしない、ただほかの人間とそこそこ同じ程度にやっていきたいと思っているだけだ。そこで、だ。誰かが男らしく声をあげて、言ったとする——自分たちには奴隷制度が必要なのだ、奴隷制度がなくてはやっていけないのだ、奴隷制度をやめたら自分たちは貧困に陥ってしまう、だからもちろん今後も奴隷制度は堅持していこうと思う、と。これは正々堂々とした明瞭な意見表明だから、結構だ。真実の重みがある。世の中の大勢から判断するに、こういう発言なら支持を得られるだろう。だが、小難しい顔をして、洟をすすりあげながら聖書を引用したりするようになったら、ぼくはそんなやつはろくでもないと見限るね」

「あなたって容赦のない方ね」マリーが言った。

「そうかな」サンクレア氏が続けた。「もし何かの事情で棉花の価格がこの先大きく下落してしまって、奴隷が無用の長物となったとしたら、どうなる？　さっそく聖書の解釈が変わるんじゃないかな？　教会に一気に新しい光が差しこんで、あっという間に聖書の解釈もお説教も百八十度向きが変わるんじゃないか？」

「どっちにしても」と、マリーが寝椅子に横になりながら言った。「あたくしは奴隷制度のあるところに生まれてよかったと感謝しておりますわ。それに、奴隷制度は正しいと信じておりますもの。正しくないはずがありません。いずれにしても、奴隷制度がなかったら、あたくしはやっていけませんわ」

「おまえはどう思うかね？」ちょうどこのタイミングで手に花を持って部屋にはいってきたエヴァに、父親が聞いた。

「何のこと、パパ？」

「どっちがいいか、ってことさ。北のヴァーモントのほうで伯父さんたちみたいな暮らし方をするのがいいか、ここみたいに奴隷がいっぱいいる暮らしがいいか」

「もちろん、ここの暮らしのほうが楽しいと思うわ」エヴァが答えた。

「どうしてかな？」サンクレア氏が娘の頭を撫でて聞いた。

「こっちのほうが、そばに愛してあげられる人たちがいっぱいいるからよ」エヴァが真剣な顔で父親を見上げて言った。

「あらまあ、いかにもエヴァらしい答えだこと」マリーが言った。「また変なことを言いだして」

「パパ、わたし、変なこと言った？」父親の膝にのぼりながら、エヴァが小声で聞いた。

「まあね、世の中のほうがふつうだとすればね」サンクレア氏が言った。「それにしても、エヴァ、昼ごはんのあいだ、どこにいたんだい？」

「あのね、トムのお部屋にいたの。お歌を聞かせてもらってたの。それで、アント・ダイナがごはんを食べさせてくれたの」

「トムの歌を聞いてた、って？」

「そうよ！　トムはね、とっても美しいお歌を知ってるの。新しいエルサレムのお歌とか、輝く天使たちのお歌とか、カナンの地のお歌とか」

「きっと、オペラよりすばらしい歌だったんだろうね？」

「そうよ。トムはわたしにもお歌を教えてくれる、って」

「歌のおけいこかい？　トムと仲良くやってるようだね」

「そうよ。トムがわたしにお歌を歌ってくれて、わたしがトムにお聖書を読んであげるの。それで、お聖書に書いてあることがどういう意味なのか、トムが説明してくれるの」

マリーが笑いだした。「まあ、これこそ今シーズン最高のジョークだわ」

「トムの聖書の解釈はなかなかどうして悪くはないよ、わたしが保証する」サンクレア氏が言った。「トムには宗教に天賦の才がある。けさ早く、馬を使いたいと思って、そうっとトムの部屋に行ったんだ、厩舎の上のね。そしたら、トムが一人で礼拝をやってるのが聞こえた。正直言って、トムのお祈りほど耳に心地よい響きは、ここしばらく聞いた記憶がないね。ぼくのこともお祈りしてくれてたよ、十二使徒も顔負けの熱心さでね」

「きっと、あなたが聞いてるのを知ってたのよ。そういう小ずるい話は前にも聞いたことがあるわ」

「だとしたら、ちょっと失礼なやつだな。だって、神様に向かって、ぼくのことをあれこれかなり言いたい放題に言いつけてたからね。どうやら、トムの意見によると、ぼくはかなり改善すべき点があるらしい。それに、トムはぼくをぜひとも悔い改めさせたいようだった」

「それは、オーガスティン、心に深く刻んでおいたほうがいいと思うわ」オフィーリア嬢が言った。

「どうやら、きみもトムと同じ意見らしいね」サンクレア氏が言った。「さて、どうなるかな。ねえ、エヴァ?」

第17章　自由黒人の防戦

クエーカー教徒の家では、穏やかな空気の中で着々と準備が進んでいた。もうすぐ日が暮れようとしている。レイチェル・ハリデイは粛々と動きまわって家の中の蓄えを取りそろえ、その夜に旅立つ一行のために必要な品々をできるだけ小さくまとめようとしていた。午後の影は東へ長く伸び、赤い夕陽はもの思いにふけるように地平線にかかっている。その金色の穏やかな光が差しこむ小さな寝室に、ジョージと妻は腰をおろしていた。ジョージは息子を膝に乗せ、妻の手を握っている。二人とも真剣な面持ちで考えこんでおり、頰には涙のあとが見えた。

「そうだね、イライザ」ジョージが言った。「きみの言うとおりだ。きみは立派な人間だ。ぼくよりはるかに立派な人間だ。ぼくは、きみの言うように努力するよ。自由人にふさわしい人間になるよう努力する。クリスチャンの名にふさわしい人間になれるようがんばるよ。全能の神は、ぼくが一所懸命にがんばってきたことをご存じだと思う。どんな逆境にあっても、これまで一所懸命に生きてきたことを、見てくださっているはずだ。過去のことは、すべて忘れようと思う。つらかった思いも、苦しかった思いも、みんな捨てようと思う。そして聖書を読んで、立派な人間になれるよう努力しようと思う」

「カナダに着いたら、わたしもお手伝いするわ」イライザが言った。「わたし、お裁縫はとても上手にできるの。上等な衣類の洗濯やアイロンがけもできるわ。二人で力を合わせれば、なんとかやっていけるでしょう」

「そうだね、イライザ。ぼくたち二人と子供が一緒にいられさえすれば。ああ、イライザ！　妻と子供が自分のものだと思えることがどれほど恵まれた境遇か、みんなに教えてやりたいよ。妻も子供も自分のものだと胸を張って言える境遇の人を見て、それ以上に何を怒ったり悩んだりすることがあるのだろうと、よく思ったものだよ。いま、ぼくはすごく裕福で強くなったような気がする。この空っぽの両手よりほかに何の財産もないけれど。これ以上のことを神様にお願いしたら罰（ばち）が当たりそうな気がするくらいだよ。ぼくは二五歳のこの日まで、毎日毎日必死に働いてきた。一セントの金も持ってないし、雨露をしのぐ屋根ひとつないし、自分のものと呼べる土地だってない。それでも、いま、ぼくの自由を邪魔しないでもらえるなら、ぼくはそれだけで満足だ。それだけで感謝したいくらいだ。ぼくは働いて、きみと子供の代金を払うよ。前の主人については、ぼくに使った金の五倍は儲けたはずだから、もう何も借りはない」

「でも、まだ危険がなくなったわけではないわ」イライザが言った。「まだカナダには着いていないんですもの」

「そうだね」ジョージが言った。「でも、もう自由の空気を吸ったような気がするよ。そう思うと、いっそう力が湧いてくる」

このとき、寝室の外で声がした。何やら差し迫った口調で会話をしている。すぐにドアをノックする音が響いた。イライザがさっと立っていって、ドアを開けた。

シメオン・ハリデイと、もう一人のクエーカー教徒が立っていた。その人を、シメオンが「フィニアス・フレッチャー」だと紹介した。フィニアスはひょろりと背が高く、赤毛で、眼光鋭く抜け目なさそうな顔をしていた。穏やかで物静かで浮世離れしているシメオン・ハリデイとは対照的に、何ひとつ見逃さない世知に長けた男の顔つきだった。自分の判断力と先を見通す鋭敏な眼力に自信を持っているようすで、つば広の帽子をかぶり堅苦しい言葉づかいを習慣とするクエーカー教徒にはちょっと異質な雰囲気の男だった。

「ジョージ、われらが友フィニアスが、汝のご一行にとって重要なことを知ったそうだ」シメオンが言った。「汝も聞いておかれるがよいと思うてな」

「そのとおり」フィニアスが口を開いた。「わしがいつも言うように、場所が場所のときは寝るあいだも片耳を立てておくがよし、ということだ。きのうの夜、わしはある小さな町はずれの宿屋に泊まった。ここから少しばかり戻ったとこだ。シメオン、汝はおぼえておろう、去年われらがリンゴを売りに行った店じゃ、大きなイヤリングをぶら下げた太った女人に。きのうはずいぶん長いこと馬を駆ったあとで、わしは疲れておった。それで、夕めしのあと、ベッドの用意ができるまでのあいだと思って、わしは部屋の隅に積んであった荷物袋の上に横になって、上からバッファローの毛皮をかぶった。するとどうだ、わしはぐっすり眠りこんじまった」

「片耳を立てて、かね？」シメオンが小さな声で聞いた。

「いいや、眠っちまった！　耳も何もありゃしない。一時間か二時間ぐらい、ぐっすりと。ひどく疲れておったのでな。だが、目がさめかけたときに、部屋に何人か人がおるのに気がついた。テーブルを囲んで、酒を飲んでしゃべっておった。それで、毛皮の下から顔をのぞかせる前に何の話をしておるのか、ようすをうかがおうと思った。とくに、何やらクエーカーのことをしゃべっておるのが聞こえたのでな。男のうちの一人が、こう言った。『で、いまはこの先のクエーカー入植地におる。まちがいない』となな。それで、わしは両耳を立てて聞くことにした。そしたら、まさにこのご一行のことをしゃべっておるではないか。そこで、わしはじっと横になったまま、連中が計画を練るのを聞いた。連中の話では、こちらのお若い男性はケンタッキーの所有者のもとに連れ戻されることになっておる、ということだった。見せしめにするんだと。ほかの黒んぼどもが逃亡せぬようにするための。奥さんのほうは、男たちのうちの二人がニューオーリンズへ連れていって売り飛ばして自分らの儲けにする、という話だった。一六〇〇から一八〇〇ドルくらいで売れると見こんでおったな。子供は奴隷商人に渡すという話だった、その奴隷商人が買ったものだから、と。あと、ジムって男とその母親は、ケンタッキーの所有主のところへ戻されるという話だった。男たちの話では、少し先の町に警官が二人おるとかで、その二人が逃亡奴隷を捕まえるのに手を貸すことになっとるらしい。それで、若い女人のほうは判事のところへ連れていって、男たちの一人で小柄で口の達者なやつが自分の所有する奴隷だと宣誓する計画らしい。それで引き渡しを受けて南へ連れていこうという算段だ。連中は、わしらが今夜通る予定の道すじをちゃんと知っておったぞ。それで、六人だか八人だかの手勢で追ってくるつもりらしい。さて、どうしたもんかな?」

話を聞いたあと、各人各様の態度で立ちつくす人々の姿は、一幅の絵になりそうな光景だった。ホットビスケットを作っている最中に知らせを聞いて戸口に顔を出したレイチェル・ハリデイは、粉だらけの両手を上げたまま、心配に胸がつぶれそうな顔で立ちつくしている。シメオンは深く考えこんでいる表情だ。イライザは両腕で夫にすがりつき、夫の顔を見上げている。ジョージは両手を握りしめ、目をぎらぎら光らせている。妻を競売で売り飛ばされ、息子を奴隷商人に引き渡されるとなれば、しかもキリスト教を標榜する国の法律のもとでこのような仕打ちを受けるとなれば、誰だってそんな表情になったにちがいない。

「ジョージ、どうすればいいの？」イライザが弱々しい声で言った。

「こうするしかない」ジョージは小さな寝室に戻って、ピストルをあらためはじめた。

「ほれ、ほれ」フィニアスがシメオンに向かってうなずいた。「見たとおりだ、シメオン。こうなることはわかっておった」

「そうだな」シメオンがため息をついた。「そうならぬことを祈るしかない」

「わたしのために皆さんを巻き添えにしたくはありません」ジョージが言った。「馬車を貸してもらって、道を教えてもらえば、自分で次の〈駅〉まで乗っていきます。ジムは腕っぷしが強いし、とことん勇敢です。わたしも同じです」

「まあまあ、友よ」フィニアスが言った。「それにしても、馬車の馭者は要るだろう。戦うほうは汝に任せるとして、道のことは汝よりわしのほうがよくわかっておるよ」

「でも、あなたを巻きこみたくはありません」ジョージが言った。

「巻きこむ、と？」フィニアスは不思議なことを聞くというような表情でジョージをじっと見つめた。「わしを巻きこむときは、どうぞ知らせてほしいもんだわい」

「フィニアスは賢くて、腕が立つ」シメオンが言った。「ジョージよ、汝はフィニアスの判断に従うがよい。それから」と、シメオンはジョージの肩に優しく手を置き、ピストルを指さして、「早まって使わんようにな。若い者は血の気が多いからの」と言った。

「わたしは誰も襲うつもりはありません」ジョージが言った。「この国に願うのは、わたしに構わないでほしい、ということだけです。そうすれば、おとなしく出ていきますから。でも――」ジョージはここで言葉を切り、眉を曇らせ、顔をゆがめた。

「わたしの姉は、ニューオーリンズの奴隷市場で売られました。何の目的で売られたのか、わかっています。[1] だから、言います。自分の妻がつかまって売られるとなったら、黙って見ていられますか？ 妻を守るために神様からこの強い両の腕を与えられているのに？ とんでもない。神よ！ 妻と息子を守るためなら、命がけで戦います。わたしはまちがっていますか？」

「汝(なれ)を責めることのできる人間などおらぬよ、ジョージ。生身の人間に、そうするなと言うのは無理だ」シメオンが言った。「聖書にも、『躓物(つまづき)は必(かなら)ず来(きた)らざるを得(え)ず、されど之(これ)を来(きた)らす者(もの)は禍害(わざはひ)なるかな』[2]とある」

「あなたでさえ、わたしと同じ立場なら、同じようになさるのではありませんか？」

「自分が試される日の来ぬことを祈る。人は弱い」シメオンが言った。

「わしは、自分がそういうことになったら、かなり強いと思うがな」フィニアスが両腕を風車のように大きく広げて言った。「わが友ジョージよ、わしは汝(なれ)が誰かと決着をつけねばならぬ段になったら、その相手を押さえつけるほうに加勢せぬ自信はない」

「もしどうしても悪に抵抗せねばならぬのなら、ジョージ、いまこそ遠慮はいらぬ」シメオンが言った。「しかし、わが教会の指導者たちは、もっと優れた道を説いておる。なぜなら、『人(ひと)の怒(いかり)は神(かみ)の義(ぎ)を行(おこな)はざればなり』[3]とあるからだ。神の義は、人

1　ニューオーリンズの奴隷市場は女奴隷を性的対象として売買する市場として悪名高かった。

2　『舊新約聖書』文語訳（日本聖書協会）「ルカ傳福音書」第一七章第一節。

間の堕ちた心とは相容れぬものであり、神から下される以外には受けることがならぬ。われらが誘惑に負けぬよう、祈ろう」

「同感だ」フィニアスが言った。「だが、あまりに誘惑が強くなったら、まあ、そのときは連中も覚悟するがよい。そういうことよ」

「汝はどう見てもやはりフレンド派[4]には生まれつかなかったようだな」シメオンが笑いながら言った。「汝はいまだ昔の性質をかなり強く残しておるようだ」

じつは、フィニアスは若いころ腕っぷしも向こうっ気も強い無骨者で、凄腕の猟師、シカ撃ちの名人だった。しかし、美しいクエーカー教徒の娘に恋をし、その娘に感化されて、近隣の教会に通うようになった。フィニアス自身は正直者で、酒も飲まず、立派なクエーカー教徒であり、どこと言って責められるべき点もないのだが、教会の中でもとくに精神性を重んじる人々の目には、どうしてもフィニアスのクエーカー教徒らしくない点が目についてしまうのだった。

「わが友フィニアスは、いつだって、フィニアスなのですよ」レイチェル・ハリデイがほほえみながら言った。「彼の心はちゃんと正しいところにあるとわかっていますから」

「あの……」ジョージが口を開いた。「出発を急いだほうがいいのではありませんか?」

「わしはけさ四時に起きて、全速力で飛ばしてきた。連中が計画どおりの時刻に出発するとして、たっぷり二、三時間の猶予はあると思う。どのみち、暗くなる前に出発するのは安全とは言えん。この先の村には邪悪な人々もおるで、わしらの馬車を見たら手出しをしてくるかもしれん。そうなれば、ここで待つよりもっと手間取ることになる。だが、いまから二時間後なら出発してもいいかと思う。わしはこれからマイケル・クロスのとこへ行って、足の速い馬でわしらのあとをついてきてくれるよう頼むつもりだ。道によく目を光らせて、男たちが追ってくるようなことがあったら知らせてくれるように、と。マイケルはそんじょそこらの馬には負けけん足の速い馬を持っとるからな。もし危険なことになりそうだったら、先回りして知らせてくれるだろう。わしはこれから出かけて、ジムと母親に支度するよう伝えて、馬の準備をしてくる。このくらい早めに出れば、連中に追いつかれる前に次の〈駅〉に着ける可能性はけっこうあるだろう。だから元気を出せよ、わが友ジョージ。汝(なれ)のような人たちと危ない

3　『舊新約聖書』文語訳（日本聖書協会）「ヤコブの書」第一章第二〇節。

4　クエーカー教徒のこと。

橋を渡るのは、今回が初めてではないからな」そう言って、フィニアスはドアを閉めて出ていった。

「フィニアスはかなり気の利く男だ」シメオンが言った。「汝のために最善のことを為してくれるだろうよ、ジョージ」

「わたしは、あなたがたに降りかかる危険を考えると、申し訳ない気持ちでいっぱいです」ジョージが言った。

「それについては、わが友ジョージよ、これ以上は何も言わずにおいてくれるほうがありがたい。われわれが為すことは、良心から為さずにはおられぬことなのだ。こうする以外にないのだ。さあ、母さんや」シメオンはふりむいてレイチェルに声をかけた。「友らのために、食事の支度を急いでおくれ。腹をすかせたまま送り出すわけにはいかんからな」

レイチェルと子供たちがせっせとコーン・ブレッドを焼いたりハムやチキンを料理したりと夕食のしたくに動きまわっているあいだ、ジョージとイライザは小さな寝室に腰をおろし、たがいのからだに腕を回しあって、数時間後には永遠の別れとなるかもしれない運命に立ち向かう夫と妻の会話をかわしていた。

「イライザ」ジョージが言った。「友だちがいて、家や土地があって、金があって、何もかも恵まれている人たちでさえ、ぼくらのように愛しあうことはできないだろう。ぼくらにはお互いしかないんだから。イライザ、きみと知りあうまで、ぼくを愛してくれた人は誰ひとりいなかった。哀れな母親と姉のほかには。奴隷商人に連れていかれる日の朝、姉のエミリーが会いにきた。姉はぼくが眠っている部屋の隅にやってきて、言ったんだ。『かわいそうなジョージ、あなたの最後の味方は連れていかれてしまうのよ。あなたはどうなってしまうのかしら、かわいそうに』って。ぼくは起きあがって、両腕で姉に抱きついて、さんざん泣いた。姉も泣いた。そのときの姉の言葉を最後に、それ以来一〇年も、優しい言葉はひとつもかけてもらったことがない。ぼくの心はすっかり枯れはてて、灰のように何も感じなくなってしまった。そんなときに、ぼくはきみと出会った。そして、きみがぼくを愛してくれて──まるで死の世界からよみがえったような気がしたよ！　それ以来、ぼくは別の人間に生まれ変わったんだ！　ねえ、イライザ、ぼくはこの命にかけても、ぜったいにきみを取られたりするものか。きみを捕まえるなら、まず、このぼくを殺してからだ」

「ああ神様、お助けください！」イライザは泣いていた。「わたしたちを二人そろってこの国から出ていかせてください、お願いするのはそれだけです」

「神はやつらの味方なのか？」ジョージは妻に話しかけるというよりも、胸中の苦い思いを吐露するような口調で言った。「神はやつらのやることをぜんぶ見ておられるのだろうか？　どうして、こんなことを許しておかれるのか？　聖書もやつらの側に味方しているというし。すべての権力は、まちがいなく、やつらの側にある。やつらは金持ちで、健康で、幸福だ。教会の信徒で、天国へ行くつもりでいる。世の中をのうのうと生きていて、何もかも自分の思いどおりになる。一方で、貧しく正直で信心深いクリスチャンたちは――やつらと同じかそれ以上に立派なクリスチャンの黒人たちは――やつらに踏みにじられて泥にまみれている。やつらは黒人を売り、黒人を買い、黒人の血や涙やうめき声に乗っかって商売をしている――それを神は許しておられるのだ」

「わが友ジョージよ」シメオンが台所から声をかけた。「この詩篇を聞いてみなされ。汝の心によいかもしれぬ」

ジョージは戸口近くへ椅子を動かし、イライザも涙を拭きながら聞きにきた。シメオンが聖書を朗読した。

「然はあれどわれはわが足つまづくばかり　わが歩すべるばかりにてありき　こはわれ悪しきものの栄ゆるを見てその誇れる者をねたみしによる　かれらは人のごとく憂にをらず人のごとく患難にあふことなし　このゆゑに傲慢は妝飾のごとくその頸

をめぐり　強暴はころものごとく彼等をおほへり　かれら肥えふとりてその目とびいで心の欲にまさりて物をうるなり　また嘲笑をなし悪をもて暴虐のことばをいだし高ぶりてものいふ　このゆゑにかれの民はこゝにかへり水のみちたる杯をしぼりいだして　いへらく　神いかで知りたまはんや　至上者に知識あらんやと」[5]

「汝はこのように感じているのではないかな、ジョージ？」

「まさにそのとおりです」ジョージが言った。「まるで自分で書いたような気がするくらいです」

「ならば、続きを聞かせよう」シメオンが言った。

「われこれらの道理をしらんとして思ひめぐらしゝに　われ神の聖所にゆきてかれらの結局をふかく思へるまでは然りき　誠になんぢはかれらを滑かなるところにおきかれらを滅亡におとしいれ給ふ　主よなんぢ目をさましてかれらが像をかろしめたまはんときは夢みし人の目さめたるがごとし　されど我つねになんぢとともにあり汝わが右手をたもちたまへり　なんぢその訓諭をもて我をみちびき後またわれをう

5　『舊新約聖書』文語訳（日本聖書協会）「詩篇」第七三篇第二節〜第一一節より、ところどころに省略のある引用。

けて栄光のうちに入れたまはん　神にちかづき奉るは我によきことなり　われは主エホバを避所として――」[6]

二人を「友」と呼ぶ老人が読み聞かせる神への信頼の言葉は、聖なる調べのようにジョージの悩み疲れささくれた心に沁みわたり、シメオンが詩篇を読みおえたあと、ジョージの整った顔は穏やかで落ち着いた表情に変わっていた。

「ジョージよ、もしこの世がすべてだとしたら」と、シメオンが話しかけた。「主はどこにいますのかと尋ねる汝の言葉も無理はないかもしれぬ。だが、この世でもっとも恵まれぬ者が主の王国に上げられることは珍しくない。主を信頼しなさい。この世で汝に何が起ころうとも、あの世では主がすべてを正してくださる」

もしもこの言葉が、安易に手前勝手な理屈を押しつける説教者の口から出たものであったとしたら、あるいは、苦しむ人々に口先だけで信心を説き美辞麗句を並べる人間の口から発せられたとしたら、おそらく、それが人の心に沁み入ることはなかっただろう。しかし、神と人の正義のために罰金や投獄の危険をかえりみず日々従容として善き行いを為す人の口から語られる言葉には重みがあり、訴える力があった。哀れな心細い二人の逃亡者は、シメオンの言葉から心の平静と強さをもらった。

そして、いま、レイチェルは優しくイライザの手を取り、夕食の席へ誘おうとしている。一同が席につこうとしたとき、ドアを軽くノックする音がして、ルースがはいってきた。

「ちょっと寄ってみたの」ルースが言った。「坊やにこの靴下を、と思って。三足あるわ。毛糸で暖かいわよ。カナダはとっても寒いでしょうからね。イライザ、元気？」そう言ってルースは軽やかな足取りでイライザの側へテーブルを回ってくると、愛情をこめてイライザの手を握り、ハリーの手にキャラウェイシードのはいった甘いケーキを握らせた。「坊やのために、少しだけ持ってきたわ」と言って、ルースはポケットからケーキの包みを取り出した。「子供って、いつも何か食べたがるでしょ」

「ありがとうございます。こんなによくしていただいて」イライザが言った。

「ルース、一緒に夕ごはんを食べていきなさいな」レイチェルが誘った。

「それがだめなの。ジョンに赤ちゃんの世話を頼んできてるし、オーブンでホットビスケットを焼いている最中なの。だから、すぐ帰らないと、ジョンがホットビスケットを真っ黒焦げにしちゃうし、赤ちゃんに砂糖壺の砂糖をぜんぶ舐めさせちゃいそう

6　『舊新訳聖書』文語訳（日本聖書協会）「詩篇」第七三篇第一六節〜第二八節より、ところどころに省略のある引用。

だもの。そういう人なのよ、ジョンは」小柄なクエーカーの女性は笑いながら言った。「それじゃ、さようならね、イライザ。ジョージも、さようなら。神様が道中を安全にお守りくださいますように」そう言うと、ルースははずむ足取りで出ていった。

夕食が終わってまもなく、大きな幌馬車が玄関前に着いた。その夜は雲のない星空だった。フィニアスが馭者席から元気よく飛び下りて、馬車に乗せる客たちをさばきはじめた。ジョージは片手で子供を抱き、もう一方の手で妻の手を取って、玄関に出てきた。しっかりとした足取りで、決意のみなぎる落ち着いた顔をしている。レイチェルとシメオンも三人のあとから出てきた。

「そこの二人、いっぺん降りてくれ」フィニアスが馬車の中に乗っている人たちに声をかけた。「奥の席に女人と子供がすわれるようにするから」

「バッファローの毛皮が二枚あるわ」レイチェルが言った。「これで、できるだけすわり心地よくしていらっしゃいな。一晩じゅう馬車に揺られるのは、きついから」

馬車から最初に降りてきたのはジムで、続いて出てきた老母にそっと手を貸して馬車から降ろした。ジムの母親は息子の腕にしがみつき、いつ追っ手が来るかと心配でたまらないといったようすであたりを見まわしていた。

「ジム、ピストルの準備はいいか?」ジョージが低くしっかりとした声で言った。

「ああ、だいじょうぶだ」ジムが言った。

「連中が追ってきたらどうするか、わかっているな？」

「ああ、もちろん」ジムが広い胸の前を開けて武器を見せ、大きく息を吸った。「おれがまた母親を取られるようなことを許すと思うか？」

この短い会話がかわされるあいだに、イライザは親切にしてくれたレイチェルに別れを告げ、シメオンの手を借りて馬車に乗りこむと、息子と二人、腰をかがめて後部の座席へ移動し、バッファローの毛皮の上に腰をおろした。続いて老女が男たちの手を借りて馬車に乗りこんで後部にすわり、そのあとジョージとジムが前部に粗末な板を渡しただけのベンチに腰をおろし、フィニアスがいちばん前の馭者台にのぼった。

「友よ、さらばじゃ」シメオンが外から声をかけた。

「神様のお恵みがありますように！」中から全員の声が答えた。

そして幌馬車は、凍てついた道をガタガタと揺れながら進みはじめた。

道が悪く、車輪の音がうるさくて、会話をする余裕はなかった。幌馬車は延々と続く暗い森を抜け、荒涼たる原野を突っ切り、丘を越え、谷を下り、車輪の音を低く響かせながら何時間も進んでいった。子供はすぐに寝入ってしまい、母親の膝に体重をあずけて横になっていた。おびえていた哀れな老女も、やがて恐怖を忘れたようだった。イライザでさえ、夜がふけるにつれ、不安な気持ちにもかかわらずまぶたが閉じそうになっていた。一行の中ではフィニアスがいちばん意気軒昂で、長時間にわたる馬車の旅のあいだ、クエーカー教徒らしからぬメロディを口笛で吹き鳴らしながら手綱を握っていた。

しかし、夜中の三時ごろ、ジョージの耳が速馬の蹄(ひづめ)の音をとらえた。少し距離をおいて後方から追ってくる。ジョージはフィニアスのひじを小突いて知らせた。フィニアスは馬を止め、耳を澄ました。

「マイケルにちがいない」フィニアスが言った。「あのギャロップは聞きおぼえがある」フィニアスは伸び上がって、心配そうに道の後方に目を凝らした。

全力で駆けてくる騎影が遠くの丘の上にぼんやりと現れた。

「ああ、マイケルだ。まちがいない！」フィニアスが言った。ジョージとジムは思わず幌馬車から飛び下りた。三人は固唾(かたず)を呑んで耳を澄まし、伝令が姿を現すとおぼしきあたりに目を凝らした。騎影はどんどん近づいてくる。そして、こちらからは見えない谷地(やち)へ下りていった。しかし、速く鋭い蹄の音はぐんぐん坂を駆け上がって近づいてくる。ついに、小高い丘の頂(いただき)に馬を駆る人影が現れた。もう声の届く距離だ。

「ああ、マイケルだ！」フィニアスが声を張りあげて「おぉい、マイケル！」と呼んだ。

「フィニアス、汝（なれ）か？」

「そうだ。で？　追っ手は来ているか？」

「すぐそこまで来ている。八人から一〇人てところだ。ブランデーをひっかけて、オオカミみたいに罵りまくって泡を飛ばしてるぞ」

そう話しているあいだにも、風に乗って、馬を全速で駆けさせてくる集団の音がかすかに聞こえてきた。

「乗った、乗った！　さ、早く！」フィニアスが言った。「戦うにしても、もう少し先まで行っておきたい」ジョージたち二人が馬車に飛び乗り、フィニアスが馬に鞭を入れて、馬車が走りはじめた。馬に乗ったマイケルも、すぐ脇を走っている。幌馬車はガタガタと揺れ、跳ね上がり、凍てついた道を飛ぶように走った。しかし、背後から追ってくる集団の蹄の音は次第次第に大きくなってくる。イライザたちの耳にもその音は届き、こわごわ馬車の外を見ると、はるか後方、遠い丘の稜線に、赤く染まりはじめた早暁の空を背景にして、男たちの影が大きくなりつつあった。もう一つ丘を

7　全力疾走。

越えたころには、夜目にも白い幌をかけた馬車が遠くからはっきりと見えたらしく、野獣の発するような追っ手の歓声が風に運ばれて聞こえてきた。イライザは吐き気を催しながら、息子をいっそう強く胸に抱きしめた。老女のほうはうめくように祈りの言葉をつぶやいている。ジョージとジムは、いよいよ追い詰められた気分でピストルを握りしめた。追っ手はどんどん迫ってくる。そのとき、馬車が急に方向を変え、切り立った岩が頭上に張り出している岩棚のほうへ走りだした。そこは巨岩がいくつも集まって塊のようにそそり立っている場所で、岩の周囲には何もなく平らだった。巨岩の塊は、明るさを増しつつある空を背景に黒くどっしりとそびえ立ち、逃げこんで身を隠すのに恰好の場所と見えた。ここはフィニアスがかつて猟師だったころから知りつくしている場所で、この場所に逃げこむためにフィニアスは馬車を飛ばしてきたのだった。

「さあ、あっちだ！」フィニアスは馬車を急停止させ、駆者台から飛びおりた。「降りるんだ！　いますぐ！　みんな降りろ！　わしについて、あそこの岩に登るんだ。マイケル、汝(なれ)はその馬をこの馬車につないで、アマライアのとこまで飛ばしてくれ。そんで、アマライアと息子たちにここへ取って返して連中の相手になってくれ、と伝えてほしい」

あっという間に全員が馬車の外に出た。

「いいか」フィニアスがハリーを抱き上げながら言った。「一人が一人ずつ女人を助けて走るんだ。全力で、全力で走れ！」

言われるまでもなかった。たちまち全員がフェンスを越え、切り立った巨岩のところまで全力で走った。そのあいだにマイケルは乗ってきた馬から飛び降り、手綱を馬車に結びつけたあと、全速で馬車を走らせて遠ざかっていった。

「こっちだ」岩棚の下までたどりつくと、星あかりと夜明けの光でうっすらと岩山へ登る足場が見えた。見えにくいが、たしかに踏みならした跡がある。「ここは昔、猟をするときに使った塒だ。さあ、登って！」

フィニアスは先頭に立って、ハリーを両腕で抱いたまま岩場をヤギのように軽々と跳びうつりながら登っていく。続いて、震える老母を背負ったジムが登り、しんがりはジョージとイライザだった。馬に乗った追っ手の男たちがフェンスのところまで来て、大声で叫んだり罵ったりしながら馬を下り、一行を追ってこようとしている。岩肌をよじ登ると、岩棚の上に出た。その先は両側を絶壁にはさまれた細い道になっていて、一人ずつ順に通るしかない。隘路を抜けると、いきなり目の前に幅一メートルあまりの岩の割れ目がぱっくり口を開けており、割れ目の先は岩棚とは別の巨岩が積み重なったような岩山で、地上からの高さは九メートルもあり、岩山の側面は、まるで城砦（じょうさい）のように垂直に切り立っていた。フィニアスは岩の割れ目を軽々と飛び越え、ハリーを岩山のてっぺんの平らで白く乾いた苔に覆われたところにすわらせた。

「跳び越してこい！」フィニアスが後続に声をかけた。「跳ぶんだ、さあ、思いきって！」あとに続く者たちも、一人ひとり岩の割れ目を跳び越した。岩山の頂上にはいくつか岩が転がっていて、胸墻（きょうしょう）のように下からの視線を遮る役割を果たしていた。

「これでよし」フィニアスが石の胸墻から下をのぞいて追っ手の動きを見ながら言った。追っ手はがやがやと声を上げながら岩山を登ろうとしている。

「来れるものなら来てみろ。ここへ来るには、あの二つの岩のあいだを一列になって歩くしかない。ピストルで易々と狙える。わかるな？」

「わかります」ジョージが答えた。「これはわたしたちのことですから、危険な戦いはわたしたちがやります。この先は、任せてください」

「ああ、好きなように戦ってくれ、ジョージ」フィニアスがチェッカーベリー[8]の葉を噛みながら言った。「わしは高みの見物とさせてもらおう。見てみろ、連中が下で相談しておる。こっちを見上げて。塒（ねぐら）に飛びあがろうとしとるメンドリみたいだな。正々堂々と言ってやったらどうだ？　連中が登ってくる前に。登ってきたら撃つぞ、となが」

曙光の中で、下に迫っている男たちの面相が次第に明らかになってきた。見れば、男たちの中にはすでにおなじみのトム・ローカーとマークスがいた。ほかには警官二人と、宿屋の酒場に居合わせて多少のブランデーと引きかえに面白そうだから黒んぼの捕物（とりもの）に手を貸そうとついてきたチンピラどもが数人。

「よお、トム、うまく追いつめたな」男の一人が言った。

「ああ、こっから上がってくのを見たぞ」トム・ローカーが言った。「ここに上がってく道がある。行くぞ。そう簡単には飛び下りらんめえ。すぐに狩り出せるさ」

「けどよ、トム、岩陰から撃ってくるかもしれねえぞ」マークスが言った。「そうなったら、まずい」

「ふん！」トムが笑いとばした。「マークス、てめえときたら、いっつも自分の命が惜しいんだな！　危ないもんか！　黒んぼなんか、どうしようもねえ臆病者（おくびょうもん）ばっかりさ！」

「命が惜しくて何が悪い」マークスが言った。「命はこれひとつしかねえんだよ。そ

8　トウリョクジュ（冬緑樹）。常緑の這性小低木。甘い果物のような香りを持つ。

れに黒んぼだって、たまにはめちゃくちゃ応戦してくるやつもいるぞ」

ちょうどそのとき、ジョージが頭上の岩陰から姿を現し、よく通る落ち着いた声で言った。

「下におられる方々は何者か。何の用件か」

「逃亡奴隷を追ってんだよ」トム・ローカーが言った。「ジョージ・ハリスって男に、イライザ・ハリス、そいつらの息子、それからジム・セルデン、それに婆さんが一人。こっちには警官がついとる。令状もある。捕まえてやるとも。聞こえたか？　てめえ、ジョージ・ハリスだろう？　ケンタッキー州シェルビー郡のハリスさんの所有する奴隷だな？」

「わたしはジョージ・ハリスだ。たしかに、ケンタッキーのハリスという男が、わたしを自分の所有物だと言っていた。だが、いま、わたしは自由人として、神の自由な大地にこうして立っている。妻と息子は、わたしのものだ。ジムと母親も、ここにいる。われわれは自衛のための武器を持っている。必要とあらば使うつもりだ。登ってきたいなら、登ってくるがいい。だが、弾が届くところまで近づいた人間は、撃ち殺す。次の者も、その次の者も、最後の一人まで」

「これこれ、落ち着きなさい！」背の低い小太りの警官が前に進み出て、鼻をかみながら言った。「そこの若いの、そのような口をきくとはけしからん。いいか、われわれは法の執行官だ。われわれには法の後ろ盾がある。権力も、その他諸々も、すべてわれわれの側にある。だから、おとなしく諦めなさい。どうせ最後には諦めることになるのだから」

「法の後ろ盾があることも、権力がそちらの側にあることも、じゅうぶん承知している」ジョージが苦々しい顔で言い返した。「あなたがたはわたしの妻を捕まえて、ニューオーリンズで売り飛ばそうとしている。わたしの息子を仔牛のように奴隷商人の畜舎に放りこもうとしている。そして、ジムの年老いた母親を、息子に逃げられた腹いせに鞭で打ちのめした人非人のもとに送り返そうとしている。そして、ジムとわたしを所有者と称する男のもとへ送り返して、鞭打たせ、拷問させ、ギリギリと踏みつけにさせようとしている。あなたがたの法律は、それを認めているのだ。なんと恥知らずなことか！　だが、われわれは捕まらない。われわれはそちらの法律など認めない。あなたがたの国家など、認めない。神の空の下で、われわれはあなたがたと同じ自由の身だ。われわれを作られた偉大なる神の名において、自由のために命を賭して戦う」

ジョージは岩の上に堂々と姿をさらし、自らの独立を宣言した。夜明けの光が浅黒い頬を赤く染め、黒い瞳は激しい憤怒と絶望に燃えている。人間として神の正義を求めるかのように、ジョージは天に向けて片手を突き上げて独立を宣言した。

もし、これがハンガリー人の若者で、山中の要塞にたてこもって勇敢にもオーストリアからアメリカへの亡命を主張しているのであったならば、このうえない英雄的行為とみなされることだろう。しかし、現実はアフリカ人種の血を引く若者で、アメリカからカナダへの逃亡を主張しているのだから、言うまでもなく、きちんと教育された愛国的なアメリカ国民としては、こんなものを英雄的行為と呼ぶわけにはいかない。読者諸氏の中で、これを英雄視する人がいるとしたら、ご自身の責任においてそうしていただきたい。ハンガリー人が法に基づく令状や国家の法的権威をものともせず命がけでアメリカへ逃亡したならば、報道機関も政治家たちも拍手喝采でこれを歓迎するだろう。しかし、アフリカ人種が同じように命がけの逃亡を企てたら、それはどのような扱いを受けるのか?

いずれにせよ、ジョージの態度、目の力、声の張り、堂々たる物腰に、少しのあいだ、岩棚の下に迫った連中が沈黙させられたことにまちがいはない。話し手の大胆さと決然たる口調には、野蛮な連中さえしばし黙らせる力があった。ただ一人、ジョージの独立宣言に射すくめられなかったのは、マークスだった。マークスはそっとピストルの撃鉄を起こして待ちかまえ、ジョージの独立宣言が終わって一瞬の沈黙が降りたタイミングで引き金を引いた。

「あの野郎はケンタッキーじゃ死んでても生きてても同じだけの金になるからな」マークスは冷徹な口調でそう言いながら、上着の袖でピストルを拭った。

ジョージは後方に飛びのき、イライザが金切り声をあげた。弾丸はジョージの髪をかすめ、イライザの頬をかすめて、頭上の木に当たった。

「だいじょうぶだよ、イライザ」ジョージがすぐに声をかけた。

「演説もけっこうだが、身は隠しておいたほうがいいぞ」フィニアスが言った。「連中はたちの悪いチンピラだ」

「ジム、ピストルの準備はいいか」ジョージが声をかけた。「あの通路の出口を見張れ。最初に出てきたやつを、おれが撃つ。おまえは二人目を撃て。そうやって一人ずつ順に片付ける。一人に弾丸(たま)を二発使うのは無駄だからな」

9　一八四八年から一八四九年にかけて、アメリカではオーストリアからの独立を求めるハンガリーを熱狂的に支持する空気が強かった。独立運動が失敗に終わったあと、アメリカはハンガリーからの政治亡命者を積極的に受け入れた。

「でも、撃ちそこなったら？」ジョージが冷静な口調で言った。
「おれは、はずさない」ジョージが冷静な口調で言った。

「けっこう。なかなか肝がすわっておる」フィニアスが小声でつぶやいた。

マークスが一発撃ったあと、下の男たちは何やら迷っているようすだった。

「誰かに当たったんじゃないか？」男たちの一人が言った。「悲鳴が聞こえたし」

「これから登っていって、捕まえてやる」トム・ローカーが言った。「おれは黒んぼ相手にびびったことなんかねえし、びびるつもりもねえ。おれのあとに続くやつは誰だ？」そう言いながら、トムは身軽に岩山をよじのぼりはじめた。

ジョージの耳には男たちの会話がはっきり聞こえていた。ジョージはピストルを抜き、状態をチェックし、狭い通路の先端から人が姿を現す地点に狙いをつけた。

一行の中で最も勇敢そうな男がトムのあとに続き、最後尾の男が前を進む男たちを無理やり押して急かしながら、男たちは一列になって岩の隘路を進みはじめた。男たちは黙々と進み、まもなくがっしりとした大柄なトム・ローカーの姿が岩の割れ目のすぐ手前のところに現れた。

ジョージが引き金を引いた。弾丸はトムの脇腹に当たった。ところが、傷を負いながらもトムは引き下がらず、怒り狂った雄牛のような叫び声をあげながら岩の裂け目を飛び越え、ジョージたちのほうへ向かってきた。

「友よ」突然フィニアスが前に踏み出して、長い両腕でトムを突き返した。「汝はお呼びでないわい」

トム・ローカーは真っ逆さまに落ちていった。木々や藪や丸太や浮石をバリバリ巻きこみながら、岩の割れ目を九メートル下まで落ちて傷だらけになり、うめき声をあげた。着ていた服が大きな木の枝にひっかかるという幸運がなかったならば、死んでいたかもしれない。とはいえ、墜落の衝撃はなまやさしいものではなく、幸運とはとても呼びがたい結果になった。

「なんて奴らだ！　ありゃ悪魔だぞ！」マークスはそう言って、先頭に立って退却を始めた。岩山をいやいや登ったときよりはるかに素早い足取りだった。一行の男たちはわれさきにとマークスに続いた。なかでも、太った警官ははあはあ息を切らしながら必死の形相で逃げていった。

「いいか、みんな」マークスが男たちに声をかけた。「おまえたちは岩のあいだに回りこんでトムのやつを見にいってくれ。おれは大急ぎで馬を飛ばして助けを呼びに戻るから。頼んだぞ」そして、仲間からの野次やあざけりをものともせず、マークスは言葉どおりあっという間に馬を駆って去っていった。

「あんな汚ねえ野郎、見たことあるか？」男たちの一人が声をあげた。「自分で言い出しといて、このざまだ。みんなを置いて、てめえ一人とっとこ逃げやがった」「とにかく、ローカーを見にいくしかねえだろう」別の男が言った。「死んでようと生きてようと、知ったこっちゃねえけどな」

男たちはうめき声をたよりに切り株や丸太や藪をかきわけて進み、トム・ローカーが大声でうめいたり毒づいたりしているところまでたどりついた。

「派手な声だな、トム」男の一人が言った。「けがはひどいのか？」

「わからん。起こしてくれ。くそっ、あのいまいましいクエーカー野郎め！　あいつにやられなけりゃ、連中のほうをここに突き落として地獄を見せてやったのに」

盛大なうめき声をあげ、たいへんな難儀をして、岩山から転げ落ちたヒーローは男たちの手を借りてかろうじて立ち上がった。そして、両脇を仲間たちに支えられながら、なんとか馬をつないである場所までたどりついた。

「こっから一キロ半戻って例の宿屋まで連れ帰ってもらえたら、何とかなるんだが。ハンケチか何か、貸してくれ。ここに突っこむんだ。このいまいましい血を止めねえと」

ジョージが岩山の上から見おろすと、男たちが大柄なトム・ローカーを鞍の上に押し上げようと四苦八苦しているところだった。二度、三度とやってみるが、トムはよろめいて、地面にどさっと倒れてしまう。

「死ななければいいんだけど！」ほかの者たちと一緒に岩山の上からなりゆきを見ていたイライザが言った。

「なぜだ？　自業自得ではないか」フィニアスが言った。

「だって、死んだあと、神様のお裁きがあるでしょう？」イライザが言った。

「そうだよ」銃撃戦のあいだじゅう、メソジスト派の流儀でうめいたり祈ったりしつづけていたジムの老母が口をはさんだ。「哀れな魂には、恐ろしい死にざまだよ」

「おや、どうやらあいつを置き去りにするらしいぞ」フィニアスが言った。

そのとおりだった。男たちは少しのあいだ迷ったり相談したりしているように見えたが、そのあと全員が馬に乗って行ってしまったのである。男たちの姿がすっかり見えなくなったところで、フィニアスが行動を起こした。

「とにかく、ここから下りて、少し歩かねばならん」フィニアスが言った。「マイケルには、この先まで行って助けを呼んできてくれるよう頼んだから、そのうち幌馬車で戻ってくるだろうが、それまでこっちから道ぞいに歩いて迎えにいくしかなかろう。すぐに来てくれるといいんだが！　まだ朝早いから、しばらくは歩いて通る者もそうはおらんだろう。目的地までは、あと三キロちょっとだ。きのうの夜、道があんなに悪くなけりゃ、連中に追いつかれずに目的地までたどりつけただろうに」

一行がフェンスのあたりまで行ったとき、遠くのほう、道のむこうから、自分たちが乗っていた幌馬車が戻ってくるのが見えた。馬にまたがった男たちも何人か一緒だ。

「おお、マイケルだ。スティーヴンとアマライアもおる」フィニアスがうれしそうな声をあげた。「もうだいじょうぶだ。これで安心、むこうへ着いたも同然だ」

「だったら、お願いです、ちょっと待ってください」イライザが言った。「あの人をなんとかしてあげないと、かわいそうです。恐ろしいうめき声をあげているわ」

「クリスチャンとして当然のことでしょう」ジョージも言った。「あの男も馬車に乗せて連れていきましょう」

「で、クエーカーの手で介抱してやるのか！」フィニアスが言った。「なかなかおもしろいぞ！　わしに異存はないよ。ひとつ、どんなようすか見てみよう」猟師として森の奥地で暮らすあいだに簡単なけがの手当てを身につけていたフィニアスは、けが人の傍らに膝をついて傷をていねいに調べはじめた。

「マークス……」トムが弱々しい声で言った。「マークスか？」

「いや、友よ、マークスではない」フィニアスが言った。「マークスとやらは、汝(なれ)より自分の命のほうがだいじだったらしい。とっくの昔に逃げちまったよ」

「おれはもうだめだ」トムが言った。「くそったれの犬め、死にかけのおれをひとり放っていくなんて！　母ちゃんが言ったとおりだ、おまえはろくな死に方しねえだろう、って」

「あれっ！　聞いたかね！　母ちゃんがおるんだとさ」ジムの老母が言った。「なんだか気の毒になってきたねえ」

「よし、よし、おとなしくしてろ。牙をむくでないぞ、友よ」痛がって介抱の手を払いのけようとしたトム・ローカーに、フィニアスが声をかけた。「この出血を止めねば、汝(なれ)の命は助からぬ」フィニアスは自分のハンカチやほかの皆が差し出したものを使って手際よく傷の応急手当てを施した。

「おまえ、おれを突き落としたな」トムが弱々しい声で言った。

「ああ。そうしなけりゃ、汝(なれ)がわしらを突き落としただろうが」トム・ローカーの上にかがみこんで包帯を巻いてやりながら、フィニアスが答えた。「さあさあ、この包帯を巻くまでじっとしておってくれ。汝(なれ)のためじゃ。こちらに悪気はない。とびきり上等の手当てをしてくれるところへ連れていってやるからな。汝(なれ)のおふくろさんと同じくらい手厚く看病してくれるところへな」

トムはうめき声をもらし、目を閉じた。トムのような男にとっては気力はすぐれて肉体的問題であって、流れ出る血液とともに失われてしまうものなのだ。巨体の持ち主は、いまや哀れなほどぐったりと弱りきっていた。

幌馬車の一隊が到着した。馬車の座席が外され、座面の片側に二重にたたんだバッファローの毛皮を二枚重ねて敷き、男たちが四人がかりでトム・ローカーの重いからだを持ち上げた。幌馬車に乗せられる前に、トムは完全に意識を失った。ジムの老母は、かわいそうで見ていられないと言って、自分は馬車の床にすわり、トムの頭を膝の上に抱いてやった。イライザとハリーとジムはなんとか詰め合わせて残りのスペースに乗りこみ、幌馬車隊は出発した。

「あの男、どうですかね？」フィニアスと並んで前の席にすわったジョージが尋ねた。

「傷はちと深いが、骨まではいっておらん。だが、転がり落ちたのと、あちこちに引っかかったのは、うまくなかったな。だいぶ出血しておる。血も気力も、かなり失ったんじゃないか。だが、だいじょうぶだ。これで少しはましな男になるかもしれん」

「それを聞いて安心しました」ジョージが言った。「もしあいつを死なせることになっていたら、正当防衛とはいえ、これから先ずっと心にひっかかったでしょうから」

「そうだな」フィニアスが言った。「どう理屈をつけようと、殺生(せっしょう)はきれいごとではすまん。人でも、獣(けもの)でもな。わしは若いころ猟師で鳴らしたもんだったが、銃弾(たま)に当たった雄ジカが死んでいくときの目は、こたえた。殺したこっちがひどく悪いような気になったもんだ。まして、人間を殺したとなったら。汝(なれ)のかみさんが言うように、死んだあと神様のお裁きを受けなくちゃならんからな。してみると、うちの宗派はこの件について厳しすぎるとも言えんような気になるわな。自分の生まれ育ちを考えると、われながらずいぶんとクエーカーらしくなったものよ」

「あの男、このあとどうするんですか？」ジョージが聞いた。

「アマライアのとこへ運ぶさ。アマライアん家(ち)にはスティーヴンス婆さんという人がおってな、みんなは『ドルカス』[10]と呼んでおるが。この婆さんが、凄腕の看護婦なのさ。人の看病をするために生まれてきたような婆さんで、看病してやらにゃならん人間が運ばれてくると、そりゃもう張り切って世話をする。あの男も、二週間ばかり婆

10　ヤッファでたくさんの善い行いや施しをした女性。ペトロによって生き返らされた。新約聖書「使徒言行録」第九章第三六節〜第四一節。

さんに世話してもらうことになるだろう」

一時間ほど馬車に揺られたあと、一行はこぎれいな農家に到着し、疲労困憊した旅人たちはたっぷりとした朝食にありついた。トム・ローカーはただちに部屋へ運ばれ、生まれて以来一度も身を横たえたことがないほど清潔で柔らかいベッドにそっと寝かされた。傷口をていねいに手当てしてもらい、包帯を巻かれて、トムはぐったりとベッドに横たわったまま、窓にかかる白いカーテンや穏やかな足取りで病室を歩きまわる人影を眺めて、疲れはてた子供のように目をしょぼしょぼさせていた。さて、ここでしばらくのあいだ、この一行とはお別れすることにしよう。

第18章 オフィーリア嬢の経験と見解

アンクル・トムは、素朴な物思いのままに、奴隷という境遇においては比較的恵まれている自分の運命をエジプトにおけるヨセフの運命[1]と比べてみることがよくあった。そして実際、時がたつにつれて、トムはますます主人の目にかなうようになり、エジプトのヨセフの運命と重なり合うところが大きくなっていった。

サンクレア氏はお金に関して鷹揚で無頓着だった。これまでは、物品の調達や買い物はほとんどアドルフに任せきりで、アドルフも主人に負けずお金にとことん無頓着で贅沢好きだった。二人はお金を湯水のように使って暮らしていた。長年にわたって主人の財産をわがこととして大切に守るよう教えられてきたトムは、この家の浪費癖

1 ヨセフは幼少期にエジプトへ売られたが、努力と才覚によって、エジプトの地で栄光をつかみ、また受難も経験する。旧約聖書「創世記」第三七章~第五〇章。

を目にして気が気ではなかった。そして、トムのような階級の人間がしばしば身につけている控えめでさりげない表現の仕方でもって、ときどき自分なりの進言をしてみることもあった。

はじめのうち、サンクレア氏はたまにトムの意見に耳を傾ける程度であった。しかし、次第にサンクレア氏はトムのまっすぐな心と優れた実務能力に感服するようになり、少しずついろいろなことをトムに任せるようになった。そして、とうとうこの屋敷の物品調達や買い物のすべてをトムにゆだねるようになった。

「いや、アドルフ、そうじゃないよ」ある日、権力の移譲にアドルフが抵抗しようとしたとき、サンクレア氏は言った。「トムに任せておきなさい。おまえは自分の欲しいものしか理解していないが、トムはものの値段も損得も理解している。金も無限にあるわけじゃない。誰かに締めてもらわないと、いつかは足りなくなるかもしれないよ」

サンクレア氏は請求書が来れば目も通さずそのままトムに渡し、お釣りを受け取れば金額も確かめずポケットに入れるような無頓着な主人だったので、こんな主人から全面的な信頼を勝ち得たとなれば、不正を働くつもりならいくらでも隙はあったし、誘惑もあった。そうならなかったのは、ひとえにトムが頑固なほどまっすぐな性格であり、それにキリスト教の信仰が加わったからであった。そういう性格だけに、主人から無条件に信用されるようになったトムは、とことん正直に主人の信頼に応えようと固く心に決めたのだった。

アドルフの場合は、そうではなかった。無分別で勝手気ままなアドルフに対して、サンクレア氏は、厳しくしつけるより甘やかすほうが簡単だったので、やりたい放題を許してきた。その結果、アドルフは自分のものと主人のものとの区別がまったくつかなくなってしまい、それには当のサンクレア氏でさえ辟易することもあった。サンクレア氏にしてみても、分別がないわけではないので、使用人たちをこんなふうに甘やかしておくのは正しくないし危険なことであると、わかってはいた。自責の念はつねに心についてまわったが、それまでのやり方をきっぱり変えてみようと決心するほどの強い後悔にさいなまれるわけでもなく、その自責の念が裏返しになった形で、また使用人たちを甘やかしてしまうのだった。使用人が由々しき誤りを犯しても、サンクレア氏はさほどとがめなかった。というのも、自分さえもっとしっかりしていたら使用人たちもこんな自堕落な状態にはならなかっただろう、という後ろめたさが心にあるからだった。

陽気で快活でハンサムな若き主人を、トムは忠誠と崇敬と父親的な心配のまざった複雑な眼差しで見守っていた。この主人は聖書を読む姿を見たことがないし、教会へ足を運ぶこともない。興が乗れば、なんでもかんでも冗談にして羽目をはずす。静かに過ごすべき日曜日の夜に、オペラや観劇に行ってしまう。ワインパーティーや社交クラブや夕食会に足を運びすぎる。そんなことは、トムの目にもはっきりと見えていた。そして、そんな行動から、トムは「ご主人様はクリスチャンではない」と確信した。ただし、そのことを他人とのあいだで話題にすることはなく、自分の小さな居室で一人きりのときに、自分なりの素朴な表現で、主人の回心をくりかえし神に祈るのだった。それでも、ときには、黒人がよくやる角の立たない方法で、自分なりに心に思うところを主人に訴える場面がないわけではなかった。たとえば、前述した安息日[2]の翌日のこと、サンクレア氏は地元の名士たちが顔をそろえる宴会に招かれ、深夜の一時、二時になって他人に抱えられるようにして帰ってきた。明らかに酔って正体をなくした態(てい)だった。トムとアドルフが酔いつぶれた主人を介抱したのだが、アドルフのほうはすっかり浮かれて事態を笑い話だと思っているようすで、この状況をとんでもない醜態と受けとめているトムを野暮だといって笑いとばす始末だった。まじめなトムは、ベッドにはいっても眠ることができず、若き主人のために朝まで祈って過ごしたのだった。

「なんだい、トム？　まだ何かあるのかい？」翌日、部屋着のガウンにスリッパをつっかけた格好で書斎にすわっていたサンクレア氏が、トムに声をかけた。サンクレア氏はトムにいくつか用事を頼んで、お金を預けたところだった。「まだ何か足りないものがあったかな？」トムがいつまでも突っ立っているので、サンクレア氏はそう付け加えた。

「そうではねえんです、旦那様」トムが深刻な顔で言った。

サンクレア氏は新聞を置き、コーヒーカップをテーブルに戻し、トムの顔を見た。

「どうした、トム？　葬式みたいな顔をして」

「わし、ひどい気分がするです、旦那様。わし、これまで、旦那様はどんな人にも優しい方だと思っとりました」

「というと、トム、わたしがそうでないときがあった、と？　さあ、言ってごらん、何が望みなのだ？　何か不足があるんだな？　それで話の緒（いとぐち）を探っているのか？」

「旦那様は、いつだって、わしに優しくしてくださります。わし、そのことに不満はひとつもないです。けど、旦那様が優しくしてやらん人が一人おります」

2　キリスト教徒が安息と礼拝の日として守る日曜日のこと。

「なんだ、トム、何が言いたい？　はっきり言ってごらん。どういう意味なのだ？」

「ゆうべ、夜中の一時と二時のあいだに、わし、そう思いました。そのとき、よくよく考えました。旦那様はご自分に対して優しくないです」

トムは主人に背を向け、ドアノブに手をかけながら、そう言った。サンクレア氏は顔がさっと紅潮するのを感じたが、話を笑いとばそうとした。

「なんだ、そんなことか」サンクレア氏は陽気な口調で返した。

「そんなこと、でしょうか！」トムは突然くるりと向きなおり、床にひざまずいた。「ああ、旦那様。こんなことをしておったら、いつか、何もかもなくすと思います。何もかも。肉体も、魂も。旦那様、お聖書には、『ついには蛇のようにかみ／コブラのように刺す。』と書いてあります！」

トムは声を詰まらせ、涙を流していた。

「もう、ほんとうに、おまえというやつは！」と言いながら、サンクレア氏も涙ぐんでいた。「立ってくれ、トム。わたしなどのために涙を流す価値はないよ」

しかし、トムはひざまずいたまま、哀願するように主人を見あげていた。

「わかったよ、トム。もう、あんな馬鹿げた席には行かないよ」サンクレア氏は言った。「名誉にかけて誓う。もうしない。もっとずっと前にやめるべきだったんだ。

ずっと前から、あんな席など嫌悪していたし、そういうところへ行く自分をも嫌悪していた。だから、トム、涙を拭いて、お使いに行ってきておくれ。さあ、さあ。神のお恵みはいいから。わたしはそんな値打ちのある人間じゃないよ」そう言いながら、サンクレア氏は優しくトムを戸口へ押しやった。「わたしの名誉にかけて誓うよ、トム。もう二度とあんな醜態はさらさない」そこで、トムは涙を拭きながら、おおいに満足して部屋を出た。

「あいつとの約束は、きっと守る」ドアを閉めながら、サンクレア氏はつぶやいた。そして、サンクレア氏は言葉どおりに約束を守った。もともと、下品な肉欲には、どんな種類のものであれ、さして興味のない質（たち）だったのである。

さて、一方、南部の屋敷を取り仕切るという大仕事に手をつけたオフィーリア嬢を待ち受けていた苦難は、どのようなものだったのだろうか？

ひとくちに南部の屋敷で働く使用人といっても、彼らをしつけた女主人の性格や手腕によって、それこそ天と地の差がある。南部でも北部でもそうだが、人を動かす才能や人を教育する能力にたいへん長（た）けた

3　旧約聖書「箴言」第二三章第三二節。

女性というものが存在する。そういう女性たちは、何の苦もなく、また厳しい罰を科すこともなしに、自分が監督する屋敷という小世界に生きるさまざまな使用人たちを意のままに動かし、全体として調和と規律の守られた秩序ある状況を作り出すことができる。一人ひとりの使用人の特性を把握し、長所と短所が補いあうように配置し、調和と秩序のある組織を作ることができるのである。

これまでに紹介したように、シェルビー夫人は、そのような優れた女主人であった。読者諸氏の中にも、シェルビー夫人のような女性に実際に出会ったことのある方はおられるだろう。そういう優秀な女主人を南部でそれほど頻繁には見かけないとおっしゃるならば、それは、そういう優秀な女主人がほかのどこであれ数少ないからである。南部でも南部以外でも同様に、優秀な女主人というものは現に存在する。そして、それぞれ固有の社会状況に応じて家庭内を治めるめざましい手腕を発揮しているものなのである。

マリー・サンクレアは、そのような女性ではなかった。マリーの母親も同じようなものだった。怠惰で、幼稚で、頭の中が整理されておらず、思いつきでものごとを処理するから、そういう女主人のもとでしつけられた使用人たちが女主人と同じような出来になってしまうのも無理からぬことではあった。マリー・サンクレアは家庭内の混乱状況をオフィーリア嬢にこまごまと説明してみせたが、何が原因でそうなっているかについては何の自覚もないようだった。

屋敷内を仕切ることになった第一日目の朝、オフィーリア嬢は朝の四時に起床し、自分の部屋をきちんと片付けたあと――この屋敷に来た日からやってきたことだが、部屋付きの小間使いは驚愕しきりだった――鍵束を預かった場所について、食器棚や物置を徹底的に改革する大仕事に着手した。

物置、リネン棚、陶器類の食器棚、台所と地下食料庫。その日はすべての箇所が徹底的にチェックされた。主人の目から隠しておきたいあれやこれやが白日のもとにさらされ、台所や部屋付きの使用人を束ねる立場の者たちは警戒心をあらわにし、屋敷のあちこちで「まったく、北部のご婦人ときたら……」というぼやきが聞かれた。

料理長として調理部門を取りしきっていたダイナ婆さんは、オフィーリア嬢による検分を自分の特権に対する侵犯ととらえ、怒り心頭に発していた。「マグナ・カルタ」[4]時代の封建諸侯でさえ、上に対してこれほどの憤激は示さなかっただろうと思われる

4　一二一五年に英国王ジョンに対し封建諸侯が認めさせた「大憲章」。王権を制限し、都市や教会の既得権を保障したもので、英国憲法の基礎となった。

くらいの鼻息だった。

ダイナ婆さんは一筋縄ではいかない曲者(くせもの)で、ここで読者諸氏に少し紹介しておく必要があろう。ダイナ婆さんは生まれついての料理人で、その点ではアント・クロウィと同じだった。料理はアフリカ人種が本来得意とする才能なのである。ただし、アント・クロウィがきちんと訓練を受けた料理人であり、屋敷内外のさまざまな意向を汲んで動ける人物であったのに対し、ダイナ婆さんは独学で料理の腕を磨いた天才肌で、天才という人種の例に漏れず、独断的でつねに一家言(いっかげん)あり、とことん予測不能なところがあった。

近代の哲学者にも似た類(たぐい)がいるが、ダイナ婆さんはありとあらゆる形態の論理や理性を頭から軽蔑しており、何につけても「ひらめき」に逃げこむ癖があった。そうなると、もう誰の説得にも耳を貸さない頑固さである。どれほどの才能、権威、説明をもってしても、ダイナ婆さんのやり方とは別の方法のほうがいいということを納得させるのは不可能だったし、どれほど取るに足らぬことであろうとダイナ婆さんの手順をいささかも変えさせることはできなかった。この点については、「大奥様」すなわちマリーの母親でさえ、ダイナ婆さんと争おうとはしなかった。そして、「マリー嬢様」――(ダイナ婆さんは結婚したあとも変わらず、若奥様のことをこう呼んでいた)

も、この点は争うより従ったほうが楽だと考えたようだった。そんなわけで、ダイナ婆さんに意見する者は、誰ひとりいなくなった。ダイナ婆さんの老練な面従腹背を黙認しておいたほうが、八方まるくおさまるというわけである。

ダイナ婆さんは、ありとあらゆることにかけて言い訳の名人だった。実際、ダイナ婆さんにとっては、料理人に失敗などありえないというのがそもそもの前提だった。しかも、南部の屋敷の料理人には、ありとあらゆる罪や欠陥をなすりつけられる相手がいくらでもいたから、ダイナ婆さんの名声はいささかも傷つくことはないのだった。ディナーで何か出来の悪いところがあったとすれば、どこから見ても立派な理由が五〇もつけられたし、失敗の原因を作った者は五〇人もいて、ダイナ婆さんはそういう者たちをこっぴどく叱りつければすんだのである。

しかし、最終的には、ダイナ婆さんの料理が失敗することは、まずなかった。ダイナ婆さんの料理の手法はいかにもまわりくどく、時と場所に対する考慮は皆無だったが、そしてダイナ婆さんの調理場はハリケーンでも吹き抜けたあとかと思いたくなるくらいに散らかり放題だったし、しかも調理器具はありとあらゆる場所に置きっぱなしになっていたが、それでも、辛抱づよくダイナ婆さんが料理を仕上げるのを待てば、完璧な順序と完璧な調理法でもって一流の美食家でさえ舌を巻くほどのすばらしい料理が供されるのだった。

調理場は、いましもディナーの準備が始まったばかりである。ダイナ婆さんは料理の準備中にじっくり考えたり休憩したりする時間を取るタイプであり、また、何につけてもできるだけ楽をすることに熱心だったので、調理場の床にすわりこみ、短くてずんぐりした形のパイプで紫煙をくゆらせていた。ダイナ婆さんはタバコ中毒というほどタバコ好きで、料理のインスピレーションを求めるときには、教会で香をたくように調理場にタバコの煙をくゆらせて考えこむのが癖だった。ダイナ婆さんにとっては、これが料理の女神を呼び出す秘訣だったようである。

ダイナ婆さんのまわりには、南部の屋敷にいくらでもいる若い見習いの黒人たちがしゃがみこんで、マメを殻からはずしたり、ジャガイモの皮をむいたり、鶏肉に残った生毛（うぶげ）をむしったり、さまざまな下ごしらえにかかっていた。瞑想中のダイナ婆さんは、ときどき思い出したように手近に置いているプディングのかきまぜ棒を手に取り、見習いたちを小突いたり頭を叩いたりしていた。実際、ダイナ婆さんは見習いどもの頭を鉄の棒で叩いて支配し、見習い連中などどうせ使い走り以外の役には立たないと思っているようだった。ダイナ婆さん自身、そういう環境で育ち、こんどは自分がそういう仕組みを存分に利用しているのだった。

オフィーリア嬢は、屋敷内のさまざまな場所をめぐって改善を指示すべき査察をすべて終え、いよいよ調理場に踏みこもうとしていた。ダイナ婆さんはさまざまな情報源から屋敷内で何が進行中なのか把握しており、断固として防戦と現状維持のために立ちはだかる決意だった。表むきは波風立てず、目に見えないところでありとあらゆる改革に反対して無視を決めこむ作戦である。

調理場はレンガ敷きの広い部屋で、一方の壁が端から端まで大きな旧式の調理用暖炉になっていた。サンクレア氏は暖炉をやめてもっと使い勝手のいい新式の料理用ストーブを導入しようとダイナ婆さんを説得したのだが、ダイナ婆さんはどうしても首を縦に振らなかった。ダイナ婆さんの面目躍如である。オクスフォード運動[5]であろうと、どんな学派の保守主義勢力であろうと、大昔から続いてきた不便なやり方に固執する頑迷さにかけては、ダイナ婆さんの右に出るものはないだろう。

初めて北部を訪問した際に、サンクレア氏は伯父の屋敷の整然とした調理場におおいに感銘を受け、自分の屋敷の調理場もそのように改装しようと考えて、大枚をはた

5　一八三三年以来オクスフォード大学で起こった、英国国教会に一七世紀の保守的な教理を取り入れようとした運動。

いて食器棚や引き出しやさまざまな設備を導入した。そうすればダイナ婆さんもいろいろ片付けが楽になるだろうと思ったのだが、それが甘かった。最新式の収納など、リスかカサギのために整えてやったほうがましなくらいだった。引き出しや戸棚の数が増えただけ、使い古しのぼろ布や、髪をとかす櫛、履き古した靴、リボン類、いらなくなった造花、その他ダイナ婆さんが捨てられないがらくたをしまいこむ場所が増えただけだった。

オフィーリア嬢が調理場にはいってきたとき、ダイナ婆さんはすわりこんだまま落ち着きはらってパイプを吹かしながら、周囲の見習いどもの監督に専念しているふりをしつつ、視界の端からさりげなくオフィーリア嬢の動きを観察した。

オフィーリア嬢は、手始めに引き出しの中をあらためはじめた。

「この引き出しは何に使っているの、ダイナ?」オフィーリア嬢が下問した。

「何にでも便利ですよ、奥様」ダイナ婆さんが答えた。たしかに、そのようだった。引き出しに突っこまれている種々雑多なものの中から、オフィーリア嬢はまず上等なダマスク織[6]のテーブルクロスを引っぱり出した。テーブルクロスには血の染みがついていて、あきらかに生肉を包んだものと思われた。

「ダイナ、これはどういうこと? 奥様のいちばん上等なテーブルクロスで肉を包んではだめでしょう」

「もちろんですよ、奥様、いや、その、タオルが見当たらんかったもんで、しょうがなくて。洗いに出そうと思っとったとこで、だからそこに入れてあったんで」

「だらしないこと！」オフィーリア嬢はつぶやき、引き出しの中身を次々に出していった。引き出しの中から出てきたのは、ナツメグ用のおろし金と、ナツメグ二、三個。メソジスト教会の讃美歌集。汚れたマドラス綿のハンカチ二枚。毛糸と編みかけの編み物。紙袋にはいったタバコの葉と、パイプ。クラッカー二、三枚。ポマードを入れた金縁の陶器皿一、二枚。履き古してぺちゃんこになった靴の片割れがひとつ、ふたつ。フランネル地でていねいに包んでピンでとめた小さなホワイト・オニオンが数個。ダマスク織のテーブル・ナプキンが数枚。安物のタオル数本。麻糸と太針。破れかけた紙包みからは、いろいろな乾燥ハーブがパラパラと引き出しの中にこぼれていた。

「ダイナ、ナツメグはどこにしまっておくの？」オフィーリア嬢の口調からは、怒りをかろうじて押し殺しているようすが見てとれた。

6　光沢のある模様を織り出した絹や麻や綿などの織物。

「あっちこっち、いろんなとこです、奥様。そこの上の欠けたティーカップの中にもはいっとりますし、むこうの戸棚にもあります」

「ここのおろし金の中にも、何個かはいっていますよ」オフィーリア嬢が現物を持ち上げて見せた。

「ああ、そうだ。けさ、そこに入れたんだった。あっちこっち手近に物を置いとくことが好きだもんで」ダイナ婆さんは言った。「こら、ジェイク！　なんで手を休めるんだい！　とっちめるぞ！　こら、逃げるんじゃない！」そう言いながら、ダイナ婆さんは助手に棒の一撃を見舞った。

「これは何ですか？」オフィーリア嬢がポマードのはいった皿を持ち上げて見せた。

「ああ、そりゃ、あたしの髪につけるグリースだよ。使いやすいようにそこに入れたんだ」

「奥様のいちばん上等なお皿をこんなことに使うのですか？」

「ああ！　それはものすごい急いどったもんで、とりあえず。ちょうど、きょう、ちゃんと直そうと思っとったとこです」

「ダマスク織のナプキンも二枚ありますけど？」

「そこに入れといたんです、そのうち洗いに出そうと思って」

「ここには洗濯物を入れておく場所はないのですか？」

「ああ、それ。サンクレアの旦那様がそこにある箱を買ってくだすって、それ用に使うように、って。だけど、あたしゃその蓋の上でビスケットの生地を混ぜたり、その上に何(なん)やかや物を置いたりするのが好きなもんで。そうすっと、蓋を上げて開けるのは面倒でね」

「ホットビスケットの生地を混ぜるのなら、そこのパンこね台を使えばいいでしょうに」

「だって、奥様、パンこね台はお皿でいっぱいで。何(なん)やかやで場所がなくて、どうにも——」

「お皿は洗って片付ければいいでしょう」

「皿を洗う？　あたしがかね？」だんだん腹が立ってきたダイナ婆さんは、いつもの慇懃(いんぎん)な態度を忘れて声が一段高くなった。「奥様方に台所仕事の何がわかるのか、教えてもらいたいもんですわ。あたしが皿を洗って片付けるのに時間を取られた日にゃ、旦那様はいつになったらおまんまが食べれるんで？　マリー嬢様は、そんなことはいっぺんもおっしゃらねえですよ、まったく」

「じゃあ、このタマネギは？」

「わかっとりますよ！」ダイナ婆さんが言った。「そこが置き場所なんですから。忘れとっただけで。特別なタマネギなんですよ、いま作っとるこのシチューに使おうと思って取ってあったもんで。そこのフランネルに包んでしまってあるのを忘れただけですよ」

オフィーリア嬢はハーブのはいっている破れた紙包を持ち上げた。

「触らんでくださいよ。自分でどこに置いたかわかるようにしときたいんですから」

ダイナ婆さんが断固たる口調で言った。

「でも、この紙袋、穴があいていますよ」

「ふりかけて使うのに、ちょうどいいんです」ダイナ婆さんが言った。

「でも、引き出しの中が粉だらけになっているでしょう」

「そりゃそうですよ！　奥様がそうやってひっくり返すから、そうなるんです。奥様がこぼしたんじゃねえですか」ダイナ婆さんがじれったそうに引き出しのところまでやってきた。「奥様が上階に行っててくださりゃ、そのうち時間がきたら大掃除しますから。そしたらぜんぶちゃんとなりますよ。けど、奥様がそこでうろうろしてなさると、何もできやしねえです。こら、サム、赤ん坊に砂糖壺なんぞ持たせせんじゃねえよ！　ちゃんとしねえと、ぶつぞ！」

「ダイナ、きょうというきょうは、わたくし、調理場を隅から隅までチェックして、きちんと整頓しますからね。そのあとは、きちんとした状態を保つようにしていただきます」

「待ってくださいよ、フィーリア様、そんなことは奥様のするこっちゃねえです。そんなことする奥様なんぞ、見たことねえですよ。うちの大奥様だって、マリー嬢様だって、そんなこたぁしたことがねえし、あたしの見るとこじゃ、そんな必要はねえですよ」そう言ってダイナ婆さんは怒りにまかせて歩きまわっていたが、それを尻目にオフィーリア嬢は皿を種類ごとに積み重ねて仕分けし、何十もの砂糖壺に分けてあちこちに置いてあった砂糖を一つの容器にまとめ、洗いに出すナプキンやテーブルクロスやタオルをまとめ、自分の両手で洗い物をし、拭きあげ、ダイナ婆さんが驚いて目をみはるような手早さできびきびと整理整頓してしまった。

「いや、驚いた！　北部の奥様ってのは、ああいうもんかね。あれじゃあ、とても奥様とは呼べねえな」オフィーリア嬢に聞こえないところで、ダイナ婆さんは取り巻き連中にこぼした。「あたしだって、大掃除する気になりゃ他人（ひと）には負けねえけども、奥様方には手を出さねえでもらいてえもんだ。あれもこれも、どこにしまわれたんだか、さっぱりわかんなくなっちまうよ」

ダイナ婆さんの名誉のために言っておくと、定期的にではないにせよ、ダイナ婆さんにも「片付け」と称して発作的に整理整頓にとりかかる日がないわけではなく、そういうときはおおいに気合いを入れて引き出しや物入れをひとつ残らずひっくり返し、床やテーブルに中身をぶちまけて、ふだんの混乱を七倍にも増幅させるのだった。そうしておいてから、ダイナ婆さんはパイプに火をつけ、のんびりと片付けにかかる。一つひとつの品物を眺めては講釈を加え、若い連中に徹底的に鍋を磨かせ、数時間にわたって混乱のきわみを作り出し、いったい何事かと尋ねられると「片付け」をしているのだともっともらしく答えるのだった。「こんなんじゃどうしようもねえから、若い者（もん）たちにもっときちんと片付けるように教えてやるのさ」と。ダイナ婆さん自身は、何を根拠にか、自分こそは秩序の権化（ごんげ）だと思っているふしがあって、この点について至らないところがあればそれはことごとく屋敷の「若い者（もん）」か自分以外の者たちが悪いのだと決めつけていた。鍋類がすべて磨きあげられ、テーブルが雪のように真っ白にこすり洗いされ、目ざわりなものがすべてどこかの隙間や物陰に押しこまれて目にはいらなくなったところで、ダイナ婆さんは上等なドレスに着替え、洗いたてのエプロンをつけ、派手な色のマドラス綿のターバンを頭に高々と巻きつけ、あたりをうろつきまわっている「若い者（もん）」たちに向かって、調理場をきれいにしておきたいからおまえたちは出入りするな、と言いつけて人払いをする。実際のところ、この騒ぎのあとしばらくは屋敷全体が不自由をこうむることになった。というのも、ダイナ婆さんは磨きあげた鍋類にひとかたならぬ愛着を示し、もう何があってもこの鍋類は使わない、と言い張るからであった――少なくとも、「片付け」の熱狂が冷めるまでは。

オフィーリア嬢は、ものの数日で屋敷の隅から隅まで徹底的に整理整頓してしまった。しかし、使用人たちの協力が不可欠な分野に関しては、オフィーリア嬢の努力もシシュポス[7]かダナイデス[8]の徒労同然であった。絶望的な気持ちになったオフィーリア嬢は、ある日、サンクレア氏に訴えた。

「この家の使用人たちは、きちんとした方式というものがまるで身につかないわ！」

「たしかに、そうだろうね」サンクレア氏が言った。

7　ギリシア神話の王。死後に堕ちた地獄で、転がり落ちる巨岩を山頂まで押し上げる苦役をくりかえすという未来永劫の罰をゼウスから命じられた。

8　ギリシア神話のダナウスの五〇人の娘たち。冥界で、底に穴のあいた容器で永遠に水汲みをさせられた。

「屋敷の運営はまるっきりだらしないし、無駄だらけだし、混乱のきわみで、こんなひどい状況は見たことがありません！」

「そうだろうね」

「あなた、自分が女主人だったら、そんなにのんきに構えてはいられないでしょうに」

「従姉さん、この際はっきり言わせてもらうけどね、ぼくらのような屋敷の主人というものには、二つの種類があるんだよ。虐げる者と、虐げられる者と。ぼくのようにお人好しで厳しい罰を好まない種類の主人たちは、かなりの不便を耐え忍ぶ覚悟をするしかない。自分が楽をするために、規律もしつけもなってないだらしない使用人たちを抱えておこうというならば、その結果は甘んじて受け入れるしかないんだ。なかには、ごくたまに、厳罰を使わなくても使用人たちの秩序や方式を保てる特殊な手腕の持ち主もいる。だけど、ぼくはそういうタイプじゃない。だから、もうずっと前に、なるようになれと覚悟を決めたわけさ。哀れな黒人たちを鞭で打って傷だらけにしたくはない。黒人たちも、それをちゃんと心得ている――この屋敷では主導権は自分たちにある、とね」

「だけど、時間も守らない、場所もわきまえない、秩序も何もない――こんなだらしない状態でいいの⁉」

「あのねえ、親愛なるヴァーモントのお従姉さん、あなたがた北極付近にお住まいの皆さんは時間をとてつもなく重視するようだけれどね！ 使いみちの倍もの時間があり余っている人間にとっては、時間なんていったい何の役に立つんだい？ 秩序や方式にしても、ソファに寝そべって本を読む以外に何もすることがないのに、朝食やディナーが一時間早かろうが遅かろうが、たいしたことじゃないんだよ。待ってりゃ、ダイナがすばらしくうまいディナーを作ってくれる。スープ、煮込み、鶏肉のロースト、デザート、アイスクリーム。どれもこれも、ダイナがあの調理場で〈混沌と年老いた夜〉[9]の中から作り出すんだ。彼女の手腕は、たいしたものだと思うよ。ただし！だ。調理場に下りていって、あのパイプを吹かしたり床にしゃがみこんだりしてるところを見たら、それに料理を作ってる最中の大混乱の現場を見たりしたら、食欲を失うよ！ 従姉さん、手を引いたほうがいい！ カトリックの悔悛の秘蹟よりたいへんなのに、何のご利益もない。従姉さんが腹を立てて、ダイナが混乱しまくるだけさ。ダイナのやりたいようにさせておけば」

9 ミルトン『失楽園』（平井正穂訳、岩波文庫）に頻出する表現。

「だけど、オーガスティン、わたしがどんなひどい状態を目にしたか、あなたは知らないのよ」

「そうかな？　麺棒がダイナのベッドの下に転がってることも、ナツメグのおろし金がタバコと一緒にダイナのポケットにはいってることも、知ってるよ。砂糖壺は六五個もあって、家じゅうありとあらゆる場所に突っこんであるし、洗い物だって、ディナー用のナプキンを使って皿洗いしてると思ったら、次の日には着古したペチコートの切れっ端で皿を洗ってる。だけど、結局のところ、ダイナはすばらしいディナーを作るし、とびきりおいしいコーヒーを淹れてくれる。だから、軍人や政治家を評価するのと同じように、結果で評価するしかないんだよ」

「でも、無駄は？　無駄な出費が多すぎます！」

「まあね！　錠の付けられるものにはすべからく錠を付けるべし。しかして、鍵は自分が持ち歩くべし。与えるときは少量ずつ、余り物については詮索すべからず。それがいちばんだよ」

「そこが悩みの種なのよ、オーガスティン。どうしても、ここの屋敷の使用人たちは真っ正直ではないような気がして。使用人たちは信頼できると、あなた、思う？」

オーガスティンは深刻な顔で尋ねるオフィーリア嬢を見て、馬鹿笑いした。

「ああ、めちゃくちゃ笑えるよ、従姉(ねえ)さん！　正直だって？　そんなことを期待できると思ってるのかい？　正直なんて！　もちろん、連中が正直なはずなんか、ないさ。なんで正直でなくちゃならないの？　どうすりゃ、正直になるんだい？」

「教育したらいいじゃないの？」

「教育⁉　くだらない！　ぼくにどんな教育をしろと言うんだい？　そんな人間に見えるかい？　マリーなら、プランテーション全体をねじふせるくらいの根性があるだろうけどね、彼女にやらせたとしたら。でも、マリーをもってしても、彼らのごまかしは根絶できないだろうね」

「正直な使用人は一人もいないの？」

「たまにはいるよ。生まれながらにして救いがたいほど真っ直ぐで、誠実で、献身的なのがね。どんなに悪い影響を受けてもぜったいに悪に染まらない、という手合いがね。だけど、従姉(ねえ)さんも見たとおり、黒人の子供ってのは母親の乳を飲んでる時分からずっと、いんちきしか自分たちには方法がないってことを見て感じて育つのさ。相手が親だろうが、女主人だろうが、遊び相手の坊っちゃまや嬢ちゃまだろうが、そういう付き合い方しか知らない。悪知恵やぺてんなしじゃ、日も暮れないのさ。そうじゃないことを期待しても、無理だよ。そんなことで罰しても、何の得にもならない。

正直の美徳に関して言うならば、奴隷は主人に依存した半分子供みたいな状態に置かれているから、所有権なんてものは理解できないし、主人のものだろうと何だろうと手が届くものなら自分のものだと思ってしまう。ぼくに言わせてもらうなら、奴隷なんて正直になりようがないと思うね。例のトムみたいなやつは、ほとんど奇蹟だよ！」

「それじゃ、彼らの魂はどうなるの？」オフィーリア嬢が聞いた。

「それは、ぼくの与り知るところではないね」サンクレア氏が言った。「ぼくは、この世の現実を問題にしているだけだ。現実には、黒人はみんなたいてい悪魔のところへ堕ちていくものと理解されている、ってことかな。この世ではね。ぼくらに都合よく。あの世ではどうか知らないけど！」

「なんて恐ろしいことなの！」オフィーリア嬢が言った。「あなた、恥ずかしいと思わないの⁉」

「どうかな。その点では、みんな五十歩百歩だよ」サンクレア氏が言った。「表向きはね。上流と下流を見てごらんよ、世界じゅうの。みんな同じ話だよ。上流の利益のために、下流がこき使われる。身も心も魂も。イギリスでもそうだし、どこでもそうさ。それなのに、キリスト教世界全体がわれわれを見て仰天し、義憤にかられる。彼らがやっているのと同じことを、ぼくらがちょっとちがう形でやっているというだけの理由でね」

「ヴァーモントでは、そうではないわ」

「ああ、そうだね。ニューイングランド地方や自由州では、たしかに、ぼくらよりましだ。おっと、ベルが鳴っている。従姉さん、南部と北部に関する偏見はしばらく棚上げして、ディナーにしよう」

その日の午後遅く、オフィーリア嬢が調理場にいたとき、黒人の子供たちが「あ！プルーが来た！　きょうもぶつぶつ文句言ってら！」と声をあげた。

背の高い痩せこけた黒人女が調理場にはいってきた。頭にラスクやロールパンのはいったバスケットを載せている。

「おや、プルー、来たのかい」ダイナ婆さんが声をかけた。

プルーは眉をひそめた一種異様な仏頂面で、無愛想にぶつぶつしゃべる黒人女だった。プルーはバスケットを置き、床にしゃがみこみ、両のひじを膝につっかえて、口を開いた。

「ああ神様！　もう死にてえ！」

「なぜ死にたいなどと言うのですか？」オフィーリア嬢が尋ねた。

「死にゃ、この惨めな暮らしにおさらばできるからさ」黒人女は床を見つめたまま、ぶっきらぼうな口調で言った。

「ねえプルー、なんで酔っ払ったりするのよ？　悪いってわかってるのに？」小ぎれいな形(なり)をしたクヮドルーンの小間使いが、両耳にぶら下げたサンゴのイヤリングを揺らしながら言った。

プルーは小間使いを不愉快そうな険のある目で睨んだ。

「いずれあんたも年取りゃわかるさ。そうなりゃ、いい気味だ。そうなった日にゃ、おらみてえに飲みたくなるだろうよ、惨めさを忘れるためによ」

「さあさ、プルー」と、ダイナ婆さんが割ってはいった。「ラスクを見せてもらおうか。こちらの奥様が買ってくださるよ」

オフィーリア嬢は二ダースばかりラスクをバスケットから取り出した。

「そこのいちばん上の棚にある古い欠けた水差しに切符がはいっとるだろ」ダイナ婆さんが言った。「ジェイク、そこに登って、水差しを下ろしとくれ」

「切符？　何の切符ですか？」オフィーリア嬢が言った。

「うちじゃプルーの旦那様から切符を買って、それでプルーにパン代を払うんですよ」

「そんで、おらが帰ると、旦那様がお金と切符を数えるだ。ちゃんと釣り銭を持って帰ってきたかどうか。足りねえと、おら半殺しの目に遭うだよ」

「自業自得よ」生意気な小間使いのジェーンが言った。「旦那様のお金を盗って、それでお酒を飲むんだから、あたりまえよ。奥様、プルーはそういうことをするんです」

「ああ、何べんでも同じことするさ。そうでもしなけりゃ、生きちゃおれんよ。酒を飲んで、惨めなことを忘れるしかねえ」

「それはとても悪いことだし、愚かなことですよ」オフィーリア嬢が言った。「旦那様のお金を盗んで、人でなしの行為に走るなんて」

「そのとおりですだ、奥様。けど、おら、また飲むよ。ああ、飲むとも。神様！　おら、死んじまいてえ。死んで、この惨めな自分とおさらばしてえ！」そう言って、老女はのろのろと立ち上がってこわばったからだを伸ばし、頭にまたバスケットを載せた。しかし、出ていく前に、プルーはさっきからずっと立ったままイヤリングをいじっているクヮドルーンの娘を睨みつけた。

「あんた、いまはそうやってちゃらちゃら浮かれて耳飾り揺らして他人を見下したりしとるけども、そのうちに見ておれよ。年取って、おらみてえに貧乏で傷だらけのババアになるぞ。そうなるように、神様に祈ってやるわ。そうなった日にゃ、飲んで、飲んで、飲みつぶれずにおれるかね。へっ、自業自得ってやつでさ！」プルーは不吉な笑い声を響かせながら出ていった。

「まったく、むかつくババアだ！」旦那様の髭剃り用の湯を取りにきたアドルフが言った。「おれが主人だったら、あんなババア、もっとさんざんに鞭でぶちのめしてやるけどな」

「そりゃ無理だね」ダイナ婆さんが言った。「プルーの背中は、いまだって相当なもんさ。満足にドレスも着れねえくらいなんだから」

「あたし、あんな卑しい女は上流の家に出入りを許されるべきではないと思うわ」小間使いのジェーンが言った。「ミスター・サンクレア、どうお思いになりまして？」

ジェーンはアドルフに媚びるように首を傾げた。

アドルフは、ご主人様の持ち物を拝借するだけでなく、ご主人様の名前と住所まで拝借する癖がついていて、ニューオーリンズの黒人社会では「ミスター・サンクレア」で通っているのだった。

「わたしもまったく同感ですよ、ミス・ブノワ」アドルフが言った。

「ブノワ」というのはマリー・サンクレアの実家の名前で、ジェーンはマリーが実家から連れてきた使用人だった。

「失礼ですが、ミス・ブノワ、そのイヤリングはあすの夜の舞踏会用なのか、お尋ねしてもよろしいでしょうか？　まことに魅力的なイヤリングですね！」

「まあ、ミスター・サンクレア、殿方の無礼ときたら際限がございませんこと！」ジェーンはイヤリングが揺れてキラキラ光るように美しい顔をまた傾けてみせた。

「そんなことばかりお尋ねになるなら、あすはもう一晩じゅう一度だってダンスのお相手はしてさしあげませんことよ」

「なんと殺生(せっしょう)な！　わたしはただ、あなたがあのピンクのターラタン[10]をお召しになるのかどうか、知りたくて死にそうなのです」アドルフが言った。

「何のこと？」ちょうどそのとき階段を跳ねるように下りてきた小柄で魅力的なクワドルーンの娘ローザが口をはさんだ。

「こちらのミスター・サンクレアったら、それはもう失礼ですのよ！」

「わたしの名誉にかけて、この件はミス・ローザのご判断にお任せしましょう」アドルフが言った。

10　薄地のモスリン。張りがあり、光に透ける軽やかな生地。

「こちらの方ったら、いつも無礼千万ですものね」ローザが小さな足で片足立ちしてバランスを取りながら、アドルフをとがめるように睨んだ。「いつだって、あたくしを怒らせるんですもの」

「おお、レディのお二方！　寄ってたかって、わたしの心を引き裂こうとなされる！」アドルフが言った。「そのうちに、朝起きたら、わたしはベッドの中で冷たくなっているかもしれません。そしたら、それはあなたがたのせいですよ」

「まあ、なんてことをおっしゃるの！」二人のレディがげらげら笑いながら言った。

「ほれ、あんたら、どきな！　調理場でガチャガチャ騒ぐんじゃねえよ！」ダイナ婆さんがどやした。「こんなとこでふざけて、邪魔なんだよ」

「アント・ダイナはご機嫌ななめなのよ、舞踏会に行けないから」ローザが言った。

「あんたら色の白い者たちの舞踏会なんか、行きたかねえわ」ダイナ婆さんが言った。「そうやって見せびらかして白人を気取ったところで、結局は、あんたらだって黒んぼじゃねえか。あたしと同じさ」

「アント・ダイナったら、ちりちりの髪の毛に毎日グリースをつけて、まっすぐに伸ばしてるのよ」ジェーンが言った。

「だけど、ちりちりは、やっぱりちりちりちりなのよね」ローザが意地悪な口調で、長いつややかな巻き毛を揺らした。

「ふん。神様の目から見りゃ、ちりちりだって髪の毛には変わりなかろうよ」ダイナ婆さんが言った。「どっちが役に立つか、奥様に聞いてみてえもんだ。あんたらみてえなのが二人と、あたしみてえなのが一人と。さっさと出てっとくれ、この役立たずどもが！　邪魔なんだよ！」

そのとき、会話が二つの方向からさえぎられた。階段の上からサンクレア氏の声が降ってきて、アドルフに髭剃り用の湯を持ったまま階下（した）で夜を明かすつもりなのか、ととがめたのと、オフィーリア嬢がダイニング・ルームから出てきて、「ジェーン、ローザ、そんなところで時間を無駄にしているのですか？　早く来てドレスの手入れをなさい」と声をかけたのだ。

ラスク売りの老婆との会話が続いているあいだ調理場に居合わせたアンクル・トムは、老婆のあとを追って通りに出た。トムの視線の先で、老婆は押し殺したうめき声をもらしながら歩いていく。そのうちとうとう、老婆はバスケットをよその家の上がり口におろして、肩にはおっている色あせた古いショールを直しはじめた。

「そのバスケット、この先までわしが運んであげましょう」トムが同情のこもった口調で言った。

「なんでだね？」老婆が言った。「助けなんか、いらんよ」

「からだの具合がよくないみたいだから。それとも、何か困ったことがあるのかね？」トムが言った。

「具合なんか悪くねえだ」老婆がピシャリと言った。

トムは老婆を真剣な眼差しで見つめて言った。「あんたに酒をやめるよう話をさしてもらえんかね。そんなことを続けておったら、からだも魂も破滅することになるだよ」

「自分が地獄の責め苦に行くことぐらい、わかっとるわい」老婆が不機嫌な声で言った。「あんたに教えてもらわんでも。おらは醜いし、根性が曲がっとる――死んだら、まっすぐ責め苦へ行くわ。ああ、もう、早く地獄へ行きてえもんだ！」

不機嫌な口調で一心に死を願う老婆の恐ろしい言葉を耳にして、トムは身震いした。

「ああ、あんたに神様のお慈悲がありますように！　気の毒に。あんた、イエス・キリスト様のことは聞いたことがないのかね？」

「イエス・キリスト？　誰だね、そりゃ？」

「キリスト様こそ、わしらの主なるお方だよ」トムが言った。

「主の話は聞いたことがあるような気もするわい。最後のお裁きと、責め苦のことも。

ああ、聞いたことはある」

「だけど、誰もあんたに主イエス様のことは教えてくれんかったのかね？　イエス様は、わしらのような哀れな罪人を愛して、わしらのために死んでくだすったお方だよ」

「聞いたことねえな」老婆は言った。「おらを愛してくれる人なんか、一人もおらん。亭主が死んでからこっち」

「あんた、どこで育ったんだね？」トムが聞いた。

「ケンタックだよ。そこの主人の持ち物だった。奴隷牧場で次々に子供を産まされて、子供がちっと大きくなるとすぐに売っ払われちまった。あげくに、おらも奴隷商人に売られて、そっからいまの旦那様がわしを買ったというわけさ」

「どうして酒浸りになったのかね？」

「惨めさを忘れるためさ。おら、ここへ来てから、子供をまた一人産んだ。その子は手もとに置いて育てさしてもらえるもんと思っとった。うちの旦那様は奴隷の売人じゃねえから。子供は、そりゃ元気な子だったよ！　奥様も、最初のうちは子供をたいそう気に入ってくれとるように見えたんだけどさ。ちっとも泣かねえ赤ん坊だったしな。かわいくて、丸々肥えとって。けども、奥様が病気になって、おらが看病して、そしたらこんどはおらが熱出して、乳が一滴も出んようになった。赤ん坊は痩せて骨と皮になっちまった。でも、奥様は赤ん坊のミルクを買ってくれんかった。乳が出んようになったですって何べん頼んでも、聞いてくれんかった。ほかのみんなが食べるもんを食わしときゃいい、って言うんだ。赤ん坊はどんどん痩せ細って、泣いて、泣いて、昼といわず夜といわず泣きつづけて、すっかり骨と皮になっちまって、そしたら奥様は赤ん坊に腹を立てて、むずがってばっかでどうしようもねえ、こんな子は死んじまえばいい、って言っただよ。そんで、夜中に世話をするのはだめだ、って言いだした。赤ん坊が泣いたらおらが寝られんで、昼間使い物になんねえから、って。そんで、おらは奥様の部屋で寝させられることになった。赤ん坊は狭い屋根裏部屋みてえなとこに放っとかれて、そこで泣いて、泣いて、あげくにある晩、死んじまった。死んじまっただよ。それで、おら、酒を飲むようになった。赤ん坊の泣き声を耳の奥から追い出すために！　そうさ、おら、酒を飲んだ。これからも飲むさ！　そのせいで責め苦にやられたって、かまうもんか！　旦那様は、死んだら責め苦に行くことになるぞ、って脅すけど、おら言うてやるだ、いま、このいまこそが責め苦です、ってな！」

「ああ、かわいそうに！」トムが言った。「主イエス様がどのくらいあんたを愛してくだすって、あんたのために死んでくだすったか、誰にも聞いたことがないのかね？ イエス様がお助けくだすって天国へ行ける、最後には天国で安らかになれる、って誰にも聞いたことがないかね？」

「わしが天国に？」老婆が言った。「天国っちゅうとこは、白人の人らが行くとこだろ？ そこでまた白人の持ち物（もん）になるんかい？ おら、地獄の責め苦に行くほうがましだ、旦那様や奥様とちがうとこへ。ああ、もうたくさんだ」そう言うと、プルーは例のうなり声をあげながらバスケットを頭に載せ、のろのろと去っていった。

トムはくるりと向きを変え、肩を落として屋敷に戻った。中庭で、トムはエヴァと顔を合わせた。エヴァはチュベローズ[11]の花冠を頭に載せ、うれしそうに目を輝かせていた。

「ああ、トム！ ここにいたのね。よかったわ、見つかって。パパがトムに頼んでポニーを出してもらいなさい、って。それをわたしの新しい小さな馬車につないで出かけていい、って」そう言いながら、エヴァはトムの手を取った。「あら、どうしたの、トム？ なんだか暗い顔ね」

11　ゲッカコウ（月下香）。濃厚な香りを放つ白い花。

「エヴァ嬢様、わし、心が沈んどりますだ」トムが悲しそうに言った。「でも、お嬢様の馬は出してさしあげます」

「ねえ、話して、トム。どうしたの？　さっき、あのご機嫌の悪いプルーと話しているのを見たけど」

トムは手短に、しかし聞いたままに、プルーの身の上話を語った。エヴァは、ほかの子供たちのように大声をあげたり驚いたり泣いたりすることはなかった。しかし、エヴァの顔から血の気が引き、深く真剣な眼差しになった。エヴァは両手を胸に重ね、重い吐息をもらした。

（下巻に続く）

本書は、十九世紀半ばのアメリカにおける黒人奴隷制度の問題を告発する書として書かれ、当時の世論を喚起し、その後の奴隷解放の実現に大きな影響を与えたことで知られています。このように歴史的・社会的に大きな役割を果たした作品ではありますが、黒人の肌の色や外見的な特徴をあげつらい、劣った人種として啓蒙すべき対象とみるような、現代の観点からは容認しえない不快・不適切な表現が多く用いられています。また、本書の主人公の呼称である「アンクル・トム」は、現在では主に黒人の間で、白人に媚びを売る黒人への蔑称として使われることの多い言葉でもあります。

さらに、アメリカ先住民族を指して「インディアン」という今日では用いるに注意を要する語の使用や、リウマチ患者特有の歩き方を嗤い、身体障害者を「ひでえ出来ぞこねえ」とするなど病気や障害への偏見を助長するような記述、現在のハワイ諸島を「野蛮人の国」とする記載もなされています。

これらは本作が成立した当時のアメリカの社会状況と未成熟な人権意識に基づくものですが、こうした時代背景とその中で成立した物語を深く理解するために、編集部ではこれらの表現についても、原文に忠実に翻訳することを心がけました。差別の助長を意図するものではないことをご理解ください。

黒人差別については近年ブラック・ライブズ・マター（ＢＬＭ）運動が世界的広がりを見せるなど、二〇二三年現在においても決して過去の問題ではないということを、読者の皆様と共有したいと思います。

編集部

アンクル・トムの小屋（上）

著者　ハリエット・ビーチャー・ストウ
訳者　土屋京子

2023年2月20日　初版第1刷発行

発行者　三宅貴久
印刷　萩原印刷
製本　ナショナル製本

発行所　株式会社光文社
〒112-8011東京都文京区音羽1-16-6
電話　03（5395）8162（編集部）
03（5395）8116（書籍販売部）
03（5395）8125（業務部）
www.kobunsha.com

落丁本・乱丁本は業務部へご連絡くだされば、お取り替えいたします。
ISBN978-4-334-75475-4 Printed in Japan

いま、息をしている言葉で、もういちど古典を

長い年月をかけて世界中で読み継がれてきたのが古典です。奥の深い味わいある作品ばかりがそろっており、この「古典の森」に分け入ることは人生のもっとも大きな喜びであることに異論のある人はいないはずです。しかしながら、こんなに豊饒で魅力に満ちた古典を、なぜわたしたちはこれほどまで疎んじてきたのでしょうか。

ひとつには古臭い教養主義からの逃走だったのかもしれません。真面目に文学や思想を論じることは、ある種の権威化であるという思いから、その呪縛から逃れるために、教養そのものを否定しすぎてしまったのではないでしょうか。

いま、時代は大きな転換期を迎えています。まれに見るスピードで歴史が動いていくのを多くの人々が実感していると思います。

こんな時わたしたちを支え、導いてくれるものが古典なのです。「いま、息をしている言葉で」――光文社の古典新訳文庫は、さまよえる現代人の心の奥底まで届くような言葉で、古典を現代に蘇らせることを意図して創刊されました。気取らず、自由に、心の赴くままに、気軽に手に取って楽しめる古典作品を、新訳という光のもとに読者に届けていくこと。それがこの文庫の使命だとわたしたちは考えています。

このシリーズについてのご意見、ご感想、ご要望をハガキ、手紙、メール等で翻訳編集部までお寄せください。今後の企画の参考にさせていただきます。
メール　info@kotensinyaku.jp

光文社古典新訳文庫　好評既刊

カスピアン王子　ナルニア国物語④
C・S・ルイス／土屋　京子　訳

ナルニアはテルマール人の治世。邪悪なミラーズ王の暗殺の手を逃れたカスピアン王子は、ナルニア再興の希望を胸に、伝説の角笛を吹き鳴らすが……（解説・井辻朱美）

ドーン・トレッダー号の航海　ナルニア国物語⑤
C・S・ルイス／土屋　京子　訳

いとこのユースティスとともにナルニアに呼び戻されたエドマンドとルーシー。カスピアンやリーピチープと再会し、未知なる〈東の海〉へと冒険に出るが……。（解説・立原透耶）

銀の椅子　ナルニア国物語⑥
C・S・ルイス／土屋　京子　訳

ユースティスとジルは、アスランから行方不明の王子を探す任務を与えられ、〈ヌマヒョロリ〉族のパドルグラムとともに北を目指すが、行く手には思わぬ罠が待ち受けていた！

最後の戦い　ナルニア国物語⑦
C・S・ルイス／土屋　京子　訳

偽アスランの登場、隣国の侵攻、そしてティリアン王は囚われの身に……。絶体絶命の状況で、物語は思わぬ方向へと動き出す。衝撃的ラストを迎える最終巻！（解説・山尾悠子）

若草物語
オルコット／麻生　九美　訳

メグ、ジョー、ベス、エイミー。感性豊かで個性的な四姉妹と南北戦争に従軍中の父に代わり家を守る母親との1年間の物語。刊行以来、今も全世界で愛される不朽の名作。

★続刊

転落　カミュ／前山 悠・訳

アムステルダムのいかがわしいバーで、馴れ馴れしく話しかけてくるフランス人の男。元は順風満帆な人生を送る弁護士だったらしいが、いまではみすぼらしい格好で酒場に入り浸っている。五日にわたって一人称で語られる彼の半生とは？

好色一代男　井原西鶴／中嶋 隆・訳

江戸時代を代表する俳諧師西鶴による大ベストセラー読み物、「浮世草子」。上方で生まれた世之介。七歳にして恋を知り、島原、新町、吉原に長崎、宮島の廓へと、数々の恋愛（男も女も）を重ね、色道を極めようとする五十四年間を描いた一代記。

ヴェーロチカ／六号室　チェーホフ傑作選　チェーホフ／浦 雅春・訳

世話になった屋敷の娘に告白されるもどうも心が動かない青年を描く「ヴェーロチカ」、精神科病棟の患者とおしゃべりを続けるうちに周囲との折り合いが悪くなる医師を描く「六号室」など、人間の内面を覗き込んだチェーホフ短篇小説の傑作選。